LUZIFER
VERLAG

DER ERFINDER DER TV-SERIE STRIKE BACK

CHRIS RYANS EXTREME

KOPFGELD

LUZIFER
VERLAG

Deutsche Erstausgabe
Originaltitel: EXTREME: MOST WANTED

www.luzifer-verlag.de

Umschlaggestaltung: Michael Schubert | Luzifer-Verlag
Übersetzung: Peter Mehler
Lektorat: Manfred Enderle

ISBN: 978-3-95835-725-9

Dieses Buch wurde nach Dudenempfehlung (Stand 2022) lektoriert.

Bibliografische Information der Deutschen Nationalbibliothek:
Die Deutsche Nationalbibliothek verzeichnet diese Publikation
in der Deutschen Nationalbibliografie; detaillierte bibliografische Daten
sind im Internet über *http://dnb.d-nb.de* abrufbar.

KAPITEL 1

ALMATY, KASACHSTAN, 19:01 UHR

John Bald beobachtete Memphis Hay vom Steuer eines VW-Wohnmobils aus. Die Scheinwerfer hatte er ausgeschaltet, und der Motor knackte immer noch sein Todesröcheln. Das Wohnmobil parkte mitten in dem Durcheinander eines Schrotthändlers, vierzig Meter südlich von Hay und dessen Lada Niva, im Schatten unter einer Autobahnbrücke am Stadtrand von Almaty.

Bald sah zu, wie Hay den Kofferraum des Niva öffnete und von einem Typen aus einer der örtlichen Tengir-Drogenbanden beiseite gedrängt wurde, der daraufhin mit den Händen über den Inhalt fuhr. Der Tengir-Schläger trug eine knallenge Jeans, ein weißes T-Shirt mit V-Ausschnitt und sah wie ein geschwollener Testikel aus. Er war zu der Drogenübergabe vor einer Minute in einem heruntergekommenen Mazda 6 getuckert, der nun acht Meter von dem Niva entfernt am Straßenrand stand. Testikels Kumpel lehnte an der Motorhaube des Mazdas. Der Kerl steckte in einem Trainingsanzug einer brasilianischen Fußballmannschaft. Ein knapp zwei Meter großer gelbgrüner Vollidiot.

Bald beobachtete, wie Hay einen braunen Koffer aus dem Kofferraum des Niva nahm und ihn vor Testikel auf den Boden abstellte. Der Kerl nickte und winkte dem Brasilianer zu, der daraufhin eine schwarze Sporttasche von Rücksitz des Mazdas holte. Bald wusste zwei wichtige Dinge über dieses Treffen. Der braune Koffer, der Hay gehörte, enthielt dreißig Kilo Rohopium, genau der Dreck, aus dem Heroin für die Crackheads auf den Straßen hergestellt wurde. Und er wusste außerdem, dass die schwarze Sporttasche Geld enthielt: 120 Riesen in sauberen US-Dollarnoten. In etwa dreißig Sekunden würden das Opium und das Geld die Besitzer wechseln, und dann würde Bald zuschlagen.

Brasilien trug die Sporttasche zu dem Niva. Poster verzierten die Wände eines verfallenen Lagerhauses zwischen den zwei Fahrzeugen, die einzigen Farbtupfer in einer ansonsten monochromen Umgebung. Poster des kasachischen und russischen Präsidenten, die einander die Hände schüttelten. Der Kasache trug eine dümmlich aussehende Pelzmütze auf dem Kopf und grinste kumpelhaft in die Kamera.

Brasilien warf Hay die Tasche zu. Der Hippie fing sie auf, als würde er ein Baby retten. Für einen Moment wog er sie in der Hand. Dann stopfte er die Tasche auf den Beifahrersitz, und Bald setzte sich auf. Dem verdammten Zahltag ein Stück näher. Jetzt musste er nur noch darauf warten, dass sich Testikel und sein Kumpel verpissten. Dann würde Bald Hay überfallen und ihm ein Angebot machen, das er nicht ablehnen konnte. Eines von der Sorte, die man in diesem Business am besten vom sicheren Ende einer Halbautomatik aus unterbreitete.

»Glaubst du, es gibt in Panama Tierheime, Baby?«

Die Stimme gehörte einer holländischen blonden Hippiebraut namens Saakje Wolfswinkel, die Bald in letzter Zeit pimperte. Saakje besaß einen Knackarsch und Titten so groß wie Sandsäcke, was Bald ihre Dreadlocks und ihren marxistischen Quatsch verschmerzen ließ. Sie saß im hinteren Wohnbereich des Campingwagens an einem laminierten Klapptisch und zündete sich gerade einen Joint an. Bald roch, wie das süßliche Aroma die Fahrerkabine füllte.

»Ja … nein. Woher zum Geier soll ich das wissen?«, fragte er.

»Ich hab darüber nachgedacht und würde gern ein Tierheim leiten. Tieren helfen und so, weißt du?« Saakje zog tief an ihrem Joint. »Wir werden da unten am Strand wohnen, oder, Baby? In einer Hütte, so wie du es versprochen hast.«

»Genau, wie ich es versprochen habe«, sagte Bald.

»Und wir werden gemeinsam alt, oder? Bis in alle Ewigkeit?«

»Nichts hält ewig«, murmelte er abwesend. »Aber klar, so lange es eben geht.«

Bald versuchte, den Klang ihrer Stimme auszublenden. So wie alles andere auch, wie das unablässige Dröhnen des Verkehrs auf der Straße über ihnen. Seine gesamte Energie und alle seine Sinne waren auf den Drogendeal fokussiert, der sich gerade darunter abspielte. Hay stolzierte gerade um die Fahrertür des Nissans herum, während Testikel den Koffer zurück zu dem Mazda trug. Brasilien hatte seine Hand um eine Schrotflinte gelegt, die wie eine unförmige Kalaschnikow aussah. Bald identifizierte die Waffe sofort als eine Saiga-12.

Gleich ist es soweit, dachte Bald bei sich. Seine Finger schlossen sich fester um den Griff der halbautomatischen TT in seinem Schoss. Die TT war eine Pistole, die ihre Glanzzeiten bereits hinter sich hatte, aber er mochte, wie schwer sie sich in seiner Hand anfühlte. Als wären achtzig Jahre des Tötens in ihre beweglichen Einzelteile eingraviert worden.

»Wiederhole noch einmal den Plan«, sagte er, ohne den Blick von dem Mazda abzuwenden.

»Aber das haben wir doch schon hundertmal durchgekaut, gerade eben erst«, antwortete Saakje, die sich dabei wie ein nörgelndes Kind anhörte.

»Richtig. Und jetzt gehen wir die Sache noch einmal durch. Damit auch nichts schief geht.«

Saakje zuckte mit den Schultern und antwortete: »Du wirst die Straße blockieren, damit Hay nicht über die Überführung entkommen kann. Dann wirst du aussteigen und ihm Dinge antun, von denen ich lieber nichts wissen will. Dann holst du unsere Urlaubskasse, ich übernehme das Lenkrad und trete aufs Gas.«

Sie streichelte Balds Arm so wie andere Leute eine Katze.

Bald hasste es, wenn sie das tat.

Vor ihnen riss Hay die Fahrertür des Niva auf. Er wollte gerade einsteigen, als er plötzlich stutzte. Für eine Schrecksekunde fragte sich

Bald, was zum Teufel da los war. Dann hörte er ein Geräusch wie von einem Eispickel, der Eiswürfel zertrümmerte. Schritte auf Glasscherben. Bald konnte nicht sagen, woher die Schritte kamen, nicht einmal annähernd. Dann wirbelte Hay herum. Bald folgte seinem Blick, und dann sah er es auch. In dem Dämmerlicht bewegte sich etwas, etwa zwanzig Meter südlich des Niva. Und in dem Moment wurde Bald klar, dass sein verdammter Plan gründlich schiefgegangen war.

KAPITEL 2

19:07 UHR

Bald zählte zwei von ihnen.

Sie kamen auf sechs Uhr von Hay aus gesehen in Sichtweite. Tauchten aus dem Lagerhaus auf und stürmten auf den Niva zu. Auch diese beiden trugen Fußball-Trainingsanzüge. Der Kerl auf der linken Seite trug die Farben der türkischen Nationalmannschaft: rot und weiß, mit dem orientalischen Halbmond auf dem Rücken. Er besaß einen kahlrasierten Kopf, der eine faltige Kopfhaut offenbarte, und die Art von Statur, die auf ernsthaften Steroidmissbrauch hindeutete. Der Kerl auf der rechten Seite trug die deutschen Nationalfarben und hatte ein Gesicht wie ein Sack Kies. Beide waren mit PP-200-Maschinenpistolen bewaffnet, die mit Laseroptiken und taktischen Lampen an den Picatinny-Schienen ausgerüstet waren. Sie sahen wie zwei ehemalige Soldaten aus, die gerade einen Textildiscounter ausraubten.

»Wer ist das?«, fragte Saakje. Sie kauerte zwischen den beiden vorderen Sitzreihen.

»Keinen verdammten Schimmer«, antwortete Bald. »Aber ich weiß, dass Hay gerade in eine Falle getappt ist.«

Saakje runzelte die Stirn. Irgendwo hinter ihrem Marihuana-getrübten Schleier dämmerte ihr, dass das nichts Gutes bedeutete.

Hay drehte sich zu den Angreifern um, die auf sechs Uhr auf ihn zustürmten. Er warf einen Blick zu Testikel zurück. Der Kasache zuckte mit den Schultern und grinste entschuldigend, Hay aber blieb wie angewurzelt stehen und sein Hippie-Gehirn versuchte verzweifelt zu verstehen, was sich hier gerade abspielte.

Das versuchte er auch noch, als die Türkei ihre PP-2000 auf seinen Oberkörper richtete.

Dann kapierte er es.

Und versuchte, sich aus dem Staub zu machen.

Er kam keine zwei Meter weit, bis eine Flammenzunge gierig aus der PP-2000 schlug, drei heiße 9x18-mm-Parabellum-Geschosse aus dem Lauf zischten und seinen Knöchel zertrümmerten. Er stürzte zu Boden und umklammerte seinen Knöchel, aus dem das Gelenk wie ein Holzsplitter herausragte. Sein ganzer Körper zitterte. Hinter sich konnte Bald Saakje wimmern hören. Brasilien stolzierte zu Hay hinüber. Bei dem Hippie angekommen blieb er stehen und blickte mit schief gelegtem Kopf neugierig auf ihn hinab. Hays Gesicht war schmerzverzerrt. Brasilien trat Hay auf die Brust und ließ die Mündung seiner Saiga-12 von dem zertrümmerten Knöchel bis zu dem Punkt zwischen seinen Augen wandern. Dann ließ er die Saiga wieder hinabwandern, bis zu seinen Eiern. Und drückte ab.

Die Schrotflinte bellte. Hay zuckte zusammen. Ein großer, dunkelroter Fleck erschien auf seiner Jeans. Dort, wo sich seine Männlichkeit hätte befinden sollen, war nun ein unansehnliches, wertloses Loch. Eine braune Lache breitete sich rasch unter ihm aus. Brasilien lachte, weil Hay die Kontrolle über seinen Darm verloren hatte. Er tätschelte Hays Kopf und wuschelte ihm durch die Haare. Bald sah, wie sich Deutschland ebenfalls Hay näherte und seine PP-2000 sinken ließ. Er zielte auf seinen Kopf.

Aber Deutschland schoss nicht.

Stattdessen hob er die Waffe wieder und richtete sie auf einen Punkt südlich des Niva. Türkei folgte seinem Beispiel.

Ihre PP-2000 zielten direkt auf den Wohnwagen.

»Baby, was …?«

In Panik drückte Bald Saakjes Kopf zwischen ihre Beine und duckte sich neben ihr hinter das Armaturenbrett. Zwei Kugeln donnerten durch die Luft und schlugen in die Seite des Wohnmobils ein. Das kreischende Geräusch von Metall, das Metall zerfetzte, klingelte Bald in den Ohren. Die Kugeln prallten von dem Sperrholzfurnier im hinteren Teil des Wohnwagens ab, wo Saakje keine dreißig Sekunden zuvor noch gesessen war.

Bald hörte, wie sich zwei weitere Schüsse aus den PP-2000 lösten. Die Kugeln schlugen in die Windschutzscheibe ein und ließen das Wohnmobil erzittern. Dann hörte er, wie die Scheibe zersplitterte und als Kaskade aus Glasscherben auf seinen Hinterkopf hinabregnete.

Und dann, als wäre nichts gewesen, hörten die Schüsse auf. Bald spähte über das Armaturenbrett. Durch die zersplitterte Scheibe konnte er Deutschland und Türkei erkennen. Sie riefen Testikel und Brasilien etwas zu. Testikel befand sich zehn Meter zu ihrer Rechten. Er eilte zur Fahrerseite des Mazda und winkte seinen Kumpanen verzweifelt zu, ihm zu folgen. Erst viel zu spät realisierte Bald, dass die Tengir sich das Geld und das Opium unter den Nagel reißen wollten. Sie hatten gesehen, dass Hay ganz allein bei dem Treffen aufgetaucht war, hatten eins und eins zusammengezählt und natürlich geschlussfolgert, dass sie doppelt abkassieren konnten. An ihrer Stelle hätte Bald genauso gehandelt.

Er zog den Schlitten seiner TT zurück und suchte nach dem beruhigenden goldenen Schimmern einer 7.62x25-mm-Tokarev in der Kammer. Fand es. Lächelte und ließ den Schlitten zurückschnappen. Griff nach dem Acht-Schuss-Reservemagazin in der Mittelkonsole hinter dem Schalthebel. Sagte zu Saakje: »Sobald ich Kugeln in diese Wichser pumpe, lässt du den Motor an.«

Saakje versuchte, tief aus ihrer Kehle eine Antwort hervorzupressen. »Hay, er …«

Bald ignorierte sie. Er hatte keine Zeit für diesen Scheiß. Er stieß die Tür auf, glitt aus dem Wohnmobil, schlug die Tür Saakje vor der Nase zu und ließ sich in einer knienden Schussposition hinter das rechte Vorderrad fallen. Sein Training hatte ihm beigebracht, dass der Radstand den besten Schutz vor heranfliegenden Kugeln bot. Er rutschte einen Schritt nach links, hielt die TT mit beiden Händen für eine bessere Stabilität umklammert, fokussierte die Kimme, während er das Korn leicht außerhalb des Fokus ließ und übte leichten Druck auf den Abzug aus. Bereit, den Tengir die frohe Kunde zu überbringen.

Dann plärrte eine Sirene, und Bald erstarrte.

Das Heulen war noch etwas entfernt, aber deutlich zu hören. Bald spähte zu der Überführung hinauf. Oben war nirgendwo Blaulicht zu sehen. Es musste als von irgendwo tief in den Eingeweiden der Überführung kommen, dachte er. Aber die Sirenen genügten, um den Tengir eine Heidenangst einzujagen. Deutschland und Türkei wirbelten herum, ließen Bald zurück und rasten zu Testikel und dem Mazda. Sie sprangen in das Auto, und der Motor heulte bereits auf, als der Wagen mitten in der Straße zurücksetzte, wendete und dann nach Norden davonpreschte, genau in die entgegengesetzte Richtung von Bald, Saakje und dem Wohnmobil. Weg von den Sirenen, die durch die kasachische Nacht heulten.

Die Sporttasche hatten sie zurückgelassen.

Bald sagte sich, dass ihm nur eine Chance zum Handeln bleiben würde, bevor die Cops eintrudelten. Er sprang hinter der Deckung des Wohnmobils hervor und hastete die Straße hinunter. In acht großen Schritten war er bei Hay. Hinter ihm schrie Saakje: »Hilf ihm, Baby! Hilf Hay!« Bald knirschte mit den Zähnen und wünschte sich, sie würde einfach die Klappe halten.

Hay war ziemlich im Arsch. Er lag auf dem Rücken. Seine Brust hob und senkte sich in flachen Atemzügen. Ein leises, flatterndes Geräusch drang aus seiner Lunge. Seine Leistengegend war nur noch ein roter Brei. Immer wieder verlor er das Bewusstsein. Hays Augen rollten nach oben und starrten Bald an. Sie waren blutunterlaufen und der Mann so gut wie hinüber. Aber dann tat er etwas Seltsames. Er grinste Bald an. Ein breites, albernes, von rotgefärbten Zähnen geschmücktes Grinsen.

Blödmann.

Bald umrundete Hay. Bahnte sich einen Weg zu dem Niva. Dann erreichte er den Beifahrersitz. Er schnappte sich die Tasche. Sie war überraschend leicht. Andererseits wog Geld auch nicht viel. Selbst eine Million Dollar konnte ziemlich leicht sein. Bald wusste so etwas, denn er dachte oft an Geld. Als er auf dem Rückweg an Hay vorbeirannte, war der beschissene Hippie schon so gut wie auf der dunklen Seite angekommen. Er ließ sich Zeit damit, aber das war Bald egal. Er sprintete zu dem Wohnwagen zurück. Sprang hinter das Lenkrad. Warf die Tasche in Saakjes Schoß. Drehte den Zündschlüssel herum. Der Motor heulte auf.

»Was ist mit Hay?«, fragte Saakje. »Wir können ihn nicht einfach zurücklassen.«

Bald schwieg und trat stattdessen aufs Gas. Die Sirenen waren näher gekommen. Sie mussten unbedingt etwas Abstand zwischen sich und dem Blutbad bringen, bevor die Cops auf der Party auftauchten.

»Wir müssen etwas tun.« Saakjes Augen klebten an Hay.

Drauf geschissen, dachte Bald. *Ich werde nicht meine Zeit damit verschwenden, mir ihr Gesülze anzuhören.* Seiner Meinung nach hatte Hay genau das bekommen, was er verdient hatte. Er wollte mit den großen Jungs spielen, das war seine Entscheidung gewesen. Aber wenn man ganz allein zu einem Drogendeal fuhr, unbewaffnet, um sich dort mit ein paar Typen zu treffen, die anderen Leuten nur zum Spaß auch schon mal die Zähne herausrissen, dann hatte man es verdammt noch mal nicht anders gewollt.

Sie rasten von der Straße weg. Bald trieb den VW so weit an, wie es sein Motor und sein Alter erlaubten. Als sie auf die Verkehrsadern der Hauptstraßen abbogen, die sich durch Almaty wanden, flackerten Blaulichter an der Überführung auf. Bald fuhr schweigend weiter. Saakje hatte sich mit von dem Schock leeren Augen in die von Kugeln durchsiebte Dunkelheit des Wohnbereichs zurückgezogen. Im Rückspiegel beobachtete Bald, wie sie sich einen weiteren Joint rollte. Dieses Mal schichtete sie das Gras großzügiger auf, sprenkelte ein paar Tabakblätter darüber, rollte den Joint zusammen, zündete ihn an und nahm einen langen Zug. Ein Schild am Straßenrand informierte Bald darüber, dass er drei Kilometer von der Überführung entfernt war. Hay und die Tengir waren längst Geschichte.

»Was ist da passiert?« Saakje rauchte den Joint hastig auf. »Rede mit mir, Baby.«

Bald biss die Zähne zusammen.

»Sie warteten darauf, Hay in einen Hinterhalt zu locken. Sie müssen noch vor unserer Ankunft in Position gegangen sein. Hatten die Idee, den Wichser umzulegen und die Drogen und das Geld für sich zu behalten. Wahrscheinlich warteten sie dort schon seit Stunden und sahen uns kommen.«

Ein weiteres Straßenschild verkündete, dass sie sich nun zehn Kilometer nördlich der Überführung befanden. Die Straße wurde zu einem rauen, unbefestigten Stück Erde. Hier draußen gab es keine Straßenlaternen. Nichts als Ungeziefer als Gesellschaft. Sie fuhren nach Osten, in Richtung Scharyn-Tal. Ihre Aussicht beschränkte sich auf karge Wüstenlandschaft und jeder Menge Himmel. Als sie sicher waren, dass ihnen niemand gefolgt war, fuhr Bald an den Straßenrand. Schaltete den Motor aus, kletterte nach hinten und hob die Sporttasche an. Ein breites Grinsen huschte über sein Gesicht.

Einhundertzwanzig Riesen. Das war schon besser.

Bald zog den Reißverschluss auf. Mehrere Bündel aus Fünfzig-Dollar-Scheinen lagen darin. Er fischte eines davon heraus. Zählte achtzig Scheine pro Bündel, was viertausend Dollar ergab. Aber dann kramte er etwas tiefer in der Tasche. Irgendetwas stimmte nicht. Fieberhaft wühlte er in der Tasche herum. Papier fiel in seinen Schoß.

Er hielt zwanzigtausend in seiner Hand.

Der Rest des Geldes fehlte.

KAPITEL 3

19:18 UHR

Bald überprüfte es noch einmal, nur um sicherzugehen, dass seine Augen ihm keinen Streich spielten. Aber das taten sie nicht. Fünf lausige Bündel mit Fünfzig-Dollar-Scheinen starrten ihn aus der Tasche an. Läppische zwanzigtausend Dollar. Der Rest der Tasche war mit Bällen aus zusammengeknüllter Zeitung gefüllt. Und jeder dieser Bälle schien ihn auszulachen.

»Was ist los, Baby?«

Bald sah zu Saakje. Sie saß vorn in der Fahrerkabine und sah benommen aus.

»Du hast mir erzählt, dass Harry dreißig Kilo Rohopium in dem Koffer hatte. Der Scheiß hat einen Verkaufswert von viertausend Dollar pro Kilo. Also sollten in dieser Tasche verdammte einhundertzwanzig Riesen sein.«

Saakje biss sich auf die Unterlippe. Bald spürte, dass sie etwas vor ihm verbarg. »Was ist?«

»Nichts, Baby.«

»Spuck's aus, oder die Sache mit uns ist Geschichte.«

Saakje schwieg einen Augenblick lang. Wog in Gedanken ihre Möglichkeiten ab. Dann sagte sie: »Als Memphis das erste Mal mit den Tengir dealte, hielten ihn die Cops auf dem Rückweg zur Farm an. Sie durchsuchten den Wagen und fanden das Geld. Sie haben es mitgenommen. Alles. Seitdem lässt sich Memphis nur noch kleinere Mengen von den Tengir geben. Falls die Cops ihn beobachten sollten.«

»Was ist mit dem Rest?«

»Den holt er woanders ab.«

»Wo?«

»Der Übergabeort wechselt ständig. Es funktioniert so – die Tengir sagen ihm, wo er es abholen soll, und er fährt am selben Abend noch dahin. Manchmal ist es in einem Mülleimer, manchmal in einem Wagen am anderen Ende der Stadt.«

»Und wo ist es dieses Mal?«

Saakje sah Bald verlegen an.

»Das weiß ich nicht, Baby. Ich schwör's.«

Bald musste an Hay denken. Wie er sterbend auf dem glitschigen Asphalt lag. Blut war aus seinen zerschossenen Eiern gesprudelt, während er Bald dieses seltsame Grinsen zuwarf. Er hatte sich gefragt, was dieses Grinsen zu bedeuten hatte. Jetzt wusste er, was Hay so verdammt glücklich gemacht hatte. Er wusste, wo die restlichen einhundert Riesen steckten, aber Bald nicht. Und nun hatte er nichts außer einer Beute, die nicht einmal für anständige Karre reichte, und Kopfschmerzen, die sich langsam in seinem Hinterkopf zusammenbrauten.

Bald hatte sich auf der Farm erholt, nachdem Joe Gardner ihn zum Sterben in der kasachischen Wüste zurückgelassen hatte. Es war Saakje gewesen, die ihn gefunden hatte. Sie hatte ihn die Kommune gebracht. Ihn die ganze Zeit über gesundgepflegt. In der Kommune hatte es keinen Alkohol gegeben – aber auch keine schlechten Erinnerungen. Bald hatte Gewicht verloren, und der Sex mit Saakje war legendär gewesen. Genug, um ihn für ein paar Monate abzulenken.

Auf der Farm hatte Bald aber noch etwas anderes herausgefunden. Das Gras aus eigenem Anbau hielt seine Migräne im Zaum. In sechs Monaten hatte er nicht einen Anfall gehabt. Aber die ständige Tofu-Diät und der ganze pazifistische Käse ließen ihn nach einem Tapetenwechsel sehnen. Bald stand auf der Shit-List der CIA, also war es am wichtigsten, den Kopf unten zu halten. Aber dann teilte er sich ein Bett und einen Joint mit Saakje und musste sich ihren endlosen

Tiraden über ihren Ex, Memphis Hay, anhören, wie scheinheilig er doch war, weil er auf der einen Seite Frieden und Liebe predigte und auf der anderen aber heimlich Heroin vertickte, und von da an formte sich so etwas wie ein Plan in Balds Kopf.

Sein einziges Problem bestand nur darin, wohin er mit der Kohle und seiner Braut fliehen sollte. England kam nicht infrage. Er konnte nirgendwohin, wo die Firma präsent war, und die Firma hatte bekanntlich einen sehr langen Arm. Die Liste der Länder, in denen er leben konnte, schrumpfte daher auf ein knappes Dutzend zusammen. Er entschied sich für Panama, ein Land so korrupt wie seine eigene Seele. Sein Plan sah vor, mit dem gestohlenen Opium in das örtliche Kokaingeschäft einzusteigen. Sich nach oben zu arbeiten. Außerdem gehörte es zu seinem Plan, Saakje sofort loszuwerden, sobald sie in Panama City angekommen waren.

Bald wischte den Griff seiner TT an seinem Hemd ab, leerte das Magazin und die Kammer und warf die Pistole aus dem Fenster. Nach einem Kilometer übergab er auch das Magazin und die Kugel, die in der Kammer steckte, der kargen Wüste. Sie hielten sich vorerst an ihren ursprünglichen Plan und fuhren zum Almaty International Airport. Selbst mit wesentlich weniger Geld blieb Bald keine Zeit, einen neuen Plan auszuhecken. Und zur Farm konnten sie ganz sicher nicht mehr zurückkehren. Nicht ohne Hay. Das würde zu viele Fragen aufwerfen. Die Nachricht über seinen Tod würde die Hippies früh genug erreichen, und egal, wie high sie auch sein mochten, würde es nicht lange dauern, bis sie auf den Trichter kamen, dass an der Sache etwas faul war.

Achtzehn Kilometer und achtundzwanzig Minuten später lenkte Bald den Wohnwagen auf den Kurzzeitparkplatz am Flughafen von Almaty. Er parkte ihn so weit von dem Terminal entfernt wie möglich. Dann schloss er sich Saakje im Wohnbereich an. Sie saß an dem Tisch, die Beine an die Brust gezogen und niedergeschlagen ihr Kinn auf die Knie abgelegt. Das Sperrholzfurnier in Birkenoptik über ihr war mit pockennarbigen Einschusslöchern übersät.

»Ich habe noch nie zuvor jemanden sterben sehen«, sagte sie zu der Wand.

»Willkommen in meiner Welt« war alles, was Bald darauf antwortete.

Er kippte die fünf Geldscheinbündel aus der Tasche auf den Boden. Schnappte sich eine Rolle silbernes Klebeband und sagte: »Zieh' deine Sachen aus.« Er sah zu, wie Saakje sich auszog. Bekam einen halben Ständer beim Anblick ihres nackten Körpers. Er brauchte einige Minuten, um das Bargeld an ihren Armen und an ihrer schlanken Taille zu befestigen. Auf diese Weise staffierte er Saakje mit achtzehntausend Dollar aus und stopfte sich die restlichen zwei Riesen in seine Tasche. Dann stiegen sie auf den Asphalt hinaus, und er schloss das Wohnmobil ab.

»Bist du sicher, dass sie mich nicht durchsuchen werden, Baby?«, fragte Saakje.

»Dir wird nichts passieren.«

»Aber was ist, wenn sie mich anhalten?«

»Du bist ein nettes Mädchen. Dir wird nichts passieren.« Bald lächelte. »Vertraue mir.«

»Ich weiß nicht. Vielleicht ist das keine so gute Idee.«

Bald hielt sie auf. Sah ihr tief in die Augen.

»Ich habe es dir bereits erklärt«, sagte er und senkte die Stimme. »Das Personal hier besteht ausschließlich aus Kerlen. Wenn sie versuchen, dich zu filzen, verlangst du einfach, dass eine Frau das macht. Problem gelöst.«

Saakje nickte, noch nicht vollends überzeugt, aber bereit, mit dem Plan fortzufahren. Die Höchstmenge an Bargeld, die eine Person unbehelligt durch die Zollabfertigung mitnehmen durfte, lag bei 9999 Dollar. Bald war daher sehr glücklich darüber, dass Saakje das ganze Risiko auf sich nahm. Falls die Zollbeamten sie herauszogen, würde er einfach sein unschuldigstes Gesicht aufsetzen und behaupten, sie nicht zu kennen.

Sie erreichten das Terminal. Das Einzige auf dem Almaty-Flughafen. Es war weiß gekachelt und verglast, mit einem geschwungenen Keramikdach, das wie ein Schnurrbart aussah. Bald warf einen letzten Blick zu dem VW zurück und sah auf seine Aquaracer. 19:44 Uhr. In süßen neunzig Minuten würde er eine Lufthansa-Maschine nach Astana besteigen. Von dort aus mit einer weiteren Lufthansa-Maschine nach Frankfurt. Dann mit einem KLM-Flug nach Amsterdam, mit einem dreistündigen Aufenthalt, und dann wiederum mit einer KLM zu ihrem letzten Ziel, dem Tocumen International Airport in Panama City. Eine Gesamtflugzeit von dreißig Stunden und fünf Minuten.

In etwas mehr als einem Tag würde Bald einen Neuanfang starten. Zwanzigtausend Dollar waren sehr viel weniger, als er gehofft hatte. Aber es würde trotzdem genügen, um einen Fuß ins Kokaingeschäft zu bekommen. Er hatte seine Kontakte. Konnte einen oder zwei Gefallen einfordern. Fuß fassen und sich nach oben arbeiten.

Sie bahnten sich ihren Weg durch einen Fluss aus Autovermietungen und Geldwechselstuben. Am Check-in-Schalter der Lufthansa zeigte Bald der Schlampe mittleren Alters seinen brandneuen Ausweis. Er hatte ihn vor zwei Wochen bei einem Besuch des britischen Konsulats in Almaty bekommen. Seine Visage dort zu zeigen war riskant, aber notwendig gewesen, weil er auf andere Weise nicht an einen echt wirkenden Pass gelangt wäre.

Die Lufthansa-Schnepfe warf einen desinteressierten Blick hinein und gab ihm den Pass zurück. Sie wünschte ihm einen angenehmen Flug, auch wenn sie sich so anhörte, als würde sie das genaue Gegenteil meinen. Dann hasteten Bald und Saakje zur Sicherheitszone. Dort angekommen ließ er Saakje den Vortritt. Jetzt hatten sie es so gut wie geschafft. Saakje hatte sich wieder beruhigt. Das Dope zeigte Wirkung. Sie atmete tief durch, schüttelte die Anspannung aus ihrem Genick und ihren Schultern und stellte sich in die Schlange. Bald sah zu, wie sie freundlich lächelnd durch den Scanner rauschte, ohne dass jemand Fragen stellte.

Bald war als Nächstes an der Reihe. Er warf seine Schlüssel und etwas Kleingeld in die Plastikschale. Band die Schnürsenkel seiner Corcoran-Springerstiefel auf und stellte sie auf das Förderband. Zog seine lederne Belstaff-Jacke aus und legte sie neben die Stiefel. Passierte den Scanner. Ganz unauffällig, ohne großes Getue. Klaubte seine Habseligkeiten wieder aus der Schale, verschnürte seine Stiefel und schlüpfte in seine Jacke. Erspähte Saakje vor sich, die zu den Duty-free-Shops flanierte.

Machte sich daran, zu ihr aufzuschließen.

Dann sah er sie. Zwei Typen. Graue Anzüge, wie Zigarettenasche. Gesichter wie Milchkannen, mit Augen wie Bohrlöcher. Schlägertypen, die etwa fünf Meter vor Bald herumlungerten. Er wirbelte herum. Ein drittes Schwergewicht war bereits hinter ihm und streckte die Hände nach ihm aus. Nun stürmten auch die zwei Kerle vor ihm auf ihn zu, packten seine Arme und zerrten ihn weg. Bald wehrte sich nicht. Drei gegen einen auf einem geschäftigen Flughafen-Terminal – da hatte er keine verdammte Chance. Der zweite Typ legte ihm die Silbermanschetten an. Bald sah, wie Saakje in den Duty-free-Shop spazierte, ohne zu bemerken, was mit ihm passierte.

Die drei Weisen aus dem Morgenland zerrten Bald unsanft durch eine Reihe spärlich beleuchteter Korridore, in denen es nach Desinfektionsmittel stank. Sie gelangten an eine Feuerschutztür mit einem kleinen, mit Maschendraht verstärkten Glasfenster darin. Einer der drei Weisen zerrte an dem Türgriff und schob Bald in einen kleinen Raum. Die schwere Tür fiel hinter ihm ins Schloss. Bald sah sich in seinem Zuhause um. Cremefarbene Wände und ein Linoleumboden, der sich bereits wie ein alter Lederputzlappen wölbte. In der Mitte ein kleiner Holztisch. Ein paar Leuchtstoffröhren warfen ihr Licht auf einen Stuhl hinter dem Tisch. Und auf einen Mann, der mit übereinandergeschlagenen Beinen auf dem Stuhl saß.

Leo Land lächelte Bald an und sagte: »Sie sind ein sehr ungezogener Junge gewesen, John.«

KAPITEL 4

20:58 UHR

Zwei Gedanken schossen Bald durch den Kopf, als er den Mann anstarrte, der ihn reingelegt hatte. Der erste Gedanke war gar kein richtiger Gedanke, sondern eher ein Instinkt, der aus dem reptilischen Teil seines Gehirns an die Oberfläche schoss und ihn dazu ermutigte, Land die Lichter auszuschlagen.

Aber Gedanke Nummer zwei verriet Bald, dass Land schlecht aussah. Das Leben hatte es nicht gut mit dem MI6-Agenten gemeint, der wie ein Sack Scheiße auf seinem Stuhl hing. Sein Haar war fettig. Seine Augenringe hingen ihm fast bis ans Kinn. Der Savile-Row-Maßanzug war verschwunden und durch einen billigen Nylonanzug ersetzt worden, der an den Ärmeln zu lang und an den Aufschlägen bereits ausgefranst war. Er sah aus, als hätte er sich seit einer Woche nicht mehr gewaschen.

»Sie haben es mir nicht gerade schwer gemacht, John«, sagte Land.

Bald schwieg, stand einfach nur da und fühlte sich wie ein Schlappschwanz.

»Ich muss Ihnen wahrscheinlich nicht verraten, wie ich Sie gefunden habe, oder? Selbst Sie sind nicht so schwer von Begriff.«

»Der Pass«, antwortete Bald.

Land klatschte in die Hände.

»Auf den Punkt, John. Sie hätten besser den Kopf einziehen sollen, alter Junge. Verraten Sie mir, was haben Sie die ganze Zeit über getrieben?«

»Hab versucht, einen großen Bogen um Wichser wie Sie zu machen.«
Land grinste Bald an und deutete auf den leeren Stuhl im gegenüber. »Setzen Sie sich«, sagte er. »Wir haben einiges aufzuholen.«

Bald rührte sich nicht. Er betrachtete den Stuhl, als hätte er Aids. Land nickte dem Schwergewicht an der Tür zu. Der Mann schritt auf Bald zu. Baute sich vor ihm auf. Grinste. Dann ließ er die Schultern sinken und hieb eine geballte Faust in Balds Magen. Bald hatte den Schlag nicht kommen sehen. Der Kerl hatte kaum ausgeholt. Der Schlag schob seine Innereien gegen seine Bauchmuskeln und trieb ihm die Luft aus den Lungen. Bald sackte auf den Stuhl.

Land lächelte Bald an, aber nur mit den Lippen. Hass loderte in seinen Augen. Er war von solcher Intensität, dass er fast unnatürlich schien, als würde er nicht in ein reserviertes Gesicht wie dieses passen.

»Falls ich damit noch nicht Ihre volle und ungeteilte Aufmerksamkeit haben sollte, sollten Sie eines bedenken«, sagte er.

»Lassen Sie mich raten«, sagte Bald. »Sie sind schwul. Damit habe ich kein Problem.«

»Sehr witzig, John. Aber nein. Die Kasachen haben, wie Sie sicherlich wissen, ein großes Problem mit dem Drogenschmuggel in ihrem Land. Da draußen wartet ein Sergeant namens Sukharov auf Sie, der Sie nur zu gern festnehmen würde. Wie ich hörte, sollen die kasachischen Gefängnisse nicht gerade die angenehmsten Orte auf der Welt sein. Tatsächlich haben die Jungs im Vauxhall bereits Wetten darauf abgeschlossen, was sie zuerst umbringt … die täglichen Arschfickereien oder Tuberkulose.«

Land machte eine abwägende Geste. »Zum Glück gibt es für Sie eine Alternative.«

»Ich bin nicht interessiert«, sagte Bald.

»Ich bin froh, dass Sie fragen. Ich habe einen Job, der Ihrer besonderen Fähigkeiten bedarf.«

»Haben Sie dafür denn keinen anderen armen Trottel auf Schnellwahltaste?«

Land trommelte mit seinen Fingern auf den Tisch und sah Bald an. »Ich will ganz offen sein. Ich brauche Sie als Agenten für den MI6.«

Bald brach in Gelächter aus, unfreiwillig, wie ein Krampf. »In dem Geschäft bin ich nicht mehr. Das ist nicht mehr mein Ding.«

Land legte auf dem Tisch die Fingerspitzen aneinander.

»Und was genau ist denn jetzt Ihr Ding, John? Gras rauchen? Kasachische Drogendealer ausnehmen?« Er starrte Bald an. »Sie scheinen Ihre Lage nicht ganz zu erfassen. Wenn Sie mir nicht helfen wollen, mein Problem zu lösen, werde ich Sie nicht vor dem Knast bewahren können.«

»Darauf lasse ich es ankommen.«

»Dabei wissen Sie noch nicht einmal, was für ein Job es ist.«

»Ich müsste für Sie arbeiten. Mehr muss ich nicht wissen.«

»Erledigen Sie noch diesen einen Job für mich, und Sie sind ein unbeschriebenes Blatt.«

Bald schwieg. Misstrauisch beäugte er Land und spürte, wie sich in ihm ein Druckgefühl aufbaute.

»Ich meine es ernst. Sie müssen nie mehr vor Ihrer Vergangenheit davonlaufen.«

Bald sagte immer noch nichts.

Land beugte sich über den Tisch. »Ich biete Ihnen hier eine einmalige Gelegenheit, alter Freund. Eine letzte Mission für ein neues Leben. Neuer Name, neues Land. Sie könnten ein neuer Mann sein. Verdammt, John, wir legen sogar noch ein schickes Häuschen drauf. Ein absolutes Schnäppchen.«

Bald dachte an den rosafarbenen, gummiartigen Streifen Haut an seiner linken Schläfe. Die Narbe einer Kugel, die vor zwei Jahren in der Wildnis Serbiens seinen Schädel durchbohrt und ihn beinahe getötet hatte. Die Narbe erinnerte Bald daran, dass man Land nicht trauen konnte. Dass er Land sagen sollte, dass er ihn am Arsch lecken könne. Aber der logische Teil seines Gehirns sah die Dinge ein wenig anders. Er saß in der Klemme. Leo Land hatte ihn in der Hand, und er wusste es.

»Madeira«, sagte Bald.

Land pfiff.

»Ein wenig exotisch für Ihren Geschmack, finden Sie nicht?«

»Irgendwo am Strand.«

Land verzog das Gesicht.

»Und etwas Startkapital.«

Land runzelte die Stirn. »Über wie viel reden wir da?«

»Zweihundertfünfzigtausend. Um neu anfangen zu können.«

»Das ist ›ne Menge, wenn man bedenkt, dass Sie …«

»Pfund«, ergänzte Bald. »Nicht in lumpigen Euros.«

»Zweihundert. Mehr darf ich Ihnen nicht anbieten.«

»Zweihundertfünfzig, oder ich bin raus.«

Land seufzte, dann sah er zu dem Schlägertypen und deutete mit dem Kopf in Richtung Tür. Der Mann trat hinter Bald, nestelte mit einem Schlüsselbund herum und nahm ihm die Handschellen ab. Dann drehte er sich behäbig wie ein Öltanker um und verließ den Raum. Jetzt waren sie allein, nur sie beide.

Bald rieb sich die geschwollenen Handgelenke und fragte: »Worum geht es bei dem Jo?«

Land tippte auf den Tisch und lenkte Balds Aufmerksamkeit auf einen DIN-A5-Umschlag. Bald bemerkte ihn erst jetzt. BITTE NICHT KNICKEN war in ausgeblichener roter Tinte aufgestempelt, die Bald an billigen Lippenstift erinnerte. Land öffnete den Umschlag und schüttelte eine Fotografie heraus. Er legte sie flach auf den Tisch und drehte sie so, dass Bald sie sehen konnte.

Es war das Porträt eines Mannes. Ende vierzig, Anfang fünfzig. Etwa im gleichen Alter wie Land. Auf den ersten Blick sah er wie ein Versager aus. Aber seine Augen waren seltsam. Grau und gespenstisch. Zuerst schienen sie trüb zu sein. Aber bei genauerem Hinsehen lauerte ein intensives Schimmern unter der Oberfläche. Wie rohe Diamanten. Sie schienen einem Mann zu gehören, der über viel Geld verfügte, aber in ständiger Angst lebte, es zu verlieren.

»Sein Name ist Viktor Klich«, erklärte Land. »Er ist ein russischer Oligarch.«

Erneut musterte Bald das Foto. Es war in Eile aufgenommen worden. Klich marschierte entschlossen an der Spitze einer Entourage aus Geschäftsleuten in dunklen Anzügen.

»Das wurde vor drei Wochen aufgenommen, vor dem königlichen Gerichtshof. Gestern floh Viktor Klich mit einem Flugzeug aus London nach Venezuela. Ich will, dass Sie ihn aufspüren und zurückbringen. Aber ich brauche ihn lebend.«

»Was hat er ausgefressen?«, erkundige sich Bald.

Land sah ihn an. »Klich tötete eine Parlamentsmitarbeiterin.«

KAPITEL 5

21:18 UHR

»Sie nennen ihn den ›unsichtbaren Milliardär‹«, fuhr Land fort. »Viktor Klich ist die Sorte von Oligarch, von der Sie noch nie gehört oder gelesen haben. Es gab mal eine Zeit, und das ist noch gar nicht so lange her, da gehörte er zu den reichsten Männern der Welt. Jetzt ist er nicht einmal mehr der reichste Mann in Russland. Unser Freund ist bis auf ein paar hundert Millionen abgebrannt.«

»Mir blutet das Herz«, antwortete Bald.

Land schnaubte verächtlich. »›Reich‹ ist ein relativer Begriff. Wenn man einmal milliardenschwer war und nun nur noch zig Millionen besitzt, ist man dann immer doch reich?«

Das Geräusch von Holz, das über Metall kratzte, war zu hören, als Land von seinem Stuhl glitt. Er war voller nervöser Energie, konnte nicht stillsitzen. Bald war überrascht, ihn derart aus der Rolle fallen zu sehen. Der Kerl war normalerweise so aalglatt, dass man ihn auf eine Scheibe Toast schmieren konnte. Irgendetwas brachte ihn aus der Fassung.

»Klich hat ein Vermögen während der sogenannten Aluminiumkriege verdient. Gut möglich, dass Sie noch nie davon gehört haben. Ich schätze, dass russische Geopolitik nicht unbedingt Ihre Stärke ist.«

Bald warf Land einen Blick zu.

»Sie meinen den irren Scheiß, der dort zwischen einer Handvoll Oligarchen ablief?«

Land schien amüsiert. Bald spürte ein leichtes Kribbeln im Nacken. Er schloss die Augen. Er konnte hören, wie Land im Kreis herumlief und seine Schritte dabei ein beinahe feierliches Echo erzeugten, wie von einem Detektiv, der die Spuren eines Mörders an einem Tatort abschritt.

»Als die Sowjetunion zusammenbrach, war Klich dreißig Jahre alt und einige hundert Millionen schwer. Er war der richtige Mann zur richtigen Zeit am richtigen Ort. Aus zweihundert Millionen machte er beinahe über Nacht eine Milliarde.«

»Damit sollte er bei *Die Höhle der Löwen* auftreten«, sagte Bald.

Land lachte aus Höflichkeit.

»Während der Aluminiumkriege waren Morde praktisch an der Tagesordnung. Schmelzhüttenbetreiber wurden enthauptet. Metallhändler bei lebendigem Leib verbrannt. Journalisten mit Autobomben aus dem Weg geräumt. Klich heuerte ehemalige Spetsnaz-Soldaten an, um seine Interessen zu schützen. Nicht lange, und er etablierte seine Vormachtstellung. Dann hörten die Morde auf. Es hieß, als reicher und mächtiger Mensch schlief man in Russland nirgendwo sicherer als neben einer von Klichs Schmelzhütten. Plötzlich war er der mächtigste Mann Russlands. Er zwang andere Oligarchen dazu, ihm Schutzgeld zu bezahlen. Klich ließ sich hauptsächlich in Anleihen auszahlen. Auf die Art verwandelte er eine Milliarde in zehn. Können Sie noch folgen?«

»Kommen Sie einfach zum Punkt«, antwortete Bald.

»Klich hatte eine Meinungsverschiedenheit mit einem alten Freund. Ein Mann namens Valery Favorsky. Ich nehme an, dass selbst Sie schon einmal von Favorsky gehört haben?«

Bald nickte. »Das ist der Typ, dem die Fußballmannschaft gehört.«

Land nickte ebenfalls.

»Favorsky gehört außerdem ein U-Boot, die größte private Jacht der Welt, eine Insel auf den Malediven und eine Villa in einer exklusiven und bewachten Wohngegend in Moskau, die den Kensington Palace Gardens nachempfunden ist. Das alles hat er dem Erwerb einer sehr kleinen Gasfirma im östlichen Teil Russlands zu verdanken. Danach kaufte er andere, sehr viel größere Gasfirmen.«

»Ich schätze, dass er dafür nicht bei einer Bank um einen Kredit bettelte.«

Land schüttelte den Kopf. »Das Geld war ein Geschenk des Kremls an ihn. Vom Präsidenten persönlich. Um Klichs Macht zu untergraben. Klich hatte den Zorn des Präsidenten auf sich gezogen, müssen Sie wissen. Er pumpte Millionen in die kommunistische Partei und die russischchristliche Bewegung. Er bezichtigte die Regierung der Korruption und Vetternwirtschaft. Er deckte Korruptionsfälle innerhalb des Kremls auf, die bis zum Präsidenten reichten. Weshalb der Präsident Klich zum Schweigen bringen musste. Um das zu erreichen, benutzte er Favorsky.«

Der MI6-Agent lockerte seinen Kragen, so als würde er keine Luft mehr bekommen.

»Der Präsident stellte die Geldmittel zur Verfügung, damit Favorsky eine feindliche Übernahme von Klichs Aluminiumimperium starten konnte. Klich protestierte. Die russische Gerichtsbarkeit beschloss den Verkauf zu einem Schleuderpreis. Mit einem Schlag war Favorsky der reichste Mann auf dem Planeten geworden und Klich in den Arsch gefickt.«

Land tippte mit einem Finger auf das Foto. »Deshalb zog Klich vor den obersten Gerichtshof. Wo alle Oligarchen ihre Fälle verhandeln lassen, auch wenn sie nichts mit britischem Recht zu tun haben. Sie trauen den Gerichten in ihrem Land nicht, verstehen Sie? Und sie lieben alles, was mit England zu tun hat. Das war Klichs letzte Hoffnung. Seine letzte Chance, die Milliarden zurückzubekommen, die er bei Favorksys Coup verloren hatte.«

»Was ist passiert?«

»Er hat den Fall verloren.«

Bald zuckte mit den Schultern, als wäre ihm das ziemlich egal.

»Am selben Tag, als Klich den Gerichtssaal verließ, rief ihn sein Finanzberater aus Moskau an. Das GCHQ fing das Gespräch ab. Offenbar spionierten ihn drei Männer vor seinem Haus aus. Tags darauf fand die Polizei seine Leiche in einem Grab in Ramenskoje, vierzig Kilometer außerhalb von Moskau. Klich flog daraufhin nicht mehr nach Russland zurück.«

Bald kratzte sich am Ellenbogen. »Wieso sich überhaupt die Mühe machen, vor Gericht zu ziehen? Wenn er wusste, dass der Präsident und seine Leute hinter ihm her waren, hätte er untertauchen müssen, selbst wenn er den Prozess gewonnen hätte.«

Land wand sich wie ein Aal. Die kleinen Fältchen in seinem Gesicht schienen plötzlich hervorzutreten. Er sah Bald auf die gleiche Weise an, wie es die Unteroffiziere im Regiment immer getan hatten. Verachtung gemischt mit Neugier waren ihm ins Gesicht gemeißelt.

»Nicht zwingend, alter Freund. Wenn Klich gewonnen hätte, wäre er imstande gewesen, eine kleine Armee zu seinem Schutz zu bezahlen. Oder sich ebenfalls einen Fußballklub zu kaufen, um zu einer Person des öffentlichen Lebens zu werden. Auf die Weise hätten ihm die Russen nichts anhaben können. Aber als er verlor, wurden die Samthandschuhe ausgezogen. Das wusste er. Und wir ebenfalls. Weshalb wir beschlossen, ihm ein Angebot zu machen.«

»Was für ein Angebot?«

»Schutz, John. Im Austausch gegen Informationen. Insiderwissen aus dem Kreml.«

Land hatte soeben die neunte Runde durch den Raum beendet. Er blieb hinter seinem Stuhl stehen, legte seine manikürten Finger um die Stuhllehne und starrte daraufhin Bald lange und eindringlich an. Er versuchte, wie sein übliches schmieriges Ich zu wirken. Aber seine Mundwinkel zuckten, und die Augenlider ebenfalls. Land war ein Nervenbündel, und er hatte Mühe, es zu verbergen.

»Also, Klich war ein guter Kumpel von Putin und wurde steinreich«, sagte Bald, »aber jetzt, wo er nur noch ein lumpiger Millionär ist, versuchen Sie, ihn um den Finger zu wickeln. Aber was zum Teufel hat das mit dem Mord an einem Parlamentsassistenten zu tun?«

Land räusperte sich laut und kehrte Bald den Rücken zu. Er stürmte zu der Tür und spähte durch das vergitterte Fenster, während er seine Antwort murmelte. »Zara Axline, die Parlamentsmitarbeiterin, arbeitete für ein liberales Parlamentsmitglied namens William White.«

Er wartete, ob der Name Bald etwas sagte. Was er nicht tat. Bald machte sich nichts aus Politik. Der MI6-Agent blickte stirnrunzelnd zu Boden und sagte: »William White sitzt im Verteidigungsausschuss.«

Bald blinzelte ihn an.

»Axline schlief mit William White. Gleichzeitig schlief Axline aber auch mit Viktor Klich.«

Bald schwieg. Land zappelte nervös herum und verzog gequält das Gesicht, als würde er versuchen, sich einen Cricketschläger rektal einzuführen.

»Wir haben ihre Leiche gestern im Schlafzimmer von Klichs Haus gefunden. Sie lag schon ein paar Tage dort. Fortgeschrittener Fäulniszustand, das Gesicht bereits unkenntlich.« Land war wieder zu dem Tisch zurückgekehrt und las von dem Bericht ab, den er aus dem Umschlag genommen hatte. »Sie hatte, ich zitiere, *schwere Prellungen und Brandflecken auf Gesicht und Hals, die von Zigaretten herrühren. Dem Opfer wurden die Haare ausgerissen. Außerdem fanden sich bei dem Opfer Verletzungen im Analbereich. Die Obduktion legt den Schluss nahe, dass das Opfer die meiste Zeit der Folter noch bei Bewusstsein war*. Zitat Ende.«

Land schob den Bericht von sich, als wäre er schmutzig. Er untersuchte seine Fingernägel und runzelte beim Anblick seines Zeigefingers die Stirn. Dann klaubte er etwas Dreck unter dem Fingernagel hervor.

»Wie auch immer, kommen wir zum Wesentlichen«, sagte er. »Kurz vor ihrem bedauernswerten Ableben weihte White sie in einige Staatsgeheimnisse ein.«

»Welche Art von Staatsgeheimnissen?«

»Die Art, von der Sie lieber nichts wissen wollen«, bellte Land. »Gott allein weiß, was White sich dabei gedacht hat. Wahrscheinlich der verzweifelte Versuch, sie zu beeindrucken. Dieser Narr hat ihr alles erzählt. Offenbar wusste er sogar Dinge, die nicht einmal mir bekannt waren.« Lands Stimme klang überheblich. Die Augenbrauen hatte er hochgezogen.

»Und weil diese Axline-Schlampe nebenbei noch Klich fickte, glauben Sie nun, dass sie die Informationen den Russen steckte?«

Land rutschte unruhig herum und versuchte, den Rest des Cricketschlägers unterzubringen. »Ehrlich gesagt ist mir Axline egal«, sagte er. »Das ist nur ein Name. Aber ein russischer Oligarch, der durch die Welt jettet und jedes dunkle Geheimnis kennt, welches es über unseren Geheimdienst zu wissen gibt, könnte möglicherweise das größte Sicherheitsleck bedeuten, welches wir je erleiden mussten.«

Stille. Land ließ seine Worte wie Staub sinken. Bald grinste ihn an. »Jetzt verstehe ich, was hier los ist«, sagte er. »Man hat Sie mit runtergelassenen Hosen erwischt. Und jetzt wollen Sie, dass ich das Chaos beseitige.«

»Ein sauberer Neuanfang, John. Kommen Sie schon. Das ist ein guter Deal, und das wissen Sie.«

»Wo ist Klich jetzt?«

»Er bestieg gestern am späten Morgen einen Iberia-Flug von Heathrow nach Madrid. Von Madrid aus nahm er einen Anschlussflug nach Venezuela, nach Caracas. Er löst dort einen Gefallen ein.«

»Was für einen Gefallen?«

»Klick ist persönlicher Freund von Präsident Chávez. Irgendein dubioser Waffenhandel, den er mit den Iranern abzuschließen half. Chávez schuldet ihm was. Eine Menge. Er würde ihn niemals ausliefern lassen, und das weiß Klich verdammt gut.«

»Also wollen Sie, dass ich da runterfliege und diesen Mistkerl für Sie schnappe«, sagte Bald.

Land nickte. »Bevor er von der Bildfläche verschwunden ist.«

»Was ist mit Interpol?«

Land warf Bald einen Blick zu, als hätte dieser ihm gerade einen Dreier vorgeschlagen. »Klich ist für uns immer noch sehr nützlich. Aber wenn Interpol ihn in die Hände bekommt, wird die Sache an die Öffentlichkeit gelangen. Sie wird Richter, Geschworene und der ganze Rest sein. Und unsere Chance, Informationen aus ihm herauszubekommen, wird sich in Luft auflösen.«

Von seinem Stuhl aufspringend, sagte Land: »Jetzt kommen Sie schon, Ihr Flugzeug wartet.«

Sie verließen den Raum und durchquerten ein Labyrinth aus Korridoren. Land an der Spitze, Bald zwischen den beiden Schlägertypen eingezwängt.

»Es gibt da aber noch ein kleines Problem«, sagte Land an die Leere vor ihm gewandt, ohne Bald überhaupt anzusehen. »Das GCHQ hat Datenverkehr aus Moskau aufgeschnappt. Wir wissen, dass die russischen Geheimdienste über Klichs Flucht informiert wurden.«

»FSB?«

Land nickte. »Sie glauben, dass sie Informationen aus Klich herausbekommen und gegen uns verwenden können. Es ist zwingend erforderlich, dass die Klich finden, bevor es die Russen tun.« Land blieb stehen. Sie standen unter einer flackernden Leuchtstofflampe, die dabei ein summendes Geräusch von sich gab. »Klich hält sich in einer Villa im Country Club am nördlichen Stadtrand auf.«

»Hat er viele Leibwächter um sich?«

»Drei. Frauen, um genau zu sein. Klich hat eine besondere Schwäche für schwarze Frauen. Sie sind bestens ausgebildet. Jiu-Jitsu, Krav Maga, Kickboxen, Schusswaffen.« Ein Lächeln kroch in Lands Mundwinkel. »Sie haben doch kein Problem damit, Frauen zu schlagen, oder, John?«

Bald sah ihn an. »Ich denke nicht.«

»Gut.«

Land eilte weiter. Bald folgte ihm. Nach sieben Abzweigen erreichten sie einen Notausgang. Land drückte den Handgriff hinunter und Licht fiel durch den Türspalt herein. Der Geruch von Flugzeugbenzin und verbranntem Gummi begrüßte Bald. Sie traten auf eine kleine Startbahn, die an die Hauptlandebahnen angrenzte, auf denen dröhnend die kommerziellen Flüge starteten und landeten. Ganz in Balds Nähe stand ein mittelgroßer Business-Jet, den er als eine Falcon 50 erkannte. Französisches Fabrikat. Land marschierte zielstrebig voraus. Sein Schritt hatte an Vitalität gewonnen.

Nachdem Bald noch ein wenig über die Ausgangslage nachgegrübelt hatte, machte es bei ihm Klick. Er schloss zu Land auf und fragte: »Wie sieht Ihr Plan eigentlich aus? Soll ich einfach in die Villa reinschneien, den Wichser mit der Waffe bedrohen und mit ihm abhauen?«

Land blieb stehen. »Ich gebe zu, dass es etwas … äh … dünn ist.«

»Das ist genau gar nichts.«

»Zeit ist ein Luxus, den wir bei dieser Sache nicht haben, John.«

»Und was ist mit den Leibwächterinnen? Das sind vier gegen einen.«

Land grinste.

»Eher vier gegen zwei.«

Bald spürte, wie sich sein Magen zusammenzog.

»Wovon zum Teufel reden Sie da?«

Land senkte den Kopf, gegen den Wind. Zog sein Jackett vor seiner Brust zusammen.

»Hören Sie, ich kann Ihnen diese Mission nicht allein anvertrauen. Nicht nach dem, was in Florida passierte. Klich ist für das Königreich von strategischer Wichtigkeit. Also werden Sie einen Partner haben.«

Bald spürte, wie sich die Sehnen in seinem Kopf verspannten.

»Wer ist es?«, fragte er.

Land zögerte, bevor er antwortete: »Ihr alter Kumpel Joe Gardner.«

Er neigte den Kopf zur Seite und warf Bald einen nervösen Blick zu.

»Ist das ein Problem?«

»Nein«, sagte Bald. »Alles bestens.«

»Gut. Ich weiß, dass Sie und Joe eine bewegte Vergangenheit haben. Aber Klich zurück nach London zu bringen, ist für die nationale Sicherheit absolut entscheidend. Das ist kein Job für nur einen Mann. Deshalb muss ich mich darauf verlassen können, dass zwischen ihnen kein böses Blut herrscht.«

Bald zuckte mit den Schultern.

»Über den Joghurt, den ich in meinem Kühlschrank vergessen habe, mache ich mir mehr Sorgen.«

Land musterte Bald ausgiebig. Dann nickte er.

»Ihr Flug wir ungefähr 15 Uhr Ortszeit am Ziel eintreffen. Zwei meiner besten Leute warten auf Sie in dem Flugzeug. Sie werden Sie nach Caracas begleiten und Sie mit den nötigen Papieren und einem Handy ausstatten. Dann treffen Sie sich mit Gardner. Sobald Sie Klich in Ihre Gewalt gebracht haben, werden Sie vor Ort ein Snatch-Team kontaktieren und sich mit ihnen treffen. Sie werden Klich zu einem sicheren Flugplatz und danach sofort außer Landes bringen.«

»Was ist mit den Russen?«, fragte Bald.

»Wir schätzen, dass sie etwa drei Stunden hinter Ihnen herhinken werden. Sie werden sicher vorhaben, Klich in die Enge zu treiben und einen Deal mit ihm zu machen. Sein Leben im Austausch für alles, was er weiß.«

Jetzt hob Land den Blick. Seine Augen waren perlweiß und riesig. Und Bald sah etwas in ihnen, was er bei diesem Mann noch nie gesehen hatte. Er sah Angst, in ihrer reinsten Form. Land sah aus, als würde er sich jeden Moment übergeben. Bald erwiderte den Blick nur und fühlte sich einigermaßen unwohl.

Dann gewann Land seine Fassung wieder und sagte: »Wenn wir damit scheitern, Viktor Klich nach Hause zu holen, bin ich geliefert. Dann wird man die Messer wetzen. Aber merken Sie sich eines: Sollte ich untergehen, werde ich Sie mitnehmen.«

KAPITEL 6

CARACAS, VENEZUELA. 15:48 UHR

Die Beifahrertür flog auf, und als Bald sich aufsetzte, wehte ihm ein gnadenloser Schwall aus der Klimaanlage ins Gesicht. Er hatte während der Fahrt vom Maiquieta Flughafen ins dreißig Kilometer südlich gelegene Caracas auf dem Rücken eines Ford Explorers gelegen. Während der Fahrt waren ihm immer wieder Schockwellen des Schmerzes durch seinen Kiefer gefahren. Nun arbeiteten sie sich in sein Gesicht vor und ließen bunte Flecken wie Poolbillardkugeln vor seinen Augen tanzen. Er spähte aus der Beifahrertür. Sah hunderte von Lehmziegelhütten, die auf einem Hügel übereinandergestapelt waren. Er hörte die Stimmen spielender Kinder, Mopeds, die wie Fliegen umhersurrten und Latino-Rap, der aus verdammt großen Lautsprechersystemen dröhnte. Dann kam Wellfoot in Sicht und hielt einen dünnen Arm zur Beifahrertür hinein.

»Guten Morgen. Wir sind da.«

Bald quälte sich hinaus, Wellfoot ließ die Hand sinken und trat zur Seite, um ihm Platz zu machen. Der Geruch von frittiertem Mais und würzigem Fleisch schlug Bald entgegen. Plötzlich war er sehr hungrig. Auf der Straße angekommen streckte er sich, versuchte, den Jetlag aus den Knochen zu bekommen, und blinzelte in die Sonne. Es war das erste Mal, dass er die Sonne wieder sah, seit er vor sechzehn langen Stunden die Falcon in Almaty bestiegen hatte. Sie glich einer grellen, blendenden Platzwunde.

»Ich dachte, Joe sollte sich hier mit mir treffen?«, fragte er.

»Er wird jede Minute da sein«, antwortete Wellfoot nach einem Blick auf seine Citizen Eco-Drive. Er trug eine beige Hose, spitze braune Lederschuhe und ein zerknittertes weißes Hemd. Er sah aus, als würde er die kolumbianische Version von *The Apprentice* moderieren. Aus den Schatten musterten sie neugierige Augenpaare. Ein paar Kinder in Shorts und weiten T-Shirts hatten mit ihren Fahrrädern auf der anderen Straßenseite angehalten und beobachteten die beiden Männer. Dann radelten sie in das Labyrinth der Hütten und riefen nach unsichtbaren Freunden. Wellfoot schien nicht zu merken, dass er sich in einer bettelarmen Gegend befand und kaum auffälliger hätte sein können. Ein Weißer mit einer hübschen Uhr und einem iPhone zog Straßenräuber förmlich an.

Bald sah den Kids hinterher, dann fragte er: »Wo zum Teufel sind wir?«

»Das verdammte GPS funktioniert nicht richtig«, sagte Wellfoot und blickte stirnrunzelnd und hochkonzentriert auf sein iPhone. »Was sagten Sie eben?«

Bald wollte die Antwort gerade wiederholen, aber da hatte das iPhone bereits wieder Wellfoots ganze Aufmerksamkeit auf sich gezogen. Wade, der zweite Agent, saß noch immer hinter dem Lenkrad des Explorers, den Arm aus dem Fenster hängend und mit einer Marlboro Light zwischen Daumen und Zeigefinger.

»Wir sollten auf der Avenida Cinque de Mayo sein. Aber ich bin nicht sicher, ob wir richtig sind. Sieht mir alles ein wenig rustikal aus, meinen Sie nicht?« Wellfoot blinzelte zu dem Meer aus Hütten hinüber, als hätte er noch nie zuvor arme Menschen gesehen. »Aber man hat von hier oben eine nette Aussicht«, ergänzte er und ließ seinen Blick über den Abhang schweifen.

Bald folgte seinem Blick und erblickte einen Talkessel, vielleicht fünfzehn Kilometer lang und genauso breit. Er lag etwa dreihundert Meter unter ihnen und einen Kilometer von dem Punkt entfernt, den Bald und Wellfoot einnahmen. Der Talkessel glich einem braunen und grauen Diagramm aus Wolkenkratzern, Appartementhäusern und verfallenden Betonbauten. Die Stadt war in einen leichten Smogschleier gehüllt. Der Anblick erinnerte an eine Großstadtaufnahme aus den Nachrichten in den Siebzigern. Auf drei Uhr ragte das Ávila-Massiv auf. Auf der Karte in Balds Kopf hatte der Berg im Norden der Stadt gelegen, was bedeutete, dass sie sich derzeit irgendwo im östlichen Stadtteil von Caracas befinden mussten.

»Oh, und bevor ich es vergesse: Alles Gute zum Geburtstag.«

Wellfoot hielt Bald einen Umschlag entgegen. Er war braun und nur leicht gepolstert. Wog kaum etwas. Ein paar hundert Gramm vielleicht. Bald öffnete den Umschlag. Ein Blackberry fiel heraus. Ein prähistorisches Modell, eines von der Art, auf der ein Immobilientycoon vor fünf Jahren herumgetippt hätte. Oder mit dem ein Teenager mit Kapuzenpulli vor einem Jahr Krawalle organisiert hätte. Das Display war zerkratzt, und das Gehäuse schien locker zu sein.

»Manchmal spielt das Signal verrückt«, sagte Wellfoot. »Aber es sollte seinen Zweck erfüllen.«

Unbeholfen versuchte Bald, das Gehäuse des Blackberrys wieder festzudrücken. »Der Drecksack schickt uns mit einem Privatjet einmal um die halbe Welt, ist sich aber zu fein für ein anständiges Telefon.«

»Das Blackberry sendet auf einer verschlüsselten Frequenz«, erklärte Wellfoot. »Nun, sobald sie unseren russischen Freund geschnappt haben, wählen Sie die Nummer, die auf der SD-Karte gespeichert ist. Wir werden Sie über das eingebaute GPS des Blackberrys orten und zu Ihnen kommen. Noch Fragen? Nein? Gut.«

Wellfoot lief zu dem Explorer, blieb stehen und inspizierte die Kappen seiner Schuhe. »Oh, eines noch. Der Chef lässt ausrichten, dass Sie es vergessen können, jemals wieder einen Fuß auf englischen Boden zu setzen, falls Sie diese Mission vermasseln sollten. Nur, dass Sie Bescheid wissen. Viel Glück.«

Dann stieg er in den Explorer, schlug die Tür zu, und der Motor erwachte knurrend zu wütendem Leben und lockte neugierige Gesichter aus den Schatten. Sie sahen zu, wie der Explorer beschleunigte und in die Stadt im Tal hinunterraste, wobei er Staub und Kies aufwirbelte.

Dann traten sie aus den Schatten.

Neun zornige junge Männer. Sie gehörten scheinbar zu einer Gang. Acht von ihnen hatten die Statur von Kerlen, die den ganzen Tag lang im Fitnessstudio abhingen. Riesige Brust- und Bauchmuskeln, Arme, die am Bizeps überquollen, am Trizeps aber schlank waren. Körper, die nach zu viel Gewichtheben, aber zu wenig Kardio aussahen. Einer von ihnen war jünger als die anderen. Mittleres Teenageralter und verdammt dürr, ein menschlicher Schokoriegel mit schlechten Zähnen. Sie alle starrten Bald finster an. Jeder von ihnen trug Basketball-Shirts, zerlumpte Jeans und abgewetzte weiße Sneakers.

Bald verspannte sich instinktiv. Von einem Bekannten, der Entführungs- und Lösegeldfälle in Lateinamerika bearbeitete, hatte er genug über die Elendsviertel von Caracas gehört. Die Leute, die hier lebten, hatten keine Arbeit. Kein Geld. Keinen Ausweg. Kinder im Grundschulalter wurden erschossen, wenn sie jemanden auf der anderen Straßenseite falsch ansahen. Cops ließen sich von Bandenführern schmieren und erledigten als Todesschwadrone die Drecksarbeit für die örtlichen Drogendealer.

Die neun Kerle bildeten einen losen Kreis um Bald. Drei Meter und weniger. Vier von ihnen waren bewaffnet. Zwei von ihnen trugen Schnappmesser. Ein Junge, vielleicht zwölf, besaß einen Schlagring. Der vierte Kerl trug einen Baseballschläger bei sich. Das vordere Ende war bereits blutverschmiert. Dieser Typ war älter als seine Kumpel. Ende zwanzig vielleicht. Etwas größer als Bald, und doppelt so breit. Sein Schädel war mit Tätowierungen verziert und seine Haut hatte die Farbe gerösteter Erdnüsse. Der Kerl ließ das schwere Ende des Baseballschlägers immer wieder in seine flache Hand klatschen. Dann trat er einen Schritt näher an Bald heran.

»Hast du Freunde hier in der Gegend?«, fragte Erdnuss. Sein Akzent ließ jedes einzelne Wort so klingen, als würde er dabei mordsmäßig einen abseilen.

»Nein«, sagte Bald.

»Tja, jetzt schon.«

Bald schwieg. Er musste an Gardner denken. Hoffte, dass er sich verdammt noch mal beeilte.

»Wo kommst du her?«, fragte Erdnuss.

»Schottland«, antwortete Bald.

Erdnuss verzog das Gesicht.

»Wo ist das denn?«

»Ziemlich weit von hier entfernt.«

»Wieso kommst du dann hier in mein Revier, Bruder? Das hier ist nicht das Hilton. Das hier ist Rancho-Gebiet.«

»Was bin ich doch für ein verdammter Glückspilz«, sagte Bald. »Da reise ich einmal um die halbe Welt und laufe trotzdem nur Wichsern wie dir über den Weg.«

Im nächsten Augenblick stürzte sich Erdnuss bereits auf Bald, den Baseballschläger hoch über dem Kopf wie ein wild gewordener Holzfäller.

Bald hatte damit gerechnet. Selbst ein Blinder am anderen Ende der Stadt hätte es kommen sehen. Erdnuss war mit über hundert Kilo Muskelmasse beladen, und Muskeln wogen mehr als Fett. Er bewegte sich auf plumpe und übertriebene Weise. Bald wog 50 Kilo weniger als er, dank der gesunden Lebensweise auf der Farm. Er war sieben Zentimeter kleiner und seine Arme bestimmt zwölf Zentimeter dünner. Aber er war beweglicher und wusste, wie man zuschlagen musste. Als der Baseballschläger also auf ihn hinunterraste, wich er ihm einfach mit einer schnellen Bewegung aus, immer noch nah genug, um den Windhauch auf seiner Haut zu spüren.

Erdnuss brachte den Angriff zu Ende. Nun war er ungeschützt. Bald stand einen Schritt rechts von dem Typen und dessen Oberkörper ragte etwas über sein rechtes Bein hinaus, wie bei einem Mann, der sich aus dem Fenster lehnte, um aufs Dach sehen zu können. Bald hatte einen idealen Winkel, sah sich der linken Seite von Erdnusses Kopf gegenüber. Er ballte seine rechte Hand zur Faust. Und nicht nur zu einer lockeren Anordnung von Knöcheln, sondern richtig. Seine Faust war so hart wie Stahl aus Aberdeen. Er ließ die linke Schulter sinken und schob sich mit dem Ballen des rechten Fußes voran. Er holte nicht aus. Das taten nur Anfänger, und Bald mischte schon länger andere Leute auf, als er denken konnte. Er legte seine ganze Kraft in seine rechte Schulter und die Muskeln seines rechten Beines. Die Bewegung begann als blitzschneller, verschwommener Schwung und endete mit seinen Knöcheln, die gegen Erdnusses Unterkiefer krachten.

Es war ein guter Treffer: genau auf den Punkt, wo alle Nervenenden zusammenliefen. Erdnusses Kopf schnellte zurück und er schrie kurz auf, als die Nervenenden zu feuern begannen und ihm schlagartig das Blut ins Gehirn schoss. Dann klappte sein Kopf nach vorn zurück. Seine Arme und Beine gaben nach, und dann zogen ihm unsichtbare Hände den Stecker. Mit einem heftigen Zittern schlug er auf dem Boden auf. Bald trat einen Schritt zurück und begutachtete sein Werk.

Dann stürzten sich die anderen acht Kerle auf ihn.

Sie kamen von allen Seiten, und alle gleichzeitig. Bald bereitete sich darauf vor, auf den ersten Mistkerl einzuschlagen, der in Reichweite kommen würde, doch dann schoss ein Schmerz durch seine rechte Wade, und sein Bein gab unfreiwillig nach. Jemand hatte ihn von hinten getreten. Dann gab auch sein linkes Bein nach, und Bald sank zuerst auf die Knie und dann mit dem Gesicht in den Dreck. Er hob die Hände, um seinen Kopf abzuschirmen. Mehrere Fäuste prügelten auf ihn ein. Es war, als würde jeder Schlag sein Gehirn auf null zurücksetzen. Er spürte, wie ihn zwei Arme packten und seinen Kopf in den Schwitzkasten nahmen. Bald versuchte, seinen Kopf hin und her zu schütteln. Dann blickte er nach vorn und sah den Jungen mit dem Schlagring sich bereitmachen. Ein breites, verdammtes Grinsen breitete sich von einem Ohr zum anderen Ohr aus. Als hätte er sein ganzes Leben lang nur auf diesen Moment gewartet. Der Bengel kam einfach auf ihn zu, holte mit seinem dünnen Ärmchen aus und schlug Bald ins Gesicht. Für einen Jungen mit kaum Muskeln lag ziemlich viel Wucht in dem Schlag. Gebogenes Metall bohrte sich in seine rechte Schläfe.

Er hörte Leo Lands Stimme in seinem Kopf, der ihm zurief: »Ziemlich beschissene Art, draufzugehen, altes Haus. Von ein paar kleinen Gaunern zu Tode geprügelt zu werden.«

Dann hörte Bald etwas anderes. Keine Stimme in seinem Kopf, sondern von irgendwo hinter ihm. Ein quietschendes Getriebe. Knirschender Kies. Brechende Steine. Das Brummen eines Motors. Dann spürte er, wie sich der Arm um seinen Hals löste, und er hob den Kopf vom Boden und spie Dreck aus. Er rollte sich auf den Rücken und sah zu der Straße hinter sich. Ein Wagen war vier Meter entfernt zum Stehen gekommen. Eine Großraumlimousine wie ein Panzer, Timberwolf-Grau, mit einem Chevrolet-Logo am Kühlergrill. Ein Mann stand neben dem Chevrolet und hielt eine Glock 17 Halbautomatik in der Rechten. Die Glock zielte auf die Gang. An Bald gerichtet rief er: »Steig ein, Kumpel!«

Joe Gardner, verflucht noch mal.

Der Junge mit dem Schlagring machte sich aus dem Staub. Seine Kameraden ebenfalls. Verschwanden zwischen den Baracken. Bald lachte. Sein Brustkorb explodierte. Er rappelte sich von der Straße auf. Sein Körper schmerzte an etwa einhundert verschiedenen Stellen. Seine Muskeln waren geschwollen und verdreht. Seine Knochen sendeten Warnsignale in sein Gehirn. Er fühlte sich, als hätte ihn ein Lastwagen überrollt. Er humpelte zu dem Chevrolet und warf sich hinein, und im selben Moment ließ Gardner den Motor aufheulen. Wendete auf dem Schotterweg. Trat aufs Gas. Der Wagen machte einen Satz nach vorn. Bald sah auf den Tacho. Gardner fuhr so schnell an, dass man sich den Hals brechen konnte. Im Rückspiegel schrumpfte der Slum zusammen. Kurz darauf war er nichts weiter als eine schlechte Erinnerung. Bald ließ seinen Kopf gegen die Kopfstütze sinken, schloss die Augen und lauschte dem rhythmischen Pulsieren seiner Muskeln.

»Dachte schon, ich hätte dich da draußen verloren, Kumpel«, sagte Gardner.

Bald hielt die Augen und seine Klappe geschlossen.

Gardner musterte ihn von der Seite. Bald schwitzte wie ein Zigeuner in einem Raum voller Löffel. Er richtete seine Augen wieder auf die Straße.

»Land hat es dir gesagt, oder?«

Bald öffnete die Augen.

»Was gesagt?«

»Die Sache ist ein Riesenchaos. Die Russen sind bereits hier.«

KAPITEL 7

16:21 UHR

Gardner verlangte dem Chevrolet einiges ab. Bald sah, wie die Tachonadel auf 110 Kilometer pro Stunde kletterte. Einen halben Kilometer voraus ebnete sich die Landstraße und wand sich in den Talkessel hinab, wo Caracas zu schmutzigem Leben erwachte. Die Sonne hing hoch über der Stadt und warf grelle Lichtstrahlen durch die Windschutzscheibe. Bald hatte das Gefühl, als wäre in seinem Kopf ein Beutel voller Schraubenschlüssel aufgerissen, die nun in seinem Schädel herumklapperten.

»Land meinte, wir hätten noch Zeit«, sagte er. »Er sagte mir, die Russen wären drei Stunden in Rückstand.«

Gardner schüttelte den Kopf. »Mit dieser Info lagen sie leider meilenweit daneben, Kumpel. Sie haben die Villa vor dreißig Minuten überfallen. Schätze, unsere russischen Kameraden hatten den gleichen Plan wie wir: Unangemeldet reinschneien, Klich einsacken und verschwinden. Kinderspiel. Aber sie sind in eine Falle getappt. Wie sich rausstellte, war Klich nicht allein in der Villa. Er hatte Gesellschaft.«

»Du meinst sein Team von Leibwächtern, oder?«

»Nicht nur die.«

»Wer noch?«

Gardner grinste verschlagen, und Bald hasste ihn noch mehr.

»Der Präsident entsendete zwölf seiner ranghöchsten Berater in die Villa. Als Willkommensparty. Sie hatten Sicherheitspersonal dabei, sechs Leibwächter. Zusammen mit Klich und seinen Bodyguards befanden sich also zweiundzwanzig Personen in der Villa, als die Russen anklopften. Sie rechneten nicht mit einer Bande knallharter Leibwächter. Deshalb konnten die Russen nicht die Kontrolle über die Villa übernehmen. Sie wurden von den Hubschraubern festgenagelt. Wir sind jetzt auf dem Weg zu einem Treffen mit der venezolanischen Spezialeinheit, die den Angriff plant. Mehr weiß ich auch nicht.«

Bald musterte Gardner aus dem Augenwinkel. Gardner hatte sich kaum verändert. Um die Augen herum etwas älter geworden. Etwas mitgenommener. Sein Haar war kurzgeschoren, um die Stirnglatze zu verbergen. Sein Bart war bis auf ein paar kurze graumelierte Stoppeln abrasiert. Seine Haut war noch immer hart wie Lehm. Drei Lederbänder waren um sein rechtes Handgelenk gewickelt, wie sie Surfer trugen. Gardner versuchte, jung und cool zu wirken. Aber für Bald blieb er der gleiche alte Mistkerl, mit einem künstlichen Scheißding als linker Hand.

Sie rasten auf einen dreispurigen Highway, der nach Westen ins Herz der Stadt abbog, und schossen dabei an Appartementhäusern mit riesigen Plakatwänden auf den Dächern vorbei, von denen Chávez ganz besonders staatsmännisch herabblickte. Nach einem Kilometer fädelte sich Gardner auf der rechten Fahrspur ein und nahm die nächste Ausfahrt, die auf eine zweispurige Straße mit funkelnagelneuem Straßenbelag führte. In der Ferne ragte das Avila-Massiv auf. Bald konnte man das Humboldt-Hotel wie eine Antenne vom Gipfel des Berges aufragen sehen. Und er sah auch die durchhängenden Seile der Seilbahn, die von dem alten Hotel bis ganz hinunter ins Tal reichten.

»Was ist mit Klich? Weiß man, wo er sich gerade aufhält?«

Gardner zuckte mit den Schultern. »Ich schätze, er ist immer noch in der Villa.«

»Wie zum Teufel sollen wir an ihn rankommen, wenn die Villa gerade angegriffen wird?«

Gardner schob sich einen Streifen Kaugummi in den Mund und deutete mit den Augen auf das Handschuhfach.

»Wirf mal einen Blick da rein«, sagte er.

Bald ließ die Klappe aufspringen. Die Kinnlade des Handschuhfachs sank herunter wie bei jemanden, der gerade schlechte Nachrichten erfährt. Bald hatte damit gerechnet, ein paar Karten und Bedienungsanleitungen darin zu sehen. Stattdessen fand er einen Aktenordner vor. Er schlug ihn auf, und eine Reihe von Fotografien fielen ihm in den Schoß. Er überflog sie. Es waren Überwachungsaufnahmen einer schwarzen Frau Mitte oder Ende zwanzig. Sie hatte Haare, die wie Kaffee über ihre Schultern flossen und Augen, die das Licht aus einem schwarzen Loch saugen konnten. Sie war selbstbewusst, das konnte Bald an der aggressiven Kinnpartie und den trotzig geschürzten Lippen sehen.

»Odessa Stone«, erklärte Gardner. »Sie ist eine von Klichs Leibwächterinnen. Die anderen beiden Frauen sind Yanks. Aber Stone stammt aus Großbritannien.«

Bald nickte verstehend. »Also müssen die Venezolaner mit uns zusammenarbeiten.«

»Land hat mit dem Chef des Justizministeriums telefoniert. Die Karten auf den Tisch gelegt. Hat ihm erklärt, dass zwei seiner Leute bei dem Angriff dabei sein sollen, und man sofort alle Diplomaten aus der venezolanischen Botschaft in London außer Landes verweisen wird, wenn man ihm das verweigert. Das gefiel denen nicht, aber drauf geschissen. Jetzt sind wir hier. Unser Befehl lautet, uns mit einem Kerl namens Ray Monzant zu treffen. Captain der Sondereinheit.«

Die Straße verschwand in einem Tunnel, dessen Decke aus einem Gitternetz aus Holzbalken und -platten bestand. Die Wände waren mit bunten Fliesen verziert, jede von ihnen leicht geneigt, sodass der Effekt einer unendlichen umkippenden Kette aus Dominosteinen entstand.

»Da ist noch etwas anderes«, sagte Gardner. »Land glaubt, dass Stone vielleicht etwas über die Axline-Morde weiß. Sagte, sie wäre unser Sekundärziel. Wenn wir sie *und* ihren Boss erwischen, können wir mit einem Bonus rechnen.«

»Was für ein Bonus?«

»Einhundert Riesen für jeden von uns.« Gardner grinste erneut.

»Und wenn wir sie nicht schnappen?«

»Laut Land hat Klich weiterhin absolute Priorität. Wenn die Schlampe sich eine Kugel einfängt, ist das Pech, aber die Firma wird deswegen keine schlaflosen Nächte verbringen.«

»Tut sie das je?«

Gardner verfiel in Schweigen. Bald ebenfalls. Nach einem halben Kilometer schossen sie wieder aus dem Tunnel, und Gardner bog bei der ersten Gelegenheit rechts ab. Der Verkehr hatte sich beruhigt. Die Straßen waren von Art-Deco-Gebäuden und Bronzestatuen gesäumt. Gardner ließ den Chevrolet noch hundert Meter geradeaus preschen, und als er wieder rechts abbog, sagte er: »Ich dachte schon, ich würde dich nie wiedersehen.«

»Man kriegt halt nicht immer, was man sich wünscht.«

Sie verstummten erneut. Die Optik der Gegend wechselte von angenehm zu nagelneu. Sie passierten weiß getünchte Villen, die wie riesige Anwesen konzipiert waren und hinter zwei Meter hohen Betonmauern und Toren mit Kameras hockten. Vor einigen Villen wehten Nationalflaggen von Masten.

Gardner richtete sich auf. »Okay, was in Kasachstan passiert ist, tut mir leid. Es war falsch von mir, dich dort so zurückzulassen. Das war völlig daneben. So. Jetzt ist es raus. Ich hab mich entschuldigt.«

»Verleih dir am besten noch einen Orden.«

»Du scheinst ein schlechtes Gedächtnis zu haben. Du vergisst, dass du eine Waffe auf mich gerichtet hattest. Oder sorgt die Kugel in deinem Kopf auch für Gedächtnisschwund?«

Bald ging nicht darauf ein. Er rieb sich die Schläfen und träumte von einem kalten Glas Lager. Gott, war es lange her, seit er einen Tropfen von dem Zeug gekostet hatte. Auf der Farm ohne zurechtzukommen, war nicht schwer gewesen, bei all dem Rumgevögel und dem Gras. Aber jetzt, wo er wieder mitten in der Scheiße steckte, mit einem Gesicht, welches er am liebsten nie wieder gesehen hätte, war Alkohol wieder sein bester Freund.

»Hast du irgendwas zu trinken dabei?«, fragte er.

»Tut mir leid. Das musste ich Land versprechen.« Gardner rang sich ein halbes Lächeln ab, müde und flüchtig. So wie der Mann selbst, dachte Bald. »Aber hey, wenn das alles vorbei ist, geht die erste Runde in Hereford auf mich. Einverstanden?«

Balds Antwort bestand aus Schweigen.

Gardner drosselte den Chevrolet auf ein schnelles Schritttempo herunter. Er bog an der nächsten Kreuzung nach links ab, ging vom Gas und wartete eine Ewigkeit darauf, dass eine Gruppe Ansässiger über die Straße watschelte. Südamerikaner, dachte Bald. Der gesamte Kontinent schien Faulheit zu einer regelrechten Kunstform erhoben zu haben. Nach gefühlten zehn Jahren war die Straße wieder frei und Gardner trat aufs Gas, bremste nach hundert Metern aber bereits wieder ab. Eine Schlange aus Autos und vollbesetzten Bussen zog sich bis zum Horizont dahin. Sie bewegten sich nicht.

»Scheiße«, fluchte er und hieb mit den Handflächen gegen sein Lenkrad.

Die Straße ächzte unter einer großen Menschenmenge. Bald sah auf die Uhr: 16:49 Uhr. Laut Gardner hatten die Russen die Villa um 15:50 Uhr herum gestürmt. Das bedeutete, dass bereits beinahe sechzig Minuten verstrichen waren, seit der erste Schuss fiel. Sechzig Minuten waren eine verdammt lange Zeit für ein paar Leibwächter und Cops, um gegen bestens trainierte russische Schützen durchzuhalten. Sie würden Klich jeden Moment erwischen, wenn sie das nicht sogar bereits hatten. Gardner drückte auf die Hupe und Bald schlug mit der Faust auf das Armaturenbrett. Die beiden Ex-Blades gestikulierten wild herum, um der Menge zu verstehen zu geben, sich verdammt noch mal zu verpissen. Aber davon nahm niemand Notiz. Alle waren zu sehr damit beschäftigt, sich die Hälse nach der Polizeiabsperrung etwa hundert Meter vor ihnen zu verrenken.

Die meisten der Anwohner waren mindestens sieben Schattierungen heller als die Bandenmitglieder, die Bald in den Slums gesehen hatte. Die Männer trugen grelle Hemden, leichte Chinohosen und besaßen zu viel Gesichtsbehaarung. Die Frauen waren durchweg heißer als die heißesten Bräute in Europa. Ihre Haut war goldbraun und ihr Haar so schwarz wie die Nacht. Körper mit Kurven an Stellen, die westliche Frauen nicht einmal besaßen. Bald ließ sich für ein paar kostbare Sekunden von seiner Migräne und Klich und den Russen ablenken. In der Reisebroschüre in seinem Kopf schienen die Frauen immer schöner zu werden, je näher man dem Äquator kam. Und Caracas schien diese Theorie von ihm mehr als nur zu bestätigen. Er konnte sich gut vorstellen, hier noch eine Weile zu bleiben, wenn die Mission erst vorbei war. Ein wenig Spaß haben.

»Siehst du die Straßensperre da vor uns?«, fragte Gardner und riss Bald aus seinem Tagtraum. »Land sagte, dass wir dort auf Monzant treffen werden.«

»Ja, und die verdammten Arschlöcher hier bewegen sich keinen Zentimeter.«

»Scheiß drauf.«

Gardner hatte genug davon, sich durch die Menschenmenge zu quälen. Er zog die Handbremse an, schaltete den Motor aus und sprang mitten auf der Straße aus dem Wagen. Bald schwang seine Tür auf und rannte ihm hinterher, folgte Gardner, der sich durch die Straße schlängelte. Stieß mit den Ellenbogen Leute aus dem Weg. Grelles Sonnenlicht hämmerte auf Autodächer hinunter. Ein Hawker-Beechcraft-Hubschrauber in den Farben der nationalen Luftwaffe kreiste über ihnen. Bald hastete weiter, Gardner dabei nicht aus den Augen lassend. Es war anstrengend. Die Hitze war drückend, beinahe greifbar.

Vierzig Meter vor der Straßensperre erspähte Bald ein paar rote und blaue Rundumleuchten, die in der Hitze flackerten. Er zählte vier Streifenwagen. Zwanzig Cops. Ein hellgelbes Polizeiabsperrband trennte sie von der Menschenmenge. Die Cops beäugten Bald und Gardner misstrauisch. Einer von ihnen näherte sich Bald. Der Kerl hatte einen Blick im Gesicht, als würde er auf Teer kauen, ihn aber nicht ausspucken können. Er war knochig und so dunkelhäutig wie ein abgebranntes Streichholz. Und seine Nase konnte man wahrscheinlich sogar noch über Google Earth sehen.

»Bleiben Sie hinter der Absperrung, Gringo«, sagte der Mann.

»Wir sind hier, um Captain Monzant zu treffen«, erklärte ihm Gardner und zeigte ihm die falschen Pässe, die ihnen die Firma ausgestellt hatte.

Der Kerl studierte jeden Pass eine gefühlte Ewigkeit lang. Ließ seine Augen erst zu Gardner, dann zu Bald huschen. Dann schien es dem hässlichen Vogel zu dämmern. »Ah, richtig. Man sagte mir, dass ich nach Ihnen Ausschau halten soll.«

»Sind Sie Captain Monzant?«, fragte Gardner.

Der Mann schüttelte den Kopf.

»Sergeant Elvis Rodríguez. Stellvertretender Befehlshaber der Special Operations Brigade, Division Caracas.« Er gab ihnen nicht die Hand und behielt beide Pässe. »Ich werde Sie zum Captain bringen. Wir müssen uns beeilen.«

Rodríguez drehte sich um und lief die Straße hinunter, weg von der Menschenmenge. Bald und Gardner duckten sich unter dem Absperrband hindurch und folgten ihm. Weit entfernt am Horizont begann die Sonne unterzugehen. Der Himmel war im Westen blau und im Osten violett. Zu ihrer Rechten verlief eine Reihe von Palmen entlang der Straße. Bald spähte durch eine Lücke zwischen ihnen hindurch und erhaschte einen Blick auf einen Golfplatz. Er stellte sich vor, wie Land dort achtzehn Runden mit irgendeinem korrupten asiatischen Diplomaten spielte.

»Wie ist die Lage?«, fragte Bald Rodríguez.

»Captain Monzant wird Sie einweihen«, antwortete der Cop, der seine Überlegenheit ausspielte, als wäre Bald nur Dreck an seinem Schuh. Bald hatte schon hunderte solcher Typen wie Rodríguez erlebt. Mini-Ruperts, wie er sie in Anspielung auf das in der britischen Armee übliche Schimpfwort für aufgeblasene Unteroffiziere nannte. Ruperts waren einfach nur Arschgeigen. Mini-Ruperts aber waren wütende Arschgeigen, verbittert, weil sie die Drecksarbeit der Ruperts verrichten mussten, und es deshalb an den normalen Soldaten ausließen.

»Wie gefällt Ihnen mein Land?«, fragte Rodríguez.

»Großartig«, antwortete Bald. »Jetzt kann ich es endlich von meiner To-Do-Liste streichen.«

»Sie haben eine To-Do-Liste, Amigo?«

»Ja, von allen lächerlichen Drecknestern dieser Welt.«

Rodríguez schien das überhört zu haben. Sie waren vor einer offenbar baufälligen Kirche stehen geblieben. Die Fassade war fleckig und hatte die Farbe verfaulter Zähne angenommen. Die kleinen Skulpturen der Märtyrer und Heiligen erinnerten eher an Wasserspeier. An einem Mast über dem Haupteingang wehte die venezolanische Flagge.

»Ist das der große Plan?«, scherzte Bald. »Jesus um Vergebung zu bitten?«

Rodríguez schüttelte traurig den Kopf. »Das war einmal die Kirche unserer lieben Frau von Coromoto. Sie ist unsere Schutzpatronin. Nun dient die Kirche als unser Hauptquartier.«

Sie stürmten durch die Doppeltüren und fanden sich daraufhin in einem düsteren Kirchenschiff wieder. Die Bänke waren entfernt worden. Die Dekoration hatte man von den Wänden gerissen. Der schwache Geruch von Feuchtigkeit und Schweiß hing in der Luft. Wasser tropfte vom Dach und bildete auf dem Boden eine große Pfütze, nur wenige Zentimeter von ein paar Stromkabeln entfernt. Die Kabel schlängelten sich bis zur Kanzel und führten dort in einen Generator. Von der Wand hinter der Kanzel hing noch immer ein Kruzifix.

Bald wartete darauf, dass sich seine Augen langsam an die Dunkelheit gewöhnten. Ein Dutzend Männer trieb sich in den Seitengängen herum. Ihre Klamotten wiesen sie als Mitglieder der Spezialeinheit aus und erfüllten die damit verbundenen Anforderungen: Feuer-abweisende Kampfanzüge, kugelsichere Westen, Ellenbogen- und Knieschoner und Patronengürtel. Jeder von ihnen war mit einem FNC-Sturmgewehr als Primärwaffe und einer Glock als Reserve ausgestattet. Alle trugen leuchtend orangefarbige Armbinden mit dem schwarz gedruckten Wort »POLICIA« darauf. Ein paar von ihnen nippten an Red-Bull-Dosen. Andere arbeiteten sich kettenrauchend durch Marlboro-Päckchen. Man sah ihnen die Nervosität an. Bald konnte sie in ihren Augen sehen, die sich wie weiße Nieten in der Dunkelheit abzeichneten. Diese Männer machten sich bereit, sich kopfüber in die Scheiße zu stürzen. In diesem Moment wurde Bald plötzlich klar, wie sehr er die Adrenalinschübe während einer Mission vermisst hatte. Das ließ sich mit nichts auf der Welt vergleichen.

Dann hörte Bald Gewehrschüsse wie Donnerschläge über den Himmel hallen, deutlich und tödlich. Als hätten einhundert Vergaser gleichzeitig eine Fehlzündung. Er wirbelte herum und sah durch die Türen auf die Straße hinaus. Die Schüsse waren von Osten gekommen, aus Richtung der Kirche.

Dann sah Bald noch etwas anderes vor der Kirche. Einen Umriss, der zwischen den Palmen herumstrich und direkt zu ihm blickte. Ein Gesicht, welches Bald schon einmal gesehen hatte.

Der Junge mit dem Schlagring.

KAPITEL 8

17:02 UHR

Rodríguez schob sich durch die Menge aus Spezialagenten, und Bald und Gardner jagten ihm nach. Dann bog der Cop nach rechts ins Querschiff ab, wo breite Strahlen rosafarbenen Lichtes durch die Buntglasfenster auf den Steinboden fielen. Am hinteren Ende befand sich ein Schrein der Jungfrau Maria, die einen Heiligenschein aus Falschgold trug. Ein Mann stand dort, unter dem Fenster. Staub tanzte um ihn herum. Sein Gesicht war angespannt. Er war eifrig damit beschäftigt, Patronen in ein Magazin zu schieben. Jede Patrone gab ein lautes Knacken von sich, wenn sie einrastete. Eine Glock 10 Halbautomatik lag auf einem Tisch neben dem Schrein. Daneben zwei weitere Magazine und eine Schachtel Patronen. Der Gott der Haarpracht hatte es gut mit diesem Typen gemeint, so wie mit wohl jedem Latino. Der Mann war etwa einen Meter siebzig groß und etwa genauso breit. Entschlossen hatte er sich die Ärmel bis zu den Ellenbogen hochgekrempelt. Seine Haut war schwarzer als ein Witz über Madeleine McCann. Die bunten Abzeichen, die an die Schulterklappen seines Kampfanzuges genäht waren, wiesen ihn als Captain aus. Monzant, vermutete Bald.

Der Captain hörte damit auf, Kugeln in sein Magazin zu stecken, und ließ seine Augen zu Bald schnellen.

»Wer zum Teufel sind Sie?«

Seine Stimme klang, als würde man Wasser über heiße Kohlen gießen.

Rodríguez sagte etwas auf Spanisch zu ihm. Zeigte ihm die beiden Pässe. Monzant grunzte, neigte den Kopf zu Bald und sagte: »Mein Sergeant meint, ihr Klugscheißer seid britische Soldaten?«

»Das ist richtig«, erwiderte Gardner.

Monzant schnaubte und wandte seine Aufmerksamkeit wieder dem Tisch zu. *Wichser*, dachte Bald. Monzant pflückte eine Patrone aus der Patronenschachtel. Die Vorderseite der Schachtel war rot, mit einem weißen Streifen, der an der Seite herablief. Der weiße Text auf dem roten Balken lautete: *9 mm LUGER. 9 mm PARA. 9x19.* In der oberen rechten Ecke befand sich ein Logo, ein schräg gestelltes ›B‹ und mit einem davon überlagerten ›S‹. Bald kannte das Logo. Sellier & Bellot. Eine tschechische Firma, französischer Eigentümer. Bald hatte ihre .38 Special Vollmantelgeschosse benutzt, und das waren robuste Patronen gewesen. Er ging davon aus, dass die Neuner ebenso verlässlich waren.

»Sie sehen zu alt aus, um noch Soldaten zu sein.«

»Gelernt ist gelernt«, sagte Bald.

Monzant warf Bald einen Blick direkt aus dem *Blickfick-Handbuch* zu. Schnaubte erneut.

»So, wie ich die Sache sehe, sind Sie nur deshalb hier, weil irgendein Arschloch in einem Anzug ein Stück Papier unterschrieben hat. Aber bei diesem Einsatz können diese Arschlöcher meinetwegen Ihre verdammten Mütter ficken. Ich habe hier das Sagen. Sie werden tun, was ich Ihnen sage, und wann ich es Ihnen sage. Es interessiert mich einen Scheiß, wenn Sie SAS waren.«

»Klar doch«, sagte Gardner und hob in gespielter Kapitulation die Hände. »Was immer Sie sagen.«

Bald knirschte mit den Zähnen. Großer Gott, wie er es hasste, mit diesem beschwichtigenden Mistkerl arbeiten zu müssen.

Monzant schob eine weitere Patrone nach.

»Wie viel wissen Sie?«

»In etwa genauso viel wie über ihr Liebesleben«, antwortete Bald.

Monzant lachte.

»Ich habe nicht die Zeit, Ihnen jedes verdammte Detail zu erzählen. Diese Männer haben vor etwa einer Stunde die Villa angegriffen. Die Sicherheitsleute in der Villa konnten diese Kerle stoppen, aber ein paar von den Schützen konnten durch eine Hintertür eindringen. Kamen unseren Leuten zuvor. Wir haben ein paar gute Männer verloren. Haben Sie eben die Schüsse gehört? Das sind die Kerle, die aus den Fenstern im ersten Stock auf die Cops schießen. Sie treiben uns zurück. Aber jetzt schlagen wir von Süden aus zu. Mit allem, was wir haben.« Monzant hieb sich mit der rechten Faust in die linke Handfläche. »In acht Minuten werden diese Schweine den Tag bereuen, an dem sie aus den Cochos ihrer Mütter krochen.«

Bald hielt sich die Ausgangslage vor Augen. Die Russen hatten sich in der Villa verbarrikadiert. Deshalb war es ausgeschlossen, dass sie mit Klich einfach verschwinden konnten. Nicht mit der halben Armee auf den Fersen. Er dachte darüber nach, während Monzant die letzte Patrone in das Magazin steckte. Behutsam schob der Captain das Magazin in die Unterseite des Pistolengriffs, wo es mit einem deutlich hörbaren Klicken einrastete.

»Von wie vielen Schützen sprechen wir hier?«, fragte Bald.

»Sechs. Sie hatten sich als Golfspieler verkleidet.«

Monzant bemerkte den verwirrten Blick, der über Balds Gesicht huschte, und lachte.

»Die Villa grenzt an den Golfplatz«, erklärte er. »Die Schützen hatten sich verkleidet, um keine Aufmerksamkeit zu erregen. Sie sahen einfach nur wie sechs Männer aus, die ein paar Runden auf dem Platz drehen wollen. Aber dabei hatten sie verdammte Sturmgewehre in ihren Golftaschen, können Sie sich das vorstellen?«

Bald konnte es sich vorstellen. Er wusste ziemlich genau, wozu diese Russen fähig sein konnten. Sie waren hinterhältig und furchtlos. Wenn er es nur mit einer lokalen Bande zu tun gehabt hätte, hätte er sich keine Gedanken gemacht. Aber Land hatte gesagt, dass es sich bei diesen Kerlen um Ex-Spetsnaz handelte. Die Burschen besaßen Elite-Training. Sie würden schwer bewaffnet und verdammt schwer auszuschalten sein.

»Was ist mit den Geiseln?«

Monzant schüttelte den Kopf, wie jemand, der anstatt auf Schwarz lieber auf Rot gesetzt hätte.

»Wir haben soeben erfahren, dass sie einen Diplomaten getötet haben.«

Gardner und Bald tauschten besorgte Blicke aus.

»Haben Sie eine Ahnung, wer es war?«

»Ja. Irgendein verfluchter Berater von Chávez. Rincón war sein Name.« Monzant schien verwirrt, als er die erleichterten Gesichter der Briten bemerkte, aber dann fuhr er fort. »Sie haben ihn die Toilette gezerrt und ihm das Gehirn rausgeblasen. Deshalb gehen wir jetzt rein. Befehl von El Presidente. Wir müssen diese Männer aufhalten, bevor sie noch jemand anderen umbringen können.«

Dann ist Klich also noch am Leben, dachte Bald. Aber was die Russen mit ihm vorhatten, bereitete ihm Sorge. Er presste sich seine Hand an die linke Schläfe und konnte spüren, wie seine Venen unter der Haut pulsierten.

»Machen Sie sich etwa Sorgen um ihre Landsfrau? Diese schwarze Schlampe? Müssen Sie nicht« sagte Monzant, und ein hinterlistiges Lächeln kroch in seine Mundwinkel. »Wir werden alles tun, um sie sicher zu Ihnen zurückzubringen. Sie haben mein Wort darauf.«

»Wegen ihr machen wir uns keine Sorgen«, sagte Bald.

Monzant zog den Schlitten zurück und ließ ihn wieder los. Er schnappte nach vorn und ein halbes Dutzend beweglicher Metallteile klapperte, während die erste Kugel aus dem Magazin schoss und in die Kammer transportiert wurde. Dann steckte er sich die Glock in sein Hüftholster und sah zu Bald.

»Dann verraten Sie mir doch mal, was Ihnen stattdessen Kopfzerbrechen bereitet, Gringo. Denn dieser Blick in Ihrem Gesicht – ich hab schon Typen im Todestrakt gesehen, die weniger gestresst aussahen als Sie.«

Bald sah Monzant unverwandt an. »Sie wollen durch die Vordertür reinplatzen?«

»Und sie auf venezolanische Art willkommen heißen.« Da war ein Funkeln in den Augen des Captains. »Haben Sie damit ein Problem, Gringo?«

Bald begann zu kochen und biss an. »Ja, habe ich. Sie werden die Villa in ein verdammtes Blutbad verwandeln.«

Monzant wirbelte herum, schnaubte, und seine Nackenmuskeln zogen sich wie Kabel zusammen. »Sie sollten mal die Augen aufmachen«, sagte er. »Das hier ist keine höfliche europäische Geiselnahme. Das Erste, was normalerweise passiert, ist, dass die Geiselnehmer anrufen und eine ellenlange Liste mit Forderungen herunterrattern. Sie wollen hundert Millionen Dollar, sie wollen, dass ihre Kumpane aus dem Gefängnis entlassen werden, sie wollen, dass ihnen Scarlett Johansson Tag und Nacht die Schwänze lutscht.« Monzant machte eine Blowjob-Geste mit der Hand. »Sie fangen erst später damit an, Leute umzulegen. Wenn ihnen klar wird, dass sie überhaupt nichts bekommen werden. Aber diese Jungs hier haben gleich als *Erstes* damit begonnen, Leute umzulegen.«

»Irgendwelche Forderungen?«, schaltete sich Gardner ein.

Monzant nickte. »Sie wollen einen Hubschrauber, der sie nach Havanna bringt. Wenn ich in der Villa wäre, hätte ich eher nach Scarlett Johansson verlangt. Die Chancen auf eine Muschi stehen sehr viel höher, als dass man ihnen freies Geleit nach Kuba gewähren wird.«

Jetzt verstand Bald, wie sich die Russen aus dem Staub machen wollten. Kuba genoss noch immer beste Beziehungen zu seinen alten Sowjet-Kumpanen in Moskau. Man würde ein paar Fäden ziehen, falsche Identitäten aus dem Hut zaubern und sie dann zusammen mit Klich zurück in den Osten schleusen. Der Plan hatte Eier und hätte in jedem anderen Land auch funktioniert. Aber mit jemandem wie Monzant am Zug würde er als Blutrausch enden. Und Klich im Kreuzfeuer draufgehen.

»Sie müssen ihren Plan ändern«, sagte Bald. »Die Kerle, mit denen Sie es da zu tun haben, sind nicht ihre üblichen Straßengangster. Das sind ernstzunehmende Gegner.«

Monzant steckte sich die beiden Reservemagazine in seinen Gürtel. »Wissen Sie was?«, sagte er. »Wie wäre es, wenn ich meinen Plan nicht ändere und Sie mich am Arsch lecken können?«

»Es werden Menschen sterben«, sagte Bald.

»Es sterben auch schon jetzt Menschen. Rincón war der Erste. Sie werden bald damit anfangen, auch die Restlichen hinzurichten. Vielleicht sind sie sogar schon tot. Je schneller wir reingehen, umso eher sind diese Arschlöcher Geschichte.« Dann hielt er plötzlich inne und mustere Bald misstrauisch. »Es sei denn, Sie wissen etwas, das wir nicht wissen?«

»Nein«, sagte Bald mit ungerührter Miene. »Wir tappen, was diese Kerle anbelangt, genauso im Dunkeln wie Sie.«

»Gut. Dann halten Sie endlich die Klappe und machen Sie sich bereit, den Laden zu stürmen.«

»Aber …«

»Genug davon. Es ist Zeit zu handeln.«

Gardner warf Bald einen Blick zu. Sein Gesicht sagte ihm, dass es keinen Sinn machte, dass Monzant bereits seine Entscheidung getroffen hatte. Monzant selbst hatte sich bereits aus der Unterhaltung ausgeklinkt. Er eilte an Bald vorbei und verließ das Querschiff. Rodríguez und Gardner folgten ihm.

Bald spürte, wie sein Blackberry vibrierte. Er fischte es aus seiner Hüfttasche. Von dem Display strahlte ihn eine Nummer an. Bald erkannte die ersten fünf Ziffern: +44208 – 44 für Großbritannien, 208 für London. Er wusste bereits, wer der Anrufer war, bevor er überhaupt das Gespräch annahm.

»Können Sie sprechen?«, knisterte Lands Stimme aus dem Blackberry. Da waren Hintergrundgeräusche, die wie Funkstörungen klangen. Bald hielt sich das Blackberry eng an sein rechtes Ohr und stopfte sich einen Finger in das linke. Mit leiser Stimme sagte er: »Ihre Schlägertypen haben mich mitten in die Scheiße geritten. Beinahe wäre ich in einem gottverdammten Slum über den Haufen geschossen worden.«

»Großer Gott«, antwortete Land. »Das tut mir wirklich furchtbar leid.« Er räusperte sich. »Übrigens, wie geht's Joe? Ich hoffe, Sie beide kommen gut miteinander aus?«

»Wie ein Pädo in ›ner Gefängnisdusche.«

»Wenn die Mission beendet ist«, fuhr Land fort, »müssten Sie für mich ein paar lose Enden beseitigen.«

»Von losen Enden war bislang keine Rede.«

»Sie hätten das Kleingedruckte lesen sollen, alter Knabe. Sie haben sich für den Job gemeldet. Ohne Wenn und Aber. Und Sie werden verdammt noch mal tun, was ich Ihnen sage, oder ich beende unser nettes kleines Arrangement und gebe Ihre Akte an Interpol weiter.«

Bald bohrte sich die Finger in seine Handflächen, wie er sie am liebsten in Leo Lands Hals gebohrt hätte.

»Welche losen Enden?«, fragte er.

Eine lange Pause entstand.

Dann sagte Land: »Ich will, dass Sie Joe umbringen.«

KAPITEL 9

17:19 UHR

Land sagte noch etwas anderes, aber das Signal wurde schwächer und seine oberlehrerhafte Stimme war nur noch bruchstückhaft zu hören. Dann war die Leitung tot. Bald versuchte, das Blackberry in andere Richtungen zu halten wie jemand mit einer Wurfantenne. Aber das half nichts. Monzant rief nach ihm. Bald hörte Stiefel, die über Beton marschierten und das Klappern von Waffen und wusste, dass es so weit war. Die Soldaten rückten aus.

Der Angriff begann.

Bald stürmte durch das Kirchenschiff. Sah, wie die Spezialeinheit hektisch aus der Kirche strömte und über die Straße lief, wo zwei Pinzgauer-Geländewagen mit dem Symbol der Nationalarmee der Republik Venezuela auf den Türen warteten. Ein Blick auf sie genügte, um Bald noch weniger an den Erfolg der Mission glauben zu lassen. Die Pinzgauers waren von den Briten im Irak und Afghanistan eingesetzt worden und hatten sich den Ruf einer Todesfalle erworben, wenn man das Pech hatte, mit ihnen über einen Sprengsatz zu fahren. Monzant sah zu, wie der letzte der Soldaten hinten in den führenden Pinzgauer einstieg. Medizinisches Personal und zwei Typen von der Logistik kletterten in den zweiten Wagen. Dann ließ Monzant Bald stehen und hielt auf das dritte Fahrzeug in der Kette auf der anderen Straßenseite zu, einem Jeep Wrangler SUV. Monzant war ausgesprochen flink. Die Art, wie seine fetten, kleinen Beinchen über den Asphalt trippelten, ließ Bald an ein Schwein auf einem Laufband denken.

Monzant rief Bald und Gardner zu: »Sie und Ihr Freund bleiben bei mir und Sergeant Rodríguez. Die Jungs vor uns werden durch die Vordertür einfallen. Wir werden vor dem Haus warten. Wenn unsere Jungs das Gebäude durchkämmt haben, retten wir die Geiseln und bereiten sie für eine Vernehmung vor.«

»Was sieht es mit Waffen aus?«, fragte Bald.

»Ihr bekommt keine.«

»Was soll der Scheiß? Wir fahren zu einer bewaffneten Geiselnahme. Dort werden uns die Kugeln nur so um die Ohren fliegen.«

Monzant gluckste, wobei seine Schultern an seinem Hals rieben.

»Das ist mein Einsatz. Meine Einheit. Ich gebe hier die Befehle. Sie und ihr Freund sind nur aus Gefälligkeit meines Landes hier. Ganz offiziell sind Sie Berater. Und soll ich Ihnen was verraten? Berater tragen keine Waffen.«

Monzant stieg vorn in den Jeep ein und zwängte sich hinter das Lenkrad. Rodríguez dackelte ihm hinterher wie ein gehorsamer Hund. Die beiden Pinzgauer donnerten die Straße hinunter. Bald wurde etwas langsamer und zog Gardner beiseite.

»Der Plan ist im Arsch, Joe.«

»Wovon redet du?«

»Wir sind nur die Putzkolonne«, erklärte Bald. »Monzant hat uns kaltgestellt. Wir werden wie ein paar übrige Schwänze auf einem Rudelbums draußen rumstehen, während die Venezolaner die Villa in Bullet City verwandeln.«

»Das erklärt, warum er sich uns gegenüber wie ein Arschloch verhält. Aber was hat er davon?«

»Er braucht keinen Grund. Er ist ein Latino«, sagte Bald. »Er muss uns zeigen, was für dicke Eier er hat. Das liegt denen im Blut.«

Gardner blinzelte in die Sonne. »Was sollen wir also tun, Kumpel?«

Bald sträubte sich ein wenig gegen die Art, wie Gardner hier beiläufig ein »Kumpel« einwarf. Als wäre zwischen ihnen alles koscher. Als könnte Bald einfach so einen Schalter in seinem Kopf umlegen und alles vergessen. Er hievte sich in den Jeep. Gardner ebenfalls. Dann feuerte Monzant den Motor an und fuhr den Pinzgauers hinterher. Die Straße wandte sich nach Norden, um den Golfplatz herum. Bald betrachtete durch die Windschutzscheibe hindurch den manikürten grünen Teppich, der sich wie ein Hufeisen um tiefe Sandlöcher legte. Die Schatten von Palmen krochen wir schmutzige Finger über die Fahrbahn.

»Was meinst du, John?«, begann Gardner. »Wollen wir die Vergangenheit nicht einfach vergessen. Wieder vereint und so?«

»Klar«, antwortete Bald und versuchte, seine Wut unter Kontrolle zu halten. »Wieso nicht. Wieder vereint.«

Gardner lächelte, schien aber nicht überzeugt.

»Ich weiß, die meisten Leute halten dich für einen Wichser und einen Gauner«, sagte er. »Aber ich weiß, wer John Bald wirklich ist. Und er ist ein guter Kerl. Und wird es immer sein.«

Bald musste an Land denken. Er hatte keine Ahnung, wieso Land Gardner aus dem Spiel haben wollte. Und es kümmerte ihn auch nicht wirklich. Seine Gedanken kreisten bereits darum, wie er den Mistkerl loswerden konnte. Eine Kugel in den Kopf. Es so aussehen lassen, als wäre er im Kreuzfeuer getroffen worden. *Dann erst* wären sie wirklich quitt. Bald lächelte innerlich, als er sich vorstellte, wie das gefährliche Ende einer Kanone aufblitzte und sich heißes Messing durch Joe Gardners Hirn bohrte.

Die Straße schlängelte sich um das nördliche Ende des Golfplatzes herum nach Osten. Der Beechcraft kreiste über ihnen. Nun konnte Bald die Villa sehen, fünfzig Meter entfernt, auf der anderen Straßenseite auf zwölf Uhr. In seinen Augen glich sie eher einem verdammten Palast. Vorn ein schmiedeeisernes Tor. Umgeben von einer Mauer in der Farbe einer Hochzeitstorte, unterbrochen von acht Steinsäulen. Ein Balkon mit Blick nach Süden führte aus dem ersten Stock der Vorderseite. Das Dach diente gleichzeitig als Terrasse, umgeben von einer Steinbalustrade. Von einer riesigen Veranda, die mit exotischen Pflanzen dekoriert war, führten einige Marmorstufen zu dem Haupteingang hinauf.

Monzant bremste den Jeep auf etwa fünfzig herunter. Die Pinzgauers waren zwanzig Meter voraus und drosselten ebenfalls das Tempo. Schüsse peitschten und knallten durch die Luft. Bald konnte nicht sehen, woher sie kamen, aber er nahm an, dass sie von irgendwo weit in der Villa abgefeuert worden waren. Er machte sich Sorgen, dass die Russen womöglich weitere Geiseln hinrichteten. Im Geiste trieb er die Fahrzeuge an. Sie waren jetzt vierzig Meter von der Villa entfernt, an einem Punkt, wo sich die Straße gabelte. Die linke Abzweigung führte von der Villa weg und wurde zu einem Schotterweg, der an der Seite des Berges hinaufführte, an der sich paar wenige ärmliche Hütten festklammerten. Der andere Abzweig führte an der Vorderseite der Villa vorbei und bildete eine Linie zwischen ihr und dem Golfplatz.

Bald beobachtete, wie die beiden Pinzgauers fünfzehn Meter vor dem Tor stehen blieben. Zwölf Elitesoldaten stiegen aus dem führenden Fahrzeug und hasteten über die Straße, deren Oberfläche im letzten Tageslicht glänzte. Sie hielten auf das schmiedeeiserne Tor zu und bewegten sich dabei als Einheit. Nach Balds Meinung war der ganze Plan nicht zu Ende gedacht. Bei jedem Soforteinsatz war es das Wichtigste, von verschiedenen Seiten aus anzugreifen. Man nutzte das Überraschungsmoment und die Verwirrung, um den Gegner zu überwältigen. Man nutzte den Schutz der Dunkelheit und kündete seine Ankunft nicht mit lauten Lastwagen und Hubschraubern an, die über einen hinwegdonnerten. Aber Bald hatte nicht das Sagen. Monzant traf die Entscheidungen. Und das schlecht.

Die Soldaten erreichten das Tor. Bald zählte drei Leichen hinter dem Tor: Verluste aus dem vorangegangenen Feuergefecht. Die Leichen waren als schwarze Häufchen auf dem Rasen verteilt. Aus der Ferne ließ sich unmöglich sagen, ob es sich bei ihnen um die Angreifer oder um Soldaten handelte. Sechs Elitekämpfer pressten sich zu beiden Seiten des Tores an die Mauer.

Bald sah ein Flackern in einem Fenster des ersten Stockwerks der Villa. Ein Schütze reckte den Kopf hinaus und begann, Schüsse auf die Soldaten abzugeben. Von unten erwiderten vier der Männer das Feuer und gaben Feuerschutz, während ein anderer der Soldaten sich vor eine in die Mauer geschraubte Metallplatte auf der rechten Seite des Tores kauerte und versuchte, das Schloss kurzzuschließen. Seine Hände machten Überstunden. Er schraubte die Platte ab und sortierte dahinter ein paar Drähte. Das Gewehr in der Hand des Mannes neben ihm zuckte zurück, die Kugeln trafen den Schützen im ersten Stock, und die anderen Männer johlten und schrien, als der Schütze aus dem Blickfeld verschwand. Der Mann am Tor kappte einen der Drähte und ein schriller Alarm ertönte. Er schob das Tor auf und alle zwölf Spezialsoldaten strömten auf die Veranda.

Monzant brachte den Jeep am Straßenrand zum Stehen, keine zwanzig Meter vor dem Tor. Bald schwang sich aus dem Wagen und stürmte auf die Villa zu. Er spürte die Frustration an sich nagen. Sie fraß ihn beinahe auf. Er war Klich so nahe, dass er den Typen beinahe riechen konnte. Und doch war er dazu verdammt, zusammen mit Monzant und Rodríguez Wachdienst zu schieben.

Bald befand sich fünfzehn Meter von der Villa entfernt. Sein Blut kochte. Er konnte Klich riechen. Er konnte bereits die Luft Madeiras riechen, und den Wein und die Frauen noch dazu.

»Sie wirken traurig«, sprach Monzant ihn an. »Wieso? Es ist so gut wie vorbei. Seien Sie glücklich. So wie Bob Marley.« Er räusperte einen ganzen Eimer Schleim nach oben und spie ihn aus. »Ich liebe Bob Marley. No woman no cry, eh?«

Die zwölf Soldaten hatten sich in zwei Sechsergruppen aufgeteilt. Die erste Gruppe war den anderen um sechs Meter voraus und stürmte die Stufen hinauf. Die sechs Männer hinter ihnen bewegten sich langsamer, hielten ihre Sturmgewehre auf die Fenster im ersten Stock gerichtet und feuerten wahllos Dreischusssalven ab, um die anderen Schützen festzunageln. Glasscherben und faustgroße Putzbrocken regneten auf die Veranda. Fünf der Soldaten leerten jeweils ein ganzes Magazin auf die Fenster. Der sechste Mann trug, wie Bald erkennen konnte, eine AK-94 mit daran befestigtem GP-30-Obuvka-Granatwerfer. Bald kannte den Typ, denn er hatte im Regiment russische Waffentechnik studiert. Der GP-30 konnte unter dem Lauf der AK-94 arretiert werden, feuerte 40-mm-Granaten ab und war bis zu vierhundert Metern gut zu gebrauchen. Der Mann hatte die Waffe auf die Fenster im ersten Stock gerichtet, den Finger am Abzugsmechanismus. Ein deutliches Plopp-Geräusch war zu hören, als er diesen betätigte und eine Granate herausschoss, durch die zersplitterten Fenster flog und in der Villa detonierte. Doch statt einer verheerenden Explosion vernahm Bald ein langgezogenes Zischen. Dann sah er, wie zarte Rauchwolken den ersten Stock füllten und auf den Balkon hinausquollen.

»CS-Gas«, erklärte Monzant voller Stolz. »Ich wette, das wäre euch Gringos nicht eingefallen, eh?«

Die Schüsse aus dem ersten Stockwerk verstummten. Jetzt beschleunigte auch die hintere Gruppe ihr Tempo und schloss sich ihren sechs Kameraden am Eingang an. Zwei von ihnen gingen jeweils neben jeder Seite der Türen in Position, mit dem Rücken zur Wand. Der Mann auf der linken Seite stieß mit dem Arm die Türen auf, und der Soldat auf der rechten Seite zog den Ring aus einer Blendgranate und warf sie in die Eingangshalle. Neidisch sah Bald ihnen zu. *Jetzt geht es rund*, dachte er.

Monzant hielt acht Meter vor dem Tor an. Blieb einfach stehen, starr und zögerlich. Als wollte er dem Spektakel keinen Schritt näher kommen. Bald hatte sich schon gefragt, wieso der Captain nicht selbst die Leitung des Sturmkommandos übernommen hatte. Jetzt wusste er, wieso. Hinter dem ganzen Machogehabe war der Kerl ein Weichei. Während sich seine Männer durch die Türen warfen und in ein verzweifeltes Feuergefecht stürzten, würde Monzant vor der Villa parken, weit entfernt von den Kugeln und den Schreien, und sich für den Moment vorbereiten, wenn die Fernsehkameras anrückten. So wie alle Ruperts wollte auch Monzant den Ruhm ernten, ohne sich die Hände schmutzig zu machen.

»Wir sollten da drin sein«, erklärte ihm Bald. »Joe und ich haben schon hunderte Häuserstürmungen mitgemacht. Wir könnten diese Mistkerle im Schlaf außer Gefecht setzen. Wir sind hier draußen wertlos. Lassen Sie uns mit Ihren Leuten den Laden stürmen.«

»Das denke ich nicht.«

Bald sah ihn finster an, aber Monzant schien es nicht zu bemerken. Er war damit beschäftigt, ein Päckchen Dutch-Masters-Zigarren aus seiner Tasche zu fischen. Er zog eine davon heraus, nahm das Ende zwischen die Zähne und biss es ab. Bald merkte, dass der Captain ihn ignorierte, und spürte, wie der Zorn in ihm an seiner Leine zerrte. »Ihre Männer werden da drin umgelegt werden«, sagte er. »Wenn die Schützen sich in der Villa verschanzt haben, werden sie ihre Waffen auf den Vordereingang richten. Die Jungs tappen dann mitten in einen tödlichen Feuertrichter. Wissen Sie, was das bedeutet?«

Monzant spie die Kappe aus und zündete ein Streichholz an. Er hielt eine Hand vor die Flamme am offenen Ende der Zigarre und zog genüsslich an ihr.

»Natürlich weiß ich das«, antwortete er. »Es bedeutet, dass ich mir von irgendeinem englischen Schlappschwanz ins Ohr schreien lassen muss.«

Monzant drehte die Zigarre zwischen Daumen und Zeigefinger herum und paffte. »Sie beide behaupten, Soldaten zu sein. Dass ich nicht lache! Ich meine, wenn Sie mich fragen, sehen Sie und Ihr Freund aus wie Scheiße. Zum Teufel, ich hab schon Typen aus den Slums gesehen, die besser in Form waren als ihr. Wieso tut ihr uns also nicht einfach einen Gefallen, sucht euch eine Bar und sitzt die Sache dort aus? Oder ihr bleibt hier und seht zu, wie richtige Männer so etwas regeln.«

Sanfte Rauchwolken zogen über Bald hinweg. »Sie können mich mal«, knurrte er.

Dann schob er sich an Monzant vorbei, schlug ihm die Zigarre aus der Hand und stürmte auf das Tor zu. Monzant schrie ihm etwas hinterher. Gardner ebenfalls. Bald legte ein paar Schritte zurück, und dann packte ihn Rodríguez an der Schulter, riss ihn zurück und schrie: »Zurück mit Ihnen, sagte ich. Kehren Sie verdammt noch mal um!«

Bald wirbelte herum, stieß sich in einer fließenden Bewegung mit dem rechten Fuß ab und ließ darauf einen Schlag folgen. Erwischte Rodríguez mitten im Gesicht. *Peng!* Rodríguez taumelte zurück und hielt sich die gebrochene Nase. Dann drehte Bald sich wieder zu der Villa um und marschierte auf das Tor zu. Der Schlag war gerechtfertigt, sagte er sich. Er hatte nur eine Chance, um zu Viktor Klich zu gelangen. Eine Chance, um die Mission zu beenden und neu anzufangen. Keiner dieser Idioten würde ihn davon abhalten, die Mission zu beenden. Weder Joe Gardner noch irgendeine verpisste Straßengang. Und schon gar nicht ein arroganter Nachtwächter wie Rodríguez. Bald hatte in der Vergangenheit schon zu viele Chancen verstreichen lassen. Dieses Mal, das hatte er sich geschworen, würde es anders ablaufen.

Dann hörte er ein metallisches Klicken an seinem Rücken.

»Drehen Sie sich verdammt noch mal um«, sagte Monzant.

Bald drehte sich verdammt noch mal um.

Monzant hatte seine Glock-10-Halbautomatik gezogen und richtete sie auf Bald.

»Hände hoch«, befahl er.

Bald hörte ein Zischen hinter sich. Der Boden bebte, und dann fegte ein Windstoß an ihm vorbei, eine plötzliche, heftige Druckwelle, brennend und heftig, und versengte ihm das Genick. Das Nächste, was er sah, war der Rauch, der aus dem Tor quoll und ihn einhüllte.

Dann wurde es schwarz um ihn herum.

KAPITEL 10

17:39 UHR

Der Rauch nahm Bald die Luft. Heiße Trümmerteile regneten auf ihn herab. Eine Million Sandkörner und Mörtel peitschten ihm ins Gesicht. Glas zerschnitt seine Wangen und riss ihm die Haut von den Knöcheln. Er zwang sich, die Augen fest zuzukneifen. Der Rauch war wie ein Tunnel. Gefühlt einen Kilometer lang. Gefühlte zehn Kilometer lang. Seine Augen tränten. Rauch drang in seine Nasenlöcher und seine Lungen. Bitter und glühend, als würde ihm jemand heißen Schotter in die Kehle schaufeln. Er konnte rein gar nichts erkennen.

Dann lichtete sich der Rauch ein wenig. Bald sah Umrisse vor sich herumtanzen, wie Schattenrisse. Dann lichtete sich der Rauch noch etwas mehr. Er konnte das schmiedeeiserne Tor ausmachen, acht Meter von seiner Position entfernt. Es war verbogen und aus den Angeln gerissen worden.

Leichen lagen ausgestreckt auf der Veranda. Neue Leichen. Nicht die des ersten Schusswechsels. Das waren tote Spezialkräfte. Sie wirkten unwirklich mit ihren seltsam verdrehten Armen und Beinen, als versuchten sie, Buchstaben nachzustellen, die man aus dem Himmel hätte sehen können.

Bald sah nach sechs Uhr. Monzant war benommen. Vier Meter hinter ihm lag Rodríguez mit dem Gesicht nach unten auf dem Boden und hielt sich zitternd die Hände über den Kopf. Gardner stand neben

Rodríguez. Sah über Balds Schulter hinweg. Nach Westen, in Richtung der Straße, die von der Villa wegführte. Bald wirbelte herum und folgte seinem Blick. Dann sah er sie auch.

Zwei Männer. Aus der Entfernung wirkten sie wie Insekten. Sie befanden sich etwa zweihundert Meter entfernt, an der Gabelung der Straße, die in die Slums entlang des Berghangs führte. Der Abhang führte steil nach oben und gab den Männern eine ideale Sichtlinie auf die Veranda. Einer von ihnen hatte sich in eine kniende Schussposition begeben, mit einer langen braunen Röhre auf der Schulter. Rauch stieg aus dem hinteren Ende der Röhre auf.

Aus der Ferne konnte Bald ihre Gesichter nicht erkennen. Aber er konnte Konturen, Hautfarbe und Kleidung ausmachen. Die beiden Männer trugen Basketball-Shirts und billige weiße Turnschuhe. Sie hatten aufgepumpte Muskeln. Er erkannte sie als Teil der Bande wieder, die ihn in den Slums überfallen hatte. Die lange Röhre, die einer von ihnen hielt, war ein Granatwerfer. Die Granate war wie eine Faust in die Soldaten eingeschlagen, die dicht beieinanderstanden. Die Explosion hatte sie schlichtweg eingesaugt und wieder ausgespuckt. Sie hatten keine Chance.

Nun griff der andere Kerl in einen Rucksack und zog eine weitere Granate daraus hervor. Machte sich daran, sie in die Waffe zu laden, die sein Kumpel hielt. Gleichzeitig war Monzant wieder unter die Lebenden zurückgekehrt und schrie Rodríguez panisch etwas zu. Der drehte sich zu Bald und Gardner und kreischte: »Wir müssen aus der Schusslinie. In die Villa, sofort!«

Unterdessen hatten sich weitere Bandenmitglieder ihren zwei Kumpanen auf der Straße angeschlossen. Zehn von ihnen. Bald verfiel in einen Sprint. Spürte, wie seine müden Muskeln Überstunden machten. Sein Herz gab einhundert Prozent. Seine Gedanken waren einzig darauf gerichtet, aus der Schusslinie des Granatwerfers zu kommen. Er würde Viktor Klich schnappen, Joe Gardner umnieten, sich die Taschen vollmachen und dann Leo Land erklären, dass er ihn am Arsch lecken kann.

Aber er brauchte eine Waffe.

Bald schlängelte sich durch das Tor und schoss auf die Veranda zu. Zwölf Meter vom Tor bis zu den Verandastufen. Die Veranda selbst glich einem Blutbad. Eines von der Sorte, wie sie ein Raketenwerfer anrichten konnte. Bald nahm an, dass die Typen eine thermobarische Granate abgefeuert hatten. Herkömmliche Granaten richteten nicht so viel Schaden an. Aber eine thermobarische Granate gab Sauerstoff in die umgebende Atmosphäre ab und schuf damit einen vernichtenden Überdruck mit über 3000 Grad Celsius in ihrem Zentrum. Aber das verwunderte ihn. Woher zum Teufel hatte eine Gangsterbande aus einem Slum eine thermobarische Granate? Das war jetzt nicht unbedingt die Sorte von Munition, die man im Supermarkt um die Ecke bekam. Diese Frage führte zu einer weiteren. Was wollte die verdammte Bande in der Villa? Er riss den Kopf nach links, auf zehn Uhr. Sah, wie der Typ den Granatwerfer erneut anlegte. Sah, wie seine Kumpane die Straße hinunterrannten, auf die Villa zu. Jeder von ihnen trug ein Sturmgewehr.

Bald hastete auf den Eingang zu. Einer der Spezialsoldaten lag ausgestreckt auf dem Boden und krallte sich mit einer Hand ins Gesicht. Sein Unterkiefer lag in seinem Schoß. Schreie gurgelten tief aus seiner Kehle. Neben ihm lag sein FNC-Sturmgewehr. Bald hockte sich neben ihn und riss ihm die Waffe aus der Hand. Er musste sich beeilen, bevor die Gang ein weiteres Mal auf die Villa feuerte. Thermobarische Granaten besaßen eine Todeszone von fünf Metern und einen vier Mal so großen Einschlagdurchmesser. Wenn die Granate auch nur irgendwo in der Nähe der Veranda auftraf, wäre Bald am Arsch. Der Überdruck würde ihn wie eine Papiertüte zusammenknüllen. Hastig schnappte er sich noch zwei Reservemagazine mit 5.56x45-mm-NATO-Munition. Dreißig Schuss pro Magazin plus das volle Magazin in der Waffe ergaben neunzig Schuss zum Herumspielen. Dann schob er sich beide Magazine in die Gesäßtaschen und rannte zum Eingang. Den Kerl ohne Unterkiefer ließ er sterbend zurück.

Als er die Marmorstufen hinaufeilte, sah er überall Blut und leere Patronenhülsen. Einschusslöcher hatten die Wände durchsiebt. Monzant hatte ihm keinen Scheiß erzählt. Das erste Feuergefecht vor der Villa war heftig gewesen.

Hinter sich hörte Bald jemanden keuchen. Er drehte sich um und sah Gardner durch das Tor rennen. Monzant, fünf Meter hinter ihm, gab Schüsse auf den Typen mit dem Granatwerfer ab. Er schoss daneben, aber es gelang ihm zumindest, den Kerl zu zwingen, den Standort zu wechseln und sich aus der Schusslinie zu begeben, während sein Kumpel mit seinem Sturmgewehr das Feuer auf Monzant erwiderte. Kugeln pfiffen durch die Veranda und ließen wütende Staubwolken aufsteigen. Monzant setzte zu einem Spurt an und rannte im Zickzack auf die Stufen zu.

Bald zog den Ladehebel der FNC zurück und überprüfte, ob sich eine Kugel in der Kammer befand. Das Gewicht verriet ihm eigentlich, dass die Waffe vollgeladen war, aber er sah trotzdem nach, drückte seitlich auf den Auswurfknopf und fing mit der Linken das Magazin auf. Er spähte hinein, sah die beiden Patronen nebeneinanderliegen. Volles Magazin. Die beste Nachricht des Tages. Vorsichtig ließ er das Magazin wieder einrasten. Das Ganze hatte nicht länger als zwei Sekunden gedauert. Mit dem Sicherungshebel von ›S‹ auf ›1‹ für Einzelschuss umgelegt begab er sich in eine stehende Schussposition und richtete das Visier seines neuen Spielzeugs auf die Bandenmitglieder. Lieber hätte er gesehen, wie Gardner von heißem Blei durchsiebt wurde, aber der logische Teil seines Verstandes sagte ihm, dass er ihn noch am Leben lassen musste. Zumindest, bis die Mission erledigt war. Dann würde er die Samthandschuhe ausziehen.

Bald zielte auf den Gangster, der ihm am nächsten war. Sein Verstand rechnete alles in einer Millisekunde aus. Er begann, mit der FNC den Schützen anzuvisieren. Er musste ihn nur halbwegs vor die Mündung bekommen. Ihm zu verstehen geben, dass er sich in der Todeszone befand und ihn zu zwingen, in Deckung zu gehen, um damit Gardner und Monzant wertvolle Sekunden zu verschaffen, ihre Ärsche zu bewegen und die Villa zu erreichen. Er zog den Abzug. Gab einen Schuss ab. Verfehlte den Schützen um gute zehn Meter. Aber damit hatte er den Kerl aufgeschreckt. Er zog den Kopf ein und begann, zu einer Gruppe von Bäumen zu rennen, um sich aus der Schusslinie zu bringen. Bald sah nach Gardner. Der hockte neben dem

Typen ohne Unterkiefer, hatte sein Pistolenholster aufgeknöpft und die Glock-19-Halbautomatik herausgezogen. Beruhigt, dass die Luft rein war, wandte sich Bald wieder der Villa zu.

Dort, wo sich zuvor einmal die Türen befunden hatten, gähnte ein Krater. Holzsplitter lagen über die Stufen verstreut. In der Eingangshalle schrien verwundete Soldaten. Kleinere Brände waren ausgebrochen und ließen stickigen Rauch die Treppen hinunterschweben. Bald sah Silhouetten durch die Halle taumeln, halb von Qualm und Rauch verborgen. Sie schrien. Es klang russisch. Bald sah zu der Gang zurück. Der Kerl, auf den er geschossen hatte, kam nun zu ihnen zurückgerannt. Er war neunzig Meter von der Veranda entfernt, hielt sich abseits der Straße und kam einen grünen Hang hinunter. Er spähte über sein Visier hinweg. Eine Hundertstelsekunde später bäumte sich die AK-47 in seinen Händen auf, eine Flamme schoss aus der Mündung, und dann waren mehrere laute, scharfe Knalle zu hören, als würde jemand Holz hacken, und drei Kugeln schlugen zehn Zentimeter von Bald entfernt in den Boden ein. Er donnerte die letzten Stufen hinauf, sprang über Körperteile und blendete die Angst aus. Gab ihr keine Sendezeit in seinem Kopf. So wie jeder andere, der im Regiment gedient hatte und die Scheiße miterlebt hatte, sah Bald die Welt anders als alle anderen. Er starrte auf die Villa, die Gang, die draußen für Verwirrung sorgte und die Russen, die in ihr in der Falle saßen, und sah die einmalige Gelegenheit, zu Klich zu gelangen.

Geduckt hastete er durch den Krater. Stürmte in die Eingangshalle. Sie war groß und knallbunt, wie der feuchte Traum eines Drogenbarons. Der Boden bestand aus mit Intarsien versehenem Marmor mit Goldmuster. Die Wände waren mit Spiegeln und Gemälden mit Goldrahmen behangen. Ein Kronleuchter baumelte fünf Meter über Balds Kopf von der Decke. Die Vierundzwanzig-Karat-Goldleuchter waren zergeschossen worden und die Glassplitter lagen auf dem Boden verstreut wie Eissplitter. Bald sah einen bogenförmigen Durchgang auf jeder Seite der Eingangshalle.

Der Rauch lichtete sich, und die Silhouetten formten sich zu den Umrissen zweier Männer. Sie waren zehn Meter von Bald entfernt.

Der Kerl auf der rechten Seite sah woanders hin, von irgendetwas abgelenkt. Er konnte nicht sehen, was es war. Der Kerl auf der linken Seite aber war zu ihm herumgewirbelt. Er trug einen überraschten Gesichtsausdruck im Gesicht, als hätte man ihn geohrfeigt. Beide hielten AK-47s in den Händen. Für eine Sekunde fragte sich Bald, ob sie blau oder rot waren, Russen oder Venezolaner. Dann fiel sein Blick auf ihre Kleidung. Helle Poloshirts, cremefarbene Hosen. Golfkleidung. Russen. Der Mann auf der linken Seite hatte unterdessen das weltberühmteste Mordinstrument an seine Schulter gehoben, den Finger am Abzug. Sein Kumpel witterte die Gefahr und begann ebenfalls, herumzuwirbeln und sein Gewehr auf Bald zu richten.

Mit weniger als einer Sekunde, um sich zusammenzureißen, schalteten sich Balds Muskelreflexe ein. Er führte eine Bewegung aus, die er bestimmt schon tausend Mal zuvor durchlaufen hatte. Er visierte den Hals des ersten Mannes an. Der Russe trug ein goldenes Kruzifix über seinem Poloshirt. Darauf zielte Bald, folgte dem Prinzip, dass man, wenn man sich auf ein kleineres Ziel konzentrierte, größere Chancen hatte, das größere Ziel zu treffen.

Er atmete aus und zog den Abzug zurück.

Die FNC bellte, zuckte und drohte, das Ziel zu verlieren. Aber Bald hielt seine Körperspannung, und die Waffe blieb auf das Ziel gerichtet. Gas strömte aus der Kammer. Eine Kugel pfiff durch die Luft und durchbohrte den Hals des Russen. Schlug in seinen Adamsapfel. Er fiel nach hinten um. Blut pulsierte aus seinem Hals wie aus einem geplatzten Rohr. Bald schwang das Gewehr in einem geraden, schnellen Halbkreis zu dem Kerl auf der rechten Seite herum. Er hatte seine AK auf Bald gerichtet, aber er war langsam und plump, und kam zu spät. Bald drückte den Abzug. Pumpte in schneller Folge drei Kugeln in den Russen. Das heiße Blei durchschlug seinen Torso, schoss wie Flipperkugeln durch seinen Körper und zertrümmerte Knochen und zerfetzte weiches Gewebe. Der Kerl tanzte eine kleine Pirouette, während Blut aus den Austrittswunden schoss, und brach dann auf seinem Kumpel zusammen. Bald legte seinen eigenen kleinen Haufen toter Russen an, so wie Spieler Pokerchips aufstapelten.

Jetzt war Gardner auf Schulterhöhe. Bald hörte ihn durch die Nase schnaufen. Draußen ratterten Gewehrschüsse. Die Gang ließ einen heftigen Kugelhagel auf Monzant niederregnen. Der Captain rannte nun in einem verrückten Galopp die Stufen hinauf und warf sich in die Eingangshalle. Kugeln schlugen in die Marmorstufen ein, auf denen er noch vor einer Hundertstelsekunde gestanden hatte. Rodríguez war nirgends zu sehen.

Monzant keuchte und sog die verbrannte Luft ein. »Wir können hier nicht bleiben«, sagte er.

»Was ist los?«, fragte Gardner.

Funkmeldungen quäkten aus Monzants Walkie-Talkie. Die Stimme klang nach Rodríguez. Monzant antwortete etwas. Rodríguez wiederholte die Meldung. Dann starrte Monzant zuerst Bald und dann Gardner mit großen Augen an.

»Die Gangs haben Wind davon bekommen, dass sich da drin ein Milliardär verschanzt«, sagte er. »Irgendein russischer Oligarch. Und nachdem sie hörten, dass ein reicher Sack in der Stadt ist, dachten sie, sie kidnappen ihn einfach. Erpressen ein hübsches Lösegeld und setzen sich dann in den Beverly Hills zur Ruhe.«

Monzant warf Bald einen finsteren Blick direkt aus der Hölle zu.

»Jemand hat es den Gangs verraten. Ich vertraue meinen Jungs. Damit bleiben nur noch Sie beide. Ihr Mistkerle habt den Mord an Special-Forces-Soldaten zu verantworten. Ihr werdet den Rest eures Lebens damit verbringen, in den Arsch gefickt zu werden.«

Bald explodierte.

»Sie Idiot«, rief er. »Diese verdammten Gangster schießen auch auf uns. Wir sind noch keine fünf Minuten in Ihrem verkackten Land. Wir haben nichts mit diesen Gangs zu tun.«

Aber Monzant funkelte ihn weiter böse an. »Der einzige Grund, wieso ich Sie nicht sofort verhaften lasse, ist der, dass uns eine verrückte Bande Cholos auf die Pelle rückt. Aber sobald das hier vorbei ist, lasse ich Sie einbuchten. Dafür werde ich sorgen.«

Bald schüttelte angesichts dieses traurigen Arschlochs den Kopf und fragte: »Wo bleibt denn die Verstärkung?«

»Ist auf dem Weg.«

»Ankunftszeit?«

»In vier Minuten, vielleicht fünf.«

»So lange können wir nicht warten. Bis dahin haben sie uns überrannt.« Bald nickte Monzant zu. »Sie bleiben hier und feuern auf die Gang. Halten Sie sie davon ab, in die Villa einzudringen.«

Monzant runzelte die Stirn. »Woher soll ich wissen, dass Sie mir nicht in den Rücken schießen?«

»Auf die gleiche Weise, wie ich sie keine Nummer mit mir schieben lassen werde. Weil wir zusammen in der Scheiße stecken und alle Feuerkraft brauchen, die wir kriegen können.«

Monzant nickte misstrauisch, dann griff er in eine Tasche an seinem Gürtel und zog zwei orangefarbene Armbinden heraus. »Tragen Sie die«, sagte er. »Wenn die Verstärkung eintrifft. Sie wollen doch nicht mit den bösen Jungs verwechselt werden, oder?«

Während sie sich die Armbinden überzogen, überschlug Bald im Kopf die Opferzahl. Sie hatten einen Scharfschützen im ersten Stock erledigt. Dazu die beiden Kerle, die er grade umgelegt hatte. Drei tote Russen. Monzant hatte von insgesamt sechs Schützen in der Villa gesprochen. Damit blieben noch drei weitere Schützen irgendwo im Haus. Aber das Erdgeschoss wirkte verlassen, was bedeutete, dass sich die Russen oben aufhalten mussten. Das Erdgeschoss war auf der Suche nach Klich durchkämmt worden, und wenn sie nach oben gegangen waren, standen die Chancen hoch, dass er sich auch irgendwo dort oben versteckte. Und wenn sie sich da oben befanden, war genau das der Ort, wo Bald als Nächstes nachsehen würde.

Monzant begab sich in eine liegende Schussposition mit Blick über die Veranda hinweg. Er stapelte seine Magazine neben sich auf, in Griffweite. Bald und Gardner folgten der Eingangshalle bis zu einer Wendeltreppe etwa sechs Meter vom Eingang entfernt. Schweißtropfen rannen Balds Rücken hinab. Seine Migräne wurde nur von dem Adrenalin betäubt, das durch seine Adern pumpte. Die Treppe mit Stufen aus satiniertem Glas wand sich wie eine Schlange ins obere Stockwerk. Oben auf dem breiten, gewundenen Treppenabsatz konnte

Bald drei Türen sehen. Er lief den Rest der Treppe hinauf. Seine Waden brannten, ebenso wie seine Pobacken, und sein Herz schlug wie ein Hammer von innen gegen seinen Brustkorb. Seine Schritte waren laut und hallten durch seinen Kopf. Das Blut rauschte in seinen Ohren und schlug immer wieder wie Wellen von innen gegen seinen Schädel. Als würde darin ein verdammter Tsunami toben.

Bald warf einen Blick über die Schulter. Auf sechs Uhr quälte sich auch Gardner die Treppe hinauf. Sein Mangel an Fitness verriet ihn. Bald lächelte in sich hinein. In ein paar Minuten würde er den Mistkerl von seinem Elend erlösen.

»Wir durchsuchen nacheinander die Zimmer.«

»Wie in alten Zeiten, was, John?«

»Ja, wie in alten Zeiten.«

Bald richtete seine Aufmerksamkeit wieder nach vorn. Erreichte den Absatz mit vier großen Schritten. Seine Augen klebten am Lauf seiner FNC. Von den drei Türen befand sich eine auf zwölf Uhr, die anderen beiden auf 3 und 9 Uhr. Wie die Zahlen auf der Uhr.

Bald folgte dem Absatz im Uhrzeigersinn und hielt auf die Tür auf sechs Uhr zu.

Dann explodierte die Wand rechts von ihm.

Putz und Holz prasselten auf ihn ein. Zerrten an ihm. Das Knallen und Peitschen von Kugeln, die an seinem Kopf vorüber pfiffen, donnerte ihm in den Ohren. Instinktiv ließ er sich fallen. Rollte sich auf den Rücken, den Kopf fest gegen die Wand gepresst. Er erhaschte einen guten Blick auf den Schützen – der Kerl befand sich auf zwölf Uhr an der Tür. Die Tür war bereits wieder zugeklappt. Ein Vorhang aus Schwärze hing hinter dem Schützen.

Bald hatte Zeit. Keine Zeit, um zu reagieren, aber um zu verstehen. Zeit, dass die Impulse seiner Retina durch die Sehnerven zu seinem Thalamus reisen und das Bild vor ihm an den visuellen Kortex seines Gehirns weiterleiten konnten. Zeit, dass das Signal in jenen Teil seines Gehirns vordringen konnte, der diese Information verarbeiten würde. Ihm blieb Zeit, um die Tatsachen zu erfassen – die Tatsache, dass er geliefert war. Der Schütze hatte seine AK-47 auf ihn ausgerichtet. Bald trug seine FNC an der Seite. Er würde mindestens eineinhalb Sekunden brauchen, um sie anzuheben und auf den Mann anzulegen.

Dann stürmte Gardner aus seinen Augenwinkeln ins Bild, tauchte auf dem Treppenabsatz auf. Drehte seinen Oberkörper dem Schützen zu. Er hatte seine Glock 19 bereits gezogen und den Finger am Abzug. Er schoss, bevor der Russe sein Ziel wechseln konnte. Der Knall der Glock war ohrenbetäubend. Vier Kugeln bohrten sich in den Schützen. Der zuckte wild herum, als würde ihm jemand immer wieder mit einem Hammer in den Rücken schlagen. Fragmente heißen Bleis gierten und gruben sich durch seinen Körper, wo sie entsetzlichen und irreparablen Schaden an seinen Organen anrichteten. Er grunzte.

Vier erledigt, blieben noch zwei.

Bald schmeckte Metall auf der Zunge. Sein Gesicht war mit Schweiß und Bleipartikeln glasiert. Er sah zu Gardner, der zu ihm blickte und auf ein Dankeschön wartete. Aber Bald war nicht in der Stimmung dafür. Er schwieg. Während er sich aufrappelte, blieb sein Blick an der AK-47 in den Händen des toten Mannes hängen. Ein paar Gedanken begannen in seinem Kopf zu köcheln.

Gardner stürmte auf die offene Tür auf zwölf Uhr zu. Bald verfolgte ihn und wich dabei dem toten Russen aus. Sein Herz pochte und verriet ihm, dass er nur noch einen Pissestrahl von dem Hauptpreis entfernt war.

Sie schoben sich in einen Raum von der Größe eines Tennisplatzes. Bald sicherte die rechte Seite des Raumes, Gardner die linke. Er behielt die Kimme im Fokus und das Korn leicht unscharf. Sein Zeigefinger übte leichten Druck auf den Abzug aus, bereit, jedem Mistkerl, der in Sicht kam, das Licht auszublasen.

Der Raum war finster und es dauerte mehrere Sekunden, bis sich Balds Augen daran gewöhnt hatten. Er sah aus, als wäre kürzlich erst der Gerichtsvollzieher aufgetaucht und hätte den Raum leergeräumt. Die Wände bestanden aus Gipskarton, der Boden aus groben Brettern. Keine Schützen. Gardner war auf neun Uhr und nahm langsam sein Gewehr herunter.

»Junge«, sagte er. »He John, sieh dir das hier mal an.«

Bald sah zu ihm hinüber. Gardner kratzte sich am Kopf. Ein großer Kleiderschrank, das einzige Möbelstück im Raum, war gegen die linke Wand geschoben worden. Gardner starrte ihn an, verwirrt, wie jemand, der versuchte, Hieroglyphen zu entziffern. Dann sah Bald ein zweites Mal hin, und dann erst dämmerte ihm, dass der Kleiderschrank gar kein Kleiderschrank war, sondern vielmehr mehrere Stapel von Banknoten.

KAPITEL 11

17:59 UHR

Die Stapel waren drei Meter hoch. Sie stießen beinahe an die verdammte Decke. Bald zählte wenigstens fünfzig Stapel, die säuberlich in einer Reihe aufgeschlichtet waren. Diese war lang und hoch und wenigstens sieben Stapel tief. Bald trat ein paar Schritte näher an die Wand aus Geld heran. Fuhr mit der Hand über die Ränder. Die Geldscheine waren in Bündeln zusammengebunden, jeder von der Dicke eines Pflastersteins.

»Scheiße«, sagte er. »Das müssen Millionen sein.«

Bald zog ein Bündel heraus und blätterte hindurch. Benjamin Franklin starrte ihn ernst von jeder einzelnen Banknote an. Die Scheine waren frisch und makellos. Der Geruch frisch gedruckten Geldes stieg ihm in die Nase und gab ihm ein warmes, wohliges Gefühl, ließ ihn mit sich und dem Leben im Reinen sein.

»Suchen wir weiter«, sagte Gardner. »Klich ist noch irgendwo versteckt, genauso wie die Schützen.«

Bald hielt weiter den Mund. Er starrte das Geld an und dachte über all die Dinge nach, die er damit anstellen konnte.

»He Kumpel«, rief Gardner nun mit lauterer Stimme. »Uns läuft die Zeit davon.«

Bald gab sich das Versprechen, hierher zurückzukommen, wenn sie Klich gefunden hatten. Um sich die Taschen vollzustopfen. Er sagte

Mr. Franklin auf Wiedersehen und trottete wieder auf die Galerie hinaus, den Geruch der grünen Scheine immer noch an den Fingern klebend, und gratulierte sich selbst zu der Entdeckung.

Gegen den Uhrzeigersinn bewegten sich die beiden Ex-Blades zu der Tür auf neun Uhr. Gardner war ein paar Meter hinter Bald. Im Erdgeschoss blitzte Gewehrfeuer auf. Ratterte wie lautes statisches Rauschen. Monzant hielt die Gang in Schach und fluchte lautstark über das Rattern hinweg. Seine FNC war die einzige Waffe, die Bald hörte. *Wenigstens hält sich der Mann an seinen Teil der Abmachung*, dachte er. Er hielt die Gang auf Abstand. Aber er wusste auch, dass sie zu zwölft waren und Monzant auf sich allein gestellt. Der kampfgestählte Teil seines Verstandes wusste, dass Monzant sie nicht ewig aufhalten würde.

Sie sicherten den Raum. In diesem Zimmer gab es weniger Geld. Ein paar kniehohe Stapel grüner Scheinchen waren in einer etwa mannshohen Vertiefung an der hinteren Wand aufgeschlichtet. Der Boden war mit Putzbrocken und Tapetenfetzen bedeckt. Jemand war mit einem Hammer auf die Wand losgegangen. Mehrere Bündel Bargeld fehlten auf den Stapeln. Jedes dieser Bündel war dick wie ein Ziegel, mit einem Gummiband versehen und in eine durchsichtige Tüte geschoben worden. Bald erspähte auch einige Bündel, die man in das Loch in der Wand gestopft hatte, offenbar in dem verzweifelten Versuch, sie zu verstecken. Die Bündel riefen ihn, sangen für ihn das liebliche Lied des Geldes.

»Das waren zwei Zimmer. Bleibt noch der letzte«, sagte Gardner.

»Unser Mann ist in diesem Raum«, antwortete Bald.

»Und die Russen. Die Geiseln sind dort, und wir vermissen immer noch zwei Schützen …«

»Sie werden die Geiseln bewachen.«

Gardner nickte, dann runzelte er die Stirn. »Es sei denn, das CS-Gas hat sie ausgeschaltet.«

»Es gibt nur einen Weg, das herauszufinden. Ich bin direkt hinter dir, Kumpel.«

Bald wartete ein paar Sekunden auf das Geräusch von Gardners schweren Schritten auf der Galerie. Dann erleichterte er den Stapel

Geldscheine neben der Wand um ein paar fest verschnürte Bündel. Die Bündel waren erstaunlich leicht, dachte Bald. Und doch mussten mehrere hundert Scheine in jedem Bündel stecken. Mehr als Leo Lands Pensionskasse. Und niemand würde sie vermissen. Er stopfte sich das Bargeld in die Taschen seiner Belstaff und verließ den Raum.

Vier schnelle Gewehrsalven hallten aus der Empfangshalle herauf.

»Ich könnte hier unten etwas Hilfe gebrauchen, Jungs«, rief Monzant wütend die Treppe hinauf. »Die Mistkerle kommen näher!«

Nur noch eine Minute, dachte Bald, *mehr brauche ich nicht.* Er ließ Gardner auf dem Weg zu der Tür auf drei Uhr den Vortritt. Gardner erreichte sie zwei Sekunden vor ihm, drehte sich um, gab ihm mit einer Geste zu verstehen, leise zu sein, und presste dann sein Ohr an die Tür. Dann winkte er Bald heran, das Gleiche zu tun.

Bald hielt die Luft an. Legte sein Ohr an das Holz und lauschte. Die Tür war hohl und von der anderen Seite drangen gedämpfte Stimmen hindurch. Jammernd, stöhnend und hustend. Unter ihnen war die Stimme einer Frau, kehlig und hysterisch. Sie plärrte immer wieder etwas auf Spanisch, wie ein unaufhörlicher Singsang. Bald sah Gardner an. Gardner erwiderte den Blick. Ihr Verstand hakte die gleichen Kombinationen ab, und dann funkelten ihre Augen, als ihnen klar wurde, dass sie den gleichen Gedanken hatten.

Die Geiseln.

Das ist es, dachte Bald.

Er ließ sich auf die Knie sinken und spähte unter der Tür hindurch, durch den etwa eineinhalb Zentimeter großen Lichtschein zwischen ihr und dem Boden. Er konnte zwei Kampfstiefel ausmachen, schwarz und abgenutzt. Der linke Fuß wippte in einem Rhythmus. Sie liefen nicht auf und ab. *Ein Schütze*, dachte Bald. *Er bewacht die Geiseln.* Dass er sich nicht bewegte, ließ vermuten, dass er auf einem Stuhl saß. Bald sah zu Gardner hinauf und gab ihm ein Zeichen, seine Glock auf den Türgriff zu richten. Dann setzte sich Bald auf und hielt seine FNC auf einen eingebildeten Punkt etwa auf Hüfthöhe, wo sich seiner Meinung nach der Kopf des Schützen befinden musste. Dann nickte er Gardner leicht zu.

Jetzt!

Gardner feuerte drei Schüsse auf den Türgriff. Der Lärm glich einem Donnergrollen. Die Wucht der Schüsse ließ das Schloss zerbersten. Bald hörte einen feuchten Schlag von der anderen Seite der Tür. Ein Körper war umgefallen. Dann gab Gardner der Tür auf Hüfthöhe einen Tritt. Sie schwang auf, dann prallte sie zurück, als sie gegen etwas stieß, und weigerte sich, weiter als fünfundvierzig Grad aufzugehen. Bald sah über sein Visier hinweg auf den eingebildeten Kopf, auf den er zielte. Die Tür schwang noch ein paar Zentimeter weiter auf, und dann wurde der Kopf Realität. Bald hatte den Schützen direkt im Visier. Er erhob sich von seinem Stuhl, eine AK-47 in seinen Händen. Er registrierte noch Bald und den Gewehrlauf, bevor ihn die Welt der Schmerzen ereilte.

Bald zog den Abzug zurück. Erschoss den Mann.

Unmittelbar darauf bemerkte er die zweite Leiche hinter der Tür. Der letzte Schütze. Die Kugeln hatten ihn in den Hals getroffen. Es hatten zwei Schützen hinter der Tür gestanden, nicht einer. Unbeabsichtigterweise hatten sie den sechsten und letzten Mistkerl erledigt, als dieser sich unbemerkt an die Tür geschlichen hatte. *Das war's*, dachte Bald mit einem erleichterten Seufzen. Alle Schützen waren erledigt.

Gardner versuchte, die Tür vollständig zu öffnen, aber sie ließ sich nicht bewegen. Die Schreie aus dem Raum wurden um ein paar Dezibel lauter. Es klang, als würden da drin hunderte Menschen jammern. Gardner versuchte, die Tür ganz aufzustoßen. Aber sie klemmte. Der fünfte Schütze, der hinter der Tür lag, war der Grund dafür.

Bald sah zu, wie Gardner mit der Tür kämpfte. Dann zog er sich unbemerkt zurück und lief zu dem Schützen, den Gardner vor einigen Minuten umgelegt hatte, als Bald den Treppenabsatz erreicht hatte. Der Schütze, dem es beinahe gelungen war, sein Leben drastisch zu verkürzen. Er lag ausgestreckt neben der Tür auf zwölf Uhr. Die Blutlache unter ihm begann bereits zu gerinnen und war nun braun und zähflüssig wie Sirup. Bald legte vorsichtig seine FNC ab und erleichterte den toten Mann um seine AK-47. Das Magazin steckte fest im Futter und der Ladehebel gespannt. Das bedeutete, dass sich bereits eine Kugel in der Kammer befand und darauf wartete, abgefeuert zu werden. Der Wählhebel für den Feuermodus auf der rechten Seite des Abzugsbügels stand auf der mittleren Position: Vollautomatik. Dann stand Bald auf, nahm die Waffe mit beiden Händen und richtete seinen Blick auf Gardner.

Genau im richtigen Moment, um zu sehen, dass Gardner mit der Glock auf ihn zielte.

Bald erstarrte. Gardner hatte einen Ausdruck in den Augen, den er noch nie zuvor gesehen hatte. Seine Augen waren schwarz und tot, wie ein toter Scheinwerfer. Aus seiner lehmfarbenen Haut war die Farbe gewichen. Sein Gesicht war ausdruckslos.

»Was zum Teufel hast du vor?«, fragte Bald.

»Land gab mir den Befehl, dich umzulegen«, antwortete Gardner.

KAPITEL 12

18:09 UHR

Bald ließ langsam seine linke Hand vom Lauf der AK sinken und sie an seiner Seite herunterhängen. Die rechte Hand ließ er um den Abzugsbügel gewickelt. Er war gewillt, die Situation zu entschärfen, würde aber nicht unvorsichtig werden.

Gardner hielt die Glock weiter auf Bald gerichtet. Trat von einem Fuß auf den anderen.

»Langsam, Joe«, sagte Bald. »Mach' jetzt keine Dummheiten.«

Der ausdruckslose Blick in Gardners Gesicht schmolz dahin. Seine Augen erwachten zu neuem Leben, funkelten hellweiß, wie ausgeblichener Sand, und seine Iriden schrumpften zu Stecknadelköpfen. »Erzähl' du mir was von Dummheiten«, sagte er. »Du wolltest mir eine Kugel in den Rücken jagen.«

Bald bewegte sich etwas näher an Gardner heran. »Land hat mir das Gleiche befohlen wie dir. Sagte, ich müsse dich umlegen, bevor die Mission zu Ende ist.« Er lächelte kumpelhaft. »Aber ich hätte es nie durchgezogen. Wäre mir nie in den Sinn gekommen.«

»Und wieso zum Teufel hast du dir dann die Waffe geschnappt?«

»Wir sind Kameraden«, sagte Bald und ignorierte die Frage. »Erinnerst du dich, Joe? Glaubst du wirklich, dass ich dich nach dem ganzen Mist, den wir beide erlebt haben, einfach ausknipsen würde? Wenn ich dich hätte töten wollen, so wie Land es sagte, hätte ich das draußen getan, als die Gang uns in Schussweite hatte. Hätte dich dort draußen sterben lassen.«

Gardner runzelte für einen Moment die Stirn. Unsicher. Dann schüttelte er den Kopf, schüttelte das Stirnrunzeln ab.

»Bullshit«, antwortete er. »Du lügst. Das sagt du nur, um mir was vorzumachen.«

»Es ist die Wahrheit. Das schwöre ich«, sagte Bald. »Land ist hier der wahre Feind, Kumpel, nicht ich.«

Gardner schwieg. Seine Augen huschten nach links und rechts ins Leere, als würde auf der einen Seite Bald stehen und ihm auf der anderen Seite Land etwas anderes einreden, und er nicht sicher war, wem er glauben sollte.

»Hat Land etwas gesagt, wieso er mich tot sehen will?«

Bald schüttelte den Kopf. »Der Wichser sagte nur, dass du ein Problem wärest, um das man sich kümmern müsste. Wieso, was hat er dir denn erzählt?«

»Das Gleiche.« Gardner zuckte mit den Schultern.

Die Schreie aus dem Raum wurden lauter. Unten rief Monzant um Hilfe. Die Gang rückte vor. Ihnen blieb kaum noch Zeit. Entweder fassten sie Klich jetzt, oder gar nicht.

»Wie's aussieht, stecken wir in einem Mexican Stand-Off«, sagte Bald. »Nimm die Waffe runter, Joe.«

»Du zuerst.«

Gardners Nackenmuskeln traten wie Seile hervor.

»Du traust diesem Idioten Land mehr als mir?«

»Nenn' mir einen guten Grund, wieso ich es nicht sollte.« Gardner lächelte schmerzverzerrt und schüttelte den Kopf.

»Du blöder Wichser«, sagte Bald und lief ein paar Schritte auf Gardner zu. »Wir sind auf derselben Seite. Denk' doch mal darüber nach. Land interessiert sich einen Scheiß für dich oder mich. Der einzige Weg, wie wir die Sache überstehen, ist, zusammenzuarbeiten.«

»Noch ein Schritt weiter und ich leg dich um, John. Ich mein' es ernst.«

Bald blieb stehen. Hob die linke Hand. »Okay. Scheiße, hör zu. Wie wäre es mit einem Waffenstillstand. Wir brauchen einander, um Klich in einem Stück hier rauszuschaffen. Wir bringen ihn in Sicherheit. Mission beendet. Dann klären wir die Sache mit Land. Was sagst du, Joe?«

Bald sah, wie Gardner sich auf die Unterlippe biss, während er darüber nachdachte, ob er einem Mann vertrauen sollte, den er zum Sterben in der Wüste hatte liegen lassen. Die Geiseln schrien nun aus vollem Halse. Und von unten hallte ebenfalls wildes Geheule herauf. Gardner nickte leicht mit dem Kopf. Bald atmete erleichtert aus. »Geh und hilf Monzant, die Gang zurückzuhalten. Ich schnappe mir unseren russischen Freund.«

Gardner hastete die Treppe hinunter. Bald wandte sich der Tür zu. Ließ zuerst die AK und dann seine Schultern sinken, rannte auf die Tür zu und warf sich mit der Schulter dagegen. Die Tür leistete Widerstand. Die Leiche des Schützen blockierte sie noch immer von der anderen Seite. Bald schlang sich das Gewehr an seinem Riemen über die Schulter, legte beide Handflächen an die Tür und drückte dagegen. Spürte, wie der Körper sich bewegte. Der Kerl war überschwer, als würde er aus Antimaterie bestehen. Und dann bewegte sich der Körper plötzlich, die Tür flog auf und Bald taumelte hinein, wurde von dem Schwung einige Schritte in den Raum getragen. Er stolperte über den fünften Schützen und erlangte erst im letzten Moment wieder das Gleichgewicht. Er schlang sich die AK wieder von der Schulter und sicherte die Winkel.

Dann sah Bald hinunter. Der Schütze hatte eine tödliche Wunde am Hals. Die Eintrittsstelle war von Abschürfungen und einem schmierigen Ring aus verbrannter Haut umgeben. Schmauchspuren hatten punktförmige Flecken auf der Haut am Hals hinterlassen. Der Einschlag der Kugel hatte eine sternförmige Vertiefung hinterlassen, und die umgebende Haut war von der Kugel gedehnt und aufgerissen worden. Die Haut an seinen Händen und im Gesicht war gerötet und seine Augen geschwollen. Nachwirkungen des CS-Gases, wie Bald klar wurde. Spuren davon stiegen auch an die Decke hinauf, wo sie sich auflösten.

Bald trat über die Leiche hinweg und richtete seinen Blick geradeaus. Der Kumpel des Schützen saß zwei Meter weiter im Raum, immer noch auf seinem Stuhl. Sein Kopf war nach vorn gesunken, als wäre er kurz eingenickt. Zehn Meter hinter ihm, am hinteren Ende des Raumes, boten deckenhohe Fenster einen Ausblick auf die Vorderseite der Villa. Die Fenster waren eingeschlagen worden. Die Sonne wütete als violettroter Kreis am Horizont, und vor den Fenstern lag ein toter, mit Glasscherben bedeckter Schütze. Der Scharfschütze, den die Spezialsoldaten bei ihrem Sturm auf die Villa getötet hatten. Sein Schädel war gespalten.

Die Geiseln hielten sich in einem losen Kreis in der Mitte des Raumes auf. Man hatte ihnen die Augen verbunden und die Hände mit Plastikfesseln hinter dem Rücken fixiert. Die Hälfte der Geiseln lag am Boden, würgten sich die Seele aus dem Leib oder lagen neben einer Lache aus Kotze. Allen rann Schleim aus der Nase und am Kinn herunter, und sie wimmerten zwischen kurzen Pausen heftigen Hustens. Das Gas hatte ein paar von ihnen bewusstlos werden lassen. Etwa ein Dutzend der Geiseln besaß die sanften Gesichtszüge und vornehmen Klamotten von Menschen, die ihr gesamtes Leben als Zivilist zugebracht hatten. Sechs weitere Männer waren so groß wie Panzer, stumpfe Muskelberge, die man in schwarze Anzüge gesteckt hatte. Die Leibwächter. Außerdem gab es noch einen Priester und eine Nonne, beide ohne Augenbinde, aber beide hatten die Augen zusammengekniffen und Tränen rannen ihnen die Wangen hinunter, während sie das Gesicht wegen dem brennenden Gefühl des Gases verzogen. Bald konnte das CS-Gas nicht riechen, denn es war geruchlos, aber er konnte es spüren. Rückstände davon ließen seine Haut jucken, seine Augen tränen und beeinträchtigten plötzlich auch seine Atmung. Es war, als wäre er in einen Raum gelaufen, der kurz vorher von einem Kammerjäger ausgeräuchert worden war. Bald wischte sich die Tränen ab und zählte kurz die Köpfe. Zwanzig Personen.

Keiner von ihnen entsprach dem Profil von Viktor Klich.

Vier Gewehrschüsse hallten von unten herauf. Gardner und Monzant machten der Gang die Hölle heiß. Gardner schrie zu Bald hinauf: »Jetzt beeil' dich schon, Kumpel! Wir können sie nicht mehr lange abwehren.«

Bald hastete zur Tür. Bei der Leiche des toten Schützen an der Tür blieb er stehen. Etwas kam ihm eigenartig vor. Eine Hand schaute unter ihm hervor. Eine zarte, weibliche Hand. Dunkelhäutig. Bald rollte den Mann zur Seite. Eine Frau lag unter ihm. Sie trug die gleiche Art von Anzug wie die Leibwächter, besaß aber die schlanken Kurven einer Frau. Sie lag mit dem Gesicht nach unten auf dem Boden, die Arme fest an ihre Brust gezogen. Bald drehte sie um. Er erkannte ihr Gesicht von dem Foto wieder, das Gardner ihm vor ein paar Stunden in dem Chevrolet gezeigt hatte.

Er hatte Odessa Stone vor sich.

Sie regte sich und befreite sich mit einem schwachen, müden Stöhnen. Dann sah sie zu Bald auf, und ihre Augen wurden so groß wie Colaflaschendeckel. Sie schüttelte den Kopf und sah sich desorientiert um.

»Wo ist er?«, fragte Bald.

Odessa antwortete nicht. Sie blickte zu den Zivilisten. Dann zu dem Toten. Schließlich schwang sie ihre Augen wieder zu dem knorrigen Ex-Blade fünfzehn Zentimeter von ihrem Gesicht entfernt zurück.

»Wo ist Klich?«, wiederholte Bald noch einmal.

Odessa hob die Hand an ihre Stirn und fuhr sich mit ihren Fingern über eine lange Wunde.

»Er steckt ziemlich in der Scheiße«, sagte Bald. »Also, wo ist er?«

Odessa wandte den Blick ab. Sah nichts Bestimmtes an, sondern starrte einfach ins Leere, das Gesicht verzogen, als wäre sie auf einem schlechten Trip. »Sie kommen zu spät«, sagte sie schließlich.

Bald packte sie an den Schultern. Drei weitere Schüsse hallten zu ihnen hinauf, so als würde einhundert Hämmer gleichzeitig auf ein Bleirohr einschlagen. Bald warf einen Blick zurück auf die Tür. Unten wütete ein Kampf. Die Feuerrate steigerte sich mit jeder Salve, und auf jedes Rattern folgte das Klimpern von Patronenhülsen auf dem Marmorboden. Das verriet ihm, dass die Gang Boden gut machte. Er schüttelte Odessa.

»Wo zum Teufel steckt er?«

Odessa war noch immer weggetreten. Sie fuhr sich mit ihren weichen Fingern über ihre Lippen. Die waren blau angelaufen und aufgeplatzt, und ihr Kiefer war angeschwollen. Sie sah aus, als hätte sie den Mund voller Eiswürfel. Sie wollte ihm gerade etwas antworten, als irgendwo in der Ferne Sirenen aufheulten. Bald sprintete durch den Raum und sah aus dem Fenster. Er erspähte sieben Polizeifahrzeuge, die heulend die Straße hinaufpreschten und quietschend vor den Toren stehen blieben. Zwei Dutzend Cops sprangen aus den Wagen und eröffneten das Feuer auf die Gang, mit FNCs in den Händen und bedrohlichen Blicken. Das Blatt wendete sich. Auf der anderen Straßenseite drehte sich der Typ mit dem Raketenwerfer zu den Cops herum und schiss sich vor Angst beinahe ein. Er bekam fünf Kugeln in den Oberkörper und brach zusammen. Sein Kumpel hob den Raketenwerfer auf und fing sich ebenfalls einen Hagel aus Kugeln ein. Der Rest der Gang nahm die Beine in die Hand und rannte die Straße hinauf, zurück zu den Slums. Die Cops begannen, die Veranda zu entern.

Bald marschierte zurück zu Odessa. Seine Enttäuschung über Klich hatte er bereits verdrängt. Im Regiment brachten sie einem bei, zu jeder Zeit klare Ziele vor Augen zu haben. Gefühle wie Bedauern oder Reue behinderten einen nur. Man lebte in dem Moment und behielt den nächsten Schritt im Blick. Deshalb hielt sich Bald auch nicht damit auf, enttäuscht darüber zu sein, den Russen nicht gefunden zu haben. Er wusste, dass Odessa die Einzige war, die wusste, was mit ihm geschehen war, also machte er es zu seiner Priorität, sie nicht von seiner Seite zu lassen. Er griff ihre Hand und führte sie aus dem Raum. Gardner war bereits auf dem Treppenabsatz angekommen. Sein Gesicht und sein Körper waren schweißgetränkt, als wäre er gerade aus der Dusche gekommen. Er warf einen Blick auf Odessa und blinzelte verwirrt.

»Klich ist nicht hier«, sagte Bald, bevor Gardner ihn mit Fragen bombardieren konnte.

»Wo denn dann?«

»Was weiß ich? Ich sehe nach Monzant. Überprüfe du die anderen Geiseln.«

Dann schob sich Bald an Gardner vorbei und stapfte die Treppe hinunter, Odessa im Schlepptau. Sie war immer noch geschafft, aber ihr einen Meter siebzig großer Körper war gelenkig und ihre Muskeln fein ausgearbeitet, sodass sie den Abstieg ohne große Hilfe von Bald bewältigte. Sie nahmen zwei Stufen auf einmal. Dann schob Bald Odessa durch die Eingangshalle.

Monzant lag neben der Doppeltür. Sein Kopf war gegen die Wand gesunken, sein Hals mit frischem Blut bedeckt. Sein Bauch war von Kugeln durchsiebt und aus seinem Oberkörper sickerte an mehreren Stellen Blut. Die Zivilisten rannten zu den Türen hinaus, auf die Cops zu, die auf die Veranda strömten. Der Priester hielt kurz inne, um sich neben Monzant zu knien und aus einer eselsohrigen Bibel vorzulesen. Er trug ein knöchellanges Priestergewand und ein Kollar. Seine einfachen, schwarzen Schuhe waren mit Blut und Dreck verschmiert. Er trug einen zotteligen Bart und eine dick umrandete Brille und sah immer wieder zum Eingang. Bald beobachtete, wie die Cops die Stufen hinaufstürmten. Er setzte Odessa vorsichtig bei den Treppenstufen ab und näherte sich dem Priester. Der Mann las Monzant die Sterbesakramente vor. Bald trat ihm die Bibel aus der Hand, schickte sie in hohem Bogen über den mit Patronenhülsen übersäten Marmorboden.

»Verschwinde, Kinderficker.«

Der Priester schwieg. Sah einfach zu Boden und tat so, als wäre Bald nicht da.

»Du hast mich gehört, alter Mann«, sagte Bald. »Nimm deine Bibel und mach dich vom Acker.«

Der Priester studierte angestrengt den Boden. Dann hastete er davon, als die erste Welle der Cops in die Villa stürmte. Er hob seine Bibel auf und wich geduckt zur Seite, als sie die Eingangshalle betraten. Bald deutete auf die Treppe.

»Agua«, stieß Monzant hervor. *»Agua, Amigo.«*

Monzant versuchte, mit der rechten Hand zu erklären, was er meinte. Versuchte, die Kappe der Wasserflasche aufzuschrauben, die an seinem Gürtel hing. Was ihm jedoch nicht gelang. Bald griff zu der Flasche hinüber und schraubte die Kappe ab. Monzants Augen hellten sich auf. Bald begann, ihm Wasser in den Mund zu träufeln. Währenddessen behielt er die Cops im Blick, die die Stufen hinaufstiegen, und lehnte sich nah an Monzant heran. Der Kerl trank gierig das Wasser und erwachte langsam wieder zum Leben. Dann nahm Bald Daumen und Zeigefinger seiner freien Hand, verbarg sie mit seinem Körper vor den Blicken der letzten beiden Cops und presste mit ihnen Monzants Nasenlöcher zusammen. Er goss weiter Wasser nach, zwang es ihm in den Schlund. Monzant begann, schwach mit den Füßen zu treten und den Kopf wegzudrehen. Aber Bald hielt die Wasserflasche weiter an seinen Mund und fuhr damit fort, ihm die Nase zuzudrücken. Monzants Gesicht lief zuerst blau an, dann violett. Seine Augen traten aus den Höhlen. Er hieb mit einer schwachen Hand nach Bald, wie eine Puppe, die nach einer Fliege schlägt. Dann wich die Farbe aus seinem Gesicht, und er hörte auf, mit den Beinen zu zucken. Bald stand auf und sah ungerührt zu, wie das Leben aus Monzant wich.

»Das hast du Wichser davon, mich zu verarschen«, sagte er.

Bald stapfte zu Odessa zurück. Er musste feststellen, dass er sich zu ihr hingezogen fühlte. Trotz der blauen Flecke und Schnitte sah sie großartig aus. Nein, vergiss es, besser als großartig. Ihr gegenüber nahm sich ›großartig‹ wie eine fette Schlampe mit einem Gesicht wie ein Eimer zerquetschter Krabben aus. Er schlang einen Arm um ihre Schulter und hob sie auf die Beine. Seine Beinmuskeln pochten. Seine Schultermuskeln schmerzten. Jeder Teil seines Körpers war bereits jenseits der Schmerzskala. Er sagte sich, dass er aus dieser Villa verschwinden musste. Sich irgendwo verstecken und warten musste, bis Odessa wieder auf dem Damm war. Sie musste eine Ahnung haben, wo sich ihr Boss befand. Er hielt auf die Veranda zu. Odessa war völlig weggetreten und zog ihre Füße ein oder zwei Schritte hinter ihrem restlichen Körper hinterher. Sie lehnte ihren Kopf an Balds Schulter. Er mochte das Gefühl ihrer weichen Haut an seiner. Er mochte die Wärme ihres Atems und den Zimtgeruch ihrer Haare.

An den Türen hielt er an. Draußen hatten sich noch mehr Cops versammelt. Bald entdeckte Rodríguez. Der Sergeant lebte noch. Dann sah Rodríguez auch ihn. Warf ihm einen bösen Blick zu. Bald erinnerte sich, was Monzant gesagt hatte. Die Venezolaner gaben Bald und Gardner die Schuld dafür, dass die Gang Wind von der Sache bekommen hatten. Wenn er nicht die Bekanntschaft mit zwei silbernen Armreifen machen wollte, musste er so weit wie möglich von den Venezolanern wegkommen. Rodríguez deutete wütend auf Bald und rief den Cops irgendwelche Befehle zu. Bald wich in die Eingangshalle zurück. Odessa wimmerte, dann flüsterte sie: »Ich kenne noch einen anderen Weg hier raus.«

»Wo?«

»Mittlere Tür, hinter der Treppe.«

»Gib mir einen verdammten Grund, wieso ich dir trauen sollte.«

Odessa lächelte schwach.

»Aus dem gleichen Grund, aus dem ich dir gerade vertraue«, sagte sie. »Weil ich keine andere Wahl habe.«

Bald dachte nach. Wenn Odessa einen Fluchtweg kannte, standen die Chancen gut, dass Klich sich auf dem gleichen Weg aus dem Staub gemacht hatte. Dann war die Spur also nicht kalt. Noch nicht. Eine zweite Welle Energie schwappte in seinen Blutkreislauf. Er zog die Tür auf und stürmte in ein Billardzimmer. Sah eine Leiche in einem teuren Flanellanzug und einer Omega-5 am Arm auf dem Boden liegen. Der Diplomat, den die Russen hingerichtet hatte, fuhr es Bald durch den Kopf. Rincón. Bald lief an dem armen Wichser vorbei und biss die Zähne zusammen bei dem Gedanken an die Millionen von Dollars, die er gerade zurückließ. Er hatte hunderttausend in Almaty in den Wind geschossen. Eine weitere Million in Caracas. Und er hatte Klich nicht gefunden. Aber dafür hatte er Odessa. Er war immer noch im Spiel.

Am hinteren Ende des Billardzimmers befand sich eine weitere Tür.

»Da hindurch«, krächzte Odessa.

»Was ist aus den anderen Leibwächtern geworden?«, fragte Bald.

Odessa schwieg.

Bald riss die Tür auf. Ein paar hölzerne Stufen führten in einen höhlenartigen Keller. Bald stützte Odessa ab, während sie vorsichtig die Stufen hinabstiegen. Er ließ Gardner zurück, spürte deswegen aber kein schlechtes Gewissen, nicht im Geringsten. In dem Keller war es stickig und schwül und die Luft staubig. Nackte Glühbirnen erhellten Reihen voller alter Weine. Flaschenhälse, bedeckt vom Staub der

Generationen. Bald konnte seine Atemgeräusche von den Wänden widerhallen hören. Zwischen zwei Regalen voller altem Bordeaux war ein Spalt. Der Spalt verbreiterte sich zu einem niedrigen, engen Korridor, eher einem Tunnel.

»Da hinein«, sagte Odessa. »Wir folgen ihm bis ans Ende.«

»Wir lange ist das verdammte Ding?«

»Das wirst du schon noch sehen.«

Bald zwängte sich in den Tunnel. Er kam nur langsam voran. Odessa humpelte neben ihm her. Jeder seiner Schritte löste hunderte Schmerzen aus. Sein Körper versteifte sich, seine Muskeln verhärteten, wie langsam trocknender Zement. Hier gab es kein Licht. Er begab sich in eine Schwärze, die flach und dicht aber ebenso unendlich tief war. Die Luft war von sibirischer Kälte. Wasser tropfte aus unsichtbaren Lecks von der Decke. Steine knirschten unter seinen Stiefeln. Er musste sich vornüberbeugen, den Kopf einziehen und sein Kinn eng an die Brust drücken, und das verlangsamte sein Schritttempo zusätzlich. Die meiste Zeit über war nichts als Dunkelheit zu sehen. Bald wusste nicht mehr, wo oben und unten, links oder rechts war. Es war, als hätte ihn eine Teergrube verschluckt.

Neben sich spürte er Odessas Bewegungen. Sie lehnte sich weniger an ihn, verlagerte mehr Gewicht auf ihre Füße. Nach vier oder fünf weiteren Schritten lief sie ohne seine Hilfe. Er hörte, wie ihre Schritte kurz anhielten. Sie hustete sich die Seele aus dem Leib. Dann spuckte sie etwas aus, stöhnte, und lief weiter.

»Woher wusstest du, dass dieses Ding existiert?«, fragte Bald.

»Mein Boss zieht es vor, nur Orte zu besuchen, die er im Notfall schnell verlassen kann.«

Bald schwieg.

»Hast du das Geld gesehen?«, fragte Odessa.

Bald nickte, aber dann wurde ihm klar, dass sie ihn nicht sehen konnte. »Das müssen Millionen gewesen sein«, antwortete er.

»Fünfzehn Millionen Dollar. Das war die Bezahlung meines Bosses an die Venezolaner. Um für seine Sicherheit zu garantieren. Aber sie legten ihn herein.«

»Wer? Sein Kumpel, der Präsident?«

»Die Cops. Sie machten gemeinsame Sache mit den Gangs. Wollten das Geld unter sich aufteilen.«

Rodríguez, dachte Bald. Es erschien ihm mehr als logisch, dass dieser kleine Sesselfurzer einen Pakt mit den Gangs einging. In der Ferne konnte er einen wundervollen Lichtpunkt erkennen, etwa von der Größe einer Aspirin. Er zwang seinen Körper, weiterzulaufen. Eine nackte Glühbirne flackerte wie ein weit entfernter Stern und markierte das Ende des Tunnels. Hinter der Glühbirne befand sich eine Metalltür. Verrostetes Schloss. Odessa schob einen Schlüssel in das Schloss und drehte ihn im Uhrzeigersinn herum. Hebel quietschten. Dann schwang die Tür zurück und Sonnenlicht, gleißend hell und klar, brach durch die Öffnung und blendete Balds Augen.

Sie waren in einer Gasse angelangt. Bald roch sie, bevor er sie sah. Und der Geruch war übel. Wie verfaultes Fleisch, garniert mit Hundescheiße. In Caracas gab es auf einem Quadratmeter mehr Gerüche als in ganz London oder New York. Er half Odessa aus dem Tunnel. Sie schloss die Tür hinter sich ab. Es war ein altes Metallding, als Auslass für ein Kraftwerk getarnt, und mit Warnzeichen in Spanisch und der Illustration eines Mannes beklebt, der einen Stromschlag erleidet. Bald drehte sich um die eigene Achse und spähte die Gasse entlang. Sie war zehn Meter lang und mündete auf einer hübschen Plaza voller Touristen und Restaurants und süßen Aromen. Aber die Gasse selbst war ein Slum. Ganze Familien lagen auf ausgelegten Pappkartons und benutzten dreckige Decken als Kissen. Bereiteten ihr Bett für die Nacht. Bald sah einen Streifenwagen mit flackernden Lichtern über die Plaza huschen.

Er trug Odessa zu einem unbeanspruchten Platz und legte sie neben eine sieben- oder achtköpfige Familie. Ein alter Mann mit einem Gesicht wie eine ausgesaugte Orange funkelte Bald finster an. Mit einem Auge. Dort, wo sich das andere hätte befinden sollen, befand sich eine fleischige, nässende Geschwulst. Er bellte Bald irgendetwas entgegen und deutete auf Odessa. Sie hatte sich bereits wieder ins Traumland verabschiedet. Bald kapierte es. Selbst hier in Pappstadt hatte man Miete zu zahlen. Zögerlich fischte er einen Franklin aus dem Bündel und reichte ihn dem alten Mann. Der alte Mann musterte ihn misstrauisch mit seinem verbliebenen Auge. Wie ein Juwelier, der den Wert eines Diamanten herauszufinden versucht. Wahrscheinlich hatte er noch nie zuvor einen Hundert-Dollar-Schein gesehen. Er steckte ihn in die Tasche seines Shirts und wendete sich wieder seiner Familie zu. Bald ließ Armut wie von Zauberhand verschwinden.

Dann vibrierte sein Blackberry. Er zog es hervor. Lands Nummer prangte auf dem Display. Bald entfernte sich etwas von Odessa und den Pennern und nahm den Anruf entgegen. Das Signal war gestört und brach immer wieder ab. Lands Stimme klang, als würde sie aus einem schlecht eingestellten Radio kommen.

»Wo zum Teufel stecken Sie?«, fragte er.

»Pappstadt«, antwortete Bald. »Die Belagerung ging gründlich in die Hose.«

»Großer Gott. Was ist passiert?«

»Sie haben mich angelogen. Sie haben uns eine Falle gestellt.«

»Wovon zum Teufel reden Sie da?«

»Von Joe Gardner. Sie gaben ihm den Befehl, mich umzulegen.«

»John«, antwortete Land, »Sie sind ein verdammter Idiot. Glauben Sie wirklich, ich würde die gesamte Mission gefährden? Wenn ich sie beide umbringen ließe, wäre niemand mehr übrig, um Klich in Sicherheit zu bringen. Lassen Sie mich mit Joe reden.«

Bald presste die Kiefer so fest aufeinander, dass er das Gefühl hatte, sie nie wieder öffnen zu können.

»Er ist nicht hier«, sagte er.

Land schwieg für eine Sekunde.

»Und wo ist er?«

»Joe ging während der Kämpfe verloren. Keine Ahnung, wo er jetzt steckt. Und als wir aufkreuzten, war Klich bereits über alle Berge«, erklärte Bald. »Hätte der Captain nicht versucht, eine Rolle in Rambo zu bekommen, hätten wir ihn vielleicht erwischt. Aber ich habe Odessa Stone. Die Leibwächterin. Sie wird wissen, wo wir Klich finden können.«

Land machte ein seltsames Geräusch, als würde er durch die Nase lachen.

»Sie elender Narr. Sie haben Klich entkommen lassen. Deshalb versuche ich schon die ganze Zeit, Sie zu erreichen, aber ich bin nicht durchgekommen. Einer der Diplomaten hat uns gewarnt. Wie es aussieht, hatte Klich sich verkleidet.«

Bald sah in den Himmel hinauf. Er hatte das dumpfe Gefühl, dass er jeden Moment einstürzen würde.

»Er war als Priester verkleidet, John.«

Der Himmel stürzte nicht ein. Vielmehr fühlte sich Bald, als würde er im Boden versinken. Die Worte trafen ihn wie ein Schlag in die Magengrube, ließen ihn schwindelig werden, taumeln. Er wirbelte herum und sprintete in die Gasse zurück. Odessa hatte ihm Sand in die Augen gestreut. Er stürmte an der Familie vorbei, deren Kinder ihm nun die Hände entgegen reckten und um Geld bettelten. Er erreichte Odessa und zog die schmutzige Decke weg, unter der sie lag.

Dann machte Bald einen Satz zurück. Lands Stimme drang schwach aus dem Blackberry an seiner Seite und erreichte kaum seine Ohren. »John? Sind Sie noch da? Verdammt noch mal, antworten Sie mir.«

Odessa war verschwunden.

KAPITEL 13

CARACAS, VENEZUELA. 20:03 UHR

Das Schild wies die Bar als das *Galway Hooker* aus. Der Name ließ an ein Bordell mit Seeblick denken. John Bald musterte den Laden von der Straßenecke aus. Er war ein reines irisches Drecksloch, ein paar gewundene Straßen von der Avenida Casanova entfernt und mitten im verdammten Bello Monte Bezirk gelegen, etwa einen guten Kilometer westlich der Villa im Country Club Vorort. Von hier aus hatte Bald einen fantastischen Ausblick über die Stadt bei Sonnenuntergang.

Aber viel gab es nicht zu sehen: Die Nacht senkte sich wie langsam herabfallender schwarzer Schnee über die Stadt. Vor den Eingangstoren der Villa konnte er die aufgereihten Krankenwagen ausmachen. Sanitäter schoben die erschossen Spezialsoldaten über die Veranda. Bald war froh, dieser Riesenscheiße entkommen zu sein, ganz besonders, wo sein Kumpel Joe Gardner sich nun mit ein paar silbernen Armbändern und einer Mordanklage konfrontiert sah. Aber das war auch alles, wofür Bald dankbar war. Er warf noch einmal einen Blick auf das uralte Blackberry in seiner Hand. Das Display war immer noch schwarz und tot. Er hatte keine Möglichkeit, seinen Kontakt bei der Firma zu erreichen. Aber vielleicht war das auch gar nicht so schlecht, denn von Leo Land hätte er sich wahrscheinlich nur einen Haufen Dünnschiss anhören müssen.

Heiliger Jesus, er brauchte ein verdammtes Bier.

Bald musterte die anderen sechs Bars an der Straße. Allesamt weltoffene Kneipen mit Yuppie-Klientel, minimalistischer Einrichtung und DJs, die *Zu-cool-für-Schule*-Musik auflegten. Bald fühlte sich wie ausgekotzt und wieder aufgewärmt, und wenn er versucht hätte, eine dieser Lokalitäten zu betreten, wäre er dort aufgefallen wie der einzige Hetero auf einer Schwuchtelparty. Also begab er sich zum Galway Hooker. Die schwarze Farbe war bereits abgeblättert oder aufgeworfen wie eitriger Schorf. Die Fenster waren so dick mit Dreck beschmiert, dass man ihn aus der Ferne ohne Weiteres für braune Vorhänge gehalten hätte. Zerbrochene Glasflaschen zierten den Eingang. Bald brach innerlich in Gelächter aus. Er war noch nie so froh gewesen, eine Bar zu sehen.

Bald trat durch die Tür. Nu Metal lief, nichts als aggressive Riff und bitterböses Gegröle. Die Bar besaß ihr eigenes Mikroklima. Es war, als hätte man sein Gesicht in die Armbeuge eines fetten Kerls gedrückt. Ein paar Oldtimer saßen in einer Nische und versteckten sich hinter einem Vorhang aus dichtem Rauch. Irische Oldtimer, dachte Bald. Typen mit verdammt bösen Augen und einer Haut wie versteinertes Holz, die aussahen, als würden sie dort schon länger sitzen, als man das Wort Google kannte. Wahrscheinlich Teile der Welle aus IRA-Wichsern, die sich nach dem Karfreitagsabkommen nach Lateinamerika verpisst und die Grüne Insel gegen grünäugige Vögel eingetauscht hatten. Bald ignorierte sie und marschierte zur Bar. Er zog sich einen Stuhl heran und winkte dem Barkeeper zu, einem kleinen, schmächtigen Kerl mit *Bin-grad-erst-aufgestanden*-Haaren und in einem nachgemachten XXL-Celtic-FC-Shirt, das ihm wie ein verdammtes Zelt von den Schultern hing. Er hatte sich die Worte »IRISH« und »PRIDE« auf seine Knöchel tätowieren lassen.

»Was habt ihr so?«, fragte Bald und war überrascht, wie durstig sich seine Stimme anhörte.

Der Mann sah mit zusammengekniffenen Augen zu einem Stapel gekühltem Lager, als würde er erst seit Kurzem hier arbeiten und nicht sicher sein, welche Biersorten sie im Angebot hatten. »Ich hab zehn Sorten Polar.« Der Akzent klang nach Dublin über Croydon.

»Irgendwas Englisches?«

Der Aushilfs-Ire schüttelte angewidert den Kopf.

»Dann ein Polar.«

Der Barkeeper schob Bald eine Flasche flüssigen Golds mit der Zeichnung eines Eisbären auf dem Label zu. Tropfen des eiskalten Lagers rannen am Flaschenhals hinunter. Bald hob sich die Flasche an die Lippen. Der kalte Glasrand küsste seine Lippen. Er nahm den ersten Schluck. Gott, schmeckte das gut. Er kippte sich die halbe Flasche in einem Zug hinunter. Ahhhh!

Dann leerte er schnell den Rest des Bieres. Winkte dem Barkeeper zu, ihm ein zweites zu bringen.

Nach dem dritten fühlte er sich entspannt. Nach dem sechsten abgekühlt. Und nach zehn Bieren und drei doppelten Jamesons beinahe arktisch. Um 22:00 steckte ein junges Paar, Rucksacktouristen, Israelis, die Köpfe in die Kneipe hinein und verschwand genauso schnell wieder. Etwa eine Stunde später lösten sich die beiden Oldtimer von ihren Sitzen und schlurften auf die Straße hinaus, womit Bald allein mit dem Barmann und den Polars blieb. Etwa um Mitternacht herum klatschte der Barkeeper eine Rechnung vor ihm auf den Tresen. Balds Augen fielen auf die Reihe von Nullen am unteren Ende, und das ließ ihn etwas nüchterner werden. Er schob eine Hand in die Tasche seiner Belstaff-Lederjacke und wurde noch etwas nüchterner. Klopfte seine anderen Taschen ab. Runzelte die Stirn.

»Gibt's ein Problem, Kumpel?« Der Aushilfs-Ire musterte Bald und zog ein Gesicht wie ein Airbag, den man ins Lenkrad zurückzustopfen versuchte.

Bald durchwühlte seine Taschen. Förderte ein paar zusammengeknüllte Bons und ein paar Münzen zutage. Aber das war auch alles. Dann traf ihn die Erkenntnis wie ein Schlag ins Gesicht. Die einhundertsechzig Riesen, die er in der Villa hatte mitgehen lassen, waren verschwunden. In Gedanken kehrte er nach Pappstadt zurück, auf der anderen Seite von Caracas. In die Gasse, in der er angekommen war, nachdem er aus der Villa entkommen war. Er dachte an die obdachlose Familie und den alten Bastard mit den eingefallenen Wangen. Er spürte, wie Bleigewichte an seinen Eingeweiden zogen und dann ein Gedanke Gestalt annahm und ihm schließlich erklärte, dass man ihn wohl ausgeraubt haben musste, als er abgelenkt war.

Diese verdammten Penner.

Dann sah Bald auf und sah sich Auge in Auge einer Schrotflinte gegenüber.

KAPITEL 14

00:11 UHR

Die Waffe wirkte lächerlich in den Händen des Iren, als würde er mit einem Krokodil ringen. Seine linke Hand stützte den Lauf und seine rechte Hand war um den Abzug gewickelt. Bald versuchte, nicht über die Tatsache nachzudenken, dass die Mündung nur zwanzig Zentimeter von seiner Brust entfernt schwebte, und wog die Lage ab.

Eine Heckler & Koch FP6. Eine Pumpgun mit einem von den ursprünglich fünfzig auf fünfunddreißig Zentimeter heruntergesägten Lauf. Abgesägte Schrotflinten waren für zwei Dinge gut. Zum einen ließen sie sich gut verbergen. Zum anderen waren sie mächtig. Was der kürzere Lauf an Reichweite und Genauigkeit einbüßte, machte er an Schaden wieder wett. Der Feuerradius war zweimal so breit und verfügte über genügend Zerstörungskraft, um einen Mann in der Körpermitte auseinanderzureißen. Ein kurzer Druck auf den Abzug, und die 12-Kaliber-Patrone würde ein derart großes Loch in Bald blasen, dass er aussehen würde, als hätte er eine Handgranate verschluckt. Der große Spiegel hinter der Bar ließ ihn einen Blick auf den Raum hinter ihm werfen. Verdammt leer. Er war der einzige Kunde, der verzweifelt genug war, um diese Zeit noch im Galway Hooker abzuhängen. Er ließ seinen Blick von der Schrotflinte zu dem Barkeeper huschen und glaubte, in den schwarzen Stecknadelköpfen, die als seine Augen durchgingen, einen Hauch von Zweifel zu erblicken.

»Wenn du das verdammte Ding auf mich richtest, solltest du es auch besser benutzen«, sagte Bald.

»Ich will keinen Ärger«, antwortete der Barmann. »Bezahl' einfach, und dann verschwinde.«

»Ich wurde ausgeraubt.«

»Das höre ich öfter.«

»Ich komme morgen wieder und bezahle die Rechnung.«

»Auch das höre ich öfter.« Der irische Mistkerl ließ seinen Blick auf die Tag Heuer Aquaracer an Balds linkem Handgelenk wandern. »Das ist eine verdammt schicke Uhr.«

»Für wen hältst du dich, meinen Stilberater?«

»Nein, ich bin deine verdammte Mutter. Jetzt nimm die Uhr ab.«

Aber Bald ließ seine Hände, wo sie waren. Er kam mit vielem klar, aber er zog an dem Punkt eine Linie, wo ihm ein zweitklassischer irischer Wichser seine Uhr stehlen wollte. Mit der Aquaracer hatte er sich selbst an seinem dreißigsten Geburtstag beschenkt. Auf gar keinem Fall würde er sie diesem Typen überlassen.

»Ich habe freundlich darum gebeten«, sagte der Ire. »Ich möchte nicht unfreundlich fragen müssen.«

Bald begann, von seinem Stuhl zu rutschen.

»Wo willst du hin?«

»Ich verschwinde«, sagte Bald. »Die Bedienung hier ist unter aller Sau.«

Der Barmann krümmte seinen Finger um den Abzug.

»Noch einen Schritt und du wirst es bereuen.«

Dann öffnete sich krächzend die Tür. Der Barmann sah an Bald vorbei und ließ im gleichen Moment die Schrotflinte langsam wieder unter die Theke wandern. Bald warf einen Blick über die Schulter. Eine Frau war zur Tür hereingekommen. Zuerst konnte er in dem trüben Zwielicht nicht viel von ihr erkennen, aber je näher sie kam, umso besser gefiel ihm, was er sah. Sie hatte die Art von Körper, die einen Kerl dazu brachte, sein eigenes Gesicht zu fressen. Knopfaugen, schmale Lippen in der Farbe von Erdbeeren, lange Beine in einer kurzen Jeanshose geschenkverpackt. Titten wölbten sich unter einem trägerlosen Oberteil. Ihr Haar war braun, schulterlang und fiel wie eine Robe an ihr herab. Sie sah venezolanisch aus, und ganz so, als wäre sie gerade einer von Balds wildesten Fantasien gestiegen. Einmal hatte er es mit einer kolumbianischen Schönheit getrieben. Sie hatte wie ein Modell ausgesehen und fickte wie eine Edelhure. Venezolanische Frauen waren aus demselben Holz geschnitzt, nur heißer. Bald sah zu, wie die Frau auf den höchsten Plateauschuhen, die er je gesehen hatte, an die Bar gelaufen kam und es sich auf dem Stuhl neben ihm bequem machte. »Wollen Sie mich weiter wie ein Perverser anstarren oder bekomme ich ein Bier?«, fragte sie den Barkeeper.

Gehorsam griff er nach einem Polar und ließ den Kronkorken aufploppen, ohne Bald dabei aus den Augen zu lassen. Die Frau kramte eine Packung Lucky Strikes aus ihrer Handtasche und zündete sich eine davon an. Bald hatte keine Ahnung, ob es auch in Venezuela ein Rauchverbot gab oder nicht. Vielleicht gab es das ja, und die Frau kümmerte es nur nicht. Sie sah wie jemand aus, der nur zum Spaß gern auf die Regeln pfiff.

»Ich bin sicher, dass Sie nicht aus der Gegend sind«, sagte sie an Bald gewandt. Sie besaß einen leichten Akzent, aber mit einem rauchigen Unterton, wie ein Schokoriegel, der in der Pfanne schmolz. Sie fuhr fort: »Also lassen Sie mich raten. Sie sind sehr weiß. Und sie haben starke Muskeln.«

Sie nickte den zehn leeren Soldaten zu, die vor Bald aufgereiht standen.

»Aber Sie vertragen einiges an Bier«, sagte sie. »Also sind Sie weder Amerikaner noch Kanadier.«

»Sind sie Detektivin oder so etwas in der Art?«

»Und Sie haben einen witzigen Akzent.« Sie spielte mit einer Haarlocke. »Sie müssen Australier sein.«

Bald grinste.

»Bin ich nah dran?«

»Ich komme aus Schottland.«

Die Frau verzog das Gesicht. »Was ist das, eine Stadt?«

»Es ist ein Ort, an dem alle Männer hart wie Stein sind«, sagte Bald.

Die Frau zuckte mit den Achseln, langte an Bald vorbei nach dem Aschenbecher und gab ihm dabei einen kleinen Vorgeschmack auf ihren Vorbau. Ihr Haar roch nach Sonnencreme und Sex.

»Ich liebe Ihren Akzent«, sagte sie.

Bald grinste wieder.

»Wissen Sie, was ich auch liebe?«, fragte sie ihn.

Der Barmann zog sich zurück.

»Zu ficken.« Ungerührt schnippte sie etwas von ihrer Asche in den Aschenbecher.

Balds Grinsen wurde immer breiter. »Das ist witzig«, sagte er. »Wir haben uns gerade erst kennengelernt und schon so viel gemeinsam.«

Sie beugte sich wieder zu Bald hinüber. Zwinkerte ihm zu und bot ihm ihre Hand an.

»Carmen.«

»Joe Gardner«, sagte Bald und benutzte den erstbesten Namen, der ihm in den Sinn kam.

»Was führt Sie nach Caracas, Joe? Geschäft oder Vergnügen?«

»Anfänglich Ersteres.«

»Und jetzt?«

»Wohl eher das zweite«, lallte Bald. Er hatte sich ziemlich volllaufen lassen und tat sein Bestes, es sich nicht anmerken zu lassen. Wozu in allererster Linie gehörte, aufrecht sitzen zu bleiben und den Umstand zu ignorieren, dass sich um ihn herum alles drehte.

»Ich mag, wie Sie denken.« Carmen nickte ihm anerkennend zu. Sie schien nicht zu bemerken, dass er besoffen war. Oder es war ihr egal. Sie leerte den Rest ihres Biers und drückte ihre Zigarette aus. Dünne Finger aus Rauch strichen über die Decke. Sie musterte Bald für eine Weile und spielte dabei weiter mit ihrem Haar. Ihre Augen sahen tief in Bald hinein und fickten die Scheiße aus ihm heraus.

Schließlich beugte sie sich noch etwas näher heran und flüsterte: »Willst du ein Geheimnis hören?«

Bald nickte.

»Meine Möse ist einsam«, schmollte sie. »Magst du ihr Gesellschaft leisten?«

Bald leerte hastig seinen Whiskey. Carmen ließ drei druckfrische Einhundert-Bolivar-Noten auf dem Tresen zurück, genug, um beide Rechnungen zu bezahlen. Dann sprang Bald von seinem Stuhl. Er ließ Carmen ein paar Schritte vor sich her laufen, damit er ihren Arsch bewundern konnte. Er war kurvig und keck und schwang wie ein Pendel hin und her. Bald war von ihm wie hypnotisiert. Zufrieden rieb er sich die Hände. Eben noch hatte er in eine abgesägte Schrotflinte geblickt, und nun stand ihm ein Schäferstündchen mit dem Knackarsch des Jahrhunderts bevor. Er drehte sich zu der Bar um und warf dem Iren ein breites *Fick-dich*-Grinsen zu.

»Was zum Teufel ist so witzig?«, wollte der Mann wissen.

»Du«, antwortete Bald. »Und die Tatsache, dass ich gleich einen Ritt auf ihr haben werde, du aber den Rest deines Lebens in diesem Loch zubringen wirst. Oh nein, das ist nicht witzig. Das ist einfach zum Totlachen.«

Der Ire setzte ein Lächeln auf, das wie eine durchschnittene Kehle aussah.

Was gibt's da zu grinsen?, fragte sich Bald.

Wie sich herausstellte, wohnte Carmen ein paar Häuserblocks von der Avenida Casanova entfernt, auf einer Straße, in der es von heruntergekommenen VW Beetles, Schlaglöchern und streunenden Hunden wimmelte. Sie führte Bald durch einen Torbogen auf einen Platz, der von halbwegs annehmlich aussehenden Wohnhäusern eingefasst war, die in Nagelstudiofarben irgendwo zwischen Gelb und Pink angemalt waren. Bald folgte ihrem Hintern zu einer schmiedeeisernen Treppe. Ihre Schritte wurden vom Zirpen der Grillen begleitet. Carmen schob ihn zu dem Appartement, welches am weitesten von der Treppe entfernt lag und auf den Platz hinausblickte.

Die Einrichtung erinnerte ihn an ein billiges Motel. Es gab kaum Möbel. Die wenigen Dinge, die sie besaß, wirkten billig und kitschig. Carmen führte Bald durch den Flur und einen schmalen Gang entlang. Das ganze Appartement roch nach Kaugummi. Nach vier kurzen Schritten war Bald im Schlafzimmer angekommen. Das Bett hatte keine Laken oder Decken und die Matratze war noch immer in der originalen Lagerverpackung eingewickelt. Ein klappriger kleiner Tisch stand daneben und an der Decke darüber hing ein hölzerner Ventilator. Tote Motten sammelten sich in den Wandleuchten wie welkes Laub.

Carmen drängte sich an Bald. Sie begann, ihm die Eier zu reiben und dabei mit den Augen bereits durchzuficken. Bald war von ihrer direkten Art einigermaßen verblüfft. Aber dann dachte er sich, dass das eben einfach die Art von Latinofrauen sein musste. Es gefiel ihm weitaus besser als die zaghafte Art der Engländerinnen. Er fuhr mit seinen Händen über Carmens Schultern und an ihrem Rücken hinunter, und dann legte er sie über ihren Arsch und drückte zu. Sie stöhnte leise auf. Dann küsste sie seinen Hals. Er konnte ihren Atem spüren, hastig und erregt und mit dem Versprechen nach Sex aufgeladen. Bald wollte sie küssen, aber sie stieß ihn von sich und lächelte ihn spielerisch an. Sie setzte ihn auf die Bettkante, sodass seine Augen auf einer Höhe mit ihrer Brust waren. Er hatte bereits einen mordsmäßigen Ständer, als Carmen ihr trägerloses Top auszog und es nach Bald warf. Darunter trug sie einen ebenfalls trägerlosen schwarzen BH, der ihre Titten nur mit Mühe im Zaum hielt.

Sie näherte sich Bald und begrub sein Gesicht in dem klammen Spalt zwischen ihrer Brust. Bald flippte aus. Er leckte an ihren Brüsten und knetete ihren Hintern, während sie mit ihren langen Fingernägeln durch sein Haar fuhr und verträumt stöhnte.

»Küss mich«, stieß Carmen hervor. »Küss mich und hör nicht auf.«

Bald schlang seine Arme um ihre Hüfte, zog sie an sich heran und sank mit ihr rückwärts auf das Bett. Sie landete auf ihm und begann, sich an seinem Unterleib zu reiben, hinauf und hinab. Sie schmeckte gut. Sie schmeckte nach Kirschen und Rosé-Wein und Marlboro Lights. Ihre Locken strichen über sein Gesicht. Bald fummelte am Verschluss ihres BHs herum und wollte ihn schon einfach herunterreißen, als er plötzlich etwas hörte und erstarrte.

Ein Wagen kam gefahren. Ein mechanisches Grollen, gefolgt von einem Quietschen, als er schlitternd zum Stehen kam. Es klang, als hätte er auf dem Platz unter ihnen angehalten. Sein Blick entfernte sich von dem Fleisch direkt vor ihm und heftete sich an die Tür. Er hörte das hastige Ffump-Ffump, mit dem die Autotüren zugeschlagen wurden. Das Geräusch gefiel ihm nicht. Bald versuchte, Carmen von sich herunterzubekommen, aber sie hielt ihn fest. Erstickte ihn mit Küssen und ihrem Fahrgestell. Schließlich rollte er sie zur Seite und sprang von dem Bett auf. Schritte klapperten auf der Treppe. Bald stürmte zur Wohnungstür. Spähte aus dem Fenster. Musste ein zweites Mal hinsehen, als er einen limettengrünen BMW der 3er-Reihe auf den Platz rollen sah. Aus langjähriger Erfahrung wusste Bald, dass nur eine Sorte von Männern einen derart grellbunten BMW fahren würde. Er sah zu Carmen zurück. Sie stand verlegen in der Tür zum Schlafzimmer, bedeckte ihre Titten mit ihrem Arm und sah Bald neugierig an. Die Schritte kamen näher. Draußen vor der Tür blieben sie stehen. Ein einzelner Gedanke durchschnitt den Alkoholschleier und traf Bald wie ein Messer.

Carmen ist eine verdammte Nutte, dachte er, als eine Hand am Türknauf rüttelte.

Und gerade war ihr Zuhälter aufgekreuzt.

KAPITEL 15

00:41 UHR

Die Tür öffnete sich und Bald wusste, dass er in der Scheiße saß. Der Zuhälter will sein Geld, wurde ihm schlagartig klar. Ich werde mir den Weg hinaus freiprügeln müssen. Ihn mit ein paar Schlägen ins Gesicht ausknipsen und dann die Beine in die Hand nehmen. Bald ballte die Fäuste. Dann öffnete sich die Tür noch etwas weiter und der Spalt wurde von einem Gesicht ausgefüllt, im Schatten liegend, aber mit einem Fedora auf dem Kopf. Eine Gestalt trat ein. Stolzierte in das Appartement, als würde ihm die ganze Straße gehören. Bald sah stumm dabei zu, wie eine schlanke Hand den Hut lüftete, als der Mann den Raum betrat. Die Lichter vertrieben die Schatten und offenbarten ein Gesicht mit einer kantigen Kieferpartie, präzise geschnittenen Haaren und zwei Augen wie verwitterte Murmeln.

Leo Land.

Bald spürte, wie sich seine Fäuste entspannten. Spürte, wie die Anspannung aus seinem Kopf und seinem Hals wich. Sie wurden von einer alkoholisierten Benommenheit ersetzt. Land schien Bald zuerst gar nicht zu bemerken. Er nickte der Schlafzimmertür zu. Carmen. Sie hatte sich gerade wieder ihr trägerloses Top übergestreift und kaute nun lautstark Kaugummi. Land zog einen Umschlag aus seiner Jackentasche und warf ihn ihr zu.

»Da sind zweitausend drin«, erklärte er.

»Eintausend, um Ihre Kosten zu decken, und weitere eintausend, damit Sie die Klappe halten.«

Carmen blickte verstohlen in den Umschlag.

»Wo ist Manny?«, fragte sie.

Land blinzelte. »Wer?«

»Mein Zuhälter.«

»Der ist beschäftigt.«

Carmen zuckte mit den Schultern, stopfte den Umschlag in eine hellrote Umhängetasche und warf Bald einen Handkuss zu. »Adiós, Schätzchen.« Sie drehte auf ihren hochhackigen Schuhen eine kleine Pirouette und tänzelte auf die Tür zu. Ein letztes Mal schwangen ihre Hüften hin und her, und dann war sie aus seinem Leben und in der dunklen Nacht verschwunden. Als sie ging, erhaschte Bald noch die Silhouette eines weiteren Agenten, der vor der Apartmenttür Wache stand. Er wandte sich Land zu.

»Was zum Teufel machen Sie hier?«

»Schön, Sie zu sehen, alter Junge«, sagte Land. Er zog sich einen Stuhl von einem Glasesstisch neben dem kleinen Küchenareal heran, legte behutsam den Fedora darauf ab und fuhr sich mit der Hand durch sein schütteres Haar. »Sie sollten mir danken. Manny war bereits auf dem Weg, um seine Gage einzutreiben.«

»Ich kann auf mich selbst aufpassen.«

Land schwieg. Das Licht blendete Bald. Eispickel aus Licht prallten von den Wänden ab und kreischen in seinem Kopf. Bald schloss die Augen und versuchte, den Schmerz auszublenden.

»Sie haben mir eine Falle gestellt«, sagte er.

Land kicherte. »Wenn ich nicht rechtzeitig hier gewesen wäre, würden Manny und seine Schläger jetzt Ihre Hände und Füße an den Fußboden nageln.«

Bald verzog das Gesicht. Der Nebel hinter seinen Augen begann, sich zu lichten.

»Was wollen Sie?«

»Was ich will, John, ist, dass Sie mir erklären, wieso Sie nach dem Schusswechsel in der Villa einfach untergetaucht sind. Ein

Schusswechsel, bei dem Sie auf bemerkenswerte Weise daran scheiterten, unsere russische Zielperson zu fassen.« Der MI6-Mann musterte Bald durch zusammengekniffene Augen. »Sie wissen, was das bedeutet, nicht wahr?«

»Sie haben endlich eingesehen, dass Sie völlig bescheuert sind?«

»Es bedeutet, dass Sie und ich noch eine offene Rechnung haben. Sie sollten es besser wissen, als zu glauben, Sie könnten einfach so von einem vermasselten Job davonlaufen.«

Bald setzte sich auf. Langsam. Sein Körper schmerzte an tausenden Stellen. Land sah noch schlimmer aus als beim letzten Mal. Seine dandyhaften Lederschuhe mussten dringend wieder poliert werden. Sein Gesicht war so faltig wie ein alter Anzug und sein Anzug so faltig wie sein Gesicht.

»Sie haben mich angelogen«, sagte Bald.

Land verzog das Gesicht. »Wovon reden Sie da?«

»Joe hat es mir erzählt. Sie gaben ihm die gleichen Befehle wie mir. Bei der erstbesten Chance hätte er mir eine Kugel in den Kopf jagen sollen.«

»Und Sie glauben ihm?«

»Joe mag ein rückratloser Mistkerl sein, aber ganz sicher kein Lügner.«

Land schwieg. Bald sah ihm in die Augen. Sie hatten die Farbe schwachen Rauchs. Es war unmöglich, herauszufinden, was er gerade dachte. Land stand für alles, was er an Zivilisten hasste. Niemand sagte einem die Wahrheit. Im Regiment hatten sie ihm ins Gesicht gesagt, wenn die Kacke am Dampfen war.

»Geben Sie mir nur einen Grund, weshalb ich Ihnen glauben sollte«, sagte Bald.

»Großer Gott, wieso sollte ich Gardner bitten, Sie umzubringen? Wer wäre denn am Ende übrig geblieben, um Viktor Klich in Sicherheit zu bringen?« Land rang sich ein verschlagenes Lächeln ab. »Gardner hat Sie an der Nase herumgeführt, mein alter Freund.«

Bald schloss die Augen. Seine Nackenmuskeln zogen an seinen Venen, zogen sie fest über seinem Schädel zusammen.

»Und wo steckt er?«

»Joe? Auf dem Weg ins schlimmste Gefängnis Venezuelas. Die Behörden hängen ihm den Mord an Captain Monzant an. Aber was mir am meisten Sorgen bereitet, ist, dass Klich immer noch da draußen ist.«

Ein langer Moment des Schweigens blieb zwischen den beiden Männern hängen. Bald verweilte in der Schwärze hinter seinen Augenlidern. Dann verging der Moment und Lands abgehackte Stimme brach die Stille.

»Wir wissen, wo er ist«, sagte Land.

Bald öffnete die Augen.

»Klich?«

Land nickte.

»Wo?«

»Dubai.«

»Ich hörte, die Nutten dort schlagen alles«, sagte Bald. Er lief zu der Appartementtür. Aber Land nahm ein paar schnelle Schritte und schob seinen spindeldürren Körper zwischen den Schotten und die Tür.

»Sie kapieren es nicht, oder? Sie werden nach Dubai fliegen, John. Und Sie werden mir Victor Klich bringen.«

Bald lachte.

»Ich bin fertig mit Ihren verdammten Spielchen.«

»In diesem Fall ist unser Deal vom Tisch. Keine saubere Weste. Keine Villa in Madeira. Und ganz sicher keine einhundertfünfzigtausend Pfund.«

»Sie können mich mal«, knurrte Bald. »Wir hatten eine Abmachung.«

»Welche beinhaltete, dass Sie mir Klich aushändigen. Aber Sie haben ihn entwischen lassen.«

Bald ballte seine Hände zu Fäusten. Ob er Land umbringen und damit durchkommen konnte? An einem Ort wie Caracas waren ungeklärte Morde an der Tagesordnung. Land wäre nur eine weitere Leiche in einer Stadt, in der sich die Leichen stapelten.

»Ich werde es für Sie auf eine einfache Wahl herunterbrechen«, fuhr Land fort. »Fassen Sie Klich, und Sie bekommen Ihr One-Way-Ticket in Ihr neues Leben auf Madeira. Oder Sie laufen davon und riskieren es, auf sich allein gestellt zu sein. Aber ich will Sie warnen: In Vauxhall ist man der Meinung, dass wir besser dran wären, wenn wir Sie ausradieren. Um ganz ehrlich zu sein, haben Sie Glück, überhaupt das Ende der Woche erlebt zu haben.«

Er tätschelte Bald sanft den Rücken. »Treffen Sie Ihre Entscheidung weise, alter Freund«, sagte er.

Bald hatte das Gefühl, als würde sich ein Messer in seinen Eingeweiden herumdrehen. Ein paar todsichere Erkenntnisse trafen ihn. Erkenntnis Nummer eins lautete, dass die Firma einen längeren Arm besaß und ihn früher oder später schnappen würde. Erkenntnis Nummer zwei lautete, dass sie dann nicht gerade zimperlich mit ihm umgehen würden.

»Wie lautet der Deal?«, fragte er.

»Klich hat einen Kontaktmann in Dubai. Einen Iraner, mit dem er zusammenarbeitete. Erinnern Sie sich an den Buschehr-Deal?«

»Das Atomkraftwerk, das die Iraner bauten?«

Land nickte. »Buschehr blieb mehrere Jahre unvollendet. Klich vermittelte russische Ingenieure und Bauteile an seinen iranischen Kontakt. Der Kerl trägt den Namen Nima Hemdani. Er will Hemdani dazu bringen, ihm dabei zu helfen, abzutauchen.«

Land strich sein Revers glatt, dann fuhr er fort. »Der Angriff auf die Villa hat Klich zweifelsfrei aufgeschreckt. Er will völlig von der Bildfläche verschwinden, irgendwohin, wo ihn keiner mehr findet.« Land machte eine Pause und mahlte mit den Kiefern. »Hemdani wird aller Wahrscheinlichkeit nach versuchen, Klich in den Iran zu schmuggeln. Wenn das passiert, haben wir ihn verloren. Aus Geheimdienstsicht ist der Iran ein schwarzes Loch. Ist Klich erst einmal dort, wird ihn niemand mehr bekommen, nicht einmal die verdammten Russen.«

»Wann soll das Treffen stattfinden?«, fragte Bald.

»Sobald Hemdani in Dubai eintrifft«, antwortete Land trocken. »Er steht schon seit Längerem auf der Beobachtungsliste der Firma. Wir kennen jeden seiner Schritte. Er ist derzeit noch geschäftlich in China und kann frühestens erst übermorgen in Dubai sein.« Land sah Bald durch seine zusammengekniffenen Augen an. »Sie müssen Klich aufhalten, bevor er sich mit Hemdani treffen kann. Achtundvierzig Stunden, John. Mehr als genug Zeit.«

»Ich will eine Kanone. Und absolut verlässliche Informationen über die Location.«

»Ihr Kontaktmann vor Ort wird Sie mit beidem versorgen. Er heißt Skinner. Er wird Ihnen Waffen beschaffen und Sie mit Land und Leuten bekanntmachen.«

Der Mann, der vor der Appartementtür gewartet hatte, betrat den Raum. Bald erkannte ihn nun als einen der zwei Agenten, die ihn am Tag zuvor in Caracas abgeladen hatten. Er erinnerte sich an seinen Namen. Wellfoot.

»Ach was soll's«, sagte Bald. »Versuchen wir's.«

»Guter Mann.«

Dann stürmte Land zielstrebig aus dem Appartement. Bald humpelte hinter ihm her. Seine Beine waren steif, und sein Gehirn schabte bei jeder Bewegung von innen gegen seinen Schädel. Land tänzelte in seinem aalglatten Schritt die Stufen hinunter. Bald konnte einen dunkelhäutigen Latino mit einem lächerlichen Haarschnitt und einem Goatee zusammengesunken auf dem Beifahrersitz des BMWs sitzen sehen. Er trug eine pinkfarbene Jacke, zwei silberne Armreifen und einen angepissten Ausdruck im Gesicht.

»Ah, der Zuhälter«, sagte Land und winkte Manny. »Er war so freundlich, uns seinen Wagen zu borgen.« Dann sah er Bald finster an. »Skinner wird in der Scorpion Bar im Malibu Hotel auf Sie warten. Ihre Tarngeschichte lautet, dass Sie ein Sicherheitsexperte auf dem Gebiet von Entführungen und Lösegeldforderungen sind und Skinner Ihr Geschäftspartner ist. Sie wollen ein neues Büro eröffnen. Wir richten hier eine Telefonnummer für die erfundene Firma ein. Sollte jemand misstrauisch werden, geben Sie ihm einfach die Nummer auf Ihrem Blackberry. Dann werden Sie an eine Schauspielerin an einem Schreibtisch in Vauxhall durchgestellt, die vorgeben wird, Ihre persönliche Assistentin zu sein. Der Name der Firma lautet Argonaut Risk Management. Vergessen Sie ihn nicht.«

Land lief zur hinteren Beifahrertür des BMWs, zog sie auf und gab Bald zu verstehen, einzusteigen.

»Keine weiteren Ausreden, John. Es ist absolut unerlässlich, dass Sie die Mission beenden. Wenn Sie es vermasseln, lasse ich Sie in den erstbesten Flieger zurück nach Caracas werfen. Dann können Sie Joe Gardners Platz im Knast einnehmen.«

KAPITEL 16

DUBAI, AM DARAUFFOLGENDEN TAG, 18:54 UHR

Bald stieg aus dem hinteren Ende des Toyota-Camry-Taxis in die Nacht hinaus. Es war, als würde man ein Dampfbad betreten. Am Persischen Golf waren die Temperaturen noch tropischer als in der Wüste. Bald schob dem indischen Taxifahrer fünfzig Dirhams zu. In der Ferne konnte er die Umrisse der Emirate Towers erkennen. Die beiden Türme erinnerten an das Maul eines Schraubenschlüssels. Wenn er die Augen zukniff, konnte er auch die Spitze des Burj Khalifa sehen, des höchsten Bauwerks der Welt.

Bald kehrte der Skyline den Rücken und lief den kurzen Weg bis zur Lobby des Malibu Hotels. Es sah wie die letzte Absteige aus. Zwölf Stockwerke Beton, mit einem klapprigen Schild über dem Eingang. Selbst die Palmen und die herabhängenden Früchte hier waren Fälschungen. Aber Bald kümmerte das kaum. Nach achtzehn Stunden in der Luft und sechs weiteren, in denen er sich an verschiedenen Terminals die Beine in den Bauch gestanden hatte, litt er an einem mörderischen Jetlag und hatte Hunger. Außerdem freute er sich darauf, in Ruhe zu kacken, sich duschen und rasieren zu können.

Ein Hotelpage öffnete ihm widerwillig die Tür. Er war ein Inder mit beinahe rabenschwarzer Haut und grauen Strähnen im Haar. Bald schob sich an ihm vorbei und betrat die Lobby. Das Hotel hielt, was sein beschissenes Äußeres versprach. Ein Dienstmädchen und ein

Kellner rannten durch die Lobby und platzierten Eimer unter einigen Löchern in der Decke. Bislang hatte noch jeder, den Bald in Dubai getroffen hatte, wie ein Inder oder zumindest ein Asiate ausgesehen. Dann rief er sich ins Gedächtnis, dass das eben die arabische Welt war und seiner Erfahrung nach selbst der durchschnittliche Windelkopf zu reich und zu faul zum Arbeiten war. Es war viel leichter, Leute zu importieren, die für einen arbeiteten.

Bald schlängelte sich durch die Lobby und fuhr in einem engen Fahrstuhl, der ihm aus der Klimaanlage über ihm abgestandene Luft ins Gesicht blies, in den achten Stock. Zwanzig ruckelnde Sekunden später glitten die Türen auf und gaben den Blick auf eine Glastür frei, die von zwei Schwergewichten versperrt wurde, Araber mit glasigen Augen und getrimmten Bärten, die Kiefer aus Granit bedeckten. Der Rechte von beiden hielt Bald an.

»Nur für Mitglieder«, knurrte er.

»Ich treffe mich hier mit einem Freund«, sagte Bald.

»Pech für dich.«

Bald überlegte einen Moment.

»Wie viel kostet die Mitgliedschaft?«, fragte er.

Das Schwergewicht musterte Bald. Der Anblick schien ihn zu erheitern. »Für dich, mein Freund, zweihundert Dirham.«

Bald dachte darüber nach. Dann zuckte er mit den Achseln, zog den Clip mit Bargeld hervor und schmierte beide Türsteher mit jeweils hundert Dirhams. Der Rechte durchsuchte ihn, stempelte ihm eine Art Logo auf das Handgelenk und winkte ihn hindurch. Dann fand sich Bald in einem in pinkfarbenes und neonblaues Licht getauchten Raum mit niedriger Decke wieder. In der Mitte befand sich eine kreisförmige Bar, links und rechts Reihen mit Sitzbänken, und weiter hinten ein mit einem Vorhang abgetrennter Bereich. Ein Schild, welches über dem Vorhang hing, wies diesen als ›VIP LOUNGE‹ aus. Ein paar Kerle saßen an der Bar. Westler, die Champagner inhalierten und die Lage checkten. Kein Araber zu sehen.

Auch Nutten arbeiteten in dem Raum. Es schien eine unsichtbare Trennlinie zwischen den Nutten auf der linken und den Nutten auf der rechten Seite zu geben. Die linke Seite gehörte den Osteuropäerinnen mit ihren hohen Wangenknochen und den schmalen Augen, die, wie Bald wusste, sich weiten würden, wenn sie eine schwarze American Express erblickten. Rechts waren zwei Dutzend der heißesten Asiatinnen außerhalb von amerikanischen Pornofilmen zu bestaunen, jede von ihnen mit falschen Titten und unglaublich schlanken Kurven. Eine kaum einen Meter sechzig große Orientalin aus dieser Gruppe näherte sich ihm, lächelte mit ihren Lip-Gloss-Lippen und sagte: »Ficken und blasen, Mister. Vierhundert Dirham.«

Sie besaß diese großen, verlockenden Thai-Augen wie aus einem dieser Animes. Sie trug ein gerafftes Bratop-Kleid, das an den richtigen Stellen eng anlag, und ein paar Flügel am Rücken. Mit ihrem Zauberstab tippte sie Bald auf die Nase.

»Nur vierhundert«, sagte sie. »Ficken und blasen.«

»Nicht heute, meine Liebe«, antwortete Bald zähneknirschend.

Die Nutte zog einen süßen Schmollmund und spulte das volle Wimpernklimpern-Programm ab. Sie rieb ihm den Schritt, als wäre er eine Wunderlampe. »Du verhandeln hart. Dann zweihundert und ficken, aber kein blasen.«

»Ein andermal vielleicht.«

»Ich sehen dich später. Wir gute Zeit haben. Ich geben besten Ficki-Fick in Dubai.«

»Darauf wette ich«, sagte Bald.

Dann machte die Nutte kehrt und spazierte davon, auf der Suche nach dem nächsten Kerl. Bald schritt an die Bar, zog sich einen Stuhl heran und bestellte sich einen doppelten dreißig Jahre alten Ballantine's on the rocks. Der kostete ihn glatt zweihundert Dirhams, aber drauf geschissen, schließlich zahlte die Firma, und er war entschlossen, sie zu schröpfen, wo es nur ging.

»Da sind Sie ja noch mal davongekommen, Kumpel.«

Bald drehte sich nach links. Die Stimme gehörte einem Mann, der neben ihm an der Bar saß. Er trug ein kurzärmeliges Hemd, das früher einmal blau gewesen war, nun aber die Farbe von Geschirrspülmittel besaß, khakifarbene Shorts, weiße Socken und Turnschuhe. Sein

Haar war kurzgeschnitten und seine Haut krebsrot. Er sah aus wie ein fetter Yankee auf Safari. Außerdem war er so fett, dass er zwei Stühle brauchte, und war überall mit einer Lage Schweiß bedeckt, als wäre er gerade aus einem Monsunregen gekommen. Sein Essex-Akzent verriet Bald, dass er Skinner sein musste, sein Kontaktmann, aber er musste auf Nummer sicher gehen. Also begann er mit der vorab festgelegten Unterhaltung, die ihm Land während ihrer Fahrt zum Flughafen eingebläut hatte.

»Wissen Sie zufällig, wo ich in der Nähe ein Internetcafé finde?«

Der Mann nippte an seinem Drink. Der scharfe Geruch von Gin traf Bald selbst aus einem Meter Entfernung. Wahrscheinlich roch man den Gin sogar noch am anderen Ende von Dubai. »Tut mir leid, Kumpel«, antwortete der Mann, »ich bin nicht von hier. Versuchen Sie es doch mal bei einem der Einheimischen.«

»Ihr Akzent kommt mir bekannt vor«, sagte Bald. »Was sagten Sie, woher kommen Sie noch mal?«

»Ich sagte gar nichts. Aber damit Sie es wissen … ich bin aus Chingford.«

Das war die Antwort, auf die Bald gewartet hatte. Er entspannte sich ein wenig. Der Mann deutete mit seinem Glas auf die Thailänderin und sagte: »Wissen Sie, was man über Nutten sagt? Man bezahlt sie nicht für den Sex, sondern dafür, dass sie danach verdammt noch mal verschwinden.«

Dieser Skinner war Bald ein Rätsel. Zum einen sah er nicht wie ein Kontaktmann der Firma aus: Er war geradezu lebensgefährlich fett und stach hier so sehr hervor wie eine Titte bei einem Schönheitswettbewerb. Kontaktleute der Firma waren normalerweise elegant gekleidet und unauffällig. Graue Männer und Frauen. Und zum anderen war Skinner alles andere als vornehm.

»Terry Skinner.« Der Mann reichte Bald die Hand. »Sie müssen John sein. Einen Drink?«

»Einen doppelten Evan Williams. Danke.«

Bald schüttelte ihm die Hand. Sie war warm und schwitzig und eklig.

Skinner drehte sich wieder zur Bar und fing den Blick der gelangweilt aussehenden Bardame ein. »Die sind hier alle Meister im Feilschen«, sagte er und deutete auf die Nutten. »Ganz besonders die Schlitzaugen. Früher gab es nur Russinnen und Schwedinnen. Hin und wieder eine Schwarze. Heute läuft hier an einem Freitagabend halb Peking auf, und die Schätzchen aus dem alten Ostblock sind sauer, weil die Schlitzaugen die Preise unterbieten. Billige Arbeitskräfte eben.«

Ihre Drinks kamen. Skinner prostete ironisch den Nutten zu und kippte sich seinen Gin mit ganz wenig Tonic hinunter. Bald nippte an seinem Bourbon. Er schmeckte gut.

»Okay, jetzt, wo Sie ein wenig runtergekommen sind, habe ich eine schlechte und eine ganz üble Nachricht für Sie«, sagte Skinner. »Welche wollen Sie zuerst hören?«

Bald dachte eine Sekunde darüber nach. Dann trank der die Hälfte seines Drinks aus und sagte. »Zuerst die Schlechte.«

Skinner beäugte eine streichholzdünne Asiatin, die an ihnen vorüberlief. »Wir haben Hemdanis Spur verloren.«

»Land sagte, er wäre in China aufgehalten worden.«

»Aber jetzt wissen wir, dass er China gestern verließ.«

»Dann könnte Hemdani also schon hier sein? Womöglich trifft er sich in dieser Minute mit Klich?«

Skinner hob eine Hand. »Ganz ruhig, Kumpel. Er hat sich noch nicht mit Klich getroffen. Das weiß ich deshalb, weil Klich im Seven Wonders Hotel gastiert und sich gerade in dessen Penthouse Suite aufhält.«

»Worauf warten wir dann noch? Dann schnapp ich mir den Wichser sofort.«

Skinner zog die Luft durch die Zähne. »Es ist nicht ganz so einfach«, sagte er. »Er sitzt nicht ganz allein da oben. Sein gesamter Tross aus Leibwächtern ist bei ihm und bewacht ihn rund um die Uhr.«

»Wie viele?«

»Drei. Zwei Frauen und ein Mann. Bis zu den Zähnen bewaffnet. Selbst ein harter Hund wie Sie hat da keine Chance.«

»Wie zum Teufel soll ich ihn mir dann schnappen?«

»Das ist der Moment, wo die Glücksfee ihre Muschi öffnet und Sie Ihren Finger in ihren Pudding schieben lässt, wenn Sie verstehen. Letzte Nacht ist Klich in der Stadt aufgeschlagen. Jetzt raten Sie mal, was er als Erstes gemacht hat.«

Bald zuckte mit den Schultern. »Im Hotel eingecheckt?«

Ein hinterlistiges Lächeln ließ Skinners Mundwinkel kräuseln. »Falsch, Sonnenschein. Er ist in ein Arbeiterlager südlich des Flughafens gefahren.« Er ließ die Information sacken, dann leerte er sein Glas.

»Wozu das denn?«, fragte Bald.

»Jungen«, antwortete Bald. »Sehen Sie sich um. Sie kriegen hier jede Muschi, die Sie sich wünschen, aber wenn ein Würstchen und zwei Eier eher Ihr Ding sind, müssen Sie sich ein wenig mehr anstrengen. Sie wissen, was ich meine, oder?«

Bald erinnerte sich an sein Briefing mit Land. »Was ist mit der Affäre, die Klich mit dieser Parlamentsmitarbeiterin hatte?«

»Dann ist er eben auf beiden Ufern zuhause«, antwortete Skinner und winkte ab. »Die Windelköpfe sind alle gleich. Vier Frauen und ein paar stramme Burschen nebenbei. Wie auch immer, ich war heute in dem Arbeiterlager. Ein widerlicher Ort. Hab mich mit den örtlichen Strichern unterhalten. Wie sich herausstellte, hat Klich eine weitere Session gebucht.«

»Für wann?«

Skinner tippte sich auf die Uhr und grinste. »In genau vierzig Minuten.«

Bald nickte.

»Das Beste aber habe ich für Sie für zuletzt aufgehoben«, sagte Skinner. »Klich fährt nur mit einem Leibwächter in das Lager. Nachvollziehbar, schließlich will er vermeiden, dass die ganze Welt von seinem schmutzigen kleinen Geheimnis erfährt.«

»Umso besser.« Bald grinste. »Worauf warten wir noch?«

Skinner stieß mit seinen Füßen eine Nike-Sporttasche unter sich an. »Ihre Kanone, wie bestellt. Sie können mich ab sofort auch UPS nennen.«

»Schnappen wir uns den Wichser«, sagte Bald.

Er rutschte von seinem Stuhl, schnappte sich die Tasche und warf sie sich über die Schulter. Die Thai-Nutte mit den Engelsflügeln sah ihn traurig an, aber Bald gab sich das Versprechen, hierher zurückzukehren, wenn der Job erledigt war, und es dann mit ihr krachen zu lassen. Dann blieb er stehen, weil ihm noch etwas eingefallen war.

»Und die ganz üble Nachricht?«, fragte er.

»Scheiße, hätte ich beinahe vergessen.« Skinner zählte langsam einen Stapel Dirhams auf ein silbernes Tablett. Er ließ ein großzügiges Trinkgeld zurück und steckte sich die Rechnung ein. Dann drehte er sich zu Bald um. »Die Iraner wissen, dass Sie in der Stadt sind.«

Skinner lallte jetzt, und seine Augen waren noch glasiger geworden. »Die haben nicht vergessen, was Sie da mit dem Atombombendeal abgezogen haben.«

»Wovon reden Sie da?«

»Mein Bester, die haben ein Kopfgeld auf Sie ausgesetzt.«

KAPITEL 17

19:38 UHR

Sie fuhren die Jumeirah Beach Road ins Stadtzentrum von Dubai entlang. Wolkenkratzer ragten aus dem Wüstenboden auf und blickten triumphierend über den Golf. Nebelbänke wälzten sich von der Meeresseite in Richtung Küste. Skinner hatte sich hinter das Lenkrad eines Porsche Panamera gezwängt. Ans Armaturenbrett hatte er mit zwei Saugnäpfen ein Ortungsgerät befestigt. Es zeigte die Straßen ein paar Häuserblöcke südlich von ihrer aktuellen Position entfernt, und ein roter Punkt blinkte.

»GPS-Satellitenortung«, erklärte Skinner. »Als Klich seinen Wagen in einer Tiefgarage abstellte, schmierte ich den Parkservice mit ein paar Schekeln, und schon war die Sache geritzt.«

»Ziemlich unvorsichtig für jemanden, der so paranoid ist wie er.«

»Tun Sie mir doch mal einen Gefallen, Kumpel«, antwortete Skinner. »Hier muss irgendwo eine Flasche Bell's rumfliegen. Ich könnte sterben für einen Schluck.«

Bald wühlte auf dem Rücksitz herum und fand die Flasche begraben unter einem Haufen Pullis und Taschenbüchern über das Dritte Reich. Die Flasche war noch halb voll.

Bald nahm einen großen Schluck. Warmer, billiger Whiskey befeuerte seinen Blutkreislauf. Dann reichte er die Flasche Skinner. Der Mann hatte einen derart durstigen Blick, dass man annehmen musste, sein Körper würde nur mit Alkohol funktionieren, und zwar großen Mengen davon.

Skinner brachte den Panamera auf 140 km/h. Das Burj-al-Arab-Hotel mit seinem gigantischen Metallsegel kam auf neun Uhr in Sicht. Drei oder vier Kilometer weiter entlang der Küste erblickte Bald zwei dunkle Flecken.

»Links haben wir Palm Island«, erklärte Skinner und deutete zu der Stelle, zu der Bald sah. »Und die World Island zur Rechten. Zurückgewonnenes Land. Absolute Top-Grundstücke. Wenn man sich einen Flecken dort leisten kann, weiß man, dass man es geschafft hat.«

Am öffentlichen Strand bog Skinner nach rechts auf die Al-Athar-Street ab. Trat das Gaspedal durch. Der Tacho pegelte sich bei 160 km/h ein. Jetzt befanden sie sich auf dem Weg nach Süden, vorbei am Safa Park, wo helle Lichter die Postkarten-Rasenflächen, Palmen und Wasserfälle erhellten.

»Was haben Sie mit diesem Klich-Typen vor?«, fragte Skinner. »Wollen Sie ihn umlegen?«

Bald schüttelte den Kopf.

»Land will ihn lebend. Für mich macht das keinen verdammten Unterschied. Wir verfolgen ihn bis in das Lager und ich schnappe ihn mir, bevor er verduften kann.«

Skinner hob eine Augenbraue und sah Bald von der Seite an. »Und was ist mit dem Leibwächter?«

»Wenn er nur einen dabei hat, wie Sie sagen, lege ich ihn um.«

Skinner schwieg, während sie auf die Sheikh Zayed Road zuschossen. Dann sagte er. »Für drei verdammte Jahre haben mich diese Arschlöcher in Whitehall hier stationiert. In dieser elenden Hitze. Ich meine, das kann doch unmöglich gut für meine Pumpe sein. Ich sollte sie verklagen.«

Bald lachte. »Die einzige Person, die Sie verklagen sollten, ist Ronald McDonald, Sie fetter Sack.«

Sie fuhren noch einen Kilometer weiter und erreichten die Sheikh Zayed Road. Jeder fuhr hier mindestens 150, dachte Bald. Bremsen schienen sich in Dubai noch nicht durchgesetzt zu haben. Skinner deutete ausladend auf ein paar wenige Wagen etwa dreißig Meter entfernt.

»Da ist er«, sagte er. »Der Lincoln. Zweiter Wagen.«

Bald beugte sich nach von und reckte den Hals, um an dem Cayenne vor ihnen vorbeisehen zu können. Das nächste Fahrzeug in der Reihe war ein Lincoln Town Car. Schwarz funkelnd und mit getönten Scheiben donnerte er in Richtung Dubai Creek. Bald zog den Reißverschluss der Tasche in seinem Schoß auf und nahm die Pistole heraus.

Er brauchte nur wenige Sekunden, um die Waffe zu identifizieren. Bald hielt einen großen alten Revolver in der Hand. Verdammt riesig, wog beinahe zwei Kilo. Der Lauf bestand aus zwanzig Zentimetern polierten Stahl, und der Gummigriff verfügte über Griffmulden. Bald klappte den Zylinder heraus. COLT ANACONDA war in ihn eingeprägt. *Ein Jagdrevolver*, dachte Bald. *Perfekt, um Bären umzunieten. Aber nutzlos, um in Dubai unauffällig zu bleiben.*

»Na?«, fragte Skinner. »Was sagen Sie?«

»Ich soll einen Mann fangen und keinen verdammten Wal töten«, antwortete Bald. »Aber er wird genügen.«

Skinner wirkte enttäuscht.

Bald ignorierte ihn. In der Tasche befand sich außerdem eine Schachtel Fiocchi-Munition Kaliber 44, 200er-Körnung, halbummantelt. Bald klappte die Schachtel auf. Fünfzig Patronen. Genug, um eine kleine Armee auszuschalten. Er sah in den Rückspiegel. Die Melange aus Stränden und Wolkenkratzern glitt langsam in den Hintergrund, wie ein Paradies, das auf einem Förderband abtransportiert wurde. Die Anaconda fasste sechs Schuss. Bald begann, die Patronen in den Zylinder zu schieben.

»Wie ich hörte, waren Sie beim Regiment«, sagte Skinner.

»Vor langer Zeit.«

»Ich hab auch gehört, dass sie ein paar ziemlich wilde Sachen abgezogen haben.«

Bald steckte die letzte Patrone ein und ließ den Zylinder zurück in seine Position hinter dem Lauf schnappen. »Dieses Kopfgeld auf mich«, begann er. »Wie hoch ist es?«

Skinner zögerte, als würde er überlegen, wie er darauf am besten antwortete, ohne Bald zu beleidigen.

»Fünfzig Riesen.« Dann fügte er schnell hinzu: »Hätte mehr sein können … keine Ahnung.«

Für eine Weile sprach keiner der beiden ein Wort. Aber Skinner war nicht der Typ, der lange die Klappe halten konnte. »Ich war beim SIS«, erzählte er. »Dem Special Intelligence Service des Met.«

»Nie davon gehört«, sagte Bald.

»Wir haben das auch nicht an die große Glocke gehängt, Kumpel. Wir arbeiteten undercover. Haben Schmugglerringe infiltriert, die Mafia, all so was. Wir haben ziemlich übles Zeug erlebt. Aber ich nehme an, davon können Sie ein Lied singen, wenn Sie beim SAS waren.«

»Wie oft hat man auf Sie geschossen?«, fragte Bald.

Skinner dachte darüber einen Moment nach, dann antwortete er: »Einmal. Aber wie sich herausstellte, war es nur ein Luftgewehr.«

»Jemals jemanden umgelegt?«

»Hatte nie die Chance, Kumpel.«

»Dann wissen Sie einen Scheiß über meine Welt«, sagte Bald. »Also hören Sie auf, so zu tun.«

Sie bretterten über die Al Garhoud Brücke. Unter ihnen quoll Nebel aus dem Golf über hunderte der auf dem Fluss vertäuten Dhaus. Bald kannte die Strecke von seiner Taxifahrt ins Hotel und wusste, dass sich der Flughafen zwei Kilometer östlich des Flusses befand. Jetzt konnte er auch die Anordnung von roten und gelben Lichtern dicht über dem Wüstenboden erkennen. Flugzeuge kamen und gingen und zogen blinkend und Kondensstreifen hinter sich herziehend über den Himmel. Der Lincoln bog nach Süden ab.

Nach einem weiteren Kilometer bog er in die Emirates Road 311 ein. Die Lichter verblassten. Der Verkehr auf der E311 hatte nachgelassen, sodass nur noch der Panamera, der Lincoln und ein paar Tanklaster zu sehen waren. Es schien, als läge Dubai schon ewig weit hinter ihnen. Als würden sie sich auf der dunklen Seite des Mondes befinden. Skinner nahm den Fuß vom Gas und hielt solide vierzig

Meter Abstand zwischen beiden Wagen. Dann, zwei Kilometer östlich des Flughafens, flackerten die Bremslichter des Lincoln auf und zwangen Skinner, noch weiter abzubremsen. Eine Reihe flacher Gebäude schälte sich aus dem Horizont, etwa vierhundert Meter entfernt.

»Machen Sie das Licht aus«, sagte Bald.

Skinner schaltete die Scheinwerfer ab. Die Sonne hatte sich verzogen. Stattdessen breiteten sich die Lichter der Innenstadt über den Himmel aus und warfen knallblaues und violettes Neonlicht in die Wüste. Hundert Meter weiter tauchten die Gebäude aus der Dunkelheit auf. Sie standen in einer Reihe, triste Leichtbeton-Wohnblöcke jeweils drei Stockwerke hoch und zwanzig Meter lang. Sie waren schlampig gebaut, mit durchhängenden Dächern, Rissen, die sich durch die Wände zogen und Plastiktüten, die man provisorisch vor viele Fenster geklebt hatte. Auf einer Seite waren die Gebäude von Gebirgszügen aus Müll gesäumt.

»Hier wohnen die armen Schlucker, die in der Stadt arbeiten.« Skinner schüttelte den Kopf. »Bauarbeiter, Köche, Reinigungskräfte, Taxifahrer. Ich sehe sie jede Nacht mit dem Bus hier rausfahren.«

»Sieht mir eher nach einer Wohnanlage und weniger nach einem Lager aus«, sagte Bald.

»Früher schliefen sie hier in Zelten. Jetzt haben sie wenigstens ein Dach über dem Kopf.« Skinner grinste Bald an. »Aber immer noch keine Klimaanlage oder ein Starbucks für die armen Schweine.«

Sie verfolgten den Lincoln tiefer in die Anlage hinein. Ein Netzwerk aus Gehwegen überschattet von Dattelpalmen und nur spärlich von wenigen Straßenlampen beleuchtet verband die einzelnen Gebäude miteinander. Die Straßen waren heruntergekommen, unbefestigt und trugen keine Namen. An einer Stelle entlang der Straße standen Gehwegplatten, aufgereiht wie Grabsteine. Sie kamen an einem Marktstand mit einem verbeulten Coca-Cola-Schild davor vorbei. Ein paar ausgemergelte Hühner pickten am Boden. Hin und wieder schlurfte ein Arbeiter in Uniform durch die Straßen. Bald sah indische, chinesische und ein paar afrikanische Gesichter. Alles hier schien dick mit Sand bedeckt zu sein, die Gebäude, die Vorplätze, die Bäume und selbst die Menschen. Neben der Straße entdeckte Bald sogar ein Feld, das damit überzogen war.

Zwanzig Meter vor ihnen blieb der Lincoln stehen. Skinner hielt ebenfalls an. Das Gebäude auf der anderen Seite der Straße zierte ein grell erleuchtetes Schild: ›LIANG CORPORATION ARBEITER-HOTEL‹. Vier Türen zeigten zur Straße hinaus. Drei davon waren rot lackiert, die vierte weiß.

»Das ist der Laden«, sagte Skinner und zeigte hinüber. »Die weiße Tür.«

»Wollen Sie mir erzählen, dass da drin ein Puff ist?«

»Es ist ein Wohnheim. Aber es gibt einen Gemeinschaftstoiletten-bereich. Dort gehen sie ihrem Geschäft nach.« Er zuckte mit den Achseln. »Wenn Ihnen in Dubai der Sinn nach einem Arsch steht, dürfen Sie nicht zu wählerisch sein.«

Bald antwortete ihm nicht. Er war damit beschäftigt, im Kopf seinen Überfall durchzugehen. Er zog den Hammer der Anaconda zurück. Es klickte, dann war die Waffe geladen. Bereit, beim geringsten Druck auf den Abzug auszulösen. Dann spähte Bald zu dem Lincoln. Eine Gestalt stieg aus der hinteren Beifahrertür. Entfernte sich ein paar Schritte von dem Wagen. Blieb stehen, kratzte sich am Ellenbogen und blickte sich nachdenklich über die Schulter.

»Das ist unser Mann«, sagte Skinner. »Klich.«

»Sind Sie sicher?«

»Zweitausendprozentig, Kumpel.«

Klich war größer, als es auf den Fotos den Anschein hatte, und er schien ein paar Pfunde zugelegt zu haben. Auf der Flucht zu sein, war wohl nicht gut für die Figur, dachte Bald. Der Mann trug einen Vokuhila-Haarschnitt und ein schwarzes kragenloses Baumwollhemd mit goldenen Stickereien am Hals. Das Hemd hing ihm bis über die Oberschenkel seiner Stonewash-Jeans. Dazu trug er ein Paar rot und gelb gestreifte Stiefel. Er sah nicht wie ein Milliardär aus, eher wie ein Trottel aus einer dieser Glam-Rock-Coverbands.

»Klassische russische Kleiderordnung«, erklärte Skinner. »Man sieht sie mit den gleichen Klamotten überall in der Stadt. Manche von ihnen tragen das sogar am Strand.«

»Und ich dachte schon, er will einfach nur scheiße aussehen.«

Bald sah zu, wie der Russe mit seinem Handy herumnestelte und sich gleichzeitig eine Zigarette in den Mund schob. Die Straße war leer und das einzige Geräusch stammte von dem entfernten Summen eines Generators. Aber eine Sache bereitete Bald Kopfzerbrechen.

»Wo ist der Leibwächter?«, fragte er.

Skinner kratzte sich am Kopf. »Vielleicht ist er schon da und wartet auf ihn?«

Bald leckte sich über die Zähne. Wäre er ein einfacher Soldat gewesen, hätte er die Sache ausgesessen. Hätte darauf gewartet, bis er alle Informationen über den Verbleib des Leibwächters bekommen und sich den gesamten Plan im Kopf zurechtgelegt hatte. Aber er hatte länger als Blade gedient, als er sich erinnern konnte und gelernt, Gelegenheiten dann beim Schopf zu packen, während sich andere noch vor Angst in die Hosen machten.

»Warten Sie hier und machen Sie keine Dummheiten«, befahl er Skinner.

»Das können Sie vergessen. Ich komme mit Ihnen.«

»Einen Scheiß werden Sie. Sie werden an einem Herzkasper krepieren, bevor Sie überhaupt die Straße überquert haben. Außerdem brauche ich Sie, um die Augen offen zu halten. Wenn Sie jemand kommen sehen, müssen Sie mich warnen.«

»Wie?«

»Drücken Sie auf die Hupe.«

Bald sah auf seine Aquaracer: 20:15 Uhr. Vierundzwanzig Stunden, seit er Caracas den Rücken gekehrt hatte. Das bedeutete, dass ihm noch vierundzwanzig Stunden blieben, um die Mission zu beenden.

Dann begann Klich, die Straße zu überqueren. Der Russe befand sich zwanzig Meter von Bald und dem Panamera und zwölf Meter von dem Liang-Corp-Hostel entfernt. Bald packte die Anaconda fester und ließ die Tür aufspringen. Er hielt auf das gleiche Gebäude zu, aber am Rand der Straße, im Schatten, um vom Fahrer des Lincolns nicht gesehen zu werden. Fliegen surrten um sein Gesicht herum. Hunderte von diesen Biestern. Ein satter Hauch aus Curry und Abwasser traf

Bald. Jetzt trennten ihn nur noch fünfzehn Meter von dem Hostel. Klich lief geradewegs auf die weiße Tür zu. Bald beschleunigte seinen Schritt. Noch zehn Meter zwischen ihm und dem Russen. Er kam näher.

Aber dann bemerkte Bald im Augenwinkel, wie sich etwas bewegte. Auf der anderen Seite der Straße. Stimmen ertönten. Er schwang den Kopf auf drei Uhr. Zwei Männer tauchten aus einer Gasse zwischen zwei der Wohnhäuser auf. Sie sahen nicht wie Arbeiter aus. Sie trugen mattolivgrüne Uniformen, Stahlkappenstiefel und dazu jeder von ihnen eine Pistole und eine Taschenlampe. Wachleute. Bald verschwand eilig hinter der Ecke des Liang-Gebäudes, wo sie ihn nicht sehen konnten. Er beobachtete, wie sie ihren Patrouillengang die Straße hinunter fortsetzten, in genau die entgegengesetzte Richtung des Lincolns und des Panameras. Bald wartete, bis sie sich etwa zehn Meter zu seiner Position entfernt hatten, bevor er es riskierte, aus dem Schatten zu treten. Dann erstarrte er.

Klich war verschwunden.

An der weißen Tür sah er eine Bewegung. Sie schwang langsam vor und zurück. Klich musste hineingeschlüpft sein, dachte Bald. Er schlich vorwärts, behielt sicherheitshalber die beiden Wachleute im Auge, die sich weiter von ihm entfernten, dann hielt er auf die Tür zu. Die Anaconda lag schwer in seiner Hand. Sie zog an seiner Schulter und den Sehnen in seinem Handgelenk. Zehn Meter vor der weißen Tür waren die beiden Wachen in der Dunkelheit verschwunden. Dann erreichte Bald die weiße Tür und blieb stehen. Er hielt die Anaconda auf Brusthöhe, die Hand an die Brust gepresst und den Ellenbogen angelegt. Sein Finger übte präzisen Druck auf den Abzug aus. Für einen Moment hielt er inne. Lauschte. Aber außer seinem Herzschlag, der ihm in den Ohren dröhnte, konnte er nichts hören.

Bald zählte bis drei.

Dann stürmte er hinein.

KAPITEL 18

20:19 UHR

Balds Augen huschten von links nach rechts durch das Wohnheim. Es war ein rechteckiger Raum mit vier Doppelstockbetten, die links von ihm in eine Ecke gepfercht waren und einem Durcheinander aus Kochtöpfen und Pfannen und einem Vierzig-Pfund-Sack Reis auf der rechten Seite. Der Boden bestand aus welligem Linoleum und die Wände aus nacktem Beton, die mit alten Familienschnappschüssen dekoriert waren. Der Raum war klein. Bald hatte schon größere Parklücken gesehen. Drei Männer hatten sich in den unteren Betten zusammengerollt. Kaffeebraune Gesichter schnarchten lautstark. Bald richtete seinen Fokus auf das hintere Ende des Raumes. Vier Meter entfernt trennte ein fransiger Vorhang den Schlafbereich vom Scheißhaus. Hinter dem Vorhang leuchtete eine Lichtquelle, und Bald konnte den Umriss eines Mannes erkennen. Klich, wie er es gerade mit irgendeinem indischen Jungen trieb. Bald stürmte durch den Schlafbereich. Seine Füße stießen Töpfe und Besteck beiseite. Er packte den Vorhang, riss ihn an der Schiene zurück und bereitet sich darauf vor, Klich so lange mit Schlägen zu traktieren, bis er kapitulierte.

Die Gestalt hinter dem Vorhang ließ die Arme in die Höhe schnellen. Er war allein, sein Gesicht von einer nackten Glühbirne erhellt. Bald ließ den Revolver sinken. Der Typ war nicht Klich, sondern nur ein indischer Jugendlicher, neunzehn oder zwanzig Jahre alt. Er hatte die Hosen bis zu den Knöcheln heruntergelassen. Neben ihm befand sich ein Loch im Boden, und daneben ein zusammengerollter Schlauch und ein hölzerner Eimer. Der Gestank dampfender Scheiße hing schwer in der Luft. Die Augen des Jungen waren weit aufgerissen und hingen an der Anaconda. Ein Ausdruck stummen Schreckens lag in seinem Gesicht. Für einen Moment lang starrten die beiden einander nur an. Dann hörte Bald hinter sich das Trommeln hastiger Schritte. Er wirbelte herum und erblickte einen Mann, der durch die offene Tür in den Raum stürmte.

Der Kerl war angezogen wie ein Penner. Er trug eine olivgrüne Tarnhose, ein reinschwarzes T-Shirt und eine Waldtarn-Armeejacke. Mit beiden Händen hielt er eine kurze Waffe umklammert. Der Lauf reflektierte das Licht der Glühbirne und zwinkerte Bald boshaft zu. Zwei Kugeln schossen in rascher Abfolge aus der kurzen Schnauze. Aber sie verfehlten ihn. Bald konnte die Hitze der Kugeln spüren, die durch die Luft peitschten. Die Schüsse rissen zwei der Inder aus ihrem Schönheitsschlaf. Eine lange Sekunde verging in der Zeit, die der Penner brauchte, um neu zu zielen. Weniger als eine Sekunde für Bald, einen verdammten Schuss abzugeben. Er hob die Anaconda auf Höhe der Körpermitte des schlecht angezogenen Ziels vier Meter entfernt und drückte ab.

Die Waffe bäumte sich in seiner Hand auf. Eine Flammenzunge leckte aus der Mündung und tauchte den Raum für einen Moment in giftiges weißes Licht. Ein überlauter Knall war zu hören, wie ein Donnerhall, der durch das Dach dröhnte. Die Kugel schlug in den Schützen. Der grunzte, taumelte zurück und landete zwischen den Töpfen und Pfannen, und die beiden Inder hasteten jammernd und mit den Armen wedelnd zur Tür. Ein dritter Kerl, ein alter Mann ohne Zähne und Haare, saß kerzengerade in seinem Bett. Seine Lippen und Augen bebten wegen etwas, das sich hinter Bald befand.

Also wirbelte Bald zu dem Penner herum. Der Mann lag auf dem Boden am Fuß der Tür, noch am Leben, und krallte nach seinen Eiern. Ein braunroter Fleck befand sich in seiner Leistengegend, dort wo ihn die .44er-Kugel getroffen hatte. Er wand sich vor Schmerzen, und sein

Kopf schlug dabei immer wieder gegen einen Sack Reis. Bald sah zu dem Scheißloch zurück und verstand plötzlich, wieso der alte Knacker gewimmert hatte. Der dürre indische Jugendliche lehnte zusammengesunken an der Wand, mit einer Schusswunde so groß wie ein Zehn-Cent-Stück in seinem Adamsapfel. Der Penner hatte Bald verfehlt, dafür aber den Jungen abgeknallt.

Er sah wieder zu dem Penner. Sein Gesicht war blass, er trug einen ungepflegten Bart und stank nach Pisse und verschossener Munition. Aber hauptsächlich Pisse. Er versuchte, Bald irgendetwas zu sagen. Aber Bald hatte keine Zeit, um den Kerl auszuhorchen. Er richtete den Lauf seiner Anaconda auf dessen Schläfe und feuerte. Der Revolver in seiner Hand schnellte einen Zentimeter nach oben, der Penner zuckte zusammen, und die Kugel wich leicht von ihrem Ziel ab und riss stattdessen ein Stück aus seiner Stirn. Hirnmasse spritzte über das Linoleum.

Dann sah Bald wieder zu dem Scheißhaus und bemerkte noch etwas anderes. Abgesehen von dem Inder mit dem Loch im Hals befand sich noch eine Tür rechts des Scheißhauses. Und die Tür stand offen.

So musste Klich entkommen sein, dachte Bald. Er wusste, dass sich Klich beim Lärm der Schießerei aus dem Staub gemacht haben würde. Der Russe würde sich höchstwahrscheinlich zu dem Lincoln zurückziehen, um abzuhauen. Bald spürte, wie sich seine kleine Chance in eine Mauer verwandelte und er mit dem Gesicht voran dagegen rannte. Er drehte sich um, um Klichs Verfolgung aufzunehmen. Aber da blitzten drei Schüsse an der Haupttür des Raumes auf. Zwei Meter von seiner Position entfernt. Die Kugeln prallten von dem Linoleum ab und schlugen in die Wand über den Etagenbetten. Bald wirbelte herum, sah zu dem Ausgang und erblickte draußen eine Gestalt, auf der anderen Straßenseite, zwanzig Meter entfernt.

Die auf ihn zuraste.

Der Kerl sah wie der lange verschollen geglaubte Zwillingsbruder des toten Penners auf dem Boden aus. Der alte Inder sprang aus seinem Bett und stürmte an Bald vorbei auf die Straße. Ganz schlechtes Timing. Zwei Kugeln schlugen in seinen Oberkörper ein. Eine der

Kugeln bohrte sich geradewegs durch seine Brust und trat den Bruchteil einer Sekunde später wieder aus seiner rechten Augenhöhle aus.

Bald sammelte die Kanone auf, die neben dem Penner lag. Nun war er stolzer Besitzer einer Heckler & Koch-UMP-Maschinenpistole. Bald überprüfte ihr Gewicht, um herauszufinden, ob sie geladen war. Er hatte keine Zeit, um nach dem verdammten Magazin zu sehen. Die Maschinenpistole fühlte sich schwer an mit ihren 9x19-mm-Parabellumgeschossen. Der Wählhebel stand bereits auf Zwei-Schuss-Salven. Bald spähte durch die Tür. Der zweite Penner kam näher. Jetzt war er noch neun Meter von der Tür entfernt. Nahe genug, dass Bald sehen konnte, wie sich seine Finger um den Abzug krümmten. Bereit, um Bald zu erledigen.

Bald zielte auf den Schützen und feuerte.

Zwei Kugeln schossen aus der UMP. Daneben. Aber den Penner hatten die auf ihn abgefeuerten Schüsse aufgeschreckt. Er änderte seinen Kurs, weg von dem tödlichen Feuertunnel. Bald zielte ruhig. Entspannte seine Schultermuskeln. Ließ die Anspannung aus seinem Körper weichen. Brachte den Schützen auf eine Linie zwischen Kimme und Korn. Behielt die Kimme im Fokus und den Körper leicht verschwommen. Er zielte auf den Oberkörper, nicht den Kopf. Bei einem sich bewegenden Ziel und schlechter Sicht setzte man am besten auf einen sicheren Schuss.

Er gab zwei weitere Schüsse auf den Kerl ab. Dieses Mal fühlten sie sich präzise an, fühlten sich gut an. Bald hatte das gleiche Gefühl wie ein Golfer, wenn er den Ball getroffen hatte und bereits wusste, dass er einen Hole-in-one geschlagen hatte, noch bevor der Golfball aus dem Himmel gefallen war. Er sah, wie Blut aus dem Bauch des Ziels puffte und der Kerl dann zusammensank, und gratulierte sich zu dem Treffer.

Lichter flackerten in den Schlafräumen auf der anderen Straßenseite auf. Arbeiter rannten zu dem alten Inder und dem toten Penner auf der Straße. Zuerst dachte Bald, sie wären nur hilfsbereite Bürger. Dann aber sah er, dass sie sich über die Münzen, die Scheine und das Handy des Toten hermachten. Irgendwo in der Ferne plärrte eine Hupe. Skinner hatte das Warnsignal ausgelöst. Bald lief die Zeit davon. Er drehte sich von der Tür weg und traf die Blitzentscheidung, die Anaconda loszuwerden. Der Revolver war groß und klobig, und in den Hosenbund seiner Jeans gestopft würde er ihn behindern. Er hastete in den Raum zurück und durch die Tür neben dem Scheißhaus.

Die Tür führte zu einem Hinterhof, der auf allen Seiten von weiteren Schlafsälen eingerahmt war. Der Hof war zwölf Meter lang und acht Meter breit, mit einem schattenspendenden Baum in der Mitte. Wäscheleinen waren quer über den Hof gespannt und bildeten einen durchhängenden Vorhang, der seine Sicht behinderte. Neben dem Baum erspähte Bald eine Pfütze aus Abwasser. Der Geruch war noch hundertmal schlimmer als in dem Scheißhaus. Die Kleidungsstücke an der Leine beiseiteschiebend arbeitete sich Bald bis zum hinteren Ende des Hinterhofs vor. Als er das Ende sehen konnte, blieb er wie angewurzelt stehen.

Sechs Meter von Bald entfernt führte eine enge Gasse tunnelartig zwischen zwei identisch aussehenden dreistöckigen Gebäuden hindurch. Die Gasse war sechs Meter lang und führte auf eine unebene Straße. Der Lincoln parkte hinter der Gasse, und eine verschwommene Gestalt mit Vokuhila und in einem schwarzen Shirt riss die hintere Beifahrertür auf.

Bald zog sich die UMP an seine Schulter und richtete sie auf den Radstand des Lincoln. Er würde zuerst auf den Wagen schießen. Ihn lahmlegen und damit Klich daran hindern zu entkommen. Wenn der Lincoln und wer immer auch darin saß erst einmal Chop Suey waren, würde er den Russen zu Fuß schnappen und zurück zu dem Panamera eskortieren.

Dann spürte Bald etwas Hartes und Knochiges mit seinem Hinterkopf kollidieren. Der Schlag war verheerend. Es war, als hätte jemand seinen Kiefer an einen Defibrillator angeschlossen. Bevor er wusste, was mit ihm passierte, gaben seine Beine unter ihm nach und sein Gesicht landete im Dreck. Ein Stiefel trat nach ihm und traf ihn an der rechten Seite seines Brustkorbes. Stahlkappen krachten gegen Knochen. Der Tritt nahm Bald die Luft. Er atmete ein und Nadelstiche aus Schmerzen flammten entlang seiner Brust auf. Ein weiterer Stiefel traf ihn und Bald hörte, wie etwas in seinem Inneren nachgab. Er biss die Zähne zusammen. Steh auf, du Schlappschwanz, brüllte ihn eine Stimme aus seinem Inneren an. Steh auf oder krepiere. Ein dritter Tritt bohrte sich oben in seine Brust. Bald kämpfte gegen die Übelkeit an. Spie Staub und Schleim aus. Weiter vorn sah er, wie Klich in den Lincoln stieg.

Bald tastete nach der UMP. Der Griff lag sieben verlockende Zentimeter von seinen Fingerspitzen entfernt. Die Gestalt über Bald trat die Waffe beiseite. Dann rollte er sich auf den Rücken und kassierte einen Stiefeltritt direkt in den Bauch. Eine ungeheure Welle aus Übelkeit explodierte in seiner Brust. Scheiß auf den Schmerz!, sagte er sich immer wieder. Scheiß drauf, mit Sahnehäubchen. Ein weiterer Tritt schoss zu ihm herab, aber dieses Mal war er darauf vorbereitet, ließ seine Rechte nach oben schnellen und packte den Fuß des Mannes bei den Knöcheln. Mit Martial-Arts hatte seine Strategie wenig zu tun. Wenn man am Boden lag und von seinem Gegner malträtiert wurde, war dieser ganze coole Käse vergessen. Dann musste man seinen Gegner zu sich hinunterzerren. An einen dunklen und grausamen Ort. Er beugte sich nach vorn und biss tief in den Knöchel. Blut quoll aus dem Gelenk, und der Kerl heulte auf.

Dann schlang Bald beide Arme in Kniehöhe um das Bein und verdrehte es nach links. Das brachte den Kerl aus dem Gleichgewicht und schickte ihn krachend zu Boden. Er landete einen halben Meter rechts von Bald. Bald sprang auf die Beine und stürzte sich auf den Mann, der auf dem Rücken lag. Jetzt würde er es ihm heimzahlen. Er trat ihn in den Bauch. Dann ließ er einen Stiefel auf dessen Eier sinken und vor Schmerzen kreischen. Der Mann rollte sich in Embryonalstellung zusammen, um sich vor weiteren Tritten zu schützen. Aber Bald war noch nicht fertig. Er trat ihm in den Rücken, immer und immer wieder.

Hob das Bein für den nächsten Tritt.

»John!«, rief der Mann. »Hör verdammt noch mal auf damit, Kumpel.«

Bald erstarrte.

Die Stimme hörte sich astrein nach East End an und klang irgendwie vertraut. Zum ersten Mal sah Bald auf das Gesicht seines Gegners hinunter. Es war zur Hälfte unter einem dichten Bart verborgen, aber er erkannte das Gesicht trotzdem.

»Ich bin es«, sagte der Mann. »Dein alter Kumpel, Dave Hands.«

KAPITEL 19

21:02 UHR

Bald wich auf die gleiche Art von Dave Hands zurück wie jemand, der sich einen Schritt von einer tickenden Zeitbombe entfernt. Er konnte nicht glauben, was er sah. Hands sah furchtbar aus. Seine Haut war blass und wie ein Lampenschirm gespannt, und auf seinem Nasenrücken war ein knöchelförmiger Höcker, was Bald verriet, dass er sie sich unlängst gebrochen und dann von einem Chirurgen mit Paddeln anstelle von Händen hatte richten lassen. Er trug einen billigen schwarzen Anzug und ein weißes Hemd, das nun mit Blut gemustert war. Bald umrundete ihn hastig und sammelte die UMP vom Boden auf. Hands hatte zu große Schmerzen, um zu versuchen, sie an sich zu reißen. Er krallte nach seinem Bauch und stöhnte. Bald richtete die UMP auf ihn.

»Was zum Teufel machst du denn hier?«, fragte er.

Hands antwortete nicht. Er rappelte sich vom Boden auf und hustete einen ganzen Staubsaugerbeutel voll Dreck aus. Dann stand er in leicht gebückter Haltung vor ihm, die Hände auf die Knie gestützt, während ihm Blut aus der Nase tropfte und in einer kleinen Lache zwischen seinen Schuhen zusammenlief. In der Ferne drückte Skinner panisch auf die Hupe. Drei langgezogene Töne. Hunde bellten.

»Du hast genau drei Sekunden, um zu reden«, sagte Bald. »Sonst spielen wir Guantanamo.«

Hands lachte nervös. Seine Augen huschten nach links und rechts, als würde er nach einem magischen Fluchtweg suchen, den nur er kannte – nur dass es diesen nicht gab. »Nun komm schon, Mann.«

»Wieso zum Teufel hast du versucht, mich umzubringen?«

»Die Wachleute sind auf dem Weg. Angeheuert von den Baufirmen, um die Ordnung zu wahren. Hier herrscht Selbstjustiz. Sie werden die Schüsse gehört haben, Kumpel. Also werden sie gleich hier sein. Und weißt du, was sie mit Leuten wie dir machen? Die knüpfen dich verdammt noch mal auf.«

»Dann solltest du besser anfangen zu reden«, sagte Bald.

»Du brauchst das Ding nicht auf mich zu richten, John. Wir sind Kameraden, nicht wahr?«

»Falsch. Wir waren nie Kameraden. Du warst immer schon ein Wichser.«

Hands hob den Kopf und sah Bald an.

»Dann sind wir ja praktisch Brüder«, sagte er.

In diesem Moment machte irgendetwas in Bald klick. Der letzte Geduldsfaden, der bislang noch Balds Anspannung unter seinen Muskeln gebändigt hatte, riss. Er schwang die UMP gegen Hands und zertrümmerte ihm damit das Nasenbein. Rostfreier Stahl auf Knochen. Hands schrie und taumelte zurück. Bald sprang vorwärts. Der gewöhnliche John Bald war auf den Beifahrersitz geschickt worden. Stattdessen hatte der Wilde in ihm das Steuer übernommen. Er packte Hands am Hals und zerrte den benommenen Körper zu der Kloake.

Der Gestank war fürchterlich. Als hätte einem jemand Scheiße über das Gesicht geschmiert. Hands versuchte, von dem Tümpel wegzukriechen. Seine Fingernägel gruben sich in den Boden. Bald trat ihm den Bauch. Nahm dem Mistkerl die Luft. Dann stellte er sich so über ihn, dass seine Beine links und rechts von seinem Oberkörper standen, kniete sich auf ihn und benutzte seine Knie, um die Oberarme des Mannes festzunageln. Bald packte Hands' Kopf und begab sich in Position, seinen Kopf in die Kloake zu tauchen. Hands verspannte sich sofort. Er zuckte mit den Schultern in dem vergeblichen Versuch, Bald abzuwerfen. Seine Beine strampelten herum wie bei einem wilden Tier. Aber Bald hatte Hands in einem eisernen Griff, und der unnachgiebige Druck nach unten forderte langsam seinen Tribut. Bald verlagerte sein Gewicht und konzentrierte seine gesamte Kraft auf die Schädeldecke. Er drückte den Kopf fest nach unten, als würde er versuchen, ein Loch in einem Wasserrohr zu stopfen. Hands wand sich herum und trat weiter um sich.

»Mein Gott, John«, rief er. »Denk doch mal nach, was du da tust.«

»Rede mit mir«, sagte Bald.

»Ich weiß verdammt noch mal gar nichts, ich schwöre.«

»Bullshit! Wieso hast du mir eine verpasst?«

Bald spürte, wie Hands langsam schwächer wurde. Sein Kopf sank zwei kostbare Zentimeter weiter nach unten, während Hands seinen Körper hin und her drehte. Noch einen Zentimeter. Und noch einen. Dann verließen ihn die Kräfte. Hands presste die Lippen aufeinander und hielt die Luft an.

Dann tauchte Bald seinen Kopf in die stinkende Grube.

Die Pfütze öffnete sich wie ein Mund. Bald tauchte Hands unter, bis das warme, klumpige Abwasser bis an dessen Kragen schwappte. Hands gab ein paar gurgelnde Geräusche von sich. Nach fünfzehn Sekunden wurde aus dem Gurgeln ein Würgen. Er bäumte sich nach links und rechts auf und versuchte verzweifelt, seinen Kopf an die Oberfläche zu heben. Bald aber hielt ihn fest. Nach zwanzig Sekunden kotzte sich Hands die Seele aus dem Leib. Gelbliche Brocken trieben blubbernd an die Oberfläche. Dann erschlaffte Hands, stöhnte, und Bald zog seinen traurigen Arsch aus der Kloake. Sein Gesicht war mit Scheiße verschmiert. Kleine Kotzebröckchen tropften ihm von den Augenbrauen und der Nasenspitze.

Hands holte tief Luft. »Was willst du wissen?«

»Wieso bist du hier?«

»Um dich in einen Hinterhalt zu locken.«

»Für wen?«

»Justin Timberlake. Was zur Hölle glaubst du denn, für wen?« Hands spie einen Mundvoll Exkremente aus und würgte. »Der Russe.«

»Viktor Klich?«

Hands sah die Verwirrung, die sich in Balds Gesicht ausbreitete. »Du wusstest nicht, dass ich für Klich arbeite? Verdammt John, du bist echt nicht mehr auf dem Laufenden. Nach Rio konnte ich keinen vernünftigen Job mehr kriegen. Dann machte der Russe mir ein Angebot. Ein Leibwächterjob in Übersee. Die beste Entscheidung, die ich je getroffen habe. Ich schwimme im Geld, sage ich dir. Entspannte Arbeitszeiten, gute Bezahlung. Zehntausend in bar jeden Monat. Dank dir konnte ich jahrelang keinen Job mehr drüben bekommen. Musste bei meiner Mutter in ihrer Einzimmerwohnung in Crystal Palace kampieren.«

Wütende Stimmen hallten über die Dächer, entfernt, aber unter dem sanftschwarzen Nachthimmel deutlich zu hören. Die Sicherheitsleute. Bald schätzte, dass sie nur noch ein paar Straßen entfernt waren. Hands hob den Blick und sah Bald an. Seine Augen loderten vor Hass.

»Du hast mich schlechtgemacht«, sagte er. »Hast mich aus dem Netzwerk der ehemaligen Regiment-Jungs werfen lassen. Bei jedem Job, auf den ich mich bewarb, hörte ich das gleiche Lied: *Tut mir leid, Sonnenschein, aber ein Bekannter hat mir erzählt, dass du nicht vertrauenswürdig bist, dass du ein Drogenproblem hast.* Das war verdammt noch mal dein Werk.«

»Erspar mir die rührselige Geschichte«, erwiderte Bald. »Sprich weiter.«

»Klich wusste, dass ihm jemand auf den Fersen war. Also heckten wir einen Plan aus. Wir locken seine Verfolger hier her, lassen die Falle zuschnappen und nageln die Mistkerle fest.«

»Dann ist er also kein Pädo?«

»Was, Klich? Ich bitte dich. Der weiß eine gute Muschi zu schätzen. Ach was, das war alles nur ein Trick, Kumpel. Und es hat funktioniert.« Dann wechselte Hands den Tonfall. »Du musst mir glauben, John. Wenn ich gewusst hätte, dass du hinter Klich her bist, hätte ich den Plan nie durchgeführt.«

»Und deine beiden Kumpane da drin?« Bald nickte mit dem Kopf in Richtung Schlafraum.

»Zwei ehemalige Paras«, erklärte Hands. »Hatten es nicht gerade leicht. Schwere Zeiten für die armen Schweine. Er hat ihnen kaum etwas dafür bezahlt, dass sie mir helfen.«

»Wo steckt er jetzt?«, fragte Bald.

»Wo steckt wer?«

»Spiel keine Spielchen mit mir, Davey-Boy. Du weißt, wer. Viktor Klich, verdammt.«

»Er ist zurück im Seven Winders Hotel. Er wird sich bis zu seinem Treffen mit Hemdani sicher nicht mehr blicken lassen.«

»Dann war das heute Nacht ein Ablenkungsmanöver?«, fragte Bald.

Hands nickte.

»Das Treffen mit Hemdani«, fuhr Bald fort. »Wann findet es statt?«

Hands schwieg einen Moment lang. Dann schürzte er die Lippen und legte den Kopf schräg, als versuchte er, ein schwieriges mathematisches Problem zu lösen. »Lass mich nachdenken … was wäre dir diese Information wert? Sprechen wir über zehntausend? Zwanzig? Fünfzig?«

»Wir sprechen über gar nichts. Entweder du verrätst es mir, oder du kannst ein zweites Mal abtauchen.«

Hands beäugte die Kloake.

»Woher weiß ich, dass du mich nicht umlegst, wenn ich es ausgespuckt habe?«, fragte er.

»Das Risiko wirst du einfach eingehen müssen.«

Den Mund zusammengepresst murmelte Hands: »Morgen, 18 Uhr.«

»Wo?«

»Das weiß ich nicht. Das weiß niemand außer er selbst.«

»Verarsch mich nicht.«

»Ich schwöre es bei meinem verdammten Grab, John.«

Das Trampeln von Stiefeln war zu hören. Die Sicherheitsleute waren ganz in der Nähe. Bald ließ die UMP zu Hands hinuntersinken, bereit, den Wichser umzulegen und zu verschwinden. Hands pisste sich ein. Seine Augen sahen wie weiße Snooker-Kugeln aus, die kurz vor dem Rand der Tasche lagen. Ein kleiner Stubbs, und sie würden hineinfallen.

»Du kannst mich nicht umlegen«, sagte Hands.

»Ich weiß, wo Klich sein wird, und ich kenne den Zeitpunkt des Treffens«, erklärte Bald ruhig. »Mehr brauche ich nicht. Du bist entbehrlich geworden.«

»Und wie sieht dein toller Plan aus? Seine ganzen Leichwächter ausschalten, plus die Windelköpfe?«

Bald schwieg.

»Du wirst nie nahe genug an ihn herankommen, Kumpel. Die anderen Leibwächter sind verdammt gut. Die werden dich ausgeknipst haben, bevor du auch nur auf zehn Meter Klich genähert hast.« Hands machte eine Pause. »Aber es gibt einen anderen Weg.«

KAPITEL 20

22:17 UHR

Die Sicherheitskräfte hatten beinahe den Hinterhof erreicht. Die Hupe des Panamera plärrte erneut. Bald spürte die Notwendigkeit zur Eile in den Adern. Hands grinste ihn an und sagte: »Ich kann dich in das Team der Leibwächter bringen, John. Ganz nah an Klich heran.«

Ihm blieb keine Zeit mehr, überlegte Bald.

»Was ist mit den Sicherheitsleuten?«

»Ich kenne einen Weg hier raus«, sagte Hands und rappelte sich auf die Beine. »Deal?«

Bald blickte sich über die Schulter. Die Tür schwang in den Angeln.

»Deal«, sagte Bald. Dann, Hands vor sich herschiebend, hastete er in die Gasse, als drei Wachleute in den Hinterhof stürmten. Sie trugen die gleiche Uniform wie die beiden Wachleute, die Bald auf der Hauptstraße patrouillieren sah. Sie waren zwölf Meter hinter ihm. Zu nahe, um sich dabei wohl zu fühlen. Bald trieb Hands an, schneller zu laufen. Hands wäre beinahe ausgerutscht und Bald musste die Hände ausstrecken und ihn auffangen, bevor er stürzen und sie fatalerweise verlangsamen würde. Nun stürmten sie auf die holperige Straße, und Bald warf einen Blick zurück und sah, dass die Wachleute die Hälfte des Hinterhofs hinter sich gelassen hatten und noch acht Meter zurücklagen. Sie bahnten sich ihren Weg durch die Wäscheleinen.

Während er die Straße absuchte, hatte Bald so etwas wie ein Déjà-vu. Sie sah genauso aus wie die Straße, auf der Skinner den Panamera geparkt hatte. Es gab einen Lebensmittelladen, und eine Reihe von Dattelpalmen säumten die Gehwege. Aber keine Spur von dem Panamera. Dann erspähte er das Firmenlogo an der Außenseite der Schlafsäle zu seiner Rechten. BAXTER CONSTRUCTION lautete es. Sie befanden sich auf einer anderen Straße. Er musste sich also völlig auf Hands verlassen, und das gefiel Bald nicht. Dem Kerl zu vertrauen war keine gute Idee, seiner Erfahrung nach. Aber im Moment hatte er keine andere Wahl. Als Hands also ›Hier entlang‹ rief, folgte ihm Bald.

Die Sicherheitskräfte rannten nun durch die Gasse und riefen ihnen hinterher. Bald blieb stehen, wirbelte herum und feuerte eine Zweischusssalve in ihre Richtung ab. Die Kugeln schlugen in die Wand und spien faustgroße Stücke heißen Mörtels in ihre Gesichter. Dann stürmte Bald hinter Hands her, der zur anderen Straßenseite spurtete. Sein Humpeln war Geschichte. Er flog jetzt regelrecht und Bald hatte Mühe, mit ihm Schritt zu halten. Er trieb seinen Körper an und erreichte schließlich Hands vor dem Baxter-Construction-Gebäude. Die Unterbringung sah ein klein wenig besser aus als die Bruchbude, aus der sich Bald herausgekämpft hatte.

»Wir müssen zur Hauptstraße zurück«, sagte er.

Hands nickte. »Zu dem Porsche? Ich sah dich damit anrücken, Kumpel. Ist das unser Weg hier raus?«

»Es sei denn, du hast eine bessere Idee.«

»Wir könnten durch die Gassen rennen und die Mistkerle abhängen.«

»Bei dem Gestank, den du hinter dir herziehst, könnte das schwierig werden.«

Hands lief rechts um das BAXTER-CONSTRUCTION-Schild herum und folgte dann einem Weg, der zwischen dem ersten und zweiten Gebäude nördlich des Schildes verlief. Bald warf alle drei oder vier Schritte einen Blick über die Schulter. Die ersten beiden Wachmänner stürmten gerade aus der Gasse. Bald schätzte sie auf etwa fünfzehn Meter entfernt. Seine Salve hatte sie zurückgeworfen, aber nicht viel. Er jagte Hands Schatten auf dem Weg hinterher, der von der

Hauptstraße wegführte. Sie kamen an einem Wohnblock nach dem anderen vorbei, jeder mit Firmenlogos ausgezeichnet. Je weiter sie in das Lager vordrangen, umso mehr fürchtete Bald, dass sie nie wieder aus diesem verdammten Labyrinth herausfinden würden.

Dann bog Hands links ab und der Weg wich einem Pfad aus losem Kies. Hier gab es keine Straßenlaternen, und die Dunkelheit war noch drückender als die verfluchte Hitze. Bald konnte kaum etwas vor sich sehen. Er wurde nur von Hands geleitet, von dessen pfeifendem Atem und dem scharrenden Geräusch seiner Schuhe auf dem staubigen Boden.

»Woher weiß ich, dass Klich mich in sein Team aufnimmt?«, fragte Bald.

»Mein Wort ist Gold wert«, antwortete Hands. »Vertraust du mir etwa nicht?«

»Leck mich.«

Hands schwieg eine Weile. »Klich braucht Leute«, erklärte er schließlich. »Ich hatte versucht, die ehemaligen Paras in sein Sicherheitsteam zu bekommen. Aber du weißt ja, wie die Russen sind. Sie haben ein Gespür für die schönen Dinge des Lebens. Und das gilt für ihre Leibwächter genauso wie für ihre Mahlzeiten. Er wollte keine verdammten Penner in seinem Team haben. Aber wenn ich Klich erzähle, dass du mal ein Blade warst, wird ihn das überzeugen.«

Bald hatte Mühe, das Tempo zu halten. Seine Unterschenkel waren im Eimer. Seine Kniesehnen fühlten sich wie alte Seile an. Er biss die Zähne zusammen und rannte weiter. Nach weiteren zwanzig Metern den Pfad entlang kamen sie wieder auf der Hauptstraße an, und die Dunkelheit verschwand. Das Liang-Corporation-Logo, dessen knallbunter Lichtschein auf die Straße fiel, erhellte ihnen den Weg. Nur der Panamera war nirgendwo zu sehen.

»Wo steckt dieser fette Wichser?«, hörte Bald sich laut fragen.

Er sah sich um. Die Straße war so unbelebt und trist wie zwei tote Augen. Hinter ihnen näherten sich noch immer Schritte. In wenigen Augenblicken würden die Wachleute zu ihnen aufgeholt haben. Bald nahm eine kniende Schussposition ein. Jetzt zählte jede Sekunde, und eine kniende Position sorgte für mehr Treffsicherheit als eine stehende. Der erste Sicherheitsmann tauchte zwanzig Meter weiter aus dem Schatten auf. Sein Umriss glich einem grauen Umhang, der in einem unscharfen Meer aus Dunkelheit herumflatterte. Ohne mit dem Hintern den Boden zu berühren stützte Bald seinen linken Ellenbogen auf seinem Knie ab, um sein Körpergewicht auszugleichen. Dann drückte er ab. Der Weg wurde wie durch das Foto eines Paparazzi grell erleuchtet. Der Wachmann stieß ein kehliges Grunzen aus. Abrupt blieb er stehen, als wäre er gegen eine Wand aus Glas gelaufen. Dann griff er sich an den Bauch. Er fiel gegen die Häuserwand zurück und rutschte an ihr zu Boden. Ein Wachmann weniger, um den sie sich Sorgen machen mussten.

Bald rechnete kurz nach. Das Magazin der UMP fasste dreißig Schuss. Vier Kugeln hatte er in dem Wohnheim verschossen. Zwei in der Gasse. Weitere zwei gerade eben. Also hatte er acht Schuss verbraucht. Blieben noch zweiundzwanzig in dem Magazin, und mindestens zwei weitere Männer waren ihnen noch auf den Fersen. Er beobachtete, wie der verwundete Mann zurück in die Gasse kroch. Bald schoss ihm zwei weitere Male in den Rücken. Da hörte der Mann auf zu kriechen. Kein Hinweis auf die anderen beiden Sicherheitsleute, und das wunderte Bald. Waren sie in eine angrenzende Gasse abgebogen? Versuchten sie, sie zu flankieren? Er hoffte, dass sie einfach Schiss bekommen hatten und sich zurückgezogen hatten, auch wenn er wusste, dass das recht unwahrscheinlich war. Aber er konnte sie auch nicht viel länger in Schach halten.

Dann ließ ein Geräusch Bald aufhorchen. Ein Brummton kam die Straße hinaufgeschossen. Er nahm den Blick von den Wachleuten und suchte die Dunkelheit ab. Sah zwei Scheinwerfer im Süden. Dann beobachtete er, wie die Scheinwerfer sich in die Umrisse des Porsche Panamera verwandelten, der auf sie zuhielt und beschleunigte und dabei durch ein Dutzend Schlaglöcher polterte, bis er schließlich ein paar Meter vor ihnen rutschend zum Stehen kam. Bald dirigierte Hands auf den Rücksitz. Er selbst stieg hinter ihm ein und schrie Skinner zu: *»Los, los, fahren Sie los, verdammt!«* Skinner hatte bereits das

Gaspedal durchgetreten, noch bevor Bald die Tür hinter sich zuschlagen konnte. Sein Magen rebellierte, als der Panamera in weniger als vier Sekunden von null auf hundert beschleunigte. Die Hinterreifen wirbelten Staubwolken auf, welche den Gehweg einhüllten.

Skinner schoss in nördlicher Richtung durch das Arbeiterlager. Sie fegten mit über einhundertvierzig Sachen über den Highway. Die Wohnblöcke und der Müllberg verschwanden hinter ihnen am Horizont. Der Himmel funkelte und war so schwarz wie eine Teergrube. Die Klimaanlage des Panamera schob Überstunden, aber es half nichts. Alle drei strahlten Hitze ab und schwitzten wie eine Maus in einer Schwulenbar. Der Schweiß mischte sich mit dem Gestank nach Abwasser und dem Geruch der brandneuen Ledersitze zu einem giftigen Cocktail. Skinner rümpfte die Nase.

»Verflucht«, sagte er und ließ sein Fenster herunter. »Ihr beide stinkt wie Scheiße.«

Bald warf Skinner durch den Rückspiegel einen giftigen Blick zu. »Was ist passiert?«

»Lagerwachen. Kamen aus dem Nichts. Vier von ihnen. Ich musste die Nachbrenner zünden. Bin einmal um das Lager herumkutschiert, und dann haben euch zwei Ganoven die Beine in die Hand nehmen sehen.« Skinner deutete mit dem Kopf auf Hands. »Wer ist ihr Freund da?«

»Der Mistkerl?«, sagte Bald und sah Hands geringschätzig an. »Dave Hands ist kein Freund von mir. Aber er wird uns helfen, an Klich heranzukommen.«

»Wenn ich euch helfen soll, will ich etwas als Gegenleistung haben«, knurrte Hands zurück.

Bald lachte. »Ich hab bereits dein jämmerliches Leben verschont. Das ist das Einzige, was du kriegst, Davey Boy. Also steck deinen Wunschzettel wieder weg, das läuft nicht.«

Hands deutete mit dem Finger auf Bald. »Keine Chance, Kumpel. So arbeitete ich nicht. Wenn du den Russen willst, will ich mein altes Leben zurück. Das du mir geklaut hast.« Er machte eine Pause. »Ich will wieder zurück in die Firma.«

Bald schwieg. Sie rasten an skelettartigen Wohnblöcken und leeren Einkaufsmärkten vorüber. Es war, als hätte jemand den Pausenknopf in Dubais rastloser Expansion gedrückt und seither die Fernbedienung nicht wiedergefunden. Bald spürte, wie das Blackberry in der vorderen Hosentasche seiner Jeans klingelte. Er kramte es hervor, sah den Namen auf dem Display und wusste, dass sein Tag soeben noch ein klein wenig mieser geworden war.

»John?« Das Krächzen einer Funkstörung war zu hören, und danach wieder eine Stimme am anderen Ende. Schulmeisterlich. »Sind Sie da? Ich versuche, Sie seit einer Stunde zu erreichen. Haben Sie Klich?«

»Es war eine Falle«, antwortete Bald. »Wir wurden in einen Hinterhalt gelockt.«

Bevor Leo Land etwas erwidern konnte, sprach Bald weiter. »Klich wusste, dass er verfolgt wurde. Er hat uns in eine Falle gelockt. Aber einer aus dem Begrüßungskomitee war ein bekanntes Gesicht.«

»Oh?«, stieß Land affektiert hervor.

»Dave Hands.«

Land machte ein gequältes Geräusch, als würde ihm jemand einen Splitter aus dem Schwanz ziehen. »Ich wusste es!«

Bald ballte die Finger um das Blackberry. »Wovon zum Teufel reden Sie da?«

»Sein Name tauchte vor ein paar Stunden in unserem System auf.«

»Sie haben mich angelogen.«

Land kicherte. »Nein, mein lieber Junge. Ich hab die Info selbst erst gerade erhalten. Deshalb habe ich auch versucht, Sie anzurufen.«

Schweigen senkte sich in dem Wagen herab. Aus den Augenwinkeln heraus konnte Bald sehen, wie Hands sich zurücklehnte, die Hände hinter dem Kopf verschränkte und dabei verdammt selbstzufrieden wirkte.

»Hands sagte, dass er mich in das Team aus Leibwächtern schleusen kann«, sagte Bald. »Was bedeutet, dass ich nahe an Klich herankommen und ihn aus seiner eigenen Penthouse Suite entführen kann.«

»Hmmm«, machte Land einen Moment lang, und dann sagte er: »Ich habe eine bessere Idee.«

KAPITEL 21

23:24 UHR

Bald erhaschte im Rückspiegel einen Blick auf sich selbst. Er sah richtiggehend beschissen aus. Bei der Rangelei mit Hands war auch ihm etwas von der Brühe ins Gesicht gespritzt, und sein Haar klebte ihm in schmutzigen Klumpen am Kopf. Seine Augen waren blutunterlaufen und aufgequollen. Er sah zehn Jahre älter aus, als er eigentlich war, und fühlte sich hundert Mal so alt.

»Lassen Sie mich Ihnen meinen Plan erzählen«, sagte Land.

»Was stimmt denn mit meinem nicht?«, fragte Bald.

Land seufzte. »Wo soll ich anfangen? Lassen Sie mich nachdenken. Sie glauben also, Sie können einfach so in ein Weltklassehotel reinspazieren, einem schwer bewachten und zweifellos paranoiden russischen Oligarchen die Hand schütteln und mit ihm verduften?«

»So in etwa«, grummelte Bald.

»Ich verstehe. Und Sie glauben, dass seine Leibwächter dann einfach die Waffen niederlegen und ihn Ihnen übergeben? Oder wollten Sie es mit der Macht der Überredungskunst versuchen?«

»Ich habe eine Kanone«, sagte Bald. »Damit kann ich jeden überreden.«

Das ließ Land in ein geschmackloses Gelächter ausbrechen, die Art, wie sich Balds Meinung nach die Pisser der Oberschicht über Comedy amüsierten. »Genau aus diesem Grund werden Kriege von Soldaten geführt und von Generälen gewonnen«, sagte Land. »Sie sind gut mit ihren Fäusten. Und ich? Ich werde aus einem bestimmten Grund gut bezahlt, John. Ich bin das Gehirn von Operationen wie dieser.«

Bald war angewidert, als hätte er Maden in den Eingeweiden. »Hören Sie mit dem Gewäsch auf und erzählen Sie mir Ihre verdammte Idee.«

»Sie beinhaltet ein kleines Risiko von Ihrer Seite.« Es folgte eine kleine Pause und etwas, dass sich für Bald so anhörte, als würde Land ein Kichern unterdrücken. »Aber dafür werden Sie schließlich bezahlt, nicht?«

Schweigen. Bald wartete ab. Am Horizont thronte der Golf, ein Riegel schimmernder Schwärze unter einem dunkelblauen Himmel. Er lehnte sich zurück. Näher war er einem Porsche noch nie gekommen. Er versuchte, nicht hinauf zu seinem scheißeverschmierten Spiegelbild im Rückspiegel zu sehen, und fragte sich, wieso immer er es war, der sich am Ende die Finger schmutzig machen musste, während Land locker-flockig durchs Leben glitt. An Land blieb nicht mal ein Staubkorn haften. Der Mann war aus Teflon.

»Das ist mein Plan«, sagte Land. »Hands wird Ihnen wie von Ihnen vorgeschlagen einen Platz in dem Sicherheitsteam versorgen. Aber uns bleiben nur noch weniger als vierundzwanzig Stunden bis zu seinem Treffen mit Hemdani. Was, wenn sich davor keine Gelegenheit ergibt, mit ihm zu verschwinden? Das ist ein Risiko, das wir nicht eingehen dürfen.«

Bald runzelte die Stirn.

Es knackte in der Leitung, als Land fortfuhr. »Unsere beste Chance, Klich zu schnappen, ist, ihn wegzulocken. Es besteht kein Grund für ein Handgemenge in einem schwer bewachten Fünf-Sterne-Hotel, wenn man es mit etwas Einfallsreichtum verhindern kann.«

»Aber ich werde den Wichser doch gerade erst kennengelernt haben«, sagte Bald immer noch stirnrunzelnd. »Wie sollte ich ihn denn da irgendwohin locken können?«

»Sie werden sich eben beweisen müssen.«

Bald spürte, wie sich die Angst in seinen Innereien zu Knoten zusammenzog. »Wie?«

»Indem Sie sich eine Kugel für Klich einfangen.«

Der Knoten zog sich enger zusammen. Bald sah zu Hands hinüber, der sich sein scheißeverklebtes Gesicht und die Haare mit dem Ärmel abwischte.

»Sie müssen schnell handeln. Sobald Klich und sein Team das Hotel verlassen«, sagte Land.

»Sie wollen verdammt noch mal auf mich schießen?«, fragte Bald ungläubig. Er bemerkte, wie Hands neben ihm in seinem Sitz nach vorne schoss, mit einem überraschten Blick im Gesicht.

»Mit einer Platzpatrone, Mann.« Land räusperte sich »Sie werden sich vor Klich werfen, um ihren Klienten zu beschützen. Da es sich um eine Platzpatrone handeln wird, werden Sie nicht verwundet werden. Aber Klich wird glauben, verfehlt worden zu sein. Der Fakt, dass Sie bereit waren, Ihr Leben für ihn zu lassen, dürfte eine ausreichende Demonstration ihrer Loyalität bieten.«

»Okay«, sagte Bald. »Aber wenn wir das machen, machen wir es richtig.«

»Das steht außer Frage.«

»Skinner wird ein Gewehr brauchen. Und eine Schachtel Platzpatronen.«

»Natürlich.«

»Irgendetwas, das genügend Lärm verursacht. Mit einer Ruger 10/22 sollte es funktionieren.«

»Ich werde ein Waffenversteck arrangieren. Noch etwas?«

»Nur eine Sache. Wenn ich Ihnen Klich übergeben habe, will ich Sie nie wieder hören oder sehen.«

»Das beruht auf Gegenseitigkeit«, sagte Land.

Bald krümmte seine Finger um das Blackberry und stellte sich vor, es wäre Leo Lands Luftröhre, aber er musste dem aufgeblasenen Wichtigtuer weiter zuhören. »Wenn Ihr Vertrauensverhältnis etabliert ist, werden Sie Klich beiseitenehmen und ihm erklären, dass die Lage unsicher sei. Dann werden Sie behaupten, dass Sie eine sichere Passage in den Iran kennen – durch Port Rashid. Wenn Sie dort eintreffen, wird bereits ein Abfangteam auf sie warten und Klich aus Dubai ausfliegen.«

Land gestattete sich ein höfliches Lachen. »Ein fabelhafter Plan, meinen Sie nicht?«

Bald spie aus dem Fenster, versuchte, den üblen Geschmack von Abwasser und Schweiß aus dem Mund zu bekommen. Und den üblen Beigeschmack von Land gleich mit.

»Sie sind echt ein Wichser.«

»Möglich. Aber ein Wichser mit Hirn und einem sechsstelligen Einkommen.«

Hands deutete auf das Blackberry und dann auf sich. Er hatte Land nicht hören können, aber genug aus Balds Worten ableiten können, um zu ahnen, dass das Gespräch jeden Moment vorbei sein würde. Und er musste immer noch seinen Teil des Handels unterbringen.

»Eine andere Sache noch«, sagte Bald widerwillig. »Hands hat eine Forderung. Als Gegenleistung für seine Kooperation.«

»Was will er?«

»Er will zurück in die Firma.«

Land atmete resigniert aus. Dann sagte er: »Meinetwegen. Sagen Sie ihm, dass er sich bei mir melden soll, wenn die Mission vollendet ist.« Er hustete. »Ich denke, ich muss Sie nicht daran erinnern, dass ein Versagen morgen Sie teuer zu stehen kommen wird. Die Uhr tickt, John. Viel Glück.«

Klick.

Bald sah zu, wie das Display des Telefons erlosch. Dann drehte er sich zu Hands und sagte: »Dein Wunsch wurde erhört, Davey Boy. Aber erst, nachdem du einen kleinen Job für mich gemacht hast.«

Er erklärte den anderen beiden den Plan. Skinner hörte zu und leckte sich die Lippen. Der Kerl machte sich vor Glück beinahe in die Hosen bei dem Gedanken daran, dass er nach einem Leben aus Papierkram und Ben & Jerrys endlich noch etwas Action erleben würde. Als sie noch etwa einen Kilometer von dem Seven Wonders Hotel entfernt waren, fischte Skinner sein altes Nokia heraus und klemmte es sich zwischen seine Fettfalten an Schulter und Kinn. Er rief ihm Restaurant des Hotels an und buchte einen Tisch für zwei. Die Reservierungsnummer kritzelte er auf ein Post-it.

Sie schlängelten sich um Souks und Reihen von Fischbuden und schossen durch einen Tunnel, der unter dem Meeresarm des Persischen Golfs hindurchführte. Bald wischte sich mit einem von Skinners feinen Kaschmirpullovern auf dem Rücksitz ab. Dann goss er aus einer halbleeren Plastikflasche Wasser auf dessen Ärmel und tupfte sich damit das Gesicht ab, um sich selbst ein Minimum an Seriosität zu verleihen. Wenn er wie ein Landstreicher aussah, würde er es nie an der Sicherheit des Hotels vorbei schaffen.

Bald warf die Flasche Hands zu und befahl ihm, sich ebenfalls zu säubern.

Der Tunnel spie sie auf der westlichen Seite der Stadt wieder aus. Das Seven Wonders kam über den Milliarden von Strandhotels in Sicht. Das erste Mal, als Bald es gesehen hatte, war während seiner Fahrt vom Flugplatz am späten Nachmittag gewesen. Zu dem Zeitpunkt war die Fassade von oben bis unten ein brillantweißer Vorhang gewesen. Nun erstrahlte sie ihn Lichtblitzen aus den grellsten Farben, und zahllose Zimmer waren erleuchtet. Bald spürte, wie sich seine Kiefermuskeln verspannten.

Irgendwo da drin ist Viktor Klich, dachte er. *Mein Ticket in ein neues Leben.*

Als der Panamera vor dem Vordereingang ausrollte, klopfte ein Wachmann mit Ray-Bans und in einem dunklen Anzug gegen das Fahrerfenster und ließ sich von Skinner die Reservierungsnummer geben. Er ließ den Blick über sein Klemmbrett wandern, trat dann einen Schritt zurück und winkte sie durch. Die Tore öffneten sich zu einem Vorplatz, der um einen extravaganten Marmorspringbrunnen herumführte, aus dem Wasserfontänen fünfzehn Meter in die Luft schossen. Der Vorplatz war mit Toyota-Camry-Taxen gefüllt. Der Eingangsbereich des Hotels war von vier Meter hohen Palmen gesäumt, und ein roter Seidenteppich erstreckte sich wie eine Zunge zwischen dem Vorplatz und den Drehtüren zur Lobby.

Als Skinner wieder langsamer fuhr, sah Bald sich um. Mitarbeiter des Parkservices stiegen in und aus Maseratis, Ferraris und Bentleys. Das Seven Wonders war wahrscheinlich das einzige Hotel der Welt, bei dem man mit einem Porsche vorfahren und sich dabei arm vorkommen konnte.

Hands tippte Bald auf die Schulter. »Es ist alles geklärt. Wir melden uns in der Penthouse Suite und besorgen dir was zum Anziehen.«

»Das ist alles? Wollen die mich nicht zuerst filzen?«

Hands klopfte Bald auf den Rücken.

»Ich sagte es dir doch schon, mein alter Freund. Mein Wort ist hier Gold wert. Wenn ich ihnen sage, dass du okay bist, dann werden sie mir glauben. Außerdem hat Klich keine Zeit, deinen verdammten Lebenslauf zu lesen.«

»Was ist mit Ihnen?«, fragte Bald an Skinner gewandt.

»Ich werde alles für den Schuss morgen vorbereiten.«

»Schon mal eine .22er abgefeuert?«

»Ja, auf dem Schießstand.«

»Dieses Mal ist es echt. Wir haben nur einen Schuss, um Klich zu schnappen. Also vermasseln Sie es nicht.«

Bald ließ die UMP im Fußraum liegen. Das war keine Waffe, die ohne Weiteres verbergen konnte, und außerdem würde ihn das Team aus Leibwächtern wahrscheinlich vorher abklopfen, bevor sie ihn in einen Raum mit Klich lassen würden. Dann stieg er aus dem Wagen und schlenderte über den roten Teppich. Die Mittelsäule der Drehtür war aus Gold gefertigt, und auch die Verkleidungen an den vier Türen waren mit Gold besetzt. Oben auf der Mittelsäule war ein kleines Glasgefäß befestigt, gefüllt mit Wasser und von exotischen Fischen bevölkert.

Das Hotel war das genaue Gegenteil zu dem minimalistischen Stil, den Bald in vielen teuren westlichen Hotels gesehen hatte. Das Seven Wonders strotzte geradezu von Opulenz. Der Boden war aus poliertem Marmor und mit einem goldenen Muster geprägt, dass an einen Perserteppich erinnerte. Die Wände bestanden aus Walnussholz, ebenfalls mit Gold verziert. Ein Kronleuchter hing wie eine diamantbesetzte Klaue von der Decke. In der Lobby verstreut standen Bronzerepliken des Schiefen Turms von Pisa, des Taj Mahals und des Empire State Buildings, flankiert von Boutiquen, in denen Designerschmuck, Kosmetik und andere Luxusgüter angeboten wurden.

Hands durchquerte eilig die Lobby. Bald schritt hinter ihm her. Sie schoben sich durch eine Gruppe Asiaten, die sich ihre Nasen an den Schaufenstern plattdrückten. Bald und Hands rochen immer noch wie tote Ratten. Die Asiaten stoben auseinander, um sie hindurch zu lassen. In der Gruppe bemerkte Bald auch ein paar launische weiße Paare. Männer mit gebogenen Nasen und Schwabbelbäuchen, an denen Frauen hingen, die halb so alt wie sie waren und wie die teuer gekleideten Ausgaben der asiatischen Nutten aussahen, denen Bald in der Scorpions Bar begegnet war.

»Russen«, erklärte Hands. »Die kriegen gar nicht genug von dem Ort hier, Kumpel. Und essen die ganzen Austern und den Kaviar weg.«

Mit dem Fahrstuhl fuhren sie in den achtzehnten Stock. Hands ging voran, durch einen Korridor, der mit abstrakten Gemälden behangen war, die Art von Kunst, die nach Balds Schätzung sicher einen ganzen Berg Asche kostete. Die Penthousesuite hatte eine Walnussholztür mit einem Kartenlesegerät an der rechten Seite. Bald konnte Geräusche hinter der Tür hören. Er presste sein Ohr fest gegen sie und lauschte. Das Stöhnen und Grunzen eines Paares, das sich gerade die Gehirne rausvögelte, drang an sein Ohr. Er tauschte mit Hands einen verwirrten Blick aus. Dann richtete Hands seine Aufmerksamkeit auf die Tür selbst.

Sie stand leicht offen.

Hands schob die Tür auf und wartete, lauschte. Dann schlich er hinein, Bald direkt hinter ihm. Sie betraten ein Foyer mit einer hohen Decke, mit einem Esszimmer zur Linken und etwas, das nach einem Privatkino aussah, zur Rechten. Direkt vor ihnen lag die Lounge. Die Fickgeräusche kamen aus dieser Richtung. Bald und Hands liefen hinein und verteilten sich. Drei schwarze Ledersofas waren um einen Leopardenfellteppich arrangiert. Ein paar Schiebetüren führte auf einen gitterartigen Balkon, von dem aus man auf den Golf hinausblicken konnte. Ein Pornofilm lief auf einem 42-Zoll-Plasmafernseher, der an der Wand hing. Bald griff nach der Fernbedienung, schaltete ihn aus und ließ die übertriebenen Fickgeräusche damit verstummen. Erst dann bemerkte er die beiden blonden Frauen, beide ohnmächtig, die auf jeweils einem der Sofas lagen.

Bald hielt sie sofort für Nutten. Er erkannte eine gute Nutte, wenn er eine sah, und die beiden hier waren oberste Preisklasse. Sie trugen Plateauschuhe und Latexminiröcke, und jeder Zentimeter ihrer Körper war mit Botox behandelt und chirurgisch verbessert worden. Ein Glastisch vor ihnen war mit halbleeren Champagnerflaschen und einer Flasche Moët in einem Eiskübel beladen. Auf einem Spiegel waren Linien aus Koks zusammengeschoben worden.

»Rate, was die Nacht hier kostet«, sagte Hands.

»Fünftausend«, antwortete Bald.

»Ganz weit daneben«, erwiderte Hands, der nun vor einer der Nutten stand. Ihre Nase war verrotzt und ihr Blick verschwommen. Er bewegte seinen Zeigefinger vor ihr her, dann schnippte er. Nichts. Sie war weggetreten.

»Scheiß drauf, dann eben zehn?«, fragte Bald.

»Zwanzig.«

Bald nickte anerkennend. *Wenn man das für Zwanzigtausend bekam*, dachte er und betrachtete die Nutten, *dann musste es das Geld wert sein.*

»Und da sind das Essen, der Chauffeur und die Unterhaltung noch nicht mitgerechnet«, fuhr Hands fort und nickte den Mädchen zu. »Genaugenommen sind die beiden wahrscheinlich das Billigste hier.«

Sie stiegen ein paar Marmorstufen hinauf, die in einen separaten Schlafbereich im ersten Stock führten und teilten sich auf, um die Räume abzusuchen. Bald betrat, was offenbar das Hauptschlafzimmer war. Darin stand ein Himmelbett, das mit ägyptischen Seidendecken und einem Dutzend vollgestopfter Kisten bedeckt war. Auf den Nachttischen zu beiden Seiten befand sich jeweils ein Gratis-iPad, und darüber hinaus gab es ein angeschlossenes Badezimmer mit Marmor- und Goldeinfassungen und einem Whirlpool, handgefertigt, wie Bald vermutete, um es sich mit den Weltklassenutten gutgehen zu lassen. All das war hier zu sehen, aber von Klich fehlte jede Spur.

»Wo sind die ganzen verfluchten Leibwächter?«, fragte Bald, als er wieder aus dem Schlafzimmer kam.

Hands stand im Korridor. In der rechten Hand hielt er einen dunklen Anzug an seinem Kleiderbügel, und in der linken ein blütenweißes

Hemd und ein Handtuch. Beides streckte er Bald entgegen und sagte: »Ich hab gerade eine Textnachricht vom Oberboss bekommen. Er ist mit dem Rest des Teams unterwegs. Musste sich wohl um was dringendes Geschäftliches kümmern. Er schreibt, dass er in ein paar Stunden zurück wäre.«

»Irgendeine Idee, wo sie sind?«

Hands zuckte mit den Schultern.

»Geh duschen, Kumpel. Mach dich sauber und zieh dich an. Ich werde das Gleiche tun. Ich rieche schlimmer als ein Turbanträger nach einem Marathon.«

»Und danach stellst du mich Klich vor?«

Hands nickte und sagte: »Sobald er zurück ist.«

»Wie sieht es mit Schuhen aus?«

»Nimm ein Paar vom Boss. Er hat so viele, dass ihm nicht auffallen wird, wenn eins fehlt.«

Bald war froh, sich umziehen zu können. Er nahm eine kräftige Dusche im Gästebadezimmer. Das heiße Wasser spritzte die Lagen aus Scheiße, Schweiß und Dreck ab, die auf seiner Haut eine Kruste gebildet hatten. Es fühlte sich gut an, wie die beste Dusche der Welt. Dann probierte er den Anzug an. Das Jackett war etwas knapp an den Armen und die Hose um die Hüfte etwas weit. Das Regal im Kleiderschrank erleichterte er um zwei schwarze Lederschuhe, Größe zehn. Seine Größe, und verdammt schicke Schuhe.

Dann beschloss Bald, noch ein Nickerchen zu machen. Seiner Erfahrung nach war Schlafmangel der Hauptgrund, wenn eine Mission den Bach runterging. Morgen Abend würde er Topleistung bringen müssen. Ein paar Stunden Schlaf hörten sich daher nach einer guten Idee an. Er überlegte, im Gästeschlafzimmer zu schlafen. Das Bett sah verlockend aus. Aber kurz bevor er sich darin aufs Ohr hauen wollte, hielt er inne und überlegte, dass es dem Boss vielleicht nicht schmecken würde. Bald würde es nicht gefallen, wenn er Klich wäre. Die Schuhe des Mannes waren eine Sache, aber in seinem Bett zu schlafen, würde er ihm sicher übelnehmen. Also zog er sich in die Lounge zurück und ließ sich auf das freie Sofa fallen. Die Nutten rührten sich nicht. Sie waren bis oben hin voll mit Koks und Champagner. Die Müdigkeit sank wie eine Decke über Bald hinab. Er schlief nicht einfach nur ein, sondern stürzte sich kopfüber in die Leere.

Vom lauten Zuschlagen der Tür und dem Klackern von Schritten wurde er wieder geweckt. Hands schwebte an ihm vorüber, in einem grauen Anzug, dessen Jackett ihm an den Schultern etwas zu breit und insgesamt ein paar Zentimeter zu lang war. Bald setzte sich auf und streckte sich. Sonnenlicht fiel durch die Fenster herein und tünchte den Raum in Gold und Bronze. Die Uhr an der Wand zeigte 06:15 Uhr an. Er drehte sich um und sah Hands ein paar Meter abseits stehen. Er sprach mit jemandem. Lachte über etwas, dass beide gesehen hatten. Bald konnte die andere Person, die hinter Hands verborgen war, nicht sehen. Dann trat Hands einen Schritt zur Seite und Balds Blick fiel auf die Gestalt in der Tür.

Sie trug einen schwarzen, zweiteiligen Anzug mit einer weißen Bluse und grauen klassischen Schuhen. Sie umklammerte eine Pistole und beäugte Balds und Hands misstrauisch. Hands lächelte Bald zu, als er sich zu ihm umdrehte und sagte: »John, mein Bester. Komm und sag Odessa Stone hallo.«

KAPITEL 22

06:18 UHR

Bald und Odessa starrten einander verlegen an. Die Temperatur stieg mit jeder Sekunde, bis das Schweigen unerträglich wurde. Hands musste es auch gespürt haben, denn er grinste, als hätte ihm jemand mit einer Taschenlampe direkt in die Augen geleuchtet. Er sagte: »Das ist der Neue, von dem ich dir erzählt habe.«

»Erfreut, Sie kennenzulernen.«

Die Worte mussten sich beinahe selbst von ihren Lippen lösen. Bald war bewusst, dass auch er das Gesicht hängen ließ. Das letzte Mal, als er in Odessa gerannt war, war in der Villa in Caracas vor zwei Tagen gewesen. Er hatte ihr geholfen, zu entkommen, hatte ihr verdammtes Leben gerettet. Aber dann war sie verschwunden. Nun stolperte er am anderen Ende der Welt wieder über sie. Und außerdem wusste sie, dass Bald hinter Klich her war. Es musste nur ein Wort über ihre rubinroten Lippen schlüpfen, und Balds Tarnung wäre dahin und die Mission gescheitert.

»Wo sind die anderen?«, fragte Hands.

»Auf dem Weg.« Odessa steckte ihre Pistole in ein ledernes Gürtelholster zurück. Dabei ließ sie Bald nicht aus den Augen. Sie sah verdammt gut aus. Ihr Haar war bedeckt, wie es hier üblich war. Die Deckenbeleuchtung arbeitete das elektrisierende Grün ihrer Augen heraus. Sie fragte Hands: »Hast du herausgefunden, wer uns verfolgt?«

»Russische Agenten. Genau, wie der Boss es geahnt hat.« Hands kratzte sich im Genick. »Sie werden keine Probleme mehr machen«, sagte er.

Hinter ihnen im Foyer erklangen Schritte. Eine weitere schwarze Frau kam durch den Korridor herein. Sie war gebaut wie ein Kühlschrank. Beinahe einen Meter neunzig groß, breitschultrig, mit dicken Beinen, die sich an den Knien berührten, und Cornrows. Ein Mann stand neben ihr. Er trug eine lächerlich große Ray-Ban-Sonnenbrille. Bald erkannte das traditionelle schwarze Hemd, die Stonewash-Jeans und die rot und gelb gestreiften Stiefel des russischen Playboys. Aber der Mann war nicht der, den er in dem Arbeitslager gesehen hatte. Er war schlanker und größer. Sein Haar war zu einem Pferdeschwanz zusammengebunden. Und kein Anzeichen auf einen Vokuhila. Bald wurde klar, dass der Mann, den er vor sich sah, der echte Viktor Klich sein musste. Der andere in dem Lager war ein Lockvogel gewesen.

Klich marschierte durch Lounge. Hands verbeugte sich ehrfürchtig, als wäre der Russe ein König. Klich hielt geradewegs auf das Hauptschlafzimmer zu und schlug die Tür hinter sich zu. Kühlschrankfrau folgte ihm nicht. Stattdessen blieb sie vor Bald stehen. Musterte ihn. Dem Gesicht nach zu urteilen, das sie dabei zog, gefiel ihr nicht besonders, was sie vor sich sah.

»Du musst der Neue sein«, sagte sie. »Was hast du bisher gemacht?«

»Entführungen und Lösegeld«, antwortete Bald. »Ich arbeite als Sicherheitsexperte. Ich treffe mich hier mit meinem Geschäftspartner.«

Kühlschrank trat einen Schritt auf Bald zu. »Ich habe Kontakte in dem Bereich«, sagte sie. »Die müssten dich kennen. Wie heißt deine Firma?«

Bald zögerte. Scheiße, was hatte Land gesagt? Der Name der Firma war ihm entfallen. Seine Augen huschten hin und her, als hoffte er, dass ihn irgendjemand an die Wände gekritzelt hatte. Dann hatte er eine andere Idee. Er zog sein Blackberry hervor, rief den Kontakt auf, der als die erfundene Firma gelistet war, und warf Kühlschrank das Blackberry zu. »Schätzchen, ich hab über die Jahre so viele Jobs für so viele Firmen gemacht, dass es mir da geht wie mit Frauen: Ich kann mir ihre Namen nicht mehr merken. Aber wieso rufst du nicht einfach meine Assistentin an? Sie wird dir gern alle Fragen beantworten.«

Kühlschrank musterte das Blackberry argwöhnisch. Dann riss sie es ihm aus der Hand und deutete auf Hands. »Weck die Mädchen auf. Der Boss will etwas Zeit allein mit ihnen verbringen.«

Sie drückte auf ›Anrufen‹ und wippte mit dem Fuß, während sie wartete. Nach dem fünften Klingeln meldete sich am anderen Ende eine Stimme, und Bald atmete erleichtert auf. Hands zog sich zurück und rüttelte die beiden Nutten wach, während Bald ihm Dolche in den Rücken starrte. Hands hätte für ihn bürgen sollen, und nun verpisste er sich. Die Nutten regten sich verschlafen. Bald warf einen Seitenblick auf Odessa, während Kühlschrank Fragen durch das Telefon feuerte. Die Mission stand auf Messers Schneide. Wenn Odessa redete, würde Bald in echten Schwierigkeiten stecken. Aber bis jetzt hatte sie seine Tarnung noch nicht auffliegen lassen. Bald fragte sich, wieso. Es sei denn …

Kühlschrank riss ihn aus seinen Gedanken, indem sie ihm das Blackberry zuwarf und sagte: »Deine Geschichte stimmt.« Sie drehte sich zu Odessa und die beiden tauschten einen dieser mystischen Frauenblicke aus, die Bald niemals verstehen würde. »Ich werde den Kerl noch etwas genauer überprüfen«, sagte sie zu ihr. »Er soll in der Zwischenzeit den Korridor bewachen. Melde dich bei mir, wenn du ihn gebrieft hast.«

Odessa eskortierte Bald zur Eingangstür des Penthouses. Dort führte Hands gerade die beiden Nutten die Treppe hinauf, wo Kühlschrank die Tür des Hauptschlafzimmers für sie aufhielt. Aus dem Raum konnte Bald Klich herzhaft lachen hören. Dermaßen zugelötet zu sein, musste verdammt viel Spaß machen. Es hörte sich zumindest ganz danach an.

Odessa sah Bald direkt an und flüsterte: »Was zur Hölle machst du denn hier?«

»Wie gesagt, ich bin der neue Leibwächter.«

Odessa antwortete nichts darauf. Sie standen allein in dem Flur vor der Suite. Odessa beugte sich nah an Bald heran. Für einen kurzen glückseligen Moment schien es, als wollte sie ihn küssen, und Balds

Eier machten bei dem Gedanken einen Luftsprung. Stattdessen zog sie ihre Pistole.

»Falls du glaubst, dass dein kleiner Trick mit dem Blackberry mich reingelegt hat, hast du dich geirrt«, sagte sie.

Bald erkannte die Waffe. Eine Sig Sauer P230 Halbautomatik. Sie wog ungeladen fünfhundert Gramm und war von der Mündung bis zum Hahn weniger als achtzehn Zentimeter lang. Anders als andere Nahkampfwaffen besaß die P230 echte Mannstopwirkung. Die Waffe war mit semi-umrandeter, geradwandiger .32 ACP-Munition geladen, eine Patrone, die vor über einem Jahrhundert von John Browning erfunden wurde und sich bis heute bewährt hatte. Manchmal waren die Oldies wirklich die Goldies. Aus kurzer Distanz konnten die .32 ACP einigen Schaden anrichten. Eine gute Waffe für den Personenschutz.

Weniger gut allerdings, wenn sie auf den eigenen Kopf zielte.

»Ich will keinen Ärger machen«, sagte Bald und hob die Hände. »Ich hab den Job durch Hands bekommen.«

»Ihr beiden seid Freunde?«

»Wir kennen uns von früher. Er hat mich gefragt, ob ich kurzfristig in seinem Team aus Leibwächtern aushelfen will. Ich brauchte das Geld, also sagte ich zu.«

»Lass das Getue«, sagte Odessa. »Du bist ein lausiger Schauspieler.«

»Damit wären wir schon zwei«, antwortete Bald. Seine Augen grinsten, und er ließ die Hände an die Seiten sinken. Odessa starrte ihn ein paar Augenblicke lang an. Aber dann blinzelte sie, und Bald bemerkte eine gewisse Unruhe an ihr. »Sehen wir der Sache ins Auge« sagte er. »Wenn du mich hättest verpfeifen wollen, hättest du da drin etwas zu deiner Partnerin gesagt. Aber das hast du nicht.«

»Und?«

»Und das bedeutet, dass du ebenfalls etwas zu verbergen hast.«

Odessa schürzte die Lippen zu einem schwachen Lächeln und lachte durch die Nase. Sie ließ ihre linke Hand sinken und strich damit sanft über seine Leistengegend. »Nun sieh uns einer an«, sagte sie. »Wir beide verheimlichen etwas voreinander. Wie ein richtiges Paar.«

Bald spürte, wie Odessa ihre Hand um seinen Hoden legte. Dann drückte sie zu.

»Ich weiß, dass du wegen Klich hier bist.« Ihre Stimme war nur ein Flüstern, hörte sich aber eher schneidend als weich oder verführerisch an. »Deshalb warst du in Venezuela. In der Villa. Du und dein Freund. Der, den sie verhaftet haben.« Sie drückte fester zu und Bald wand sich vor Schmerzen. »Joe Gardner.«

Bald spürte, wie ihm die Übelkeit an den Mandeln kitzelte. »Woher weißt du seinen verdammten Namen?«

»Beantworte mir zuerst meine Frage. Was willst du hier?«

Schritte kamen die Treppen im Inneren des Penthouses hinuntergelaufen. Odessa sah zur Tür und ließ ihn los. »Hör zu, wir haben nicht viel Zeit, also sagst du mir besser die Wahrheit. Ich kenne Joe. Ich habe mit ihm zusammengearbeitet.« Für einen Moment schwieg sie gedankenverloren. »Ich mochte ihn irgendwie.«

»Joe war ein verfluchter Idiot.«

»War?«

Bald japste nach Luft. »Er sitzt in Venezuela im Bau. Wenn er vierundzwanzig Stunden durchhält, wäre ich beeindruckt.«

Odessa bohrte ihm die Mündung der Sig in die Wange. »Letzte Chance, es auszuspucken.«

Bald geriet nicht in Panik. Ihm waren über die Jahre schon viele Knarren ins Gesicht gehalten worden. Er begegnete seiner misslichen Lage mit kalter, unbeeindruckter Logik. Wenn Odessa Gardner kannte, dachte er sich, konnte das nur eines bedeuten: Sie musste auf der gleichen Seite wie er sein. Außerdem wusste er, dass er aus dem Team fliegen und der Plan damit im Arsch sein würde, wenn Kühlschrank sah, wie Odessa ihm eine P230 an den Kopf hielt.

»Ich bin in offiziellem Auftrag hier«, sagte er. »Und jetzt nimm die verdammte Kanone runter.«

»Wer hat dich geschickt?«

»Die Firma.«

Eine Welle der Unsicherheit schwappte über die beiden. Die Schritte waren nun so nah, dass sie nach Balds Schätzung nur noch wenige

Meter von der Innenseite der Tür entfernt sein konnten. Odessa schien die sich nähernden Schritte nicht weiter zu beachten. »Ich arbeite auch für den Six.«

Bald traute seinen Ohren nicht. »Erzähl keinen Scheiß.«

»Es ist die Wahrheit.«

Bald stand einfach nur da, die Kanone am Kopf, und aus seinen Extremitäten wich jegliches Gefühl.

»Mein Verbindungsmann sagt, dass keine anderen Agenten auf Klich angesetzt wurden«, erklärte Odessa. »Also verrate mir, wem unterstehst du?«

Bald wollte gerade etwas antworten, als die Tür aufflog und Odessa herumwirbelte und sich dabei die Sig zurück in das Holster schob.

Kühlschrank stand in der Tür und funkelte Odessa an. »Wir gehen«, sagte sie.

Odessa nickte. Dann kehrte Kühlschrank ihnen den Rücken zu und stapfte wieder ins Foyer zurück, in die Lounge und zu den beiden komatösen Nutten. Odessa wollte ihr folgen, aber Bald griff sie am Arm.

»Was geht hier vor?«, fragte er.

»Das Treffen wurde vorverlegt.«

»Auf wann?«

»Auf jetzt sofort.«

Bald wartete, bis Odessa die Stufen nach oben gelaufen und verschwunden war, tippte die Textnachricht ›Bin unterwegs‹ an Land und schickte sie ab. Drei Minuten später kehrte sie zurück. »Dave Hands ist ein Freund von dir?«

»Kommt drauf an.«

»Worauf?«

»Ob deine Definition eines Freundes auch für ein verdammtes Arschloch zutrifft.«

»Vielleicht solltest du dir neue Freunde suchen.«

Bald zuckte mit den Achseln. »Vielleicht sollte ich mir einen neuen Job suchen. Hands glaubt, er hat mit dem Leibwächterjob für seinen Boss das große Los gezogen. Er kam gar nicht mehr aus dem

Schwärmen heraus, wie viel Asche er jede Woche nach Hause bringt. Scheint so, als hätte er es geschafft.«

Odessa lachte. »Und das hast du ihm abgekauft?«

»Wieso nicht?«

»Du bist ein Idiot. Hands verdient einen Hungerlohn. Klich ist pleite. Er hat seine Angestellten seit Monaten nicht mehr bezahlt. Hands lebt in dem Arbeiterlager in einer Besenkammer, zusammen mit einer Filipina, die ihr Geld damit verdient, Klos zu schrubben. Und glaub mir, sie sieht auch so aus, als würde sie ihr Geld damit verdienen, Klos zu schrubben.«

Kühlschrank trat als Erste aus der Tür, eine P230 sicher im Holster steckend und mit einem mürrischen Ausdruck im Gesicht. Zwischen Bald und Odessa blieb sie kurz stehen und sah sich nach Klich um, der ihr aus der Suite folgte. Er richtete seine Männlichkeit und sah sehr zufrieden aus.

Bald stellte fest, dass dies sein erster richtiger Blick auf Klich war. Er trug einen Streifen ungleichmäßiger Bartstoppeln im Gesicht, und seine Augen waren noch grüner, als es auf den Fotos den Anschein hatte. Vielleicht war das ein Trick der Kameralinsen. Er hatte das schwarze Baumwollshirt und die protzigen Stiefel gegen ein ausgeblichenes Chambray-Hemd und eine abgewetzte Jeans getauscht. Dazu trug er ein paar ausgetretene Wildlederschuhe.

Für einen ehemaligen Milliardär benahm Klich sich eigenartig, dachte Bald. Die reichen Leute, die er bisher kennengelernt hatte, schienen stets mit einer gewissen Autorität herumzulaufen, in dem sicheren Wissen, dass sie so ziemlich allen anderen um sich herum überlegen waren. Klich hingegen war nervös. Seine linke Hand zitterte und er versuchte wiederholt, sie mit seiner Rechten zu beruhigen. Misstrauisch beäugte er die Welt um sich herum. Aber andererseits, dachte Bald, würde auch ihm der Arsch auf Grundeis gehen, wenn ihm die Russen und die Briten auf den Fersen wären. Klich schien Bald nicht wahrzunehmen. Auf seinem Weg an ihm vorbei fuhr er sich nervös durch sein graues Haar. Bald roch Whiskey in seinem Atem und sehnte sich plötzlich selbst nach einem Tropfen.

Hands in seinem schlecht sitzenden Anzug erschien als Letzter. Er lief hinter Klich. Dann schloss Odessa die Tür zu der Suite und eilte dem restlichen Team hinterher, zusammen mit Bald. Gemeinsam bildeten sie die Nachhut des Teams.

»Egal, was passiert, du bleibst in meiner Nähe«, sagte Odessa.

»Weil du so um meine Sicherheit besorgt bist?«, witzelte Bald.

»Weil ich dir nicht vertraue.«

Als sie das Ende des Korridors erreicht hatten, der in das Hotel führte, empfing Bald eine neue Nachricht auf seinem Blackberry. Er las sie verstohlen, während Kühlschrank auf den Knopf neben dem Fahrstuhl hieb. ›SKINNER IST UNTERWEGS‹, lautete die Nachricht. ›ETA IN ZWEI MINUTEN.‹ Bald löschte sie hastig und steckte das Telefon wieder ein.

Der Fahrstuhl traf mit einem sanften *Pling* ein. Klich verschwand als Erster darin. Dann folgten Kühlschrank und Hands und schließlich Odessa und Bald. Selbst mit fünf Personen war es in der Kabine nicht eng. Bald bemerkte, dass Klich ihn ansah, als würde er ihn zum ersten Mal sehen.

»Was zum Teufel machen Sie hier?«, fragte er. Seine Stimme war überraschend hell und schreckhaft. Wie ein Kind, welches verzweifelt versuchte, es seinen Eltern recht zu machen.

»Ich bin ihr neuer Leibwächter, Sir«, antwortete Bald.

Klich kratzte sich seine Bartstoppeln. »Wissen Sie, wie viele Leibwächter ich in den letzten drei Jahren angeheuert habe?«

Bald zuckte mit den Schultern. Es interessierte ihn einen Scheiß, aber er musste den Mann bei Laune halten. Klich zog einen Miniatur-Flachmann aus der Gesäßtasche seiner Jeans, und kippte sich einen großzügigen Schluck von etwas, das nach Crown Royal roch, hinter die Binde. »Achtzehn«, sagte er. »Die meisten von ihnen sind tot. Ich hoffe, Sie sehen das nicht als eine dauerhafte Anstellung an?«

»Ich denke nicht viel an morgen«, sagte Bald.

Klich murmelte zustimmend, während sie in dem Lift nach unten fuhren. Ein kurzer Blick in die Lobby verriet Bald, dass sie die einzigen Gäste so früh am Morgen waren. Ein paar müde aussehende

Angestellte schoben Frühstückswagen in andere Aufzüge. Bald roch frischen Kaffee, Rührei und Croissants. Dabei wurde ihm klar, dass er seit dem kleinen Imbiss während des Fluges vor dreiundzwanzig Stunden nichts mehr gegessen hatte. Er machte sich in Gedanken eine Liste mit Dingen, die er dringend nachholen würde, wenn er Klich erst einmal im Sack hatte.

Ein englisches Frühstück verspachteln.

Sich ein paar Guinness genehmigen.

Die Thai-Nutte aus der Scorpion Bar bumsen.

Das Leibwächter-Team versammelte sich in einer Diamantformation um Klich. Bald wurde ans hintere Ende des Diamanten verdammt, mit Kühlschrank an der Spitze und Hands und Odessa links und rechts. Das hintere Ende war der letzte Platz, an dem Bald sein wollte. Er musste sich an die Spitze manövrieren, um sich für den Schuss in Position zu begeben. Aber er war immer noch das Schlusslicht, als Kühlschrank durch die Lobbytüren fegte und Klich und der Rest des Teams ihr in die Morgendämmerung folgten. Die Sonne war ein roter Streifen hinter einem Mantel aus Violett und Grau. Die Luft war stickig und schwül. Irgendwo aus der Mitte der Stadt hallte ein Morgengebet heran.

Bald spähte hastig das Gelände um ihn herum aus. Der Springbrunnen war abgeschaltet. Am Eingangstor schob nur ein einziger Mann Wache und lief dort auf und ab, die Daumen in seinen Gürtel gehakt.

Kühlschrank blieb stehen. Klich blieb stehen.

Alle blieben stehen.

»Wo ist Nikolai?«, fragte Kühlschrank.

Damit meinte sie wohl den Chauffeur des Lincoln Town Cars, schlussfolgerte Bald. Der Lincoln war nirgendwo zu sehen. An der rechten Seite draußen vor dem Hotel stand ein klappriger alter Bus mit einer Front wie eine zusammengedrückte Limonadendose und Reifen, die zu teergrauen Riemen heruntergefahren waren. Die Türen des Busses öffneten sich und spien eine Menschenmenge aus traurigen braunen Gesichtern aus, die in Zimmermädchen- und Kellneruniformen gehüllt waren. Mussten um die dreißig sein, dachte Bald. Sie strömten auf die Drehtüren des Hotels zu und bewegten sich dabei mit den hängenden Schultern und schlurfenden Schritten armer Teufel vom alleruntersten Ende der Nahrungskette. Bald kannte den Anblick, denn er war selbst schon an diesem Punkt gewesen. Die langsame Menschentraube schlurfte weiter und verdeckte dabei das Sichtfeld des Leibwächterteams auf alles jenseits des Busses.

Bald hielt seine Chance für gekommen. Er nutzte die Verwirrung, um zu Hands aufzuschließen und ihm mit einer Geste zu verstehen zu geben, den Platz mit ihm zu tauschen. Hands wich ein paar scheue Schritte zurück, sodass Bald seine Position einnehmen konnte. Bald warf seinen Blick über die Hauptstraße. Aber suchte nicht nach dem Lincoln. Er suchte nach Skinner.

Konnte ihn nirgendwo erspähen.

»Dieser verdammte Nikolai«, fluchte Klich und nippte wieder an seinem Flachmann. »Ich würde ihn ja feuern, wenn ich einen Russen finde würde, der nicht schon zum Frühstück Wodka säuft.«

Kühlschrank schwieg. Sie zog ihr iPhone hervor und hielt es sich dicht ans Ohr. Wahrscheinlich rief sie den berühmten Nikolai an, schätzte Bald. Dann sah er im Augenwinkel etwas funkeln. Es kam über die Hauptstraße. Sechzig Meter auf der linken Seite. Ein Biest von einem Wagen. Diamantschwarz, mit einem Kühlergrill wie gefletschte Zähne, und schoss auf das Hotel zu. Bald kniff die Augen zusammen.

Kein Porsche Panamera.

Dafür ein Bentley Continental.

War das Skinner? Bald war sich nicht sicher. Land hatte nicht gesagt, nach welchem Wagen er Ausschau halten sollte. Er vermutete, dass Skinner womöglich als Vorsichtsmaßnahme die Wagen gewechselt hatte, nachdem der Panamera bei der Schießerei in dem Arbeiterlager kompromittiert worden war.

Ja, dachte er. *Das muss Skinner sein.* Der Plan war immer noch aktiv.

Dreißig Meter vor dem Hotel bremste der Bentley auf das Tempo eines schnellen Spazierschrittes ab. Bald schätzte, dass es noch etwa fünf oder sechs Sekunden dauern würde, bis Skinner direkt gegenüber von Klich in Position war.

»Da!«, rief Kühlschrank. Balds Kopf schnellte herum. Kühlschrank deutete auf eine Lücke in der Menschentraube, auf einen Punkt hinter dem Bus. Die Letzten der Arbeiter, die älteren, brauchten länger, um aus dem Bus zu steigen und sich zu dem Hotel zu schleppen. Nun blickte Bald durch die Lücke. Ein Chauffeur kam auf sie zugelaufen. Der Kerl ließ einen Schlüsselbund kreisen, und hinter ihm konnte Bald die geschwungene Motorhaube des Lincolns erkennen. Der Chauffeur war aufgrund des Busses gezwungen gewesen, weiter entfernt als gewöhnlich zu parken, und hatte eine vier Meter große Lücke zwischen den beiden Fahrzeugen gelassen. Nun schlängelte er sich durch die im Gänsemarsch auf das Hotel zulaufendenden Arbeiter.

Bald sah wieder geradeaus. Der Bentley befand sich auf 2 Uhr. Der Bus sechs Meter zu ihrer Rechten. Kühlschrank hob eine Hand, um dem Leibwächterteam zu signalisieren, so lange zu warten, bis die Menschenmenge an ihnen vorüber sein würde.

Der Chauffeur hatte unterdessen das Team beinahe erreicht.

Noch vier Sekunden. Der Bentley war beinahe in Position. Klich war sich der Bedrohung, die sich langsam um ihn herum entfaltete, in keiner Weise bewusst. Bald zählte die letzten Sekunden herunter. Kühlschrank musterte unterdessen die Gesichter derer, die aus dem Bus stiegen, die Hand auf dem Griff ihrer P230.

Drei Sekunden.

Die Bremslichter des Bentleys erstrahlten, und der Wagen kam anmutig zum Stehen. Bald sah, wie sich das getönte Fenster senkte. Skinner bereitete sich auf seinen Schuss vor. Jetzt setzte sich Bald in Bewegung und warf Klich zu Boden. Der Russe fiel nach hinten, streckte die Hand aus, packte damit Balds Handgelenk und zog ihn zu sich herunter. Bald riss sich von ihm los. Dann sah er auf und erblickte den Gewehrlauf, der aus dem Fenster des Bentleys ragte. Skinner konnte er im schwachen Licht des Wageninneren nicht erkennen.

Der Lauf flackerte grell auf, als eine Flammenzunge aus der Mündung schnellte. Ein lautes Krachen war zu hören, wie das Knallen einer unsichtbaren Peitsche, und dann geschah alles sehr schnell. Kühlschrank duckte sich und stürmte auf Klich zu, Odessa rief etwas,

Hands ließ sich auf den Boden fallen. *Alles verläuft genau nach Plan*, dachte Bald.

Dann spürte er einen sengenden Schmerz an seinen Rippen.

Er blickte an sich hinunter und sah, dass er angeschossen worden war.

KAPITEL 23

06:33 UHR

Bald blieb für einen Moment regungslos liegen, während er den Gedanken immer wieder wiederholte. Skinner hätte eine Platzpatrone auf mich abfeuern sollen. Also wieso zum Teufel blute ich? Dann änderte der Gedanke seine Tonlage und erklärte ihm, dass er wirklich angeschossen worden war. Da war eine Menge Blut. Ein dunkler, glänzender Fleck auf der rechten Seite seines Hemdes reichte von der Mitte seines Brustkorbs bis zu seiner Hüfte hinunter. Er spürte einen Schmerz, als hätte ihm jemand einen Schraubenzieher in den Bauch gerammt. Aber der Schmerz verschwand schnell, nachdem Adrenalin und Endorphine in seinen Blutkreislauf gepumpt wurden.

Da war ein zweiter Lichtblitz im Fenster des Bentleys zu sehen und ein zweiter Knall zu hören, und Bald sah, wie eine der Kugeln in die Drehtüren hinter ihm einschlug. Glas zersplitterte. Scherben regneten zu Boden. Die Arbeiter an der Tür schrien. *Skinner hat den verdammten Überblick verloren*, dachte Bald.

Kühlschrank und Odessa hatten nach ihren geholsterten Waffen gegriffen und zogen sie hervor, als eine dritte Kugel aus dem Gewehr in dem Bentley peitschte. Kühlschrank stieß ein Röcheln aus. Ihr Kopf schnellte zurück, als eine Kugel in ihren Hals schlug, und sie brach einen Meter rechts von Bald zusammen. Mit ihren Fingern krallte sie nach ihrer Kehle und krächzte und japste dabei, als würde sie an einer Brezel ersticken. Ein hellroter Teppich breitete sich unter ihr aus.

Bald sah Bewegungen auf zwei Uhr. Der Sicherheitsmann am Tor floh über die Straße. Bald richtete seine Aufmerksamkeit wieder auf Klich. Der Oligarch lag ausgestreckt neben ihm auf dem Boden, vom Schock wie gelähmt, und sein Gesichtsausdruck wirkte eher verwirrt als verängstigt, als hätte er gerade zugesehen, wie sich eine Milliarde Pfund seiner Aktien ins Nichts aufgelöst hatten. Klich begann, sich aufzurichten. Wollte fliehen. Das klassische Kampf-oder-Flucht-Syndrom. Bald streckte den Arm aus und nagelte ihn wieder am Boden fest. *Drei Schüsse, ein Leibwächter tot, und mich hat er auch erwischt,* dachte er. Das waren verdammt präzise Schüsse.

Das konnte unmöglich Skinners Werk sein.

Während er Klich festhielt, drehte er sich zu Odessa um.

»Wir müssen in Deckung«, schrie er.

»Ja. Ich übernehm' ihn«, sagte sie und gab zwei Schüsse aus ihrer Halbautomatik in kurzer Reihenfolge ab. Verglichen mit dem Dröhnen des Gewehrs, welches sie ins Visier genommen hatte, nahm sich die P230 beinahe mickrig aus, und die Schüsse prallten von der Karosse des Bentleys ab und ließen Funken aufstieben. *Na, großartig,* dachte Bald grimmig. *Kugelsichere Panzerung.*

Panik breitete sich unter den Arbeitern aus, die auf die Drehtüren zurannten. Sie hinderte Bald und die anderen daran, hinter dem Bus in Deckung gehen zu können. Odessa zog Klich auf die Beine und schob ihn in dessen Richtung. Hands ließ Kühlschrank liegen und schloss sich den beiden an. Zu dritt hasteten sie auf den Bus zu. Wieder bellte das Gewehr auf, und drei Kugeln schlugen in den Rücken eines untersetzten Wartungsarbeiters. Er stolperte nach vorn, als wäre ihm gerade erst eingefallen, dass er auch Beine besaß. Blut sprudelte aus seinem Bauch und klatschte vor ihm auf den Boden. Er taumelte noch ein paar Schritte weiter, bevor er gegen Bald fiel und sie beide zusammenbrachen. Der alte Mistkerl stieß ein Todesröcheln aus und erbrach Blut über Balds Brust.

Eine zweite Dreischusssalve ertönte.

Zwei weitere Arbeiter wurden niedergemäht. Bald sah nicht, wie sie zu Boden gingen. Seine Sicht war von dem toten Mann auf ihm versperrt. Aber er hörte, wie ihre Schreie urplötzlich erstarben, und dann das Klatschen toter Leiber auf den Beton. Bald musste zu den anderen bei dem Bus gelangen, bevor auch er erwischt wurde. Er stemmte seine Handflächen gegen die Brust des toten Mannes. Dann blies er die Backen auf und stemmte ihn nach oben, drückte die Ellenbogen durch und spannte seine Brustmuskeln, als würde er Liegestütze machen. Er hob den Körper an, holte tief Luft und rollte ihn dann zur Seite. Der Mann blieb regungslos neben Kühlschrank liegen. Bald riss die P230 aus ihren Fingern.

Er sah auf und erkannte, dass Hands, Odessa und Klich hinter dem Bus in Deckung gegangen waren. Nun hastete er auf sie zu. Aber aus den Augenwinkeln nahm er eine Bewegung wahr. Zwei Gestalten mit Gewehren in der Hand waren hinten aus dem Bentley gestiegen. Sie waren aus der hinteren Beifahrertür geschlüpft, die von Bald weg zeigte, und waren vor seinen Schützen hinter der Motorhaube in Deckung gegangen. Drei Schützen, dachte Bald. Zwei zu Fuß, dazu der Fahrer.

Die beiden Schützen hoben ihre Köpfe über die Motorhaube des Bentleys. Sie trugen identische weiße Shemagh-Halstücher und jeder von ihnen richtete ein Colt-Commando-Sturmgewehr in seine Richtung, die Schafte fest gegen ihre Schultern gepresst und die Kiefer auf der oberen linken Seite der Waffe abgelegt.

Die beiden Schützen feuerten, als Bald den Bus erreichte. Dreischusssalven dröhnten bellend aus den Colt Commandos. Sechs Kugeln schlugen gegen die Seite des Fahrzeugs. Das gequälte Kreischen von Metall erscholl, das sich durch Metall bohrte. Wer zum Teufel waren diese Männer?, fragte Bald sich. Für einen kurzen Moment verebbte das Gewehrfeuer, und er spähte um die Ecke des Busses herum, um zu sehen, was vor sich ging. Da erblickte er die beiden Schützen, die hinter dem Bentley hervorstürmten und auf den Springbrunnen vor sich zuhielten, und Bald hatte seine Antwort. Sie waren hier, um sich Klich zu schnappen.

Bald wurde aktiv. Er hob seine Sig auf Schulterhöhe und gab vier Schüsse auf die beiden Männer ab, während diese sich hinter dem Fuß des Springbrunnes in Deckung brachten. Eine Flammensequenz brach aus der Mündung der P230. Bald hielt den Griff umklammert, die Waffe bäumte sich in seinen Händen auf, und der Schlitten schnellte vor und zurück und wieder nach vorn. Verschossene Patronenhülsen regneten um ihn herum auf den Boden. Er verfehlte seine Ziele. Aus dreißig Metern Entfernung mit einer Halbautomatik, die .32er-Kugeln ausspuckte, würde er immer danebenschießen. Aber zumindest konnte er ihren Vorstoß aufhalten und das verhalf ihm zu wertvollen Sekunden, sich einen Gegenangriff auszudenken.

Er hörte ein leises Stöhnen und als er sich umdrehte, sah er, wie sich Odessa an die rechte Schulter griff. Sie war getroffen worden. Blut legte sich um ihren glatten Hals wie ein tiefroter Schal. Odessa versuchte, die Schulterwunde mit der Hand zuzuhalten.

»Irgendeine Idee, wer unsere neuen Freunde sind?«, schrie Bald ihr zu.

»Russen«, antwortete sie. »Jemand muss ihnen einen Tipp gegeben haben.«

»Wie geht es Klich?«

»Der ist okay.«

Für Bald sah er nicht okay aus. Der Kerl spürte, wie sein Körper in blinde Panik verfiel, geschockt darüber, angeschossen worden zu sein. Er atmete schwer und murmelte Gebete auf Russisch. Odessa erregte Balds Aufmerksamkeit und nickte mit dem Kopf zu den Schützen, die sich hinter dem Springbrunnen verbargen.

»Was sollen wir tun?«, fragte sie.

»Sie haben Sturmgewehre und einen gepanzerten Wagen und wer weiß was sonst noch alles. Wir haben Pistolen und nur noch wenig Munition. Wenn wir hier warten, werden sie uns irgendwann überrennen … werden sich deinen Boss schnappen und den Rest von uns ausknipsen. Unsere einzige Chance ist, sie lange genug aufzuhalten, um mit dem Lincoln abzuhauen.«

»Scheint, als wäre es dafür schon zu spät«, sagte Odessa und nickte in Richtung des Springbrunnens. Bald schloss zu ihr auf. Einer der

Schützen stürmte auf den Lincoln zu, während sein Kumpel und der Fahrer des Bentleys auf sie feuerten. Drei, vier, fünf Schüsse zwangen Bald und Odessa, sich zurückzuziehen. Die Kugeln prallten von dem Bus ab und durchlöcherten dessen Reifen.

»Auf mein Zeichen gibst du mir Feuerschutz, und ich werde versuchen, den Mistkerl umzulegen«, sagte Bald.

Als eine kurze Feuerpause eintrat, schrie Bald: »Jetzt!«, und Odessa trat zwei Meter aus der Deckung an der Vorderseite des Busses heraus, was ihr freies Schussfeld auf den Schützen hinter dem Springbrunnen und dem Fahrer gab. Sie musste die P230 mit einer Hand abfeuern, denn die Wunde in ihrer Schulter machte es unmöglich, diese Seite zu belasten. Sie zielte mit der P230 auf den Schützen bei dem Springbrunnen, eröffnete das Feuer, und in einer ähnlich verschwommenen Bewegung sprang Bald aus seiner Deckung und zielte auf den Gewehrschützen, der auf den Lincoln zurannte. Der Mann, der über das freie Gelände hastete, war bereits näher bei Bald angekommen. Zwanzig Meter. Nahe genug für Bald, um eine bessere Chance auf einen zielgenauen Schuss zu bekommen. Er lächelte innerlich, als er den Kopf des Mannes ins Visier seiner P230 nahm. Der Kopf des Schützen war nur als weißer Schlieren zu sehen. Bald würde dafür sorgen, einen roten Fleck daraus zu machen.

Der erste Schuss pfiff über seinen Kopf hinweg. Mist. Bald ließ die P230 ein paar Zentimeter sinken und feuerte erneut. Die zweite Kugel bahnte sich ihren Weg. Die Schmerzen in seinem Bauch flammten wieder auf und Bald versuchte, sich auf sein Ziel zu konzentrieren. Er biss die Zähne zusammen und schoss. Dieses Mal hatte er richtig gezielt und die Kugel bohrte sich in die Schulter seiner Zielperson. Der Mann heulte vor Schmerz auf, als sich das heiße Blei durch seine Muskeln und Knochen grub, und instinktiv lockerte sich sein Griff um die Colt Commando. Bald drückte noch einmal ab, und der Kerl ging in die Horizontale. Die vierte Kugel hatte die Brust des Schützen durchbohrt, sich im Zickzack einen Weg durch seinen Oberkörper gebahnt und war an seinem rechten Schulterblatt wieder ausgetreten. Blut schoss aus der Eintritts- und der Austrittswunde.

Odessa und Bald zogen sich wieder hinter den Bus zurück, als ein Kugelhagel auf ihre Position niederging.

»Das sollte uns ein paar Sekunden verschaffen. Nimm Klich und bring ihn zu dem Lincoln«, sagte Bald zu Hands. »Du hast doch die Schlüssel, oder?«

Hands nickte.

»Gut«, sagte Bald. »Wir geben dir Feuerschutz auf die beiden übriggebliebenen Schützen. Starte den Motor und warte auf uns.«

Hands fackelte nicht lange. Er zerrte Klich auf die Beine. Der Russe zitterte und war benommen, sonst aber in Ordnung. Definitiv in besserer Verfassung als Bald. Blut quoll unablässig aus seiner Bauchwunde. Aber zumindest nur ein gleichmäßiges, schwaches Rinnsal, als dass es sprudelte, was bedeutete, dass die Kugel keine der Hauptarterien verletzt hatte. Trotzdem lief er Gefahr zu verbluten, wenn er nicht bald medizinische Hilfe bekam.

Hands eskortierte Klich nun zum hinteren Ende des Busses, während sich Bald und Odessa an dessen Vorderseite hielten, näher an dem Schützen bei dem Springbrunnen, was ihnen eine bessere Chance auf einen Treffer versprach. Nun wirbelten sie hinter dem Bus hervor, Odessa zielte auf den Bentley, während Bald zwei Schüsse aus seiner P230 auf den anderen Mann abfeuerte. Die Kugeln pfiffen weit an ihren Zielen vorbei, konnten den Feind aber lange genug beschäftigen, um selbst auf den Lincoln zuzueilen.

Hands hatte längere Beine und einen schnelleren Schritt und erreichte daher die rettende Deckung hinter dem Lincoln vor Klich. Er sah zurück. Der Russe stolperte über die ausgestreckte Hand eines Toten. Der Chauffeur. Bald hatte die Leiche bislang noch gar nicht bemerkt. Er mutmaßte, dass er in dem Schusswechsel getroffen worden war. Bald gab einen weiteren Schuss auf den Schützen hinter dem Springbrunnen ab. Dann wollte er einen vierten abfeuern und …

Klick, klick.

»Verdammt … Rückzug!«, schrie Bald Odessa zu. Gemeinsam sprinteten sie zum hinteren Ende des Busses. Zu Klich. Zu dem Lincoln. Die Schützen spürten, was Sache war, und richteten ihr Feuer auf den Wagen. Kugel um Kugel durchschlug die Karosse. Der Lärm war ohrenbetäubend, wie Metallblech, das durch einen Schredder gezwungen wurde.

»Scheiße«, rief Hands. Er riss die Fahrertür des Lincoln auf, glitt hinein, und Bald wusste sofort, was er vorhatte.

Er wollte sich allein davonmachen.

Dave, du Drecksack, dachte Bald. Er und Odessa stürmten weiter. Sie waren jetzt noch acht Meter von dem Lincoln entfernt, Klich sogar nur vier.

Beinahe da.

Dann startete Hands den Motor.

Bald wurde von einem grellen Blitz geblendet. Er sah, wie Klich durch die Luft geworfen wurde. Dann spürte er, wie ein kräftiger Windstoß ihn zurücktrieb, Odessa ebenso. Eine sengend heiße Druckwelle riss sie von den Füßen. Ein ohrenbetäubender Lärm hämmerte gegen ihre Trommelfelle, als hätte jemand einen Gurt Handgranaten in ein Juweliergeschäft geworfen. Als Bald auf dem Boden aufschlug und bei dem Aufprall seine Knochen knirschten, registrierte er noch verschwommen, wie eine Gestalt ein paar Meter vor ihm landete. Die Welt um Bald herum zitterte und verschwand. Und als er sich wieder aufrichtete, starrte er in die toten Augen von Viktor Klich.

KAPITEL 24

07:11 UHR

Ein Ball aus Hitze gierte nach dem Lincoln. Grellorangefarbene Flammen verschlangen den Wagen und rote Flammenzungen schlugen über die Straße, gefolgt von schwarzen Rauchschwaden. Die Flammen stürzten sich auch auf den Bus, ließen die restlichen Fenster zerspringen und verkohlten die Sitze.

Bald hörte das Quietschen von Gummi auf Asphalt und das Dröhnen eines Motors. Er lag auf dem Rücken und hatte zwischen der Unterseite des Busses und der Straße ein Sichtfeld von fünf Zentimetern. Zwischen den Patronenhülsen und den Glasscherben konnte er den Bentley auf das vordere Tor des Hotels zurasen sehen, die hintere Tür offen, durch die sich der verbliebene Schütze auf die Rückbank warf. Die Russen ergriffen die Flucht. Bald blieb für einen Moment lang still liegen, während sein Verstand versuchte, die Puzzleteile zusammenzusetzen. Der Lincoln war explodiert, als Hands den Motor gestartet hatte. Es musste eine Sprengfalle gewesen sein, sagte er sich. Aber von wem? Den Russen?

Wieso sollten sie sich die Mühe machen, Klich aufzulauern, wenn sie bereits seinen Wagen mit einer Bombe versehen hatten?

Die Benommenheit verschwand. Übrig blieben eine Million Schmerzen in seinen Knochen. Ihm tat alles weh. Irgendwie gelang es Bald, sich vom Boden aufzurappeln und seinen müden Körper zu dem

Lincoln zu schleppen. Die Explosion hatte seine Trommelfelle platzen lassen. Er sah Klich mit dem Gesicht nach unten neben dem Wagen liegen und wusste, dass der Russe auf keinen Fall überlebt haben konnte. Schrapnellsplitter steckten in seinem Rücken. Bald konnte verbranntes Fleisch riechen. Witzig, dachte er. Milliardäre verbrannten wie gewöhnliche Leute.

Hands ist ebenfalls tot, erklärte eine andere Stimme.

Ja, aber auf den ist geschissen.

Bald taumelte zu Klich.

Er trat ein paar Patronenhülsen aus dem Weg, welche die vier Meter Boden bedeckten, die Bald von dem Russen trennten. Verrußte Luft erstickte ihn. Er hielt sich eine Hand über Mund und Nase, um den Rauch fernzuhalten. Vor Klich blieb er stehen und rollte ihn mit dem Fuß auf den Rücken.

Klich war zweifelsfrei tot. Sein Körper war zerfetzt. Seine Innereien waren freigelegt worden, und er hatte eine Z-förmige Wunde, die sich über seinen Bauch zog. Die Haut war an den Stellen um die Wunde herum eine Mischung aus Braun und Schwarz, wo das Material seines Shirts mit seinem Fleisch verschmolzen war. Seine Gedärme lagen zusammengerollt vor ihm auf dem Boden. Ein seltsamer Geruch von verbranntem Plastik hing in der Luft. Da die Mission nun im Eimer war, blieb nur noch eines zu tun: Bald griff widerstrebend nach seinem Blackberry und rief Land an.

Keine Antwort.

Bald lauschte dem sechsten oder siebten Klingeln, als er hinter sich ein metallisches Klicken hörte. Er ließ die Hand mit dem klingelnden Telefon sinken, drehte sich einmal um die eigene Achse und fand sich Auge in Auge mit Odessa wieder. Sie hielt ihre P230 auf ihn gerichtet. Ein Stofffetzen ihres Jacketts half, ihre Schulterwunde abzubinden. Ganz schwach konnte er Lands nasale Stimme auf dem Anrufbeantworter 3500 Meilen weit entfernt hören.

»Umdrehen und auf die Knie«, sagte sie.

»Du kannst mich nicht umbringen«, sagte Bald. »Du würdest einen von deinen eigenen Leuten umlegen.«

Odessa trat von einem Fußballen auf den anderen. »Nur, dass ich dir nicht abnehme, einer von uns zu sein. Und jetzt runter auf die Knie mit dir.«

Bald vermutete, dass sie bluffte. Sie hatte keinen guten Grund, ihn umzulegen, und der unsichere Unterton in ihrer Stimme verriet ihm außerdem, dass sie Zweifel hegte. Er zuckte mit den Achseln, drehte Odessa den Rücken zu, ließ sich in die Knie sinken und verschränkte seine Hände hinter dem Kopf. Keine sechs Minuten zuvor war noch alles nach Plan verlaufen. Er betrachtete Klichs verschmorten Leichnam und kam zu dem Schluss, dass sechs Minuten eine lange Zeit sein konnten. Es schien ihm, als wäre das alles schon Jahre her. Seine Gedanken wurden jedoch von der kalten Spitze eines Laufs gestört, der sich hinten in seinen Schädel bohrte.

»Ich weiß, dass du nicht beim Six arbeitest, also verrate mir, wer du wirklich bist«, forderte Odessa.

»Ich arbeite für Leo Land. Wenn du mir nicht glaubst, dann frag deinen Kontaktmann. Das wird wirklich langsam langweilig.«

Bald wollte sich wieder aufrichten, aber Odessa presste die Mündung fester gegen seinen Kopf, und er hielt inne, versteifte sich, spürte, wie sein Herz zu pochen begann und sein Blut in seinen Kopf stieg. Für den Bruchteil einer Sekunde überlegte er, sich vielleicht geirrt zu haben, und dass Odessa ihn vielleicht doch ausknipsen würde. Dann hörte er Polizeisirenen, die sich näherten, und der Druck hinter der Waffe ließ nach. Dann hörte er Schritte, die sich eilig entfernten, und sich dabei wie brechendes Eis anhörten. Odessa sprintete auf das vordere Tor zu.

Was zum Teufel? Bald überlegte, ob er ihr nachjagen sollte. Aber dann wanderte sein Blick zu Klich und ihm fiel etwas Ungewöhnliches auf. Er beugte sich zu ihm hinunter, um es näher zu untersuchen. Der Unterkiefer des Mannes tropfte wie Kerzenwachs, als würde er schmelzen. Bald war alles andere als ein Wissenschaftler, aber er hatte schon genug verkohlte Leichen gesehen, um zu wissen, dass Haut nicht auf diese Weise schmolz. Mit Daumen und Zeigefinger griff er nach einem Stück Haut. Es war heiß und fühlte sich unecht an. Er zog daran, und zu seinem Erstaunen begann das ganze Gesicht, sich abzulösen, als würde man ein Pflaster von einer Wunde ziehen. Bald zog weiter daran. Darunter kam ein anderes Gesicht zum Vorschein. Dieses blutete und war echt. Bald gab dem falschen Gesicht einen letzten Ruck und es löste sich komplett ab.

Dann spürte er, wie ihm das Blut entwich, als würde es in ein unsichtbares Loch unter ihm sickern.

Er hielt eine prothetische Maske in der Hand.

Der Mann vor ihm war nicht Viktor Klich.

KAPITEL 25

DUBAI, 06:45 UHR

Von dem Gesicht des toten Mannes abgerissen sah die prothetische Maske nun gar nicht mehr so sehr nach Viktor Klich aus. Tatsächlich mutete sie überhaupt nicht mehr wie ein Gesicht an. Die Brauen waren versengt und Hautfarbe abgerieben. Auf der anderen Seite sah aber auch die Leiche nicht besonders echt aus. Sein Kopf war bis auf den Skalp verkohlt, wie die Spitze eines angezündeten Streichholzes. Bald starrte ihn eine Sekunde lang an und fragte sich, wer er war. Aber wahrscheinlich spielte es keine Rolle, er war einfach nur ein weiterer Toter.

Dann vibrierte sein Blackberry. »Unbekannte Nummer«, verriet das Display. Bald nahm den Anruf an und warf die Maske in das Feuer, das noch um das Lincoln Town Car wütete. Stille, nur durchbrochen von dem Knacken der Flammen, und dann kroch eine Stimme aus dem Lautsprecher.

»Wo zur Hölle stecken Sie, Kumpel?«

Bald verzog das Gesicht, als hätte man ihn gezwungen, einen Folterfilm anzusehen. »Skinner, Sie fettes Schwein«, sagte er. »Sie haben mich in der Scheiße sitzen lassen.«

»Das war nicht meine Schuld«, antwortete Skinner. Seine Stimme verlor sich kurzzeitig unter dem Dröhnen eines aufheulenden Motors. »Hören Sie mir zu, Kumpel, Sie sitzen ganz schön in der Scheiße. Wo sind Sie?«

Die Sonne brannte auf Bald herunter. Die Bleipartikel der von ihm angefeuerten Schüsse mischten sich mit dem Schweiß auf seiner Haut und formten eine Art Schmiere. *Wo zur Hölle bin ich?*, fragte er sich selbst.

In einer Welt aus Scheiße, dachte er.

»John?«, bohrte Skinner nach.

»Wer hat Ihnen befohlen, sich zurückzuziehen?«, fragte Bald. »Dieser Wichser Land?«

Skinner schwieg.

Bald schüttelte den Kopf und fuhr fort: »Ich blicke gerade in das Gesicht des Typen, der vorgab, Klich zu sein. Ein Körperdouble.«

»Sie sind immer noch bei dem Hotel? Großer Gott!«, schäumte Skinner. Dann verstummte er für einen Moment, seufzte, und sagte: »Jetzt hören Sie mir gut zu, Kumpel. Sie müssen sofort von dort verschwinden. Begeben Sie sich entlang der Hauptstraße nach Süden. Ich komme und gabele Sie auf, sobald ich kann.«

»Ach wirklich?«, spie Bald aus. »Und wieso sollte ich Ihnen glauben, nachdem Sie mich gerade gefickt haben?«

»Weil Sie nicht wissen, was Ihnen bevorsteht, ich aber schon.«

In Skinners Stimme lag eine Anspannung, die Bald innehalten ließ. Er sah stirnrunzelnd zu den Flammen und fragte: »Wovon reden Sie da?«

»Erinnern Sie sich noch an das Kopfgeld, das die Iraner auf sie ausgesetzt haben?«, fragte Skinner.

»Ich versuche, das zu verdrängen«, antwortete Bald.

»Gerade sind zwei Männer auf dem Weg zu Ihnen. Sie wollen die Belohnung kassieren.«

Bald unterbrach den Anruf und stürmte von dem Lincoln weg. Er hastete zum Kühlschrank. Die Leibwächterin hatte den typischen Ausdruck frisch Verstorbener im Gesicht. Vor Schreck weit aufgerissene Augen wie zwei offene Fensterläden und einen offenstehenden Mund, als wartete sie darauf, dass ihr jemand Wasser in die Kehle kippte. Bald erleichterte sie um das Reservemagazin an ihrem Gürtel, ließ das leere Magazin aus seiner Sig Sauer P230 schnappen und schob das frische in die Unterseite des Griffs. Entschlossen zog er den Schlitten zurück. Dann steckte er sich die Pistole in seinen Hosenbund, verborgen unter seinem Jackett.

Danach spurtete er durch das Tor und auf die Straße.

Er bog nach links auf die Hauptstraße ab, als eine Welle aus Sirenen durch die Luft hallte. Cops. Ganz in der Nähe. Schwer zu sagen, wie nahe. Der Schusswechsel von eben ließ noch immer seine Ohren klingeln. Er rechnete damit, dass die Cops nicht mehr als drei oder vier Querstraßen weit entfernt sein würden. Er legte noch einen Zahn zu und rannte taumelnd die Straße hinunter, spürte die Kugel, die in der unteren rechten Seite seines Bauches steckte.

Fünfzehn Meter hinter dem Hotel konnte Bald sie sehen. Sie befanden sich vierzig Meter voraus. Vier Streifenwagen. Weiße BMWs, welche die zweispurige Straße hinunter donnerten. Rundumleuchten pulsierten in der Morgenhitze und dem Dunst. Bald zog den Kopf ein und presste sich die linke Hand auf die Stelle, wo man ihn angeschossen hatte. Großer Gott, tat das weh. Bald brauchte Schmerzmittel. Und einen Arzt. Und eine Flasche Jim Beam.

Aber am allermeisten brauchte er die Wahrheit.

Der Plan war idiotensicher gewesen. Alles, was Skinner hatte tun müssen, war, vor das Hotel zu fahren und eine Platzpatrone auf Klich abzufeuern. Bald hätte sich vor den Russen geworfen und den Helden gespielt, damit Klichs Vertrauen erworben und ihn so in die herzliche Umarmung des MI5 geführt. Danach hätte er seine Belohnung kassiert und wäre in den Sonnenuntergang geritten, wie alle großen Helden. Aber stattdessen hatte sich Bald eine richtige Kugel eingefangen und sich in einem Schusswechsel mit drei bis an die Zähne bewaffneten russischen Schützen wiedergefunden.

Die Cops rasten an Bald vorüber und schlitterten durch die offenen Tore des Seven Wonders. Bald zwang sich weiter voran. Jeder Atemzug löste einen stechenden Schmerz unter seinen Rippen aus. Er versuchte, den Schmerz auf Eis zu legen. Jeder zweite Schritt war ein Humpeln, und jedes Humpeln begleitet von einem Gedanken in seinem Hinterkopf.

Wo zum Teufel bleibt Skinner? Er hat mich heute schon einmal hängen lassen.

Wenn er das zum zweiten Mal durchzog, würde er sich damit Bald zum Feind auf Lebenszeit gemacht haben.

Bunte Flecken tanzten Bald vor den Augen. Seine Lippen waren trocken und seine Zunge fühlte sich wie Sandpapier an. Er brauchte Flüssigkeit. Bei seiner Verletzung würde er nicht mehr lange durchhalten.

Dann sah er ihn. Einen altmodischen Mercedes Benz E-Klasse, lippenstiftrot, kantig und kräftig. Wahrscheinlich fünfundzwanzig Jahre als. Er wurde langsamer. Aber Skinner war in einem Porsche Panamera in Dubai herumgefahren, dachte Bald. Nicht in einem Mercedes. Aber dann blinkten ihn die Scheinwerfer zweimal an. Gott sei Dank, dachte er. Skinner hatte es geschafft. Der Mercedes bog in eine Parkbucht fünfzehn Meter vor Bald ein und kam vor einem Bulgari-Juweliergeschäft zum Stehen. Zwischen Bald und dem Mercedes befand sich noch der Eingang zu der örtlichen Al-Arabiya-U-Bahn-Station.

Bald hastete auf den Wagen zu. Als ihn noch zehn Meter von ihm trennten, beschleunigte er seinen Schritt. Seinem Körper gefiel das nicht, und seine Muskeln schrien. Hinter ihm, vor dem Seven Wonders, schwärmten nun ein Dutzend Cops um den brennenden Lincoln und die toten Hotelangestellten aus. Die verschossenen Patronenhülsen auf dem Boden glänzten in der Hitze wie ein schimmernder Vorhang.

Acht Meter von dem Mercedes entfernt vergaß Bald kurzzeitig die Kugel in seinem Bauch und den Kupfergeschmack in seinem Mund. Er würde hier herauskommen. Und wenn er ein Wörtchen mitzureden hatte, würde er nicht mehr so schnell an den Persischen Gold zurückkehren.

Dann schwangen sich zwei Gestalten aus dem Mercedes, und Bald blieb wie angewurzelt stehen.

Ein Blick auf die Typen verriet ihm, dass sich seine Probleme gerade von groß in Übergröße verwandelt hatten. Sie besaßen Rolex-Gesichter und trugen beige Anzüge und ein zorniges Funkeln in ihren

Sonnenbrillen. Sie waren dunkelhäutig und dunkelhaarig und bewaffnet mit Skorpion Vz. 61. Tschechische Maschinenpistolen. Kompakte Waffen mit eingeklapptem Schaft und verlängerten Magazinen, die gebogen wie invertierte Haifischflossen aus der Waffe ragten.

Die Iraner.

KAPITEL 26

07:01 UHR

Bald wog hastig seine Chancen ab. Zwei gegen einen. Sie hatten Maschinenpistolen, er eine halbautomatische Pistole. Sie trugen keine Schussverletzungen mit sich herum, er schon. Bald traf seine Entscheidung im Bruchteil einer Sekunde, während die Iraner bereits ihre Skorpions auf ihn richteten. Er bog steil nach links ab, sprintete die vier Meter über die Straße und duckte sich in den Eingang zur Al-Arabiya-U-Bahn-Station. Er taumelte durch die Schalterhalle, während die beiden Männer hinter ihm her riefen. Eine Wand aus kühler Luft begrüßte Bald und blies den Fünfzig-Grad-Schweiß hinweg, der sein Gesicht bedeckt hatte.

Die Schalterhalle glich der Lobby eines Fünf-Sterne-Hotels. Kronleuchter funkelten in Grün- und Blautönen. Ein Marmorfußboden, so glattpoliert, dass Bald jede Schramme und jeden Kratzer in seinem Spiegelbild erkennen konnte. Er bahnte sich seinen Weg durch träge Araber und deren fette Frauen, die auf die Ticketschranken zuhielten, folgte den Schildern, die ihn zu der Red Line dirigierten, und hielt auf den Bahnsteig in östliche Richtung zu. Bald hatte eine grobe Vorstellung von der Aufteilung Dubais, wusste, dass die Stadt von links nach rechts entlang der Küste verlief. Wenn er die Al-Rashidya-Bahn nach Osten nahm, würde er dabei direkt an dem Treffpunkt mit Leo Land am Port Rashid vorbeikommen.

Bald zog sich sein Jackett fester um die Brust, als würde er sich gegen einen kalten Wind wappnen, und hoffte, dass niemand die Blutspritzer auf seinen Manschetten und an seinem Kragen bemerken würde. Er warf einen Blick hinter sich. Die Iraner schoben sich ebenfalls durch die Menge. Sie waren fünfzehn Minuten hinter Bald und die Menschenmenge nahm ihnen die Möglichkeit, einen sauberen Schuss auf ihn abgeben zu können. Während er weiterschlurfte, stellte er fest, dass er nicht mehr schneller gehen konnte. Seine Wadenmuskeln brannten. Seine Gesäßmuskeln schmerzten. Er wusste, dass die Iraner bald die Menge hinter sich gelassen haben würden. Dann würden sie ihn einkesseln und er wäre geliefert. Er musste es in eine U-Bahn schaffen, bevor sie die Chance bekamen, ihren Scheck auf seinen Kopf einzulösen.

Unbeholfen kletterte Bald über die Ticketschranke. Ein Wachmann rief ihm etwas zu, aber Bald ignorierte ihn und schleppte sich in einem schiefen Schlurfschritt den Bahnsteig entlang. Hinter ihm sprangen die Iraner sauber über die Schranke, womit sich der Abstand zwischen ihnen und Bald auf zehn Meter verringerte.

Bald humpelte den Bahnsteig nach Osten entlang. Er wusste nicht, wieso, aber die meisten Pendler drängten sich auf der Westseite zusammen. Auf der vierzig Meter langen Plattform in die östliche Richtung hingegen standen nur einige wenige Pendler. Fiberglastüren trennten den Bahnsteig von den Gleisen. *Train approaching* verkündete eine Anzeige über ihm. Die Iraner stürmten auf den Bahnsteig. Ein blasser Mann in einem zerknitterten Anzug, der zehn Meter hinter Bald in einer Zeitung blätterte, versperrte den Iranern die Sicht. Bald sah auf, als er ein mächtiges Brummen vom hinteren Ende des Bahnsteigs kommen hörte. Ein Speer aus Licht schoss aus dem Tunnel. Ein futuristischer Zug folgte ihm und kam zum Stehen. Die Bahnsteig-Türen gaben ein heiteres *Ping* von sich, bevor sie sich zischend öffneten. Bald humpelte die zwei Meter auf die nächste Waggontür zu.

Beinahe geschafft.

Auf zwölf Uhr bellte Bald eine Stimme an. »*Halt, sagte ich. Bleiben Sie verdammt noch mal stehen. Keine Bewegung!*« Er sah auf und tat exakt das, was die Stimme von ihm verlangte. Sechs Männer stürmten aus dem Zug und auf den Bahnsteig, aus den letzten beiden Waggontüren, etwa zwanzig Meter vor ihm. Sein erster Gedanke war, dass die Iraner Verstärkung mitgebracht hatten. Aber diese Kerle trugen Uniformen. Kampfanzüge mit Ellenbogen- und Knieschützern, kugelsicheren Westen und Helmen. Sie mussten einer Polizeieinheit oder einer paramilitärischen Gruppe angehören. Bald sah, wie die Einsatzkräfte gleichzeitig ihre Waffen auf ihn richteten. Heckler & Koch-UMP-Maschinenpistolen. Hinter ihm die Iraner, vor ihm Spezialsoldaten aus Dubai. Er war gefangen. Seine Augen huschten in Panik von links nach rechts und suchten nach einem Fluchtweg, der nicht existierte. Ein niederschmetternder Gedanke traf ihn: Es gibt keinen Weg hier raus.

Dann blitzten die Mündungen auf, mandarinenfarbige Flammen schnellten aus den Läufen, und Bald dachte an nichts mehr. Sein Verstand wurde von dem Lärm der Überschallgeschosse benebelt, der von den Wänden widerhallte. Schreie ertönten aus der Menge. Er stand einfach nur da, vor Angst wie erstarrt und rechnete damit, dass jeden Moment die Kugeln in seinen Körper einschlagen und ihn zerfetzen würden.

Aber Bald spürte keinen der Treffer. Sie mussten ihn verfehlt haben, dachte er, ohne es wirklich zu glauben. Eine Hundertstelsekunde später hörte er ein Kreischen und dann dämmerte ihm, dass die Spezialsoldaten nicht danebengeschossen hatten. Sie hatten nur nicht auf ihn gezielt.

Sie schossen an ihm vorbei.

KAPITEL 27

07:15 UHR

Bald wirbelte herum. Er sah, wie die beiden Iraner wie zwei Stoffpuppen zusammenbrachen, die Oberkörper von Kugeln durchsiebt. Die Spezialsoldaten hatten auf sie gezielt, wurde Bald klar. Er atmete erleichtert auf, während der Iraner auf der rechten Seite noch vier Kugeln in die Brust abbekam. Er versuchte verzweifelt, die Löcher in seinem Körper zuzuhalten, während sein Kumpan bereits rechts von ihm ausgestreckt auf dem Boden lag. Blut sprudelte aus seinem aufgeschlitzten Bauch, und zwei Waggontüren rammten wiederholt gegen seinen Schädel. Passagiere schrien und stürmten über den Bahnsteig, weg von den Soldaten und den verblutenden Iranern. Bald sah, wie einer der Spezialsoldaten zu dem immer noch Atmenden stürmte, ihn mit dem Fuß auf den Rücken drehte und zwei Schüsse in den Kopf verpasste. Bald hätte es selbst nicht besser machen können.

Aus der Schalterhalle ertönte das mechanische Heulen eines Alarms.

Die Soldaten kreisten die toten Iraner ein, traten ihre Waffen beiseite und klopften ihre Leichen ab, während sie über ihre Walkie-Talkies Meldung erstatteten. Bald nutzte die Ablenkung, um sich hastig in Richtung Schalterhalle zurückzuziehen. Er wusste nicht, wieso das Spezialkommando ihn gerettet hatte oder wieso sie nicht auch ihn in zwei Hälften gerissen hatten. Aber er hatte nicht vor, es herauszufinden. *Irgendwie muss ich zu Land gelangen*, dachte er.

In der Schalterhalle herrschte Chaos. Menschen schrien, während sie zu den Treppen eilten und dabei andere aus dem Weg stießen, an Armen und Beinen zerrten oder übereinander hinwegkletterten, um zu ihnen zu gelangen. Die Menschenmenge hatte dort, wo die Treppe in der Halle mündete, einen Flaschenhals aus Fleisch gebildet.

»Hey! Hey!«

Bald blickte sich über die Schulter und sah zwei der Uniformierten in die Schalterhalle stürmen, zwölf Meter hinter ihm. Sie hatten ihn in der Menge ausgemacht, und einer von ihnen zeigte an seinen Partner gewandt mit der Mündung seiner UMP auf ihn. Bald begann, sich mit den Ellenbogen durch den Flaschenhals zu arbeiten. Er war drei oder vier Schritte näher an eine der Treppen herangekommen, als er seinen Weg von einem dunkelhäutigen, mit einer langen Thobe und einem oben mit einem schwarzen Seilring befestigten Shemagh bekleideten Araber versperrt sah. Bald versuchte, den Mann beiseitezuschieben. Aber er rührte sich nicht.

»Geh mir aus dem Weg, Kameltreiber«, rief Bald.

Der Araber drehte sich langsam und schwerfällig um, wie ein Öltanker. Sein beschattetes Gesicht grinste Bald unter dem Shemagh an.

»John«, flüsterte er und legte eine Hand auf Balds Schulter. »Ich bin es, Kumpel.«

Skinner.

Das Lächeln des fetten Bastards ließ seine Lippen wie ein loses Seil in der Mitte durchhängen.

»Hey, Sie! Bleiben Sie sofort stehen«, schrien die beiden Einsatzkräfte. Skinners Augen huschten von ihnen zu Bald, und dann zerrte er ihn aus der Menschenmenge und auf eine unauffällige, grüne Tür mit einem Sturzbügel davor zu. Bald starrte ihn dabei an und hätte ihm am liebsten sofort die Lichter ausgeblasen.

»Hören Sie auf, mich so anzusehen, als hätte ich Ihre Mutter gevögelt, und folgen Sie mir«, sagte Skinner. *»Schnell!«*

Zögernd folgte Bald Skinner zu der grünen Tür. Skinner hieb auf den Sturzbügel und stieß mit der Schulter die Tür auf. Sie öffnete sich zu einer nach oben führenden Betontreppe. Die Luft war heiß und staubig. Skinner keuchte, während Bald die Stufen hinauftigerte. Er hatte neuen Antrieb gefunden, und die Schusswunde war zu einem Hintergrundrauschen abgeklungen. Mit sechs großen Schritten erreichte er die Notausgangstür am oberen Ende der Treppe.

»Hier durch«, japste Skinner, als er Bald erreichte. Die Farbe war aus seinem Gesicht gewichen. Er watschelte herum, als müsse er dringend kacken. Bald hieb den Sturzbügel des Notausgangs nach unten und trat die Tür auf. Eintausend Messerklingen aus Sonnenlicht blendeten ihn. Bald kniff die Augen zusammen. Er befand sich in einer Seitenstraße. Einige Mülltonnen waren an der gegenüberliegenden Wand aufgereiht, ein paar Ratten tummelten sich in der Gosse, und mitten in der Straße geparkt stand der Toyota Camry. Silbern und glatt, wie eine Kugel.

»Steigen Sie ein«, sagte Skinner und lief zur Fahrerseite.

Bald rührte sich nicht.

Skinner trat in sein Blickfeld.

Bald knickte ein wie ein dürrer Ast. Er stieß einen Arm nach vorn und krallte mit seinen Fingern nach dem Hals des Mannes. Drückte zu. Als würde man einen Sitzsack zusammenquetschen. Skinner röchelte. Sein Gesicht wechselte die Farbe, von Weiß zu Blau. »Ganz ruhig, Kumpel«, krächzte er.

Aber Bald hatte keine Lust, ruhig zu bleiben. »Was zur Hölle ist passiert?«, knurrte er.

»Wie mussten abbrechen.« Skinners Stimme wurde zu einem Flüstern zusammengequetscht. »Land gab den Befehl. Es tut mir leid.«

»Ich weiß nicht, was das bedeuten soll«, sagte Bald. Er grub seine Finger so fest in Skinners Fleisch, dass er überrascht war, kein Blut zu sehen. »Aber hier sind ein paar Worte, die ich kenne. Fick dich, du fetter Wichsfleck.«

»Lassen Sie mich los, John«, krächzte Skinner. Er schlug nach Bald, versuchte, sich aus der Umklammerung herauszuwinden. Bald lockerte den Griff ein wenig und ließ ihn reden. »Ich werde Sie aus diesem Schlamassel rausholen, hören Sie? Großer Gott, was glauben Sie denn, wieso die Iraner in der U-Bahn umgelegt wurden? Ich hab den Chef der Dubai Defence Force angerufen. Ist ein alter Freund von mir. Die hassen die Iraner mindestens genauso sehr wie wir. Ich hab ihm gesagt, dass ein paar abtrünnige iranische Agenten Amok laufen würden. Wäre ich nicht gewesen, wären Sie jetzt ein toter Mann.«

Bald schwieg. Skinner hatte nicht ganz unrecht. Sein Arsch war in dieser U-Bahn-Station wirklich in Gefahr gewesen. Skinner hustete und krümmte sich zusammen. Würgte sich die Seele aus dem Leib. Dann richtete er sich wieder auf. Langsam kehrte wieder Farbe in sein Gesicht zurück, wie Sand, der auf den Boden einer Sanduhr rieselte.

»Hören Sie, Kumpel«, begann er und rieb sich seinen Hals. »Es gibt einen Arzt an dem Treffpunkt. Er wird Sie zusammenflicken. Na, was sagen Sie? Springen Sie schon rein.«

Bald schluckte seinen Ärger hinunter. Es schmeckte wie Straßenbelag. Dann stieg er in den Toyota.

Skinner tat so, als hätte Bald nie die Nerven verloren, und sagte: »Land hat großartige Neuigkeiten.«

Bald funkelte Skinner an. »Ich will nie wieder etwas von Land hören.«

»Oh, aber das wollen Sie ganz sicher hören, vertrauen Sie mir.«

Wieder dieses schlaff herunterhängende Grinsen, als würde es jeden Moment von seinem Kinn rutschen und in seinen Schoß fallen. Skinner fuhr den Toyota vorsichtig im Rückwärtsgang aus der kleinen Seitenstraße, und dann trat er aufs Gas. Er fuhr am Jumeirah Beach entlang nach Westen, nur ein weiterer einheimischer Autofahrer mit einer natürlichen Abneigung gegen Geschwindigkeitsbegrenzungen. Sie kamen am Seven Wonders und zwei Dutzend anderen glamourösen Hotels vorbei, die wie Diamanten im Schaufenster eines Juweliergeschäfts entlang der Küste aufgereiht waren. Bald schloss die Augen und konzentrierte sich darauf, mit den Wellen aus Schmerz mitzugehen, die um ein Vielfaches stärker zurückgekehrt waren.

Sie folgten der Straße noch weitere drei Kilometer nach Süden, bevor sie auf eine belebte Straße in Richtung Norden abbogen, die an dem Meeresarm entlangführte. Die vertäuten Dhaus, die Bald am frühen Morgen gesehen hatten, waren nun verschwunden. Nach einigen weiteren Kilometern kam der Golf in Sichtweite, dessen Wasser wie ein riesiges Stück Wellblech aussah. Skinner wurde unwillkürlich langsamer. Auf zehn Uhr ragte der Port Rashid auf.

Der Treffpunkt.

Etwa einhundert Meter vor dem Golf bog Skinner hart nach links ab und schlängelte sich mit dem Toyota durch eine Reihe von Kreisverkehren, bis er schließlich an eine verlassene Straße kam, die sie direkt zu dem alten Port Rashid führte. Die Straße wurde flankiert von Stapeln alter Autoreifen und Kieshaufen. Auf elf Uhr erspähte Bald eine steinerne Hafenanlage, die sich sechshundert Meter weit in das Meer erstreckte. Eine weitere, kürzere, lag etwa fünfzig Meter weit hinter dem eigentlichen Hafen und war mit rostigen Schiffscontainern zugestellt. Die Anlegestellen entlang des längeren Hafens waren mit Kreuzfahrtschiffen in unterschiedlichem Reparaturzustand belegt, die jedoch von einem riesigen Ozeandampfer in den Schatten gestellt wurden. Der Rumpf war dreihundert Meter lang und mitternachtsfarben, und oben, aus mehreren übereinandergestapelten brillantweißen Oberdecks, ragte ein Schornstein wie eine Kerze aus einer Hochzeitstorte. Bald erkannte den Ozeanriesen sofort an seinem leuchtend-orangefarbenen Schlot wieder. Die QE2.

Skinner bremste auf Schritttempo herunter. »Die Araber haben sie sich unter den Nagel gerissen«, erklärte er mit einem Nicken in Richtung des Schiffes. »Wollten sie wohl in ein Hotel umbauen oder irgend so einen Schwachsinn. Dann bremste die Rezession so gut wie jedes Projekt in den Emiraten aus. Sie wird wahrscheinlich auch noch die nächsten zehn Jahre hier liegen und Staub ansetzen.«

»Die QE2 ist der Treffpunkt?«, fragte Bald ungläubig.

»Ach was«, antwortete Skinner. »Etwas bescheidener sollte es schon sein.«

»Wieso ist hier niemand?«, fragte Bald und spähte zu den leeren Anlegestellen und rostigen Containern hinaus. Auf das völlige Fehlen von Geschäftigkeit.

»Port Rashid war mal das große Ding«, erwiderte Skinner. »Dann beschlossen die City Chiefs, einen funkelnagelneuen Hafen auf der

Westseite der Stadt zu bauen, und zogen diesen hier aus dem Verkehr. Jetzt dient er nur noch als Parkplatz für alte Kreuzfahrtschiffe und heruntergekommene Schlepper. Bis zum Mittag werden Sie hier draußen keine Menschenseele erblicken.«

Skinner schaltete den Motor ab. Sie waren an einem Fleck zwischen den beiden Häfen stehen geblieben. Skinner stieg aus dem Wagen, was nicht einfach für einen Mann seiner Gewichtsklasse war. Er musste dafür auf seinem Sitz herumrutschen und unter Zappeln und Furzen zuerst sein linkes und dann sein rechtes Bein darüber herausschwingen. Seine dicklichen Hände hielten sich dabei am oberen Türrahmen fest, um sein Gewicht zu stützen. Der große Rest von ihm quoll dann langsam aus der Tür wie Eiter aus einer Pustel. Bald beobachtete, wie Skinner sich abmühte, und lachte. Dann stieg er ebenfalls aus und wäre vor Schmerzen beinahe zusammengebrochen. Er verzog das Gesicht, als sein Blick auf den klebrigen, schimmernden Blutfleck auf dem Sitz fiel. Er hatte eine Menge Blut verloren. Er musste einen Arzt aufsuchen, und zwar schnell.

»Warten Sie hier«, sagte Skinner. »Ich will sicherstellen, dass wir am richtigen Ort sind.«

Bald sah ihn über den Hafen auf die Schiffscontainer zuwatscheln. Sonnenlicht ergoss sich über den Hafen und blubberte wie Champagner über den Beton. Bald schmeckte Meeressalz. Zu dieser frühen Stunde war der Geruch des Meeres überwältigend, kleisterte ihm die Nase zu und ließ Übelkeit in ihm aufsteigen. Er war kaum noch in der Lage, aufrecht zu stehen, fühlte sich schwach auf den Beinen. Seine Muskeln waren allesamt verkrampft, aber irgendwie schaffte er es, sich zur Rückseite des Toyotas zu schleppen und seinen Hintern gegen die Motorhaube zu lehnen.

Er sah hinunter und runzelte die Stirn. Ein Loch von der Größe eines Zehn-Cent-Stückes war in die Mitte des Kofferraumdeckels gebohrt worden, etwa einen Zentimeter über dem Nummernschild. Das Loch war mit einer Art grau gefärbtem Stoff ausgestopft, um wie der Rest der Karosse auszusehen. Aus der Ferne mochte der Trick auch funktionieren, dachte Bald. Aber aus der Nähe betrachtet, passten die Farben nicht zueinander, und der Rand des Lochs war deutlich auszumachen. Aber wofür war es gedacht? Als provisorische Lüftungsöffnung? Bald trat einen Schritt zurück. Warf einen Blick über den Hafen. Skinner war nirgends zu sehen. Der Kerl war hinter den Containern hundert Meter weiter verschwunden.

Dann öffnete Bald den Kofferraumdeckel. Sonnenlicht erhellte den Kofferraum. Zuerst dachte er, es würde ein Körper darin liegen, denn er hatte so etwas wie einen Arm erspäht. Aber dann ließ sich die Form als Umriss eines Gewehres ausmachen.

Sofort erkannte er sie aus seiner Zeit beim Regiment wieder. Eine Ruger 10/22 Halbautomatik, beinahe einen Meter lang und bis zum Anschlag mit einem schwereren Lauf und einem beleuchteten Zielfernrohr aufgemotzt. Bald ließ seinen Blick über den restlichen Inhalt des Kofferraums wandern. Es stank nach Schießpulver. In der leichten Vertiefung auf der rechten Seite, wo normalerweise das Reserverad untergebracht war, befanden sich zwei Reservemagazine. Dann fiel sein Blick auf eine verschossene leere Patronenhülse und er hob sie auf. Sie war noch warm. Er identifizierte sie als .22-Long-Rifle-Munition.

»John!«

Bald knallte den Kofferraum zu und huschte zur Vorderseite des Wagens. Skinner stand am hinteren Ende der Hafenanlage neben einem hellblauen Container. Mit der rechten Hand schirmte er seine Augen vor der Sonne ab, während er mit der linken Bald zu sich winkte. Bald schritt auf ihn zu, vorbei an Brückenkränen und alten Gabelstaplern sowie einem guten Dutzend verwitternden Frachtcontainern. Jeder der Container war zwölf Meter lang, zweieinhalb Meter breit und drei Meter hoch.

Als Bald Skinner erreicht hatte, sah dieser aus, als würde er gleich tot umfallen. Er schwitzte wie ein dickes Mädchen, das gerade ihren ersten Liebesbrief verfasste. Bald wandte sich dem hellblauen Container zu. Er bemerkte die ISO-Kennzeichnung, die auf die abgelehnten Türen gestempelt war. Skinner sah sich noch einmal misstrauisch um, bevor er die Türen aufriss und sich durch die Öffnung zwängte.

Bald folgte ihm.

In dem Container war es dunkel und stickig und es stank nach Diesel und Salzwasser. Bald sah vier Scheinwerfer, die auf Dreibeinen etwa acht Meter im Inneren des Containers montiert waren und weiße Lichtkegel auf einen billigen Plastiktisch warfen. Neben dem Tisch standen ein Plastikstuhl und ein Rollwagen mit einem Tablett voller schimmernder chirurgischer Werkzeuge. Eine Gestalt stand neben dem Rollwagen. Zuerst dachte Bald, dass es sich um Leo Land handeln könnte. Aber während er sich ihm näherte, erkannte er, dass der Mann ein Inder war, mit einem Gesicht wie ein verletzter Knöchel. Getrocknete Blutflecken bedeckten den Boden rund um den Stuhl.

»Was zum Teufel soll das werden?«, fragte Bald Skinner. »Wo ist Land?«

»Genau hier, alter Junge.«

Die Stimme kam von sechs Uhr. Bald wirbelte herum und sah, wie sich Land aus dem Schatten schälte, bekleidet mit einer khakifarbenen Hose, einem pastellfarbenen Hemd, die Ärmel entschlossen hochgekrempelt, und einem Fedora auf seinem sonnenverbrannten Kopf. Er trat einen Schritt näher auf Bald zu. Lächelte, als er ihm eine Flasche entgegenreckte. Bald studierte das Etikett. Four Rose Kentucky Bourbon. Single Barrel. Seine Lieblingssorte. Seine Augen huschten wieder zu Land. Das Lächeln im Gesicht des MI6-Agenten begann zu bröckeln.

»Ein Friedensangebot«, sagte er und nickte zu dem indisch aussehenden Mann. »Das ist Aziz. Ihr Arzt.«

»Was auch immer«, sagte Bald. »Bringen wir es hinter uns.«

Land tauschte einen kurzen Blick mit Aziz aus. Dann sah er zu Bald zurück. »Ich fürchte, es ist nicht ganz so einfach.«

»Wovon reden Sie?«

»Sie und ich haben noch eine offene Rechnung, was Viktor Klich anbelangt.«

»Vergessen Sie's«, sagte Bald. »Mit der Firma bin ich fertig. Klich ist jetzt Ihr Problem.«

Land trat näher an Bald heran, bis sich ihre Gesichter praktisch berührten. Seine Augen waren blutunterlaufen und von der Farbe abgewetzten Marmors. »Gestatten Sie mir, dass ich es Ihnen in einfachen Worten klarmache«, sagte er. »Entweder Sie vollenden Ihre Mission, oder ich werde Dr. Aziz hier sagen, dass er seine Taschen packen soll, ohne Ihre Verletzung auch nur desinfiziert zu haben.«

Bald schwieg. Lands Blick verfinsterte sich, als wären zwei Schrauben in die Augen gedreht worden.

»Wie ich hörte, dauert es lange, bis man an einer Bauchwunde stirbt. Tage sogar. Eine ziemlich furchtbare Art, abzutreten, John. Sie werden wie ein Schwein quieken und sich wünschen, Sie wären bereits tot.«

»Ich werde mein Glück im Krankenhaus versuchen«, sagte Bald.

»Meinetwegen.« Land deutete auf die offenen Türen. »Aber vergessen Sie nicht – Sie haben keinen Pass, kein Bargeld, keine Krankenversicherung und werden obendrein zur Vernehmung im Rahmen von drei Mordfällen gesucht. Und außerdem ist Ihr Bild überall in den Nachrichten zu sehen. Sie sind jetzt so eine Art Berühmtheit, John.«

Bald zuckte mit den Schultern. »Ich nütze Ihnen nicht mehr viel. Klich hat mein Gesicht gesehen. Er weiß, wer ich bin. Wenn Sie ernsthaft glauben, dass er mir jetzt noch vertraut, haben Sie eindeutig zu viel Gras geraucht. Klich wird mich nicht einmal in seine Nähe kommen lassen.«

Ein seltsames Lächeln huschte über Lands Gesicht. »Ich brauche Klich nicht, um Ihnen zu vertrauen.«

»Wie meinen Sie das?«

»Der Plan hat sich geändert. Wir müssen Klich nicht mehr fangen. Wir wollen, dass Sie ihn umlegen.«

KAPITEL 28

08:19 UHR

Bald brach das Siegel des Four Roses auf und ließ sich auf den Stuhl sinken. Er nahm einen tiefen Schluck. Es ging runter wie Öl. Besser noch. Dann stellte er die Flasche auf den Tisch ab, wischte sich mit dem Handrücken über den Mund und sah zu Land auf, der die Lippen schürzte und die Hände hinter dem Rücken verschränkte.

»Erlauben Sie mir, es zu erklären«, begann Land. »Als wir das erste Mal davon erfuhren, dass Klich sensible Informationen unseres Geheimdienstes kannte, gingen wir davon aus, dass wir ihn wieder unter unsere Fittiche holen könnten. Ihn in die Firma zurücklocken könnten. Die Logik dahinter war einfach: Klich ist eine Informations-Goldmine. Er war unsere einmalige Gelegenheit, das russische Geheimdienstnetzwerk offenlegen zu können.«

»Was hat sich dann geändert?«

»Klich hat beschlossen, seine Geheimnisse auf dem freien Markt zu verscherbeln«, antwortete Land.

Bald blickte sich suchend nach Skinner um. Der Kerl war verschwunden.

»Letzte Nacht ließ Klich einen der führenden Chirurgen auf dem Gebiet der Prothetik einfliegen, um den Platz mit einem Körperdouble tauschen zu können«, fuhr Land fort. »Offenbar lässt sich heutzutage chirurgisch einiges machen. Silikonformen, mehrlagige

Prothetik, Wachslippen. Klich ist Ihnen einfach vor der Nase weggelaufen, John.«

Land strich sich über das Kinn. »Ich nehme doch nicht an, dass Sie jemanden etwas über unseren Plan verraten haben, Klich zurückzulocken?«, fragte er.

Bald schwieg.

»Denn irgendwie muss er davon erfahren haben und ist uns entwischt.«

Bald dachte an Odessa Stone. Dachte an ihren hübschen Hintern, aber auch daran, dass sie ihm erzählt hatte, für die Firma zu arbeiten. Zu dem Zeitpunkt hatte er ihr geglaubt. Jetzt war er sich da nicht mehr so sicher. Er begann zu vermuten, dass Sie ihn an Klich verpfiffen und an der Nase herumgeführt hatte.

»Auf gar keinen Fall«, sagte er.

Land musterte ihn einige Sekunden lang eindringlich, so wie ein Fahrer einen Kratzer an seinem alles geliebten Wagen mustern würde.

»Nun, was geschehen ist, ist geschehen«, sagte er. »Aber damit sind alle Hoffnungen dahin, ein Vertrauensbündnis mit Klich aufbauen zu können. Unglücklicherweise stellt er nun ein Problem für uns dar. Dank seines Stelldicheins mit der Sekretärin jenes Herrn aus dem Verteidigungskomitee kennt Klich nun unsere schmutzigen Geheimnisse. Jedes einzelne davon. Sie im Austausch für seinen Schutz an den Meistbietenden zu verkaufen, stellt eine Bedrohung für die nationale Sicherheit dar, die wir nicht unbeantwortet lassen können.«

Aziz nahm eine Spritze aus der Instrumentenschale. Bald beging den Fehler, einen Blick auf das Aufgebot an Zangen, Klammern, Retraktoren und Skalpellen zu werfen und spürte, wie sich ihm der Magen zusammenzog. Aber Nadeln hasste er ganz besonders.

»Was ist mit den Iranern?«, fragte er. »Wieso wollten die Klichs Tod? Ich dachte, sie hätten ihm zur Flucht verhelfen sollen.«

Land inspizierte seine Fingernägel und runzelte die Stirn. »Erinnern Sie sich an den Stuxnet-Virus?«, fragte er.

Bald verzog keine Miene. Computer waren nicht gerade sein Spezialgebiet. Er konnte ja nicht einmal sein iPhone richtig bedienen.

»Stuxnet ist der Name eines Computerwurms, der über das Internet verbreitet wird«, erklärte Land. »Der Virus wurde ganz spezifisch dafür entworfen, die mit einem Embargo versehenen Siemens-Industrieanlagen ins Visier zu nehmen, die von den Iranern für ihr Urananreicherungsprogramm beschafft wurden. Stuxnet beschädigte die iranischen Zentrifugen empfindlich. Soweit ich das verstehe, hat sie das um Jahre zurückgeworfen. Das Regime glaubt, dass Klich bei der Sabotage seine Hand mit ihm Spiel hatte. Er war natürlich sehr vertraut mit den Sicherheitsabläufen und den Anreicherungsanlagen, da er sie schließlich mit aufgebaut hat. Die Iraner lockten ihn nach Dubai mit der Aussicht auf Asyl, aber sie planten die ganze Zeit über, ihn mit einer Bombe an seinem Wagen umzubringen. Das würde zudem an all jene eine unmissverständliche Botschaft entsenden, die mit der Waffenbeschaffung für die Iraner betraut waren: Wer uns verarscht, bezahlt dafür mit seinem Leben. Und der Plan hätte funktioniert, aber Klich ist nie hier aufgetaucht.«

Bald sah auf seine Hände hinab. Sie klebten von seinem Blut. Er nahm einen weiteren Schluck Whiskey und war einigermaßen überrascht, zu sehen, dass er bereits die halbe Flasche geleert hatte. Aber der Alkohol half, die Schmerzen abzumildern. Er sah, wie sich Aziz über seine Seite beugte, die Kappe von der Spritze nahm und gegen die Nadel schnippte. Ein breites, altes Grinsen legte sich über seine Visage, als könne er es kaum erwarten, Bald aufzuschneiden und in seinen Gedärmen herumzuwühlen.

»Dave Hands ist tot«, sagte Bald.

Land gluckste. »Sagen Sie bloß nicht, Sie wären betroffen, weil dieser wertlose Windhund den Löffel abgegeben hat! Sie haben mir immer erzählt, wie sehr Sie diesen Mann hassen. Haben Sie vergessen, was er Ihnen in Rio angetan hat?«

»Rio ist eine Ewigkeit her. Hands war ein Mistkerl, aber er war auch einmal ein Blade.«

»Wie rührend«, antwortete Land mit gedehnter Stimme, als wäre sie eine Krawatte. Dann seufzte er, fischte einen Zettel aus der Innentasche seiner Jacke und reichte ihn Bald.

»Was ist das?«, fragte Bald.

»Lesen Sie es und finden Sie es selbst heraus.«

Bald faltete das Papier auseinander. Offenbar handelte es sich um einen Brief. Er ließ seine Augen über ein paar der Zeilen gleiten: Die Hälfte der Worte war geschwärzt worden. Der Briefkopf trug das Logo des SIS, des Secret Intelligence Service. Am unteren Ende des Schreibens bemerkte Bald die gekritzelte Unterschrift des Generaldirektors der Firma. Sowohl das Logo aus auch die Unterschrift hatten eine körnige, verpixelte Qualität, als würde es sich um eine Fotokopie handeln.

»Das ist ein Brief vom Boss«, erklärte Land. »Er gibt darin die Anweisung, dass man Ihre Akte löscht und Ihnen eine brandneue Identität verschafft. Der Brief sichert Ihnen zudem den Erwerb eines 5-Schlafzimmer-Anwesens in Madeira und die Überweisung von 250.000 britischen Pfund auf ein Konto zu, beides auf Ihren neuen Namen ausgestellt.«

Land entriss ihm den Brief wieder, bevor Bald ihn wirklich lesen konnte.

»Das ist es«, sagte er und wedelte mit dem Brief vor Balds Nase herum, »Ihr neues Leben. Genauso, wie Sie es wollten. Alles, worauf wir uns geeinigt hatten. Ich brauche nur mit den Fingern zu schnippen und es wahrwerden lassen. Wenn Sie sich jedoch weigern, unseren Deal zu akzeptieren, gibt es natürlich einen zweiten Brief, autorisiert vom Chef persönlich. Dieser genehmigt Ihre Ermordung, John.«

Land faltete den Brief und zog mit Daumen und Zeigefinger säuberlich den Falz nach, bevor er ihn sich wieder in die Tasche steckte.

»Ich habe mein Wort gehalten«, sagte er. »Jetzt halten Sie Ihres.«

Ein Schmerz bohrte sich in Balds Schädel. Er spürte, wie die Welt ihre Konturen verlor und in eine trübe, morastige Schwärze versank. Noch ein paar Minuten von dieser Scheiße, und er würde das Bewusstsein verlieren. Einen kalten, finsteren Moment lang betrachtete er die Blutflecken auf dem Boden. Wahrscheinlich benutzte die Firma diesen Ort als Foltereinrichtung, wann immer Bedarf dafür bestand. Dicke Wände, ein verlassener Hafen. Der ideale Ort, um jemanden bluten zu lassen.

Er sah zu Land auf.

»Fünfhunderttausend«, sagte er.

Land lachte auf. »Sie nehmen mich auf den Arm, John. Wir hatten uns bereits auf einen Betrag geeinigt.«

»Wir hatten uns auf einen Betrag geeinigt, den Mann lebend zu fassen. Jetzt wollen Sie ihn tot sehen. Der Preis hat sich verdoppelt.«

Land spielte mit dem Kleingeld in seiner Hosentasche. Wendete den Blick ab.

»Mord ist heutzutage nicht mehr billig, wie es scheint.«

»Was ist das schon?«, konterte Bald.

»In Ordnung«, sagte Land. Dann nickte er Aziz zu. »Machen Sie weiter.«

Der Arzt rieb sich vor Freude die Hände. Bald saß auf dem Plastikstuhl und wunderte sich, wieso Land ihn angrinste, wo er dem Mann doch gerade eine weitere Viertelmillion aus dem Kreuz geleiert hatte. Dann sog Land scharf die Luft ein und sagte. »Da wäre nur noch eine kleine Sache.«

»Was?«

»Aziz hat kein Anästhetikum dabei. War alles ein wenig kurzfristig, fürchte ich. Bis auf den Whiskey.« Land klopfte Bald herzlich auf die Schultern. »Kopf hoch, Kumpel.«

Achtundzwanzig Folterminuten später humpelte Bald wieder aus dem Container. Seine Wunde war vernäht und mit einem Streifen frischer Gaze verbunden worden, aber sein Verstand war noch immer groggy und hing durch wie ein Stück Schnur. Er erspähte Land am Rand des Hafens, der auf den Golf hinausschaute. Mit steifen und unsicheren Schritten taumelte Bald zu ihm, während er das Gefühl hatte, dass seine Innereien durchgewalkt wurden. Neben Land blieb er stehen. Der MI6-Mann lüftete seinen Fedora, tupfte sich mit einem Taschentuch die Stirn ab und fragte dann: »Wie geht es Ihnen?«

Bald fuhr sich mit der Hand über den Verband um seinen Bauch und spürte die Braille-ähnlichen Erhebungen der genähten Wunde darunter. »Fantastisch.«

Land spähte zu den zurückeroberten Inseln ein paar Kilometer vor der Küste, die mit dem Festland über die Deira Corniche verbunden waren. So wie alles andere in Dubai war auch hier die Entwicklung auf Eis gelegt worden, weshalb es wenig mehr zu sehen gab als ausgeblichenen und einsamen Sand. Bald versuchte, sich die Villen und Ferraris vorzustellen, die eines Tages die Inseln bedecken würden. Es gelang ihm nicht, weshalb er den letzten Rest des Four Roses austrank und die Flasche in das schmutzige Hafenwasser warf.

»Da Sie nun bereit sind, mit der Mission fortzufahren«, sagte Land, »lassen Sie uns zum Wesentlichen kommen. Klich ist derzeit auf dem Weg in die französischen Alpen. Seine Gulfstream startete etwa vor zwei Stunden vom Dubai International Airport. Ziemlich genau zur selben Zeit, als sie angeschossen wurden, wie mir jetzt einfällt.«

»Geben Sie mir einfach die Infos.«

Land zuckte mit den Achseln. »Laut Flugplan ist die Maschine nach Courchevel unterwegs. Das ist ein Skigebiet für die superreichen Eurotrash-Schnösel. Eintausendachthundert Meter über dem Meeresspiegel. Diese Woche wird es dort von wohlhabenden Russen wimmeln, die sich zusammenfinden, um das orthodoxe Weihnachtsfest und das neue Jahr zu begehen.«

Mit zusammengekniffenen Augen fixierte Bald einen Punkt am Himmel. »Wieso sollte Klich ausgerechnet an einen Ort gehen, wo alle seine Feinde eine Party schmeißen?«, fragte er.

»Wir sind uns nicht sicher«, sagte Land. »Ich will, dass Sie das herausfinden, bevor Sie ihn töten.«

Nun drehte er sich um, um Bald anzusehen. »Natürlich wird Klich nach seiner Gesichtsoperation anders aussehen. Wir haben eine Montage seines neuen Gesichts angefertigt. Wir hatten eine kleine Unterhaltung mit seinem Chirurgen und konnten die Details aus ihm herauskitzeln. Hier.«

Er warf Bald ein Samsung Galaxy zu. Es war klobiger und größer als die, die Bald in der Vergangenheit benutzt hatte. Beinahe so groß wie ein Ziegelstein. Er sah, dass die App der Fotogalerie bereits aufgerufen worden war und sich das Display mit Porträt-Fotomontagen Klichs gefüllt hatte. Bald wurde klar, dass er zum ersten Mal das Gesicht des echten Viktor Klichs sah, nachdem Land ihm die originalen

Schnappschüsse in Kasachstan gezeigt hatte. Er war dem Oligarchen noch nie persönlich begegnet. Klich war auf quälende Weise unerreichbar gewesen. Der Unterschied zwischen diesen Aufnahmen und jenen, auf die er in Kasachstan ein Auge geworfen hatte, war offenkundig. Seine Kinnpartie war jetzt akzentuiert statt schwabbelig, seine Nase verdächtig glatt und gerade, und außerdem waren seine Falten und Hautflecken beseitigt worden. Das Einzige, was Bald wiedererkannte, waren die Augen. Glasig und schwarz und wolfsartig. Augen, die Bald verrieten, dass sie stets auf der Suche nach einem Vorteil waren.

»Klich sollte leicht zu finden sein«, sagte Land. »Er besitzt ein Chalet hoch oben in den Bergen. Soweit wir wissen, ist er allein unterwegs. Seine Leibwächter wurden dezimiert, also dürfte es wirklich nur ein einfacher Rein-und-wieder-raus-Job werden. Keine Probleme, keine Sauerei.«

Bald nickte. »Ich werde eine Waffe brauchen.«

»Ich hatte auch nicht erwartet, dass Sie ihn mit bloßen Händen umbringen, John. Ich habe dafür gesorgt, dass ein Kurier mit einer Lieferung aus Nizza zu Ihnen kommt. Ein vertrauenswürdiger Mann, arbeitet seit mehreren Jahren für den Six. Sein Name ist Karim. Ich werde Ihnen die Details für das Treffen schreiben, wenn Sie angekommen sind.«

»Wie auch immer.«

»Eine Sache noch«, sagte Land. Jetzt wirkte er nervös. »Es ist von allergrößter Wichtigkeit, dass Klichs Ermordung nicht zu uns zurückverfolgt werden kann. Deshalb habe ich eine Säuberungs-Crew angefordert, die loslegen wird, wenn Sie fertig sind. Sobald Klich tot ist, werden Sie die ›Cleaner‹-Nummer auf ihrem Handy anrufen. Es sendet auf einer verschlüsselten Frequenz und wird Ihre GPS-Koordinaten an das Team übermitteln. Sie werden es so aussehen lassen, als hätten die Iraner Klich getötet, und Sie dann über die Grenze in die Schweiz schmuggeln. Danach gehen wir getrennte Wege.«

»Hört sich gut an«, sagte Bald und steckte das Handy ein.

»Skinner wird Sie zum Flughafen eskortieren«, sagte Land. »Und gönnen Sie sich um Gottes willen noch eine Dusche und frische Klamotten, bevor Sie starten.«

Er machte eine Pause und kaute auf der Unterlippe.

»Die Konsequenzen eines Fehlschlags wären für den Six katastrophal, John. Wenn Sie Klich nicht erledigen können, werde ich Sie persönlich für das ganze Fiasko verantwortlich machen, und dieser Brief von meinem Boss wird direkt im Papierkorb landen. Unsere Agenten werden Sie jagen, und Ihren Tod selbstverständlich wie einen Selbstmord aussehen lassen. Irgendetwas Perverses. Mir persönlich gefällt ›Tod durch Autoasphyxie‹. Was meinen Sie? Sie, ein Latexanzug und ein Stapel Schwulen-Pornohefte?«

»Verschwinden Sie«, sagte Bald.

»Mit dem größten Vergnügen, mein Freund.«

Land gab ihm mit den Augen zu verstehen, dass er sich noch kurz mit Skinner allein unterhalten wollte. Bald ließ sie allein und lief mit einem mulmigen Gefühl zu dem Toyota zurück. Skinner stellte keinen Augenkontakt zu ihm her, als er an Bald vorbeilief. Bald war noch nicht weit gekommen, da spürte er, wie sich etwas in seinen Oberschenkel bohrte. Er blieb stehen, schob sich die Hand in die Hosentasche und spürte etwas Metallisches darin. Er kramte ein Blei-Nugget heraus, etwas mehr als fünf Millimeter im Durchmesser und an der Spitze einen Millimeter dick, nicht viel größer als eine Arzneikapsel. Bald nahm es zwischen Daumen und Zeigefinger. Das Fragment der Kugel, die Aziz aus seinem Bauch gezogen hatte, vermutete er, während er sie in die Sonne hielt und genauer studierte.

Er hatte angenommen, dass es die Russen gewesen waren, die vor dem Seven Wonders auf ihn geschossen hatten. Bald hatte die Kanonen, mit denen sie bewaffnet gewesen waren, als M16-Sturmgewehre identifiziert, mit 5.56-mm-Patronen geladen. Aus ihrer Ummantelung herausgelöst war eine 5.56-mm-Kugel ungefähr so groß wie eine AAA-Batterie.

Aber die Kugel, die Bald durchbohrt hatte, war viel kleiner.

Genauso groß wie eine .22-Kugel, dachte er. Genau die gleiche Größe wie die .22-Patrone, die mit der .22-Long-Rifle benutzt wurde, welches er im Kofferraum des Toyota gefunden hatte.

KAPITEL 29

COURCHEVEL, FRANKREICH, 17:39 UHR

Die Kälte schlug Bald entgegen, als er auf dem Parkplatz vor dem Carrefour aus dem Renault Mégane stieg. Er überquerte die Straße zum Opera Hotel, den Kopf und die Schultern eingezogen, um sein Gesicht abzuschirmen. Der Schnee knirschte wie Kies unter seinen Schuhen. Der Himmel war ein blutroter und orangefarbener Farbklecks, als hätten die Berggipfel den Bauch der Sonne aufgeschlitzt. Bald zog sich die North-Face-Jacke fester um seine Brust zusammen. Seinen blutverkrusteten Anzug hatte er auf dem Flughafen in Dubai entsorgt und gegen eine Thermojogginghose und -weste, darüber Jeans und ein dickes baumwollenes Holzfällerhemd, getauscht. Ein braunes Paar Belstaff-Tourmaster-Lederstiefel, eine Strickmütze und die North-Face-Jacke vervollständigten seinen Look. Aber trotz der vielen Schichten gelang es der Kälte trotzdem, sich zu ihm durchzumogeln.

Auf der Straße schlitterte ihm von rechts ein Chevrolet Suburban 4x4 entgegen. Das Nummernschild lautete ›GIGN‹. Bald erkannte das Akronym. Die *Groupe d'intervention de la Gendarmerie nationale*. Es gehörte zu seinem Job, die Spezialeinheiten der Welt zu kennen, und er war schon einige Male mit ehemaligen GIGN-Soldaten zusammengestoßen. Sie waren auf Terrorabwehr und Personenschutz spezialisiert, und Bald bezweifelte, dass man sie nur zum Spaß in einem Ort wie Courchevel herumkutschieren ließ.

Bald wich einen Schritt zurück und ließ den Chevrolet passieren. Dann lief er weiter zur Rue de Martin. Brachte wieder etwas Gefühl in seine Beine zurück, die nach zwei Stunden hinter dem Lenkrad des Mégane, den er sich an dem Hertz-Schalter am Flughafen Lyon Saint-Exupéry gemietet hatte, müde geworden waren. Eine Fahrt, die ihn nach Osten und durch Albertville und Moutiers geführt hatte, bevor sich die Straße nach Courchevel gewunden hatte. Und davor ein zehnstündiger Swissair-Flug aus Dubai. Er war hundemüde. Zwar hatte er sich am Flugzeugessen und Flugzeugschlaf gütlich getan, aber nichts davon hatte seine Energien ausreichend auffüllen können. Im Moment pfiff Bald auf dem letzten Loch. Er sehnte sich nach einem doppelten Burger mit Bacon und Extra-Käse, Fritten, Buffalo-Wings und einer Kiste Stella Artois zum Hinunterspülen.

Aber zuerst musste er einen Mann umbringen.

Ein donnerndes Geräusch hallte durch die Luft. Bald reckte den Hals in den blutenden Himmel und erblickte einen leichten zweimotorigen Eurocopter EC135, der einen Stapel Betonplatten zu einem der Chalets weiter oben auf den Hängen transportierte. Er sah noch, wie der Hubschrauber über einem der Chalets schwebte, und dann bog er nach links auf die Rue de Martin ab und passierte eine Reihe teurer Restaurants. Pärchen bummelten Arm in Arm die Straße entlang. Die Männer stellten alle das gleiche graue Haar, dicke Bäuche und tief in die Stirn gegrabene Stressfalten zur Schau. Die Frauen waren ausnahmslos eine Zehn von zehn Punkten auf seiner persönlichen Skala, was Balds langgehegten Verdacht bestätigte, dass man hässlich und dumm wie ein Haufen Elefantenscheiße sein konnte, aber solange man genug Knete besaß, gingen einem die schicken Fotzen nie aus.

Das Fleming Hotel ragte wie ein Geschützturm am Ende der Rue de Martin auf. Es wirkte fehl am Platze mit seinen Mauern aus Stampflehm, den mittelalterlichen Fenstern und der riesigen Flagge von Savoyen über dem Eingang. Das Hotel war einst das Hauptquartier der nationalsozialistischen Partei gewesen, wie Bald in einer Broschüre gelesen hatte. Das schien ihm passend. Von seiner Lage im Epizentrum des Ortes blickte das Fleming auf die Straßen hinaus, die sich in jede Richtung erstreckten. Im Norden befanden sich der Carrefour, der Parkplatz und ein paar kommunale Gebäude. Weiter nördlich, etwa vierhundert Meter von dem Ort entfernt und auf einem Plateau am unteren Teil des Berghanges gelegen, bemerkte Bald ein heruntergekommenes Bauernhaus. Im Westen befanden sich die mit Michelin-Sternen ausgezeichneten Restaurants und im Osten schicke Designer-Outlets. Nach Süden bot sich ein Ausblick auf Dutzende von Kabeln, die kreuz und quer über die Hänge gespannt waren, schwarze Venen, die Seilbahnen mit den umgebenden Pisten verbanden, an denen hunderte kleiner Flecken wie loser Dreck langsam hinunterrollten. Skifahrer auf einer der letzten Abfahrten, bevor die Nacht hereinbrach. Ein Chalet erhob sich gefährlich nahe an einem Berghang im Norden. Es gehörte Klich.

Bald stürmte durch die Lobbytüren des Hotels und stapfte sich zweieinhalb Zentimeter Schnee von den Spitzen seiner Stiefel. Das Hotel war als das Billigste in ganz Courchevel angepriesen worden. Aber das Interieur hätte locker mit einem Hotel auf der Park Lane mithalten können, dachte er. Die Wände waren mahagoniegetäfelt, an denen wiederum antike Kronleuchter hingen. Tierfelle lagen auf dem hölzernen Fußboden. Er warf der Rezeptionistin ein Augenzwinkern zusammen mit seiner Zimmerreservierung und seinem falschen Pass zu und bezahlte für sein Zimmer in bar. Sechhundert Euro aus der Zweitausend-Euro-Reisekasse, die ihm Land für die Operation zugesteckt hatte. Lands Bargeld-Vorschuss war Bald dieses Mal komisch vorgekommen. Die Standardvorgehensweise der Firma für ihre Drecksarbeit bestand normalerweise aus einer AmEx-Card mit unbegrenztem Kreditrahmen. Als Bald ihn darauf angesprochen hatte, hatte Land sich mit mangelnder Logistik bei einer derart kurzfristigen Operation herausgeredet.

Balds Unbehagen war gewachsen, seit er das Gewehr in dem Camry gefunden hatte. Sein erstes Bauchgefühl hatte ihm geraten, Skinner und Land damit zu konfrontieren und herauszufinden, wer zum Teufel auf ihn geschossen hatte, und wieso, denn die Ballistik bewies, dass es unmöglich die Russen gewesen sein konnten, die ihn niedergestreckt hatten. Aber dann hatte sich Bald überlegt, dass eine halbe Million auf ihn wartete, und sich gedacht, dass ihm ohnehin weder Land noch Skinner eine aufrichtige Antwort gegeben hätten. Eine simple Kugel in den Hinterkopf des Oligarchen, und Bald würde weder Land noch diesen fetten Wichser jemals wiedersehen müssen. Also hielt er die Klappe wegen des Gewehres, und hielt auch die Klappe, als ihm Land ein Bündel Geldscheine anstatt einer AmEx überreicht hatte.

Er konzentrierte sich nur noch auf die Mission.

Nun polterte Bald die Nadelholz-Treppen hinauf und bis zum Ende des Korridors zu seiner Rechten. Klassische Musik drang aus Bose-Lautsprechern, die über ihm an der Stelle befestigt waren, wo die Wände in die Balkendecke mündeten. Vor der Tür zu Zimmer 19 blieb Bald stehen und vergewisserte sich kurz, dass ihn niemand beobachtete. Mit seiner Karte öffnete er die Tür und trat ein. Es war, als würde er ein Märchen betreten. Er konnte bis über die Alpen blicken. Es gab ein Kingsize-Bett aus Mahagoni mit einer champagnerfarbenen Decke und ihm gegenüber einen Schminktisch, dessen Lackierung Elfenbein simulieren sollte. Kristallleuchter warfen ein bunt schillerndes Licht auf den dichten Wollteppich. Bald bemerkte auch einen 48-Zoll-HD-Fernseher an der Wand. Er war auf den Hotelkanal eingestellt, der ihn mit einer sanften Stimme im Fleming willkommen hieß und hoffte, dass er seinen Besuch genießen würde. Bald hoffte es ebenfalls. Er wechselte noch schnell den Kanal, bevor er zutiefst befriedigt eine Runde kacken ging.

Als Nächstes inspizierte er die Minibar. Sehnsüchtig betrachtete er die Miniflaschen Bell's und Smirnoff, aber er ermahnte sich, noch ein paar Stunden nüchtern zu bleiben. Danach würde er in dem Zeug baden können. Stattdessen griff er sich eine Dose Coke Zero, ein paar geröstete Cashews und ein Snickers und stärkte sich, während er durch die Fernsehsender zappte. Die meisten waren französisch, Talkshows mit wächsernen Frauen und Männern mit teigigen Gesichtern und stahlgefassten Brillen. Er fand einen Sportsender. Der Typ, der ihn daraus anstrahlte, war ein hässlicher Mistkerl, mit pummeligem Gesicht, hängenden Schultern und ohne Hals, wie eine ausgedrückte

Zigarettenkippe. Er stand neben einem Fußballfeld und hielt stolz die Replik eines Trikots eines französischen Erstligisten mit seinem Namen auf der Rückseite in der Hand. *Favorsky 1* stand dort zu lesen.

Der Name traf Bald wie eine Faust. Favorsky. Valery Favorsky, der Oligarch und große Rivale Viktor Klichs in der Gunst des russischen Präsidenten. Bald erinnerte sich an sein erstes Briefing mit Land in Kasachstan. Vor fünf Tagen. Schien eine Ewigkeit her zu sein. »Der Präsident musste Klich zum Schweigen bringen. Um das zu erreichen, benutzte er Favorsky«, hatte Land ihm erzählt.

Favorsky schien offenbar mit Geld nur so um sich zu schmeißen. Bald sprach ungefähr so gut Französisch wie ihm der Smalltalk über Schwulenhochzeiten und Multikulturalismus lagen, aber er musste die Sprache auch nicht sprechen, um die Zahlen zu verstehen, die durch den Ticker am unteren Bildschirmrand liefen. Zweihundert Millionen Euro für einen Fußballklub.

Ein dreifaches Klopfen unterbrach Bald. Er schaltete den Fernseher auf ›Stumm‹ und lief zur Tür. Dort ließ er sich lautlos flach auf den Boden fallen und spähte unter den etwa fünf Millimeter großen Spalt unter der Tür hindurch. Er sah zwei schwarze Motorradstiefel, die draußen im Korridor ungeduldig auf den Boden tippten.

Der Kurier.

»Ja?«, fragte Bald.

»Eine Lieferung für Mr. Palmer«, rief der Kurier unter Verwendung des Codenamens, auf den sich Bald und Land geeinigt hatten. Seine Stimme hörte sich durch die große Tür hindurch ängstlich an. Bald hängte die Kette aus und drückte die Klinke herunter. Der Kurier besaß ein Gesicht wie ein Schatten. Er trug schwarze Motorradkluft und hielt einen Helm in der linken Hand. Er trat ein, legte den Helm auf dem Tisch neben der Tür ab und schüttelte sich die Kälte aus den Schultern. Er war maximal nervös.

»Wo ist das Paket?«, fragte Bald.

»Zuerst«, antwortete der Kurier, »will ich meine fünfzehntausend sehen.«

KAPITEL 30

18:29 UHR

Bald warf dem Kurier einen wütenden Blick zu, baute sich vor ihm auf, atmete tief durch die Nase und dachte: *Ich habe keine Zeit, hier mit diesem Kameltreiber zu verhandeln, als wäre ich auf einem verdammten marokkanischen Markt.*

»Ich weiß nicht, wovon du redest«, sagte er.

Der Kurier zögerte, wollte aber nicht klein beigeben. »Ich hatte mich mit Land auf fünfzehntausend Euro geeinigt«, sagte er. »In bar. Unmarkierte Scheine.«

Bald zuckte mit den Schultern und verdeutlichte ihm damit auf kalte und unmissverständliche Weise, dass ihn das einen Scheiß interessierte.

»Hör zu, Bruder, ich will keinen Ärger«, sagte der Kurier, der schnell die Harter-Kerl-Nummer sausen ließ und jetzt so tat, als wären er und Bald schon immer die besten Freunde gewesen.

»Gib du mir einfach, was ich will, und ich gebe dir, was du willst. Simpel, oder?«

Balds Blick verfinsterte sich. »Sehe ich etwa aus wie sein verdammter Geldbote?«

Der Kurier verschränkte die Arme, trat einen Schritt zurück und sagte: »Dann haben wir ein Problem.«

»Das einzige Problem ist deine Einstellung. Wir haben einen Deal.«

»Nein, haben wir nicht. Ich habe einen Deal mit Land.«

»Ich habe keine Zeit für diesen Bullshit. Ruf ihn an.«

»Ich habe keine Nummer von ihm. Land ruft mich an, nicht umgekehrt, Mann.«

Bald verfluchte insgeheim sein Pech. Er konnte auf den ersten Blick keine Anzeichen dafür erkennen, dass der Kurier eine Waffe trug. Auch hatte er kein Paket oder eine Tasche bei sich. Vielleicht war der Typ ja noch halbwegs bei Verstand und hatte die Kanone an einem sicheren Ort versteckt, bis er seine Bezahlung bekommen hatte. So hätte Bald es gemacht, wenn er an seiner Stelle gewesen wäre. Falls der Kurier aber dumm wie Scheiße war und die Kanone mit ins Hotelzimmer gebracht hatte, würde Bald dem Quatsch mit einem einzigen Schlag auf den Nasenrücken ein Ende machen. Aber so, wie die Sache lag, würde ihm nichts anderes übrigbleiben, als Land anzurufen. Er brauchte die Waffe. Je eher er eine Kugel in Klich versenkte, umso eher würde er diesen ganzen Mist hinter sich lassen können.

»Ach verdammt«, rief er, fischte das Galaxy aus seiner Jackentasche und tippte Lands Nummer ein.

»Nein, warte«, fuhr ihn der Kurier an. Er griff sich in eine Beuteltasche an seiner Kluft. »Nimm meins«, sagte er und warf Bald ein iPhone 3 mit zersplittertem Display zu. Dann deutete er mit dem Kopf auf das Galaxy. »Hier oben kriegen Sie damit keinen anständigen Empfang.«

Bald zuckte mit den Achseln, nahm das iPhone und rief die Nummer an. Nach dem vierten Klingeln nahm jemand ab. Er hörte ein Stimmengewirr um Land und eine freundliche Lautsprecherdurchsage. Es klang, als würde er sich in einem Flughafen befinden.

»Ja, was gibts?«, erkundigte sich Land irritiert.

»Es geht um den Kurier«, sagte Bald. »Er will sein Geld.«

Ein Zischen drang aus dem Handy. »Verflucht!«

»Er sagt, dass ich das Paket erst bekomme, wenn er bezahlt wurde.«

»Ah, ja«, sagte Land und gab nervöse Geräusche von sich. »Muss ein Fehler bei der Überweisung gewesen sein. Computer, hä?« Er kicherte. »Man hat mehr Arbeit damit als etwas anderes.« Der MI6-Agent schwieg für einen Moment, dann sagte er: »Aber Sie brauchen Ihre Waffe. Nun, ich habe eine Idee. Hören Sie mir gut zu.«

Bald lauschte mit grimmigem Schweigen, während Land ihm seinen Plan darlegte. Dabei ließ er den Kurier nicht aus den Augen, der von einem Fuß auf den anderen trat, als müsse er dringend pissen. Als Land fertig war, beendete Bald den Anruf und schenkte dem Kurier ein falsches Grinsen.

»Wird er mir jetzt das Geld überweisen?«, fragte er Mann.

»Noch besser«, antwortete Bald. »Ich werde es dir in bar geben. Der Geldbote wartet ein paar Kilometer außerhalb des Ortes auf uns. Ich werde dich jetzt zu ihm bringen.«

Der Kurier knurrte. »Wieso hast du das nicht gleich gesagt?«

»Weil es eine verdammte Planänderung gab, okay?«, sagte Bald und rollte mit den Augen. »Entspann dich, es ist alles in Ordnung.« Er schlüpfte in seine North-Face-Jacke, setzte seine Strickmütze auf, trat zur Tür und schwang sie auf. »Dann los. Du willst doch bezahlt werden, oder?«

Der Kurier blieb unsicher stehen. Schließlich nickte er und lief zur Tür. Bald folgte ihm aus dem Zimmer. Er zog den Kopf ein und setzte sich eine billige Sonnenbrille auf, die er in der Tasche seines Anoraks verstaut hatte. Nun, da sein hübsches Gesicht vor den Überwachungskameras des Hotels verborgen war, folgte er dem Kurier und hechtete in den Aufzug. Dort positionierte er sich einen halben Schritt hinter der rechten Schulter des Mannes und verbarg damit sein Profil vor der Überwachungskamera in der linken oberen Ecke des Aufzugs.

Ein sanftes *Ping* verkündete ihre Ankunft im Erdgeschoss. Bald zog das Kinn an die Brust und versuchte, so wenig wie möglich Aufmerksamkeit auf sich zu richten, während er den Kurier durch die Lobby und zu den Eingangstüren führte.

Die Sonne war hinter den Bergen untergegangen und die Temperatur sofort unter null Grad gesunken. Die Kälte nagte an seinen Knochen. Bald sah, wie der Eurocopter mit knatternden Motoren über das Tal fegte. Der Himmel war nun ein Tango aus Dunkelrot- und Orangetönen. Der Schnee unter seinen Schuhen war hart. Bald stiefelte auf den Parkplatz vor dem Carrefour und dem Mégane zu.

Als der Kurier neben ihm saß und sein Bein nervös wippte, während sein Atem in der kalten Luft kristallisierte, startete Bald den Wagen. Er gurgelte und hustete. Er drehte die Heizung bis auf Ibiza auf und bog aus der Parklücke. Zwanzig Minuten später fand er den perfekten Ort: Eine einsame, geräumte Straße, die Courchevel mit einem anderen Dorf verband. Links davon ragte eine Felswand auf. Hinter dem kniehohen Schneewall auf der rechten Seite verlief ein dichter Streifen aus Koniferen und Birken, durch die man undeutlich einen zugefrorenen See dahinter erkennen konnte.

Bald warf einen letzten Blick in den Rückspiegel.

Die Luft war rein.

»Wo ist der Geldbote?«, fragte der Kurier.

Bald grinste. »Auf dem Weg. Zeig mir zuerst die Waffe.«

Der Kurier zuckte mit den Schultern, zog den Reißverschluss seiner Motorradjacke auf und holte ein braunes Päckchen hervor. Er reichte es Bald und sagte: »Du hast ja keine Ahnung, was ich durchmachen musste, um die zu bekommen.«

Bald antwortete ihm nicht. Er riss das Päckchen auf, und die aus rostfreiem Stahl bestehende Kammer einer Beretta-M9-Halbautomatik zwinkerte ihm zu. Bald konnte aufgrund des abgeschrägten Griffs und der Picadilly-Schiene an der Unterseite des Laufs erkennen, dass es sich um das neuere A1-Modell handelte. Ein Trinity-9-mm-Schalldämpfer war auf den Lauf geschraubt. Eng an die Beretta geschmiegt lagen noch zwei Fünfzehn-Schuss-Magazine darin, mit 9x12-mm-Parabellum-Geschossen geladen.

»Die Cops waren überall, sogar Hubschrauber«, fuhr der Kurier fort. »So etwas habe ich noch nie erlebt.«

Bald nahm ruhig die Beretta in die Hand. Sie fühlte sich kühl an, und ihr Gewicht verriet Bald, dass sie nicht geladen war. Er nahm eines der Magazine und schob es unten in den Griff. Ganz sanft, ohne Druck, denn das konnte dazu führen, dass sich eine Kugel in der Kammer verkeilte, was unweigerlich zu einer Ladehemmung führen würde. Dann zog Bald den Schlitten zurück, bevor er ihn wieder losließ. Der Schlitten schoss nach vorn in die geladene Position, und der resultierende Druck beförderte die erste Patrone des Magazins in die Kammer, abschussbereit.

Das entschlossene Klicken verschreckte den Kurier. Er warf Bald einen Blick zu.

»Was zum Teufel machst du da?«, fragte er.

»Gar nichts«, sagte Bald gelassen.

Dann drückte er ihm die Spitze des Schalldämpfers an die Schläfe und blies ihm das Licht aus.

Der Schalldämpfer reduzierte den Lärm der Entladung auf ein Puffen, wie ein Knall unter Wasser. Der Kurier stieß ein Todesröcheln aus, dann schnappte sein Kopf nach hinten gegen die Kopfstütze, und seine Augen rollten nach innen. Das letzte Geräusch, das er von sich gab, war das Klatschen, mit dem sein Blut gegen das Fenster spritzte. *Ffft-grunz-klatsch.* Die Laute eines sterbenden Mannes. Blut rann an dem Glas hinunter, eine Suppe aus Gehirnmasse, Knochenstücken und Knorpel, die träge der Erdanziehung folgte.

Nur, dass ein letzter Rest seines Gehirns noch funktionierte. Sein linkes Bein zitterte. Seine rechte Hand zuckte krampfhaft. Bald verzog das Gesicht. Das Problem mit Parabellum-Geschossen war die Größe der Kugel. Kleiner als viele andere vergleichbare Geschosse war deren Mannstoppwirkung begrenzt. Bald schob den Schalldämpfer zwischen die aufgeplatzten Lippen des Kuriers. Drückte ab und feuerte eine zweite Kugel in die Mundhöhle. Der Körper des Mannes zuckte ein weiteres Mal zusammen, als hätte ihn jemand an das landesweite Stromnetz angeschlossen.

Dann rührte er sich nicht mehr.

Bald machte sich eilig an die Arbeit. Er wischte das Fenster mit einem Lederlappen aus dem Handschuhfach ab, dann stieg er aus dem Wagen. Er schob sich die Beretta vorn in den Hosenbund und hastete zur Beifahrerseite, neben den von den Schneeräumern aufgetürmten Schneewall. Er öffnete die Beifahrertür und zerrte den Kurier von seinem Sitz. Dann warf er ihn über den Haufen aus frischem Schnee. Der Boden dahinter war mit verrotteten Edelweißblüten und Tannennadeln bedeckt. Die dichte Baumkette hielt das Sonnenlicht ab, und Bald spürte, wie die ohnehin bereits unangenehme Temperatur um noch ein paar weitere Grad sank. Die Kälte biss in seine Wangen.

Er ließ den Kurier hinter dem Schneewall liegen und bedeckte ihn zusätzlich mit Schnee. Er schätzte, dass zu diesem Zeitpunkt des Jahres, wenn der Schnee dicht und beinahe jeden Tag fiel, die Schneepflüge die Straßen sicherlich jede Stunde räumen würden. Sie würden die mit Schnee bedeckte und vom Schatten des Schneeberges verborgene Leiche nicht bemerken. Und jedes Mal, wenn der Schneepflug seine Runden drehte, würden sie die Leiche unter noch mehr Schnee begraben. Erst, wenn er Anfang April zu schmelzen begann, würden sie ihn finden. Dann wäre Bald schon längst über alle Berge.

Er kehrte zu dem Mégane zurück, nahm das Reservemagazin aus dem Päckchen und stopfte es sich in die Jackentasche. Er beschloss, das Chalet vorher auszukundschaften, um gut vorbereitet und mit der Lage vertraut zu sein, bevor er an diesem Abend dann hineinstürmen und Klich erledigen würde. Wenn alles glattging, würde er Courchevel bereits um Mitternacht schon wieder verlassen.

Bald war etwa einen Kilometer zurückgefahren, als er ein Fahrzeug bemerkte, das die Straße blockierte.

Ein Volvo XC90 SUV. Getönte Fenster, Schweizer Nummernschild.

Eine schlanke Gestalt stand neben dem Wagen, reckte ihm die Handflächen entgegen und forderte ihn auf, anzuhalten.

Oh Shit, dachte Bald, und ihm drehte sich der Magen um. *Ich bin aufgeflogen.*

Er schaltete den Motor ab und fuhr an den Straßenrand. Warf einen panischen Blick auf das Beifahrerfenster und sah ein paar kleine Tropfen Blut, die er übersehen hatte. In seinem Kopf ratterte es. Wie zum Teufel sollte er aus diesem Loch wieder herausfinden? Er tastete nach dem Griff der Beretta und beschloss, den Mistkerl umzulegen, falls er ihm Ärger machen sollte.

Dann sah er, wie die Person zu seinem Fenster gelaufen kam. Sie trug eine übergroße Tom-Ford-Sonnenbrille, eine schwarze enganliegende Hose und eine teure graphitgraue Jacke mit Pelzkragen. Und dann erkannte er das Gesicht, selbst hinter der wirklich riesigen Sonnenbrille. Diesen Schmollmund hätte er überall wiedererkannt.

Odessa Stone.

KAPITEL 31

19:14 UHR

Bald musterte Odessa misstrauisch. Sie blieb fünfzehn Zentimer vor seinem Gesicht stehen und gab ihm zu verstehen, auszusteigen. Das tat er, langsam. Sie nahm ihre Tom-Ford-Brille ab, ebenfalls langsam, funkelte ihn mit ihren Kronkorkenaugen an und sagte: »Du solltest wirklich vorsichtiger sein, weißt du?«

»Ich habe keine Ahnung, wovon du redest.«

»Oh, komm schon, John. Du hast es mir ja auch nicht unbedingt schwer gemacht. Ich bin dir schon auf den Fersen, seit du Courchevel betreten hast. Du bist leicht zu verfolgen. Bist nicht mal einen Umweg zu deinem Treffpunkt gefahren. Und du willst mal beim SAS gewesen sein? Tss tss tss«, spottete sie. »Du lässt nach.«

Ihr Geruch kitzelte ihn in der Nase. Selbst in Thermo-Winter-klamotten sah Odessa noch verdammt heiß aus.

»Es sind ein Dutzend MI6-Agenten in der Nähe«, sagte sie. »Wenn du mich auch nur anrührst, legen sie dich schneller um, als du denken kannst.«

»Du bluffst«, sagte Bald. »Ich bin in einer Einsamer-Wolf-Operation hier.«

Odessa lächelte Bald auf eine Weise an, wie Eltern lächeln, wenn ihr Kind ihnen seine erste beschissene Kritzelei zeigt. Beinahe rechnete er damit, dass Odessa ihm als Nächstes den Kopf tätscheln und ihm sagen würde, dass die Zeichnung auf jeden Fall an den Kühlschrank wandern würde. »Was ist los?«, fragte sie. »Traust du mir etwa nicht?«

»Ich traue nicht mal meiner eigenen Mutter«, sagte Bald und erinnerte sich, wie Odessa ihm nach der Schießerei vor dem Seven Wonders eine Knarre an den Kopf gehalten hatte. Sie hatte damit gedroht, ihn auszuknipsen, aber hatte beim ersten Aufheulen der Polizeisirenen Reißaus genommen. »Und ganz sicher vertraue ich niemandem, der sofort die Beine in die Hand nimmt, wenn die Kacke am Dampfen ist und mir ins Gesicht bläst.«

Odessas Lächeln verschwand. Sie funkelte Bald an und trat noch näher an ihn heran.

»Ich weiß, dass du wegen Klich hier bist«, sagte sie mit leiser und tödlicher Stimme. »Also kannst du entweder ganz in Ruhe mit mir mitkommen, oder ich gebe den Jungs des Extraktionsteams Bescheid, dass sie hinzukommen und dich zum nächstbesten Kliff zerren sollen. Vertrau mir, das wird nicht schön für dich enden.«

Jetzt lächelte sie Bald wieder professionell an.

»Du und ich, wir wollen das Gleiche«, sagte sie.

»Was meinst du?«

»Wir beide wollen Klich. Also kannst du entweder mit mir zusammenarbeiten und ihn schnappen, oder du kannst gegen mich arbeiten und dich in einer Welt voller Probleme wiederfinden. Deine Entscheidung.«

Bald schwieg. Er fragte sich, ob Odessa Klich in einem Leichensack serviert oder noch lebend haben wollte. Aber er schätzte, dass das keinen Unterschied machte. Solange Bald Klich zwischen die Finger bekam, konnte er ihn umlegen.

»Als wir uns das letzte Mal trafen«, sagte Odessa, »wolltest du mir verraten, wer dein Kontaktmann ist.«

»Als wir uns das letzte Mal trafen«, entgegnete Bald, »hast du mir eine Knarre an den verdammten Kopf gehalten.«

»Ich lasse mich ungern verschaukeln.«

»Ich hätte dich umlegen sollen, als ich die Gelegenheit dazu hatte.«

Odessa antwortete nichts darauf. Sie kehrte dem Mégane den

Rücken zu und trottete zu ihrem Volvo zurück. »Was glaubst du, weshalb ich überhaupt noch mit dir rede?«, fragte sie ihn.

Bald grinste. »Weil du meinem schottischen Akzent nicht widerstehen kannst?«

»Mein Kontaktmann gab mir den Befehl, mich mit dir in Verbindung zu setzen. Wir sind beide hier, um das gleiche Ziel zu erreichen. Jeder von uns will, was der andere will. Und ich brauche deine Hilfe, um Klich zu schnappen und ihn zurück nach London zu bringen.«

Bald nickte. *Noch mal Glück gehabt*, dachte er. *Odessa ist nicht klar, dass ich hier bin, um Klich zu töten. Sie denkt, dass ich den Bastard immer noch lebend fassen will. Das bedeutet, dass sie ihn ebenfalls lebend haben will.* Ein warmes Gefühl breitete sich wie Honig in seinem Bauch aus. *Ich kann das Spiel eine Weile mitspielen*, dachte er. *Und Klich zwei Schüsse verpassen, sobald ich die Chance dafür bekommen. Game Over.*

»Sprich weiter«, sagte Bald.

»Meine Befehle sind recht einfach. Beschütze Klich vor Bedrohungen von außen und warte, bis ein MI6-Extraktionsteam eintrifft und ihn übernimmt. Simpel, oder?«

»Simpel«, antwortete Bald.

»Klich ist nicht allein«, sagte Odessa.

Bald versuchte, nicht überrascht auszusehen. »Land sagte mir, ihm wären die Leibwächter ausgegangen.«

»Klich hat Verstärkung bekommen. Drei Einen-Meter-achtzig-große Muskelberge.«

»Wann hat er denn die Zeit gefunden, sie zu rekrutieren und zu überprüfen?«, fragte Bald und kniff die Augen zusammen.

»Was weiß ich.« Odessa blies sich über die Unterlippe Luft ins Gesicht. »Der Punkt ist, dass wir wegen den Extra-Leibwächtern den Plan ändern mussten. Das Extraktionsteam errichtet gerade einen Rendezvous-Punkt außerhalb von Courchevel. Ich muss Klich festsetzen und ihn ins nächste Dorf bringen. Aber ich muss die Leibwächter ablenken, um an Klich heranzukommen.«

Odessa blieb vor der Tür ihres Wagens stehen und lächelte Bald mit ihren Augen an. »Und da kommst du ins Spiel«, sagte sie.

»Klich ist immer noch in dem Chalet?«

Odessa nickte. »Er schmeißt da 'ne Party.«

»Eine Party. Aber Land meinte, er würde versuchen, kaum aufzufallen.«

Odessa schüttelte den Kopf. »Der Mann ist ein Partylöwe. Die Party ist DAS Gesprächsthema in der Stadt. Alle namhaften Vertreter der russischen Gesellschaft werden erwartet. Alle Oligarchen. Und ein paar Politiker. Natürlich nur auf Einladung.«

»Wieso sollte Klich seine Feinde zu seiner Party einladen?«

Odessa zuckte mit den Schultern. »Das kann ich dir auch nicht sagen.«

Bald schob seine Verwirrung beiseite und sah auf seine Aquaracer: 19:20 Uhr. Die Nacht hatte sich auf Courchevel herabgesenkt. Hoch oben in den Bergen, wo sich die größten Chalets an den Hängen erhoben und ihren Besitzern einen fantastischen Ausblick über die Hotels und Häuser unten im Dorf gewährten, flackerten Lichter wie Kerzen auf. In den Alpen galt die Regel: Je höher man wohnte, umso teurer war das Preisschild. Klich lebte ganz oben auf dem Berg. Aber eine Kugel würde das ändern.

»Scheiß drauf«, sagte er. »Versuchen wir es.«

Dann schoss ihm ein Gedanke durch den Kopf. »Er wird mich wiedererkennen«, sagte er. »Klich. Sobald ich meinen Fuß in sein Haus setze.«

Odessa lachte und schüttelte gleichzeitig den Kopf, als würde sie sich an einen schmutzigen Witz erinnern, den Bald nicht kannte. »Klich wird dich nicht erkennen«, erklärte sie, »denn du wirst eine Maske tragen.«

Bald runzelte die Stirn.

»Wieso zum Teufel sollte ich eine Maske tragen?«

Odessa sah ihn an. Ihre Augen funkelten vor Aufregung.

»Es ist eine besondere Art von Party.«

KAPITEL 31

20:21 UHR

Odessa fuhr. Bald saß auf dem Beifahrersitz und sah aus dem Fenster. Sie waren eine steile Straße hinaufgefahren, die aus dem Tal nach oben führte, und befanden sich nun bereits weit über Courchevel, auf dem Weg zu dem Chalet. Weit unterhalb konnte Bald das von innen beleuchtete Fleming Hotel sehen, obwohl es aus dieser Entfernung mehr nach einem Croûton aussah. In der Ferne konnte Bald das Rollfeld des Flughafens von Courchevel ausmachen. Er lag etwa auf ihrer Höhe, wie ein riesiges schwarzes Hufeisen geformt, und hockte um die zweitausend Meter über dem Meeresspiegel auf einem anderen Berggipfel.

»Der siebtgefährlichste Flugplatz der Welt«, erklärte Odessa.

Bald reckte den Hals. Der Anflug sah verdammt brenzlig aus. »Wenn das Nummer sieben ist, tun mir die armen Mistkerle leid, die auf dem Gefährlichsten landen müssen.«

»Princess Juliana International, auf Sankt Martin«, erwiderte Odessa wie aus der Pistole geschossen, und Bald fragte sich, woher sie all das wusste.

Rote und gelbe Lichter blinkten entlang der Landebahn. Ein ohrenbetäubendes Dröhnen war zu hören, und dann katapultierten einige der Lichter die Landebahn entlang und schwangen sich hoch in den Nachthimmel auf, wie ein Skifahrer, der von einer Schanze sprang. Schnell verwandelte sich der Umriss in die unverwechselbare Form einer Beechcraft Baron. Die zweimotorige Maschine brummte über Bald hinweg, bevor sie die Wolkendecke durchbrach und verschwand.

Je weiter sie die Bergstraße hinauffuhren, umso enger wurde jede weitere Kurve. Odessa nahm sie schnell und nach Balds Geschmack ein wenig zu eng. Ein Schild warnte vor Lawinen und Steinschlägen, und ein anderes wies darauf hin, dass sie noch fünfzig Meter vom Gipfel entfernt waren.

»Wenn wir auf der Party sind, dann lokalisiere Klich und bleib die ganze Zeit über an ihm dran«, sagte Odessa. Sie benahm sich nun ganz professionell. Der süße Augenaufschlag und das Honiglächeln waren wie weggefegt. »Lass ihn nicht aus den Augen.«

Bald nickte.

»Was ist mit dir?«, fragte er.

»Ich werde die drei Leibwächter ausfindig machen und sie lange genug beschäftigen, damit du Klich auf den Rücksitz befördern kannst. Dann fahren wir zu dem Treffpunkt. Die Fahrt von dem Chalet dauert fünfundvierzig Minuten. Mit etwas Glück haben wir es vor Mitternacht hinter uns gebracht.«

Odessa umklammerte das Lenkrad fester. »Du hast mir noch nicht erzählt, was aus Joe geworden ist«, sagte sie.

»Weil es mich nicht die Bohne interessiert«, antwortete Bald.

»Er sagte, ihr wäret Freunde.«

»Da hat er sich geirrt.«

»Wie das?«

Bald starrte auf Courchevel hinunter, bevor er ihr antwortete. »Ich habe gewisse Entscheidungen getroffen, er hat gewisse Entscheidungen getroffen. Aber Joe hat nie etwas auf die Kette bekommen. Er war einfach nicht clever genug. Er tat immer nur, was man ihm sagte, befolgte seine Befehle. Aber das ist eine beschissene Welt. Wenn du es zu etwas bringen willst, musst du bereit sein, andere Leute zu verarschen. Jemandem auf die Füße zu treten. Joe war zu naiv.«

Odessa schwieg.

»Freunde?«, wiederholte Bald noch einmal für sich und spie das Wort aus, als wäre es kalter Tee.

Als sie den Gipfel erreichten, erblickte Bald als Erstes die Seilbahnstation im Norden. Zwei Gondeln hingen vier Meter über dem Boden, die mit zwei Meter hohen Metallwellen an eine zweispurige Schlepptrosse befestigt waren, dessen Stahlseile aus dem Terminal, über den Abhang und hinunter nach Courchevel führten. Jede Gondel schien imstande, um die einhundert Passagiere aufnehmen zu können. Ein Elektromotor nahm die Basis des Terminals ein. Das Dach des Terminals war mit Wellblech bedeckt, und eine metallene Wendeltreppe führte vom Boden zu den Türen der Gondel hinauf.

Bald blickte nach Osten, zu Klichs Chalet. Es stand direkt an einem Kliff, besaß ein holzgedecktes Dach und eine Fachwerk-Fassage akzentuiert mit barocker Dekoration. Leuchtfeuer flackerten zu beiden Seiten der geschnitzten Säulen am Haupteingang.

Odessa bremste ab, als sie sich dem Chalet näherten. Sie passierten eine Reihe von Limousinen, die am Straßenrand entlang geparkt waren. Chauffeure vertrieben sich die Zeit, einige von ihnen lehnten an den Fahrertüren und rauchten Zigaretten, andere hatten sich zu kleinen Grüppchen versammelt und ließen einen Flachmann herumgehen. Sie musterten den Volvo misstrauisch. Als sie die Limousinen hinter sich gelassen hatten, fuhr Odessa rechts heran, etwa fünfzehn Meter vor den Toren des Chalets. In dem Gebäude brannten Lichter und leuchteten apricotfarben in der pudrigen Dunkelheit. Die meisten Chalets waren so errichtet, dass sie auf das Tal hinaussahen, und Klichs Anwesen bildete da keine Ausnahme. Die Fenster zeigten alle nach Süden, und von seiner Position in dem Volvo aus konnte Bald keinen Blick ins Innere des Chalets werfen. Überhaupt konnte er nur wenig sehen, außer dem schmiedeeisernen Doppeltor, welches den Eingang bewachte, und dem schaumigen Schnee, der wellenförmig das Dach bedeckte und von zwei Reihen aus Baumstämmen daran gehindert wurde, über den Rand zu rutschen.

Bald wollte aus dem Volvo steigen, aber die Schmerzen ließen ihn verkrampfen. Sie verrieten ihm, dass die Nähte an seiner Wunde im Arsch waren. Aziz hatte es versemmelt, da war er sich sicher. Er versuchte, den Schmerz zu verdrängen.

»Vergiss die hier nicht«, sagte Odessa, klappte das Handschuhfach auf und fischte eine schwarze Maske für einen Maskenball heraus, verziert mit geflochtenen Schnüren und einem Seidenband, um sie sich umzubinden. Sie reichte sie Bald. Dann stieg sie aus dem Wagen und sagte: »Folg mir.«

Bald glitt in die stahlkalte Nacht hinaus. Er lief, so schnell es ihm seine Schmerzen gestatteten, und konnte gerade so mit Odessa Schritt halten, die zielstrebig auf das schmiedeeiserne Tor zulief. Der Schnee knirschte unter ihren Füßen. Bald erspähte die Silhouette eines Rolls Royce Phantom in der Auffahrt. Odessa und Bald huschten durch eine Lücke zwischen den beiden Toren und näherten sich dem Vordereingang. Bald hörte Stimmen aus dem Inneren des Hauses dringen, ausgelassener Gesang und Maracas und Akkordeons und Mandolinen. Irgendeine Art von traditioneller Musik, wie er annahm.

Odessa führte Bald in eine etwa fünf mal fünf Meter große Eingangshalle. Der satte Duft von Mahagony und Leder begrüßte sie, zusammen mit dem teuren Ploppen von Champagnerkorken und einem Chor aus Gelächter und amüsierten Stimmen.

Irgendwo da drin ist Klich, dachte Bald. *Alles, was ich brauche, ist, einen Moment allein mit dem Typen zu sein. Ihm zwei Kugeln zu verpassen und abzuhauen. Odessa und ihre verdammte Agenda interessieren mich nicht.*

Er folgte ihr durch einen gewölbten Durchgang in das Hauptwohnzimmer von der Größe eines Tennisplatzes und einer drei Meter hohen Balkendecke. Das Wohnzimmer war so eingerichtet, um alle Funktionen einer Lounge erfüllen zu können, Rezeption und Essbereich, mit Ledersofas, die um einen teuren steinernen Kamin angeordnet waren, und einem wuchtigen Esstisch, der neben einer Glasschiebetür positioniert war, die als Abtrennung zwischen dem Wohnbereich und einem Balkon mit Marmorboden diente. Bald war beeindruckt. Die Inneneinrichtung sah aus, als hätte jemand versucht, das Schloss Versailles in einem Chalet nachzubauen. Er sah zu dem riesigen Kronleuchter auf, der von der Decke hing. Die Wände waren mit goldenen kyrillischen Buchstaben verziert.

Bald schätzte, dass sich sechzig Frauen und Männer in dem Raum befanden, die sich in ihrer russischen Muttersprache unterhielten. Die Menge schien völlig von einer Band gefangen zu sein, die auf hölzernen Stühlen vor dem Kamin saß, bekleidet mit traditionellen russischen Gewändern, die aus roter Seide bestanden, verziert mit einer goldenen Borde, die um den Kragen und in der Mitte der Vorderseite hinunter verlief. Die Bandmitglieder waren die Einzigen, wie Bald auffiel, die keine Masken trugen. Alle anderen in der Menge hatten Bald den Rücken zugekehrt und sahen der Band zu. Zuvor noch hatte sich Bald insgeheim gefragt, ob es klug war, in Jeans und Anorak auf einer hochkarätigen Veranstaltung aufzulaufen. Aber nun sah er, dass sie Hälfte der Besucher die gleichen Klamotten trugen. Ganz so, als würde eine Art privater Wettstreit stattfinden, wer von ihnen wie der schäbigste Milliardär der Welt aussehen konnte.

Auf zehn Uhr und außerhalb des Raumes bemerkte Bald zwei hölzerne Treppen. Eine verlief nach oben, die andere nach unten. Alle paar Minuten sah er ein Paar aus der Menge ausscheren und zu der Treppe laufen. Die Paare liefen ausnahmslos die Treppe hinab.

»Ich werde nach oben gehen«, sagte Odessa.

»Was gibts da oben?«, fragte Bald, nachdem er bemerkt hatte, dass niemand erpicht darauf schien, nach oben zu gehen.

»Klichs privates Büro und sein Fitnessraum. Seine Leibwächter sind da oben.«

Odessa ließ Bald stehen, bevor der noch etwas dazu sagen konnte. Er wandte sich von ihr ab und musterte stattdessen die ungefähr sechzig Masken, die die Gesichter der Gäste bedeckten. *Wie zum Teufel soll ich auf diese Weise Klich finden?*, dachte er.

»Gefällt es Ihnen hier?«

Die Stimme hörte sich beinahe komatös an und kam von irgendwo hinter ihm. Bald drehte sich einmal um die eigene Achse und sah eine Rothaarige in einem schwarzen, paillettenbesetzten Kleid mit Nackenband, einer Diamantkette um ihren schlanken Hals und goldenen Armreifen an beiden Handgelenken vor sich. Sie bestand hauptsächlich aus Arsch und Titten, beides falsch. So mochte Bald es am liebsten.

Sie sah aus wie das Mädchen von nebenan, wenn man Beverly Hills sein Zuhause nannte. Eine venezianische Maske bedeckte ihr Gesicht von den Wangen aufwärts. Die Maske war leuchtend weiß, die Farbe von Zucker, und mit einem goldenen Zickzack-Muster versehen, um einen Harlekin-Effekt zu erzielen. Kleine Diamanten säumten den Rand der Maske. *Ihr Aufzug kostet wahrscheinlich mehr, als ich je in meinem Leben verdient habe*, dachte Bald.

»Sie sind kein Russe«, sagte die Rothaarige. »Russische Männer sind alt und fett.«

Bald schürzte die Lippen. Er musste Klich finden. Aber drauf geschissen, flüsterte eine schlangenhafte Stimme in seinem Bauch. Wieso lässt du es dir nicht einfach ein wenig gut gehen, bis du den Kerl gesehen hast? Bald lebte nach dem Mantra, niemals eine gute Gelegenheit sausen zu lassen, besonders dann nicht, wenn sie in Form von zwei falschen Titten daherkam. Er lächelte die Rothaarige an. Sie trank ihren Champagner aus und winkte einer vorbeilaufenden Blondine in einem Häschenkostüm zu, ihr nachzufüllen. Bald schnappte sich ein Glas von dem silbernen Tablett und verschlang ein paar Canapés von einem anderen. Er spülte sie mit einem Bollinger hinunter und ließ dabei unablässig seinen Blick über die Menge schweifen, auf der Suche nach dem Oligarchen.

»Suchen Sie nach jemandem?«, fragte die Rothaarige.

»Ja, einen Kumpel von mir.«

»Wie lautet sein Name?«

»Viktor Klich.«

Die Rothaarige hätte sich beinahe verschluckt, dann lächelte sie ihn amüsiert an. »*Sie* sind ein Freund von Viktor Klich?«

Bald nickte. »Wir kennen uns von früher.«

»Kommen Sie«, sagte sie und nahm seine Hand. »Er ist unten.«

Bald leerte seinen Bollinger und ließ sich von der Frau durch die Menge führen. Er war froh, nach unten gehen zu können, denn die Volksmusik ging ihm zunehmend auf den Sack. Die Musiker ernteten erneuten Applaus, als Bald die erste Stufe nach unten betrat. Er stieg hinter der Rothaarigen die Stufen hinunter und sein Herz hämmerte gegen seinen Brustkorb.

Am Ende der Treppe führte sie ihn in einen schmalen, schwach beleuchteten Gang. Der Boden war aus Holz und die Wände aus freiliegendem Felsen. Kerzen, die in kleinen Nischen in der Wand eingelassen waren, warfen ein unzureichendes Licht in den Gang. Er führte in eine Höhle hinab. Weiter als vier oder fünf Meter konnte Bald die Dinge nicht mehr deutlich erkennen, aber es tanzten vage Schatten herum. Er sah das Schimmern von etwas, das ein Pool zwischen einem Kreis aus Felsen zu sein schien. Er hörte das Tropfen von Wasser, das Klirren von Champagnergläsern und das Stöhnen und ekstatische Schreie, welches von den Silhouetten ausging.

Die Rothaarige lächelte Bald zu, während sie aus der Passage und in einen großen Raum führte, etwa zwölf Meter breit und ebenso lang. Neonlichter waren an dem nackten Felsen auf neun Uhr befestigt und tauchten den Raum in ein mondblaues Leuchten. Die Musik von oben drang durch die Decke, gedämpft und verzerrt, und Bald war dankbar für die Ruhe in diesem Raum. Er warf einen Blick auf einen flachen Pool zu seiner Linken, und dabei wären ihm beinahe die Augen herausgefallen. Zwei alte Säcke hielten sich neben dem Becken auf. Sie trieben es gleichzeitig mit einer dunkelhaarigen Frau in kniehohen Fick-mich-Stiefeln. Rechts von ihm befand sich eine Sauna. Bald konnte zwei Paare durch die Glastür erkennen. Die Frauen waren vor den Männern in die Knie gegangen. Die Männer wirkten sehr zufrieden mit sich selbst und klatschten einander ab. Binnen weniger Minuten hatte er noch ein Dutzend anderer Paare erspäht, die es miteinander auf dem Boden, an den Felswänden oder einfach im Stehen trieben.

KAPITEL 33

20:45 UHR

Die Rothaarige leckte sich die Lippen und befummelte Bald zwischen den Beinen. Er bekam einen Ständer. Versuchte, sich umzusehen und auf seine Mission zu konzentrieren. Aber er konnte keines der Gesichter hinter den Masken ausmachen. *Einer dieser Männer muss Klich sein,* dachte er. *Aber wer, verdammt noch mal?*

»Was ist los?«, fragte die Rothaarige schüchtern. »Keine Lust auf etwas Spaß?«

Bald schwieg. Er wollte definitiv etwas Spaß haben. Aber zuerst musste er sein Ziel in die Finger kriegen und dann zu dem Volvo zurück. Danach konnte er so viel vögeln, wie er wollte.

»Wo ist Viktor Klich?«, fragte er.

Die Frau zuckte mit den Achseln und löste ihre Schulterträger, sodass ihre falschen Titten herausfielen und danach schrien, von Bald liebkost zu werden. Eigentlich hätte er sich für den Fick seines Lebens vorbereiten sollen. Aber sein Fokus galt immer noch den anderen Silhouetten.

Wo ist Klich?, fragte er sich erneut. Er erspähte ein paar Umrisse am hinteren Ende des Raumes. Schatten. Aber der Blick auf sie war teilweise von einem dürren Kerl verstellt, der soeben die Klamotten von einer geradezu morbide fettleibigen Frau knabberte, um danach sein Gesicht in ihrer Muschi zu vergraben.

Die vor Bald stehende Rothaarige fuhr langsam mit ihrem Finger an seinem Bauch hinunter und berührte dabei ganz leicht seine Wunde, was ihn zusammenzucken ließ. Dann stieg sie aus ihrem Kleid, bewegte sich noch näher an ihn heran, und ihre Titten strichen dabei über seine Brust.

»Bleib doch ein wenig«, sagte sie. »Dein Freund kann warten.«

»Das denke ich nicht«, antwortete Bald. Er ließ die Rothaarige stehen und inspizierte den Raum. Lief um einen Mann und ein Mädchen herum, die in umgekehrter Cowgirl-Pause auf ihm ritt. Der Mann war etwa neunzig, das Mädchen etwa neunzehn. *Typisch*, dachte Bald bei sich. *Da bin ich schon mal auf einer Orgie und muss mich darauf konzentrieren, einen Mann umzulegen.* Ganz hinten in dem Raum sah er ein Paar. Ein Mann, noch immer in seinem guten Anzug und mit einer goldenen Joker-Maske, die sein gesamtes Gesicht verdeckte. Vor ihm kniete eine Frau und saugte ihn aus. Der Mann trug einen Metallkoffer mit zwei klobigen, silbernen Verschlüssen und einem Zahlenschloss bei sich. Der Koffer war mit einer Handschelle an seinem rechten Handgelenk befestigt. Das machte Bald neugierig und er hielt auf ihn zu. Er hatte ihn beinahe erreicht, als sich seine Hand um seinen Bizeps legte und die Stimme der Rothaarigen hinter flüsterte. »Willst du mich denn nicht?«

Bald wirbelte herum. Für diesen Tag hatte er genug, an der Nase herumgeführt zu werden. Er packte die Rothaarige am Handgelenk und schloss seine Hände um ihren goldenen Armreif. Sie versuchte, ihre Hand freizubekommen, aber Bald hielt sie mit stahlhartem Griff fest und verdrehte ihren Arm so weit, um sich ihrer Aufmerksamkeit sicher zu sein.

»Au«, rief sie. »Sie tun mir weh.«

»Wo ist Klich?«

»Da«, sagte sie und nickte der Gestalt mit der Joker-Maske zu.

Sie versuchte, sich von ihm zu befreien, und Bald reagierte, indem er sie schüttelte, was ihre Maske herunterfallen ließ. Die Haut in ihrem Gesicht erinnerte ihn an Döner-Fleisch. Er stieß sie von sich und sah nun, dass sie eine alte Schlampe war. Ihre Beine waren die reinste

Hügellandschaft aus Krampfadern und Cellulite. Bald ekelte es allein von ihrem Anblick. Dann wirbelte er herum und schritt auf den Mann mit der Joker-Maske zu.

»Hey«, kreischte die Rothaarige. »Haltet ihn auf!«

Ein Dutzend Köpfe fuhr zu Bald herum. Klich machte plötzlich einen Satz zurück, weg von der Frau, die ihm gerade einen blies, zog sich selbst den Reißverschluss zu und blieb für eine Sekunde stehen, um Bald anzusehen. Die Jokermaske grinste ihn an. Dann stürmte er, seinen Metallkoffer unter den Arm geklemmt, zu einer Seite des Raumes davon. Bald wollte ihm nachjagen, aber zwei Hände aus der Sauna griffen nach ihm. Ein nackter Mann mittleren Alters mit einem Bart wollte verhindern, dass er zu Klich aufschloss. Bald stieß ihm hastig das Knie in die Eier. Der Mann krümmte sich vor Schmerz zusammen, und Bald packte ihn, zerrte ihn zu dem Saunaofen und stieß mit einer ähnlich schnellen Bewegung seinen Kopf auf die heiße Oberfläche, dann griff er nach dem Eimer Wasser und kippte ihn über seinem Kopf aus. Der Kerl heulte gequält auf, als der brühend heiße Dampf in seinem Gesicht Blasen schlug und ihm die Haut ablöste. Die anderen Männer in dem Raum verfolgten das Schauspiel vorsichtig und überlegten, wie viel Sinn es machen würde, zu versuchen Bald aufzuhalten. Die Rothaarige schien sich solche Gedanken nicht gemacht zu haben. Sie bearbeitete Balds Rücken mit lächerlichen Faustschlägen. Er stieß sie gegen die Felswand. Niemand half der Rothaarigen wieder auf die Beine.

Der Oligarch kletterte unterdessen bereits eine Leiter an der Felswand zu einer Falltür hinauf. Er hatte fast die Hälfte hinter sich gebracht. Würde davonkommen. Bald legte einen Zahn zu. Fünf Meter, und dann war er ihm so nahe, dass er den Mistkerl beinahe hätte packen können. Zwei Meter, und er sah, wie Klichs obere Körperhälfte durch die Falltür verschwand. Er griff nach dessen Schuh, bevor er verschwinden konnte. Aber Klich hatte das vorausgeahnt und trat nach Bald. Die Spitze seines Schuhs traf Balds Auge. Er rutschte ein paar Sprossen hinunter, und als er das Gleichgewicht wiedererlangt hatte, war Klich bereits auf und davon. Die Falltür fiel krachend zu.

Nein, dachte Bald. *Nicht dieses Mal.*

Als Bald sich die hölzernen Sprossen der Leiter hinaufkatapultierte, brannten seine Handflächen. Oben angekommen hämmerte er wütend gegen die Falltür. Sie erzitterte in ihren Angeln, denn nur ein primitives Schloss hielt sie geschlossen. Bald hieb ein zweites Mal dagegen, dieses Mal fester, das Schloss gab nach und die Falltür schwang auf. Bald hörte panische Schritte durch den Schnee hasten und sah über sich ein viereckiges Stück Nachthimmel, voller Sterne, die so grell leuchteten, als würden sie wie Diamanten direkt vor seinen Augen baumeln. Er zog sich durch die Öffnung und kroch auf eine sanfte Decke aus Schnee. Die Falltür befand sich nur wenige Meter vom Rand des Kliffs entfernt. Rechts von ihm stand das Chalet, links von ihm eine Gruppe Birken.

Er zog seine Beretta und sah sich um. Keine Spur von Klich. Wo zur Hölle steckt er?

Schneeflocken fielen auf ihn herab, dick und schnell, nahmen ihm die Sicht, aber dann erspähte er ein paar Fußspuren, die den frischen Schnee plattgetreten hatten. Sein Blick folgte ihnen nach Norden, zu dem schmiedeeisernen Tor vor dem Chalet. Bald blickte gerade noch rechtzeitig in diese Richtung, um das Dröhnen eines Wagens zu hören, durch den Schneefall gedämpft und leise, und dann sah er Klich auf den Phantom zueilen. Der Oligarch warf sich auf die Rückbank, und der Chauffeur setzte rückwärts aus der Parklücke und vollführte eine Neunzig-Grad-Drehung. Der Wagen sah nun die Straße entlang, die von dem Chalet weg und wieder zurück ins Dorf führte. Seine Scheinwerfer durchschnitten den fallenden Schnee, Abgas quoll wild aus dem Auspuff, und die Reifen quietschten. Von dort, wo Bald stand, konnte er die Seite des Wagens sehen. Zwölf Meter entfernt. Noch ein paar Sekunden, dann würde der Phantom der Straße folgen, und Bald würde Klich auf Wiedersehen sagen müssen.

Und damit auch auf Wiedersehen zu seinem neuen Leben.

Was Bald als Nächstes tat, geschah rein instinktiv, war ihm in Fleisch und Blut übergegangen. Das Resultat der Jahre des Trainings im Regiment, im Killing House sowie im Einsatz. Handlungen, die er hunderte

Male eingeübt hatte, bis sie sich in sein Muskelgedächtnis eingegraben hatten. Er legte die Beretta an, die Ellenbogen versteift und an die Seiten gepresst, und die Arme auf Brusthöhe gehoben. Er spähte über das Visier hinweg auf das Fahrerfenster des Phantom, fokussierte auf das Korn, das er zwischen die beiden hinteren Erhebungen auf der Waffe ausrichtete. Die Kimme war nun stark verschwommen, wie ein Schwalbenschwanz im Flug, und das Fahrerfenster etwas unscharf. Bald atmete aus, um die Muskeln an seinem Hals und der rechten Schulter zu lockern, hielt seinen Unterarm aber angespannt und das Handgelenk fixiert. Genug Anspannung, um den Schuss in die Mitte seines Ziels abgeben zu können, aber auch nicht zu sehr, um nicht zu steif zu sein.

Er drückte ab.

Die Beretta schnellte in seiner Hand ein wenig nach oben, als sie den ersten Schuss bellte. Der Schlitten schnellte zurück und warf die leere Patronenhülse an der Seite aus. Bald konnte beinahe spüren, wie sich die einzelnen Teile in der Beretta bewegten. All die Komponenten griffen ineinander. Die Bewegungsenergie drückte die Rückholfeder im Inneren der Waffe zusammen. Der Bolzen schoss nach vorn, löste die Feder und zwang eine frische Patrone aus dem Magazin in den Lauf.

Bald gab zwei weitere Schüsse in rascher Reihenfolge ab, und die mechanischen Komponenten der Waffe folgten den Befehlen. Das *Fftt* jedes Schusses wurde vom Schnee gedämpft. Bald bezweifelte, dass irgendjemand in dem Chalet die Schüsse hören würde. Nur das freundliche Splittern von Glas war zu vernehmen, als die ersten beiden Schüsse in das Beifahrerfenster trafen, die dritte Kugel bohrte sich in die Tür darunter. Bald konnte nicht in den Wagen blicken, aber eine Hundertstelsekunde, nach dem die ersten beiden Kugeln in ihr Ziel eingeschlagen waren, kam der Phantom mit einem Ruck zum Stehen, und Bald wusste, dass sie Wunder gewirkt und den Fahrer festgenagelt haben mussten. Etwas weiter voraus sah Bald die Chauffeure vor der Reihe der geparkten Limousinen ihre Zigaretten in den Schnee werfen und in Deckung springen: manche von ihnen in die Büsche, andere hinter die Autos.

Bald setzte sich in Bewegung. Behielt den Phantom weiter im Visier, den Zeigefinger wachsam um den Abzug gelegt. Der Phantom stotterte. Bald rechnete nach. Fünfzehn Schuss in einem Magazin. Minus der drei Kugeln, die er eben abgefeuert hatte, und den zweien, die er für den Kurier aufgewendet hatte, er hatte insgesamt fünf Schuss verbraucht. Damit blieben ihm noch zehn Schuss in diesem Magazin, plus das Reservemagazin. Also standen ihm noch fünfundzwanzig Schuss 9x19mm-Parabellum zur freien Verfügung.

Mehr als genug, um Klich umzulegen.

Er ließ seine Arme um ein paar Grad sinken, als würde er nun auf eine imaginäre Taille zielen. Dann gab er zwei Schuss auf das Vorderrad ab. Der erste ging daneben, aber der zweite durchlöcherte den Reifen. Der Phantom sackte auf der linken Seite ein. Der Reifen tat zischend seine Verzweiflung kund, und der Motor ächzte.

Ich hab ihn, dachte Bald und ließ das Chalet hinter sich. Noch zehn Meter bis zu dem Phantom, und er beschleunigte seinen Schritt. Noch acht Meter. Bald begann, sich der hinteren Beifahrertür zu nähern. Rechnete damit, sie aufreißen zu müssen, um Klich seiner Beretta M9 vorzustellen.

Dann aber schwang die Tür auf und das gefährliche Ende einer Heckler-&-Koch-UMP schob sich aus dem Spalt. Zielte auf Bald. Den Schützen konnte er nicht sehen, nur die Waffe und die Hand, die sich um den Griff gelegt hatte. Dann schossen Flammen wie gierige Zungen aus der Mündung der Maschinenpistole, als diese auf ihn das Feuer eröffnete. Eine Dreischusssalve. Drei heiße Bleikugeln schlugen nur einen Fußbreit vor Bald in den Schnee, überzogen ihn mit geschmolzenem Schneematsch und ließen ihn in Panik und im Zickzack von dem Phantom wegrennen. Hinter den Birken auf fünf Uhr ging er in Deckung, warf sich zu Boden, als die UMP eine zweite Dreischusssalve abgab. Dieses Mal schlugen die Kugeln in den Bäumen über Bald ein, während er flach auf dem Boden lag, und deckten ihn mit heißen Holzsplittern ein. Das Rattern der Schüsse wurde durch den Schnee abgedämpft.

Ka-rump! Ka-rump. KA-RUMP!

Die dritte Kugel torpedierte in einen Baumstamm keine fünfzehn Zentimeter von Bald entfernt, auf Höhe seines Kopfes. Ließ zerschreddertes Holz in sein Gesicht stieben. Er presste sich noch tiefer auf den Boden und kroch weiter zwischen die Bäume, benutzte seine Knie und Ellenbogen, um sich durch den Schnee zu schleppen. Kroch wie eine Spinne und brachte mehr Bäume zwischen sich und den Schützen in dem Phantom. Er duckte sich hinter einen dicken Baumstamm, als eine dritte Salve aus dem Auto aufflackerte, durch die Nacht hallte, durch die Bäume mähte und Stämme und Äste zerbersten ließ. Die Kugeln pfiffen und heulten an Bald vorbei und verschwanden über den Rand des Kliffs. Er umklammerte seine Beretta und hielt die Luft an.

Dann hörten die Schüsse auf.

Bald wartete einen, zwei Herzschläge lang, dann spähte er zu dem Phantom zurück.

Alle vier Türen waren geöffnet. Frische Fußspuren waren in den Schnee eingesunken und führten weg von dem Wagen. Bald folgte ihnen. Durch eine kurze Lücke in dem Schneetreiben konnte er vier Umrisse zwanzig Meter weit entfernt erkennen. Einer von ihnen hatte einen Koffer an seinem Handgelenk hängen. Zorn kochte in Bald hoch, als er Viktor Klich entkommen sah. Er hatte allem Anschein nach ein Team aus drei Leibwächtern um sich geschart, bestehend aus zwei geradezu monströs muskulösen Schwergewichten in Anzügen und einer dritten Gestalt, dürr aber hochgewachsen und mit einer hellgelben Strickmütze auf dem Kopf. Die beiden Schwergewichte sahen wie Brüder aus, besaßen breite Schultern und Brustkörbe wie Bierfässer. Einer von ihnen war kahlgeschoren für diesen ganz besonderen Neo-Nazi-Look. Der andere hatte kurze schwarze Haare. Alle drei schwangen UMPs herum.

Sekunden später entfesselte Neo-Nazi aus dreißig Metern eine weitere Dreischusssalve auf Bald. Die Kugeln peitschten in die Baumstämme und belohnten Bald für seine Mühen mit einem Gesicht voller Splitter. Sie zielten schlecht. Sich rückwärts durch den Schnee zurückziehend und dabei ihre Maschinenpistolen aus der Hüfte abfeuernd plus der Entfernung und den Lichtverhältnissen, waren ihre Chancen, Bald wirklich zu treffen, eher gering.

Er fragte sich, wo Klich hin wollte. Er hatte keinen Wagen mehr. Und was war aus Odessa geworden? Sie war nirgendwo zu sehen.

Dann sah er, wie Klich und seine Leibwächter nach rechts ausbrachen.

Und auf die Gondeln zuhasteten.

KAPITEL 34

21:09 UHR

Zwanzig Meter trennten Klich vom Terminal der Seilbahn. Bald spurtete aus der Baumgruppe und hielt vorsichtig auf den Phantom zu, der ihm zumindest etwas Deckung geben würde. Die UMPs flackerten auf und tauchten den Schnee in Blitze aus wächsernem Licht. Die Schüsse schlugen hinter Bald in den Schnee, als dieser hinter dem Kühlergrill des Phantom in Deckung rutschte. Der Chauffeur lag einen Meter rechts von ihm auf dem Boden und starrte mit leeren Augen in den Schnee. Er trug einen verwunderten Ausdruck im Gesicht, als würde er sich fragen, wo er seine Brieftasche verloren hatte. Bald wollte schon aus der Deckung hinter dem Phantom springen und Schüsse auf Klich abfeuern, aber das Getöse ratternder Dreischusssalven und die Kugeln, die das hintere Ende des Wagens durchlöcherten, zwangen ihn wieder zurück.

Dann ließen die Schüsse für einen Moment nach. Bald zählte bis drei. Bei drei sprang er auf und riss gleichzeitig die Beretta nach oben. Er sah Klich und das Team aus Leibwächtern fünfzig Meter vor sich. Klich schleppte sich schwerfällig zu dem Terminal hinauf und stieg dann die Metallstufen hinauf, die zu der Passagiergondel auf der linken Plattform führten. Der Koffer baumelte von seinem Handgelenk und schlug gegen das Geländer. Die drei Leibwächter bewegten sich in enger Formation hinter Klich und stiefelten die Stufen in riesigen, schwerfälligen Schritten hinauf, als würden sie über Leichen hinwegsteigen müssen.

Bald erwog, ein paar Schüsse auf die Gondel abzufeuern. Aber die Entfernung zwischen ihm und der Gondel betrug mindestens sechzig Meter. An einem guten Tag besaß die Beretta M9 eine effektive Reichweite von um die fünfzig Meter. Und heute war kein guter Tag.

Strickmütze zog scheppernd die Tür der Gondel hinter sich zu. Bald sprang aus der Deckung hinter dem Phantom und hastete über den Gipfel auf die Gondel zu. Sein Magen rebellierte. Er konnte seine Zehen nicht mehr spüren, konnte seine Eier nicht mehr spüren, konnte sein Gesicht nicht mehr spüren. Konnte nur mit Mühe das Terminal hinter dem dichten Schneeschleier erkennen. Er hörte, wie die Elektromotoren an dem Terminal knirschend zum Leben erwachten. Es gab eine kurze Pause, in der die Zugseile auf der Schlepptrosse nach vorn schossen, und einen Augenblick später glitt die Gondel aus dem Terminal. Sie schaukelte an den Stahlseilen hängend den Abgrund hinunter, zuerst langsam. Doch die Gondel nahm schnell Geschwindigkeit auf, bewegte sich mit acht Metern pro Sekunde vorwärts, und bevor Bald einigermaßen seine Waffe ausrichten konnte, war die Gondel bereits in dem Abgrund verschwunden und außerhalb der Reichweite der Beretta.

Bald ließ die Waffe sinken und ließ einen finsteren Gedanken zu. *Ich war nur Sekunden davon entfernt, Klich zu schnappen. So nahe, dass ich den Kerl hätte anspucken können. Und nun entwischt er.* Er überlegte, ihn mit dem Volvo zu verfolgen. Aber die horizontale Entfernung vom Gipfel bis zu dem Terminal im Tal betrug sechshundert Meter, und vertikal waren es einhundertfünfzig Meter. Bei ihrer derzeitigen Geschwindigkeit würde Klich in unter einer Minute in Courchevel eintreffen. Die Fahrt mit dem Auto hinauf in das Chalet hatte neunzehn Minuten gedauert. Klich würde längst über alle Berge sein, wenn Bald es auf diese Weise zurück in das Dorf geschafft hatte.

Er blickte zu dem Terminal, und dann keimte eine winzige Idee in seinem Kopf auf.

Die zweite Gondel. Ich kann hinter Klich herfahren. Ich kann ihn immer noch erwischen.

Bald stürmte auf das Gebäude zu. Seine Beinmuskeln zerfetzt und zerrissen. Blut sickerte aus seiner aufgerissenen Bauchwunde und rann an seinem Hemd und in seiner Hose hinunter. Wärmte seine Genitalien. Aber das störte ihn nicht. Adrenalin pumpte nun durch seine Adern und erstickte den Schmerz. Er hatte immer noch eine Chance, Klich umzubringen.

Noch zwanzig Meter bis zu dem Terminal. Die Gondel mit Klich und dessen Entourage an Bord hatte bereits zweihundert Meter horizontal und fünfzig Meter vertikal zurückgelegt. Aber es war immer noch ein weiter Weg bis zum Fuße des Berges. Bald rannte die Stufen des Terminals hinauf, nachdem er sich die Beretta in den Hosenbund gesteckt hatte, um das Geländer mit beiden Händen ergreifen zu können. Auf halbem Weg hatte er einen schwindelerregenden Ausblick in den Abgrund und bis in das dreihundert Meter unter ihm liegende Dorf. Er fragte sich, wieso Klich ausgerechnet dort hinunter wollte.

Und außerdem fragte er sich, was sich wohl in dem Koffer befand, den Klich mit Handschellen an seinem Handgelenk befestigt hatte.

Nun hatte Bald die letzte Stufe zurückgelegt und betrat den Metallgitterlaufsteg. Schleppte sich zu der Gondel auf der rechten Plattform. Er riss die Tür auf, schob sich hinein und suchte sofort fieberhaft nach der manuellen Steuerung. Er wusste, dass die Gondeln normalerweise von einem Bahnfahrer und seinen Assistenten über das Terminal selbst gesteuert wurden. Das war billiger und obendrein komfortabler, als jemanden den ganzen Tag über mit der Gondel hinauf und hinunterfahren zu lassen. Aber es begleitete stets ein Angestellter die Fahrgäste auf jeder der Fahrten, falls es ein Problem geben sollte und er die Kontrolle über die Gondel übernehmen musste, um sie in Sicherheit zu bringen. Er musste das Gleiche tun, was die Männer in Klichs Gondel getan hatten, und die manuelle Steuerung aktivieren. Bald erspähte die Kontrolltafel vor sich, eine in einem Kasten untergebrachte Einheit, geschützt von zerbrechlichem durchsichtigem Glas. Er trieb seine

Faust durch das Glas, dann entfernte er die Scherben und studierte die Kontrollen.

Die Schalter waren farbkodiert. Die Bedienanweisungen waren in Französisch gehalten. Bald drückte auf den grünen Knopf, die universelle Farbe für »Start«. Die Gondel wurde kurz durchgerüttelt, während sich in dem Metallschacht direkt über ihm Laufrollen und Zahnräder und Winden in Bewegung setzten. Dann fuhr die Gondel mit einem Ruck an. Bald wäre beinahe auf den Hintern gefallen. Der Motor heulte auf, die Gondel beruhigte sich und begann, an den Schlepptrossen nach unten zu trudeln. Bald konnte Klich in der Gondel vor sich sehen, die in ihrer sanften Abfahrt an den Seilen langsam nach unten wippte. Neben ihm konnte er Strickmütze und das Schwergewicht mit den schwarzen Haaren erkennen.

Aber er konnte Neo-Nazi nirgendwo sehen.

Dann hörte Bald hinter sich ein Scheppern und wirbelte herum. Jemand war von der Plattform gesprungen und durch die Kabinentür gehechtet. Der Mann landete schwerfällig wie ein Sack Zement, den man aus großer Höhe fallen lässt, und die Gondel neigte sich gefährlich zur Seite. Bald hielt sich mit einer Hand an den Kontrollen fest, während Neo-Nazi sich aufrappelte und dann brüllend auf ihn stürzte.

KAPITEL 35

21:21 UHR

Als Bald nach der Beretta griff, wusste er schon, dass dafür keine Zeit blieb. Weniger als zwei Meter trennten die beiden Männer voneinander. Neo-Nazi machte im Nu null Meter daraus und hieb, nach vorn geneigt, auf Bald ein – überraschend schnell und agil für jemanden mit seiner Statur. Seine Schultern waren breit, seine Brust ebenso. Sein Körper aber war kaum definiert, nur Muskeln über Muskeln und darüber ein billiger schwarzer Anzug. Er hatte ein Gesicht, dass schon das eine oder andere Mal etwas abgekommen hatte, und schwielige Knöchel, die aussahen, als hätten sie Prügel stets mit großem Interesse beantwortet.

Bald spürte, wie ihn eine Faust in den Bauch traf. Direkt auf seine Wunde. Der Schmerz fühlte sich an, als hätte man ihn mit einem Elektroschocker traktiert. Er krümmte sich vornüber zusammen. Konnte nicht atmen. Seine Hand glitt von seiner Waffe und er sank in die Knie. Er spürte, wie ihm Mageninhalt in die Kehle stieg. Spürte, wie sich der Griff der Beretta in seine Rippen bohrte. Verzweifelt japste er nach der kühlen Luft. Er hustete Blut auf die schwarzen Lederschuhe des Hünen. Einer von ihnen schnellte ihm ins Gesicht und traf ihn mit der Wucht eines Lastwagens. Er hörte das Knacken in seinen Kiefern, als wäre eine Holzplanke in der Mitte zerbrochen. Sein Schädel vibrierte, als sein Kopf gegen die Wand der Gondel schlug.

Dann sah er, wie das Schwergewicht seine UMP zog.

Noch eine Sekunde, verriet ihm sein Eidechsengehirn, und er würde ausgeknipst werden.

Sein Überlebensinstinkt übernahm. Außer Atem und desorientiert hatte er keine Chance, einen akkuraten Schlag abzugeben. Also tat er das Nächstbeste. Er schoss vorwärts. Stürmte etwa auf Höhe der Taille in den Mann, mit dem knochigen Teil seines Kopfes, den er als Rammbock benutzte. Er trieb seinen Schädel in Neo-Nazis Bauch. Der Kerl keuchte und trat unsicher einen Schritt zurück. Aber er blieb auf den Beinen. Bei so vielen Muskeln war der Versuch, ihn umzuhauen, ungefähr so, als müsste man einen Panzer umwerfen. Bald trieb sich weiter an, legte jedes verbliebene Fünkchen Energie in seinem Körper in den Versuch, Neo-Nazi weiter zurückzutreiben. Seine Nackenmuskeln pumpten, seine Schultermuskeln stachen. Er schob den Mann zwei Schritte zurück. Dann einen dritten. Und einen vierten. Aber dann elektrifizierte eine Welle aus Schmerz sein Rückgrat und schoss seinen Rücken hinab, als Neo-Nazi den Griff seiner Pistole in Balds Genick hieb. Ein letzter Stoß war alles, was Bald noch aufbringen konnte. Aber es genügte. Der Mann verlor den Halt und fiel um. Der Aufprall nahm ihm die Luft und zwang ihn, seine Waffe loszulassen. Sie fiel klappernd zu Boden, einen halben Meter von Bald entfernt. Blindlings tastete er in die Richtung, aber seine Handfläche ließ die Maschinenpistole noch weiter über den Boden schlittern. Außer Reichweite.

Aber nun hatte Bald Neo-Nazi festgenagelt. Genau da, wo er ihn wollte. Er schwang einen Hagel aus rechten und linken Haken gegen sein Gesicht. Die harte Erhebung seiner Knöchel traf gegen Wangenknochen. Betäubten den Mann. Bald ließ einen brutalen Schlag nach dem anderen auf ihn niedergehen. Dafür bekam er sicher keinen Kunstpreis, aber in einem echten Faustkampf machte man sich auch keine Gedanken darüber, welches Bild man abgab. Man kämpfte schmutzig und mit schierer Intensität. Bald war etwa zehn Zentimeter kleiner und vielleicht fünfzehn Kilo leichter als der Mann auf dem Boden. In einem echten Schlagabtausch wäre er ihm jederzeit unterlegen gewesen. Die einzigen Vorteile, die er besaß, waren Geschwindigkeit und Agilität. Er musste weiter auf den Mann einprügeln und seine mangelnde Kraft mit der bloßen Menge an Schlägen und Tritten ausgleichen.

Er holte wieder aus, aber seine Schultermuskeln waren erschöpft und er brauchte zu lange dafür. Kündigte Neo-Nazi den Schlag zu lange an. Der Kerl ließ seine Hand zu Bald hinaufschnellen. Enorme Finger schlossen sich um sein Gesicht, hielten seinen Kopf fest. Bald schlug weiter auf das Gesicht des Mannes ein, aber seine Schläge waren nun schwach. Neo-Nazi ließ seinen Zeige- und Mittelfinger in Richtung Balds Augen gleiten, versuchte, sie ihm einzudrücken. Bald schloss die Augen und drehte seinen Kopf so weit wie möglich. Schaffte es um vielleicht drei oder vier Zentimeter. Neo-Nazi hielt seinen Kopf in festem Griff. Bald biss in die Hand, in die äußere Handfläche. Sie war sehnig und gummiartig, als würde er auf einer Schweineschwarte herumkauen. Aber er biss so fest zu, wie er konnte. Seine Schneidezähne bohrten sich durch Fleisch, und dann schoss ihm Blut in den Mund, warm und metallisch. Neo-Nazi heulte auf, zog die Hand zurück und schlug mit der anderen nach Bald, wie eine Kugelhantel geballt. Sie krachte gegen Balds Schläfe und ließ ihn nach links von seinem Gegner rollen.

›Hoch mit dir‹, drängte ihn eine Stimme. Der Boden war der letzte Ort bei jedem Kampf, an dem man sein wollte.

Bald tat, wie die Stimme es ihm befahl. Stieß sich mit den Handflächen ab. Neo-Nazi war ebenfalls wieder auf den Beinen. Er warf Bald einen mörderischen Blick zu. Blut quoll aus seiner rechten Hand und tränkte sein Hemd dunkelrot. Er hielt auf Bald zu, holte mit seinen Armen zu großen Kreisbewegungen aus. Bald trat einen Schritt zurück. Zog sein Kinn fest an seine Brust, um das fragile Dreieck seines Gesichts zu schützen. Hob die Unterarme vor die Nase, bereit, die Schläge abzuwehren. Bald sah sich über die Schulter. Neo-Nazi versuchte, ihn in eine Ecke zu drängen. Wenn er dort gefangen war, würde er nicht mehr lebend davonkommen. Neo-Nazi würde ihn mit Schlägen eindecken und zu Brei klopfen.

Bald blieb standhaft. Ließ die abwehrenden Fäuste sinken und erwartete einen Schlag. Neo-Nazi nahm das Angebot enthusiastisch an und holte zu einem erneuten unbedachten Schwinger gegen Bald aus. Schwang seinen rechten Arm in einem derart weiten Halbkreis, dass er dem Ex-Blade wie aus einer anderen Zeitzone entgegenschoss. Bald schob sich mit dem linken Fuß zurück, hob die Rechte um ein paar Zentimeter an und drehte seinen Oberkörper nach rechts, als wollte er einem herankommenden Zug ausweichen. Er stand seitlich und einen guten halben Schritt weiter links, als die Faust ihn erreichte. Er ließ Neo-Nazi ins Leere schlagen. Der Schwung hinter dem Schlag zog Neo-Nazi nach vorn, und nun fand sich Bald neben dem Mann wieder, setzte zu seinem Gegenangriff an und wich aus, bis er sich von Neo-Nazi gesehen auf fünf Uhr befand.

Das Schwergewicht blieb wie angewurzelt stehen und realisierte, wenn auch zu spät, dass der Schwung ihn seine Deckung gekostet hatte. Er wollte sich umdrehen. Bald aber hatte die Wahl, welche Körperteile er zuerst fertigmachen sollte. Er entschied sich für die Beine. Leichter, als ihm den Schädel zu zertrümmern, und der Kerl hatte so viele Rückenmuskeln, dass man schon eine Abrissbirne brauchte, um einen nennenswerten Treffer zu landen. Und wie die meisten Bodybuilder hatte er sein halbes Leben mit Bankdrücken zugebracht, dabei aber sein Beintraining vernachlässigt. Er war kopflastig, und seine Beine verletzlich. Bald hob sein rechtes Bein, bis sein Knie auf Höhe seiner Hüfte war, und trat dann gegen Neo-Nazis rechte Wade. Der Kerl grunzte, und der Tritt brachte ihn aus dem Gleichgewicht. Er taumelte nach vorn, wäre beinahe zu Boden gegangen, und fing sich in letzter Sekunde mit den Handflächen an den Kabinenfenstern ab.

Nun holte Bald zum entscheidenden Schlag aus. Er wickelte seine linke Hand um seine rechte Faust und formte mit seinem rechten Ellenbogen eine Spitze. Dann stieß er mit dem Ellenbogen auf Neo-Nazi hinunter und erwischte ihn am unteren Ende des Rückens. Er wiederholte den Hieb, und dann noch einmal. Der helmartige Knochen in seinem Ellenbogen krachte gegen die Erhebung des Rückgrats des Mannes und betäubte ihn. Nach vier Schlägen ließ Neo-Nazi die Hände von dem Fenster rutschen und sein Kopf sackte nach unten. Ihn schienen die Kräfte zu verlassen. Als Nächstes packte Bald ihn bei den Schultern und rammte seinen Kopf durch das Fenster. Glasscherben trudelten durch die Luft und fielen in das Tal unter ihnen. Sie hingen hoch über dem Berg, wie Bald nun sehen konnte. Einige schartige Zähne aus Glas waren in dem Fensterrahmen verblieben. Bald packte Neo-Nazis Kopf und zog ihn zu diesen hinunter.

Aber Neo-Nazi stieß mit seinem Ellenbogen rückwärts nach Bald. Er bohrte sich in seine Rippen und ein stechender Schmerz explodierte in seiner Brust. Der Schmerz trieb Bald zurück, und seine Hände ließen Neo-Nazi unfreiwillig los, bevor er seinen Hals auf den Scherben aufspießen konnte. Dann, und noch bevor Bald seinen Kopf freibekam, riss Neo-Nazi seinen Kopf wieder in die Gondel zurück und wirbelte zu Bald herum. Sein Jackett verfing sich beim Umdrehen in den Scherben, die ihm das Jackett vom Rücken zogen. Es flatterte im Wind, und aus den Taschen verteilte sich der Inhalt über den Berghang. Neo-Nazi warf dem Fenster einen grimmigen Blick zu und stürzte sich dann mit einer brutalen Kombination auf Bald. Zwei kurze Geraden, dann ein Aufwärtshaken.

Bald hatte keine Kraft mehr, und doch wehrte er zwei der drei Schläge ab. Der dritte krachte gegen seinen Kiefer. Dann fiel er auf den Boden, und Neo-Nazi setzte mit einer Reihe von Tritten nach, die ihn an den Knöcheln, in die Brust und an den Unterarmen trafen. In einem letzten verzweifelten Versuch, den Mann doch noch zu bezwingen, griff Bald nach der Beretta. Neo-Nazi stellte seinen riesigen Schuh auf Balds Hand, während er den Griff der Waffe umklammerte, und zermalmte darunter seine Finger, als wären sie Zigarettenstummel. Dann beugte er sich nach unten, hob die Waffe auf und steckte sie sich in den Hosenbund. Als Nächstes trat Neo-Nazi neben Bald und hob auch die UMP auf, die ihm Bald zuvor aus der Hand geschlagen hatte. Überprüfte, ob sie noch funktionierte, und nickte dann mit vorgeschobener Unterlippe.

Ich bin im Arsch, dachte Bald.

Neo-Nazi wischte sich mit dem Handrücken über die Lippen. Grinste Bald an. Die Hälfte seiner Zähne bestand aus Gold und Silber. Die anderen war blutrot.

Bald wartete auf die Kugel.

Aber Neo-Nazi tastete sich stattdessen ab und runzelte die Stirn. Die Gondel hatte beinahe die Plattform an der Basisstation erreicht und sie schwebten noch etwa vierzig oder fünfzig Meter über dem Dorf, als er sich zu Bald umdrehte und sagte: »Gib mir dein Handy.«

Bald blinzelte verwirrt.

»Du schuldest mir ein Handy«, sagte Neo-Nazi, sein Grinsen verwandelte sich in einen grimmigen Blick, als er mit dem Daumen hinter sich auf die auf den Glasscherben aufgespießte Anzugjacke deutete, die im Wind flatterte. »Gib mir deins.«

»Du wirst mich nicht umbringen?«, fragte Bald.

Neo-Nazi zuckte mit den Schultern. »Der Boss sagt, er will dich lebend haben. Dich und die anderen MI6-Agenten. Sagt, er will dich selbst umlegen. Schön langsam.« Seine fetten Finger deuteten auf Bald. »Dein Handy.«

Bald rührte sich nicht. Funkelte Neonazi nur böse an. Der Mann stand einen Moment lang unentschlossen da. Dann stieß er mit der UMP nach Bald. Der Schlag löste eine Million Schmerzneuronen in seinem Schädel aus und ließ sie wie beim Anstoß beim Poolbillard aneinanderstoßen. Neo-Nazi griff nach unten und zog das Galaxy aus Balds Hosentasche. Richtete sich wieder auf. Spie auf Bald hinunter. Ein Klumpen blutigen Rotzes so groß wie ein Hagelkorn traf ihn an seinem verfluchten Kinn. Neo-Nazi drehte Bald den Rücken zu und tippte eine Nummer in das Telefon ein, während sie langsam dem Terminal entgegenfuhren.

Er warf einen kurzen Blick über die Schultern. Grinste.

»Nichts für ungut«, sagte er und hieb auf die grüne Wähltaste.

Das Galaxy explodierte.

KAPITEL 36

21:29 UHR

Die Gondel kam zitternd zum Stehen. Sie waren in der Talstation angekommen. Bald setzte sich auf, Neo-Nazi hingegen nicht. Was in der Hauptsache wohl der Tatsache geschuldet war, dass er ein Loch in seinem verdammten Schädel hatte, groß genug, um einer Grapefruit Platz zu bieten. Bald war von dem Anblick einem Moment lang wie hypnotisiert. Der Russe war auf der Stelle gestorben. Im selben Moment, als er auf die Wähltaste gedrückt hatte. Er war tot gewesen, bevor er überhaupt auf dem Boden aufgekommen war.

Bald rappelte sich auf, von einem einzigen paralysierenden Gedanken beherrscht: Land hatte das Galaxy präpariert. Wenn er den Knopf gedrückt hätte, wäre er jetzt derjenige mit einem Loch im Schädel.

Er schüttelte den Kopf, um ihn von dem ganzen Mist freizubekommen, dann nahm er Neo-Nazi die UMP ab. Die Waffe verfügte über einen vertikalen Vordergriff, der an der Unterseite der Picadilly-Schiene befestigt war. Das Firmenlogo, welches an der Seite der Waffe eingeprägt war, erinnerte Bald an das Motto, das Heckler & Koch in ihre Werbebroschüren drucken ließ. »In a world of compromise, some don't.« Bald war der Ansicht, aus dem gleichen Holz geschnitzt zu sein. Das gebogene Magazin in der Waffe verriet Bald, dass es sich bei der UMP um die »Neuner«-Variante handelte, die mit den guten alten 9x19-mm-Parabellum-Geschossen gefüttert wurde. Gut für ihn, lag doch die effektive Reichweite der UMP9 bei einhundert Metern und damit doppelt so weit wie die seiner Beretta. Bald sicherte die Waffe, schob den Magazinhalter nach vorn und entfernte das Magazin. Ein kurzer Blick verriet ihm, dass zehn Schüsse abgegeben worden waren. Eine UMP9-Magazin fasste dreißig Schuss, was bedeutete, dass ihm noch zwanzig Schuss blieben. Rechnete man die Beretta noch dazu, sah es gar nicht so schlecht für ihn aus. Er bemerkte, dass Blut aus dem Lauf der UMP tropfte, wie schwarzer Sirup und durchsetzt mit kleinen Bröckchen Gehirn. Bald wischte ihn an Neo-Nazis Hemd ab und stieg aus der Gondel.

Zeit, Klich endlich umzulegen, dachte er. *Und dann werde ich herausfinden, wieso Land versuchte, mir mein verficktes Gehirn rauszublasen.*

Er schleppte sich die Stufen der Basisstation hinunter. Seine Wunde pulsierte. Es war nicht leicht. Der Schnee fiel immer dichter. Sogar noch dichter als oben auf dem Berg, dachte Bald. Mit zusammengekniffenen Augen erkannte er, dass die Gondel ihn am Rand des Dorfes abgesetzt hatte, welches hinter ihm begann. Niemand hielt sich auf den Straßen auf. Bei diesem Wetter waren alle hübsch warm in ihren Chalets eingekuschelt, weshalb Bald bezweifelte, dass jemand die Explosion gehört hatte. Die kleine Menge Sprengstoff in dem Handy und der Umstand, dass sich die Explosion innerhalb der Gondel ereignete, würde den Knall gedämpft haben.

Bald sah nach zwölf Uhr, zu einem sanft ansteigenden Plateau am unteren Teil des Berghanges. Dort, etwa einhundertfünfzig Meter entfernt und zwanzig Meter über ihm, erhellt vom Mondlicht auf dem kristallenen Schnee, lag das heruntergekommene Bauernhaus, das er bei seiner Ankunft in Courchevel bemerkt hatte. Schwach sichtbare Fußabdrücke führten dorthin. Das ist der Weg, den Klich genommen hat, sagte Bald sich. Er rechnete sich aus, dass der Oligarch ein paar Minuten Vorsprung haben musste. Hastig überflog er das Gelände vor sich. Das Terrain zwischen der Basisstation und dem Bauernhaus war mit drei Reihen hellorangefarbenen temporären Schneezäunen gespickt. Das Ende der Schneezäune bildeten jeweils einige Nadelbäume, und hinter dem am weitesten entfernten Zaun, auf der linken

Seite, stand ein SnowTrac-Schneeräumer, dessen Dach fünf Zentimeter Schnee bedeckten. Der Schnee war violett und der Himmel teerfarben, was es für Bald schwer machte, irgendwelche Details jenseits des SnowTrac zu erkennen. Aber er konnte einen dunkleren Fleck auf dem Hang ausmachen, der gerade den letzten Schneezaun hinter sich ließ. Klich. Bald identifizierte ihn anhand des metallenen Koffers, der in seiner Hand schimmerte. Wo zum Teufel steckten aber die anderen beiden Leibwächter?, fragte er sich, aber hatte nicht die Zeit, sich um sie Sorgen zu machen.

Klich hatte bereits mehr als einhundert Meter zwischen sich und Bald gebracht, und er musste ihn aufhalten, bevor er in der sumpfigen Nacht verschwand.

Das Ziel befand sich am äußersten Rand der effektiven Reichweite der UMP. Bald setzte sich in Bewegung, klappte den Schaft aus und hob die Waffe auf die gleiche Höhe wie sein Ziel. Legte mit dem Daumen den Wählhebel für den Feuermodus auf Halbautomatik. Er mochte, wie leicht die UMP war. Ihr Polymergehäuse wog weniger als drei Kilogramm, was es Bald erleichterte, sie selbst in seinem erschöpften Zustand auf Klich ausgerichtet zu halten. Er presste sich den Schaft gegen die Schulter und legte sein Kinn auf dessen glatter Oberseite ab.

Atmete aus.

Schoss.

Ein mechanisches Bellen ratterte durch das Tal.

Die Kugel ging daneben, landete zwanzig Zentimeter vor Klich und schlug lautlos in den am weitesten entfernten Schneezaun ein. Der Oligarch zuckte bei dem Schuss zusammen und warf bald über die Schulter einen Blick zu, bevor er zu rennen begann.

Bald richtete die Waffe neu aus. Zielte auf Klich, hob die UMP ein wenig an und rahmte seinen Kopf etwas unter Kimme und Korn ein. Ein kleines Zucken seines Zeigefingers, dann würde Klich zusammenbrechen, und Bald konnte damit beginnen, sich das Bier kommen zu lassen. Er verspürte einen kurzen Anflug der Enttäuschung, als er den Abzug betätigte. Da hatte er den Mann einmal um die halbe Welt gejagt, und dann lief es auf einen Distanzschuss irgendwo im Nirgendwo hinaus.

Dann huschte etwas durch die fleckige Dunkelheit. Es schien von dem SnowTrac zu kommen. Eine Hundertstelsekunde später explodierte der Boden vor Bald in einem Schwall aus Matsch, als eine Kugel in den Schnee zischte. Instinktiv kauerte er sich zusammen, reduzierte seine Größe und gab damit für den Schützen ein kleineres Ziel ab. Er erspähte Strickmütze und das kurzhaarige Schwergewicht, die hinter dem Fahrzeug knieten, erhaschte einen Blick auf das Schimmern ihrer Läufe im Mondlicht. Sie hatten Bald aufgelauert. Die beiden Männer, sicher hinter einer guten Deckung, würden imstande sein, Bald lange genug festzunageln, damit Klich entkommen konnte. Der Ex-Blade war in eine verdammte Falle getappt. Nun richteten Strickmütze und sein Kumpel ihre UMPs auf ihn und Bald reagierte und gab einen einzelnen Schuss auf den SnowTrac ab. Die Kugel schlug zwar nur in die Fahrerkabine ein, verschaffte Bald aber ein paar wertvolle Sekunden, um seine ungeschützte Position gegen eine bessere Deckung einzutauschen. Er hielt auf den nächsten der drei Schneezäune zu, zwanzig Meter voraus, legte mit dem Daumen den Wählhebel der Waffe auf Zwei-Schuss-Salven um und pumpte im Rennen ein paar Salven in Richtung SnowTrac. Das beschäftigte sie erst einmal. Während er voranstürmte, behielt Bald die abgefeuerten Kugeln im Kopf. Er hatte nun drei weitere Patronen aus dem Magazin verschossen. Damit blieben noch siebzehn in der UMP. Danach würde er auf die Beretta umsteigen müssen.

Er hatte Mühe, in dem Schnee einigermaßen schnell voranzukommen. An manchen Stellen war er fast zwanzig Zentimeter tief und jeder Schritt laugte ihn mehr aus. Bald war noch fünf Schritte von dem ersten Schneezaun entfernt, als Strickmütze hinter dem SnowTrac hervorlugte und eine Zwei-Schuss-Salve auf ihn abfeuerte. Die Kugeln schlugen zehn Zentimeter links von ihm in den Schnee. Bald rannte weiter im Zickzack auf den Zaun zu. Er gab eine weitere Salve auf den SnowTrac ab. Noch fünfzehn Schuss in dem Magazin.

Noch ein Schritt, dann warf sich Bald nach vorn und vor den Zaun, während ein paar Kugeln die Schneewehe auf der anderen Seite abrasierten. Dann verebbten die Schüsse einen Moment lang. Bald spähte über den Zaun und sah Klich fünfzig Meter vor dem Bauernhaus, dessen Silhouette in der Dunkelheit kaum zu erkennen war. Aber bevor er den Oligarchen eliminieren konnte, musste er mit den beiden Leibwächtern fertig werden. In der Unterzahl und waffenmäßig unterlegen brauchte er einen verdammten Plan. Dann ließ er seine Hand in den Schnee sinken, bemerkte, dass das Zeug flockiger und lockerer war als erwartet, und ein Plan formte sich in seinem Kopf.

Bald kauerte sich hinter die Schneewehe, als Strickmütze wieder auftauchte, und dieses Mal auch der andere Mann, und beide auf ihn feuerten. Heißes Blei kappte den frischen Schnee nur wenige Zentimeter über seinem Kopf. Bald zählte sechs Schuss. Dann folgte wieder eine Pause. Das war seine Chance. Bald richtete sich auf und legte den Wählhebel auf Vollautomatik. Er eröffnete das Feuer auf den SnowTrac, deckte ihn mit einem halben Dutzend Kugeln ein. Sorgte dafür, dass Strickmütze und sein Kumpan hinter dem Fahrzeug festgenagelt wurden, während er seinen Zug machte. Er sprang über den Zaun und rollte sich auf der anderen Seite auf den festen Schnee. Sprang auf, und taumelte auf den mittleren Zaun zu, wobei er beinahe im Schnee gestolpert wäre. Ließ sich dahinter fallen, als ein weiterer Kugelhagel von den beiden Leibwächtern über seinen Kopf hinwegblitzte. Bald hatte den Abstand zwischen sich und ihnen auf vierzig Meter verkürzt. Zwei Drei-Schuss-Salven schlugen in den Schneezaun hinter sich ein. Das verriet ihm, dass die Leibwächter noch immer glaubten, Bald hinter dem ersten Schneezaun festgenagelt zu haben. Sie wussten nicht, dass er bereits zu dem mittleren vorgedrungen war.

Er wartete auf eine weitere Feuerpause, kletterte über den zweiten Zaun und hastete zu dem letzten, zwanzig Meter vor den Leibwächtern. Nun kroch er zum linken Rand des Zauns und schaufelte etwas Schnee von der Kuppe, bis er eine U-förmige Vertiefung geschaffen hatte, die ihm einen guten Blick auf den SnowTrac verschaffte. Bald sah, wie das dunkelhaarige Schwergewicht seinen Kopf aus der Deckung streckte und den Schneezaun ins Visier nahm, den Bald gerade eben hinter sich gelassen hatte. Der Kerl hatte den Finger um den Abzug gespannt. Wartete auf den entscheidenden Moment. Es juckte ihm in den Fingern, Bald umzulegen.

Jetzt sprang Bald auf, um zu schießen, und der Leibwächter bemerkte die abrupte Bewegung auf zwei Uhr. Er erstarrte vor Schreck, als er sah, dass der Ex-Blade viel näher war, als er es erwartet hatte. Bald hatte die UMP ausgerichtet und drückte den Abzug, bevor der Mistkerl seine eigene Waffe herumreißen konnte. Er pumpte neun Kugeln in den Mann, deckte ihn richtig ein. Das Rattern wurde durch den starken Schneefall gedämpft, als wären die Waffen mit Schalldämpfern ausgestattet. Das Schwergewicht zuckte hin und her, als die Geschosse wie Flipperkugeln durch seinen Körper peitschten. Bleifragmente durchlöcherten seine lebenswichtigen Organe und zerrissen Knochen und Muskelgewebe.

Einer erledigt. Blieb nur noch einer.

Bald konnte Strickmütze nirgends sehen. Er vermutete, dass der Mann sich hinter dem SnowTrac versteckte. Er blieb geduckt in der Senke hocken und behielt das Fahrzeug im Blick. Dann nahm er aus den Augenwinkeln eine leichte Bewegung wahr, in der Nähe der Koniferen am Rand des Zauns. Strickmütze versuchte, Bald zu flankieren. Der Ex-Blade verließ die Senke und zielte auf die Nadelbäume. Sah, wie Strickmütze aus der Baumreihe stürmte, die UMP bereits auf Bald gerichtet, um ihn niederzustrecken. Bald musste den Mistkerl als Erstes erwischen. Er drückte den Abzug.

Klick – klick.

Scheiße!

Bald duckte sich wieder hinter die Schneewehe, als Strickmütze sechs Schüsse in seine Richtung abfeuerte. Die Kugeln peitschten durch den dicken Schnee und in den Boden um ihn herum. Bald warf die UMP weg, zog die Beretta und zählte bis drei. Er musste Strickmütze festnageln, bevor der Kerl ihn vollends flankiert und über den Schneezaun hinweg freies Schussfeld auf ihn hatte.

Bei zwei schoss Bald in die Höhe. Sah Strickmütze linkerhand des Zauns aus den Koniferen auf ihn zustürmen. Er schien von dem Glauben ermutigt, Bald wäre die Munition ausgegangen. Aber er hatte nicht damit gerechnet, dass Bald eine zweite Waffe bei sich trug. Bald erinnerte sich an die erste Regel aus seiner Zeit beim Regiment, für jeden, der in den Kampf zog: rechne immer mit einer Ladehemmung. Strickmütze hatte seine UMP gezogen, aber nicht auf Bald angelegt. In einer verschwommenen Bewegung drehte Bald seinen Oberkörper dem Leibwächter entgegen und richtete sein Visier auf das relativ sichere Ziel oberhalb seiner Brust. Er gab zwei Schüsse ab, bevor der Mann selbst einen Schuss abfeuern konnte. Die erste Kugel traf Strickmütze in den Hals. Blut schoss wie Graffiti gegen den Schneezaun. Strickmütze sackte zusammen und gab dabei alle Arten grässlicher Würggeräusche von sich.

Bald ließ die Beretta sinken.

Zwei saubere Abschüsse.

Dann lenkte er seine Aufmerksamkeit wieder auf Klich. Der Russe war jetzt sechzig Meter von Bald entfernt und bei dem Bauernhaus angekommen. Sein Kohleumriss verschwamm mit dem Gebäude. Bald sah einen Wurm aus Licht aus der Vordertür brechen. Ein paar Sekunden später ertönte wildes Gebell von dem Bauernhaus. Mit Grauen verfolgte Bald, wie zwei Kampfhunde den Hang hinunter und auf ihn zugerast kamen.

Boerboels, wie er aufgrund ihrer schlanken, eindrucksvollen Statur annahm. Südafrikanische Bulldoggen, über einen halben Meter groß, knurrend und überaus hungrig wirkend. Sie preschten auf Bald zu. Der erste Hund war vierzig Meter entfernt, der andere ein paar Schritte hinter ihm, als Bald panisch seine Pistole auf sie richtete. Als er es geschafft hatte, ein paar Schüsse abzufeuern, hatte der führende Hund die Distanz zu ihm bereits halbiert. Er gab vier Schüsse in seine hässliche Visage ab. Das Tier heulte auf, kam rutschend zum Liegen und pisste und schiss sich ein, während er mit den Pfoten in der Luft ruderte.

Im nächsten Moment war die zweite Bulldogge – acht Kilo pure Muskelmasse – bei Bald angekommen. Sie sprang ihn mit ihren kräftigen Hinterläufen an, und der Aufprall warf ihn auf den Rücken. Sein Fall wurde von dem Schnee aufgefangen, aber er ließ die Beretta fallen. Instinktiv schossen seine Hände zu dem Hals des Tieres hinauf, bevor es seine Zähne in sein Fleisch sinken lassen konnte. Bald drehte ihm den Hals mit einem Ruck gegen den Uhrzeigersinn herum, wie ein verrostetes Lenkrad. Die Bulldogge jaulte auf. Das Leben wich aus ihr. Bald rollte das Tier von seiner Brust und rappelte sich auf. Sah zu, wie der Hund verendete, und schwor sich, von nun an eher der Katzentyp zu sein.

Er sammelte die Beretta auf und hielt auf das Bauernhaus zu. Auf dem Weg blieb er bei Strickmütze stehen und hockte sich neben ihn. Er warf das leere Magazin aus der Beretta M9 und schob ein frisches nach. Zog den Schlitten zurück. Er war sich sicher, dass Klich nicht bewaffnet sein würde, aber wollte auf keinen Fall ein Risiko eingehen. Er wusste nicht, weshalb Klich zu dem Bauernhaus geflohen war. Vielleicht hatte er dort irgendwo eine Waffe deponiert? Aber vielleicht wusste er auch nicht, wohin er sonst hätte fliehen sollen.

Fünfzig Meter wurden zu vierzig und schließlich dreißig Metern. Er zwang seine Beine, schneller zu laufen.

Das ist es, sagte sich Bald, als er das Bauernhaus erreichte. Hier endet die Mission. Genau hier, und verdammt noch mal genau jetzt. Ein brennendes Gefühl versengte seinen Bauch, als hätte ihm jemand ein Brandeisen in die Seite gestoßen. Er berührte mit der Hand sein Hemd. Spürte einen kreisrunden Fleck aus warmem, klebrigem Blut. Die Wunde war aufgeplatzt und blutete.

Dieser elende Aziz. Und Land sowieso.

Er übte Druck auf den Verband aus. Fühlte sich schwindlig, und ihm war übel. Er war dehydriert. Sein Kiefer war breiig und geschwollen, wie Knete. Und auch die Kälte nagte an ihm, eisig und brennend heiß zugleich, verbrühte seine Wangen, stach in seinen Hals und ließ das Blut aus seiner Wunde erhärten. Jetzt noch zehn Meter bis zu dem Bauernhaus. Bald schleppte sich durch den tiefen Schnee. Brach bei jedem Schritt beinahe zusammen. Sein Körper flehte ihn an, stehen zu bleiben, aber sein Verstand zwang ihn, weiterzugehen. Seine Füße brachen durch die fluffige obere Lage des Schnees, und der Schneematsch darunter schmatzte und sog an seinen Schuhsohlen. Als würde er Wein treten.

Als er näherkam, konnte er sehen, wie verfallen das Bauernhaus war. Die Wände waren verbogen, alle sichtbaren Fenster eingeschlagen und das Terrakotta-Ziegeldach war eingesunken, hatte einen Teil der Steinfassade mit sich gerissen und dabei einige der Trägerbalken freigelegt. Zerbrochene Steinblöcke waren an einer Seite des Hauses aufgeschlichtet, wie eine in sich zusammengefallene Treppe. Das einzig Neue hier war das schwere Vorhängeschloss an der Vordertür.

Hier gibt's einen Scheiß, dachte Bald. *Vielleicht hatte Klich gar nicht geplant, hierher zu kommen. Vielleicht hatte er gehofft, dass seine Männer mich loswerden würden, und nun waren ihm die Alternativen ausgegangen. Aber das spielt keine Rolle, denn nun habe ich Klich in die Enge getrieben.*

Bald hörte einen Schrei. Blut rauschte ihm in den Ohren. Er riss die Tür auf und taumelte in eine entkernte Küche. Verrostete Töpfe und Pfannen stapelten sich auf dem Ofen. Zerbrochenes Geschirr, Berge von Staub und die Knochen toter Ratten bedeckten den Steinboden. Die Luft war von einem fauligen Geruch erfüllt, wie verbrannte Haare und Fäkalien. Fliegen surrten um Balds Gesicht. Er konnte nicht sagen, woher der Schrei gekommen war. Er hörte Schritte irgendwo in dem Bauernhaus, und dann eine Tür zuschlagen. Ein Flur führte rechterhand aus der Küche und Bald schlussfolgerte, dass Klich in diese Richtung getürmt sein musste.

Er wollte ihm schon nachjagen, als er etwas am Rand seines Sichtfeldes bemerkte. Etwas, dass ihn wie angewurzelt stehen bleiben ließ.

Eine Leiche baumelte vom hinteren Ende des Raumes und schwang leicht an einem kurzen Seil. Nackte Füße baumelten fünfzehn Zentimeter über dem Boden und waren schmutzig und blutverschmiert. Die Beine waren verstümmelt, der Körper wie ein Sack voll Kaffeebohnen aufgeschlitzt. Die Innereien waren vor der Leiche auf den Boden gefallen. Bald studierte das Gesicht im wächsernen Mondlicht, das durch das große Loch fiel, wo das Dach eingestürzt war. Er trat einen Schritt auf die Leiche zu. Stieß sie mit der Mündung seiner Beretta M9 an. Die Leiche schwang etwas mehr, wie ein Pendel, und das Gesicht sackte nach vorn und ins Mondlicht.

Bald regte sich nicht. Er lauschte den Geräuschen des Todes, die um ihn herum widerhallten, dem Summen der Fliegen und dem Staub, der unter seinen Füßen knirschte. Er spürte, wie sein Magen Purzelbäume schlug. Er betrachtete das Gesicht der Leiche, die vor ihm baumelte.

Es gehörte nicht dem Mann, den zu töten er ausgesandt worden war.

Sondern einem alten Freund.

KAPITEL 37

21:50 UHR

Joe Gardner war schon eine ganze Weile tot, dachte Bald. Seine Haut war aufgedunsen, und die fleckige Textur erinnerte ihn an die Fettschichten jener grotesk fetten Menschen, die regelmäßig in Reality-TV-Shows auftraten. Seine Augen standen weit offen, aber nur deshalb, weil ihm jemand die Augenlider abgeschnitten hatte. Seine Hände waren hinter seinem Rücken mit einem Stück Seil gefesselt und es gab Brandwunden und Messerschnitte auf seinen beiden Unterarmen. Seine Beine waren von den Hunden angefressen worden – Bald konnte die Gebissspuren an den Waden sehen. Die Hunde hatten sich zudem an den aus dem Körper gefallenen Innereien gütlich getan, und dicke Blutschlieren, die aus seinem Hintern führten, verrieten Bald, dass man Joe Gardner in den Arsch gefickt hatte, entweder vor oder nach seinem Tod. Joe war nackt, bis auf einen Notizzettel, der an seinen Bauch geheftet war. Bald nahm den Notizzettel von seinem alten Kumpel. Die Nachricht bestand aus einer krakeligen Handschrift auf einem Stück linierten Papier, in fetten Buchstaben geschrieben, sodass sie trotz des vielen Blutes, das aus seiner Leiche sickerte, noch gelesen werden konnte.

Bald hielt den Zettel ins Mondlicht. »Folge mir nicht«, las er. »Oder folge mir und ende wie dein Freund. Deine Entscheidung.«

Er spürte, wie sein Körper steif wurde, und sich Zorn wie Hände um seine Kehle schloss. Er knüllte den Zettel zu einer Kugel zusammen und warf ihn in Richtung Ofen. Er landete auf dem Boden, nicht weit von einem zweiten Körper entfernt, der dort lag. Bald hastete zu ihm. Erkannte das schwarze Haar und die schwarze Haut. Ließ die Beretta sinken. Hockte sich neben Odessa. Sie war nicht tot. Ihre Lippen waren blau angelaufen und geschwollen, und sie trug Schnittwunden an ihren Wangen und auf ihrer Nase. Ihre Handgelenke und Knöchel waren mit Fallschirmleine gefesselt. Sie sah aus wie das Werbegesicht einer Kampagne gegen häusliche Gewalt. Sie hustete, spie Blut, sah zu John auf und stöhnte.

»Oh Gott, nein. Joe …«

Bald blickte Odessa hart in die Augen. »Was zum Teufel ist passiert?«

»Klich war vor einer Minute hier.« Odessa versuchte, sich aufzusetzen. Verzog vor Schmerz das Gesicht. »Er fand heraus, dass ich für den MI6 arbeite. Seine Leute brachten mich hierher. Sie sagten, dass er mich umbringen würde. Sagten, dass er seinen Spaß mit mir haben würde, genauso wie mit Joe. Du bist gerade noch rechtzeitig gekommen. Er verschwand, nachdem er hörte, dass du dich näherst.«

Bald schäumte vor Wut, während er in der Dunkelheit mehr Details ausmachen konnte. Er hatte die Küche ursprünglich für eine Müllhalde gehalten. Nun aber konnte er einen Tisch erkennen, auf dem Messer, ein Schraubendreher, Zangen, ein Schweißbrenner und ein Akkuschrauber mit einer Auswahl an Aufsätzen lagen. Mehrere Fleischerhaken hingen von den Balken über ihm. In einer Ecke der Küche stand ein Folterstuhl. Ein anderer Tisch war mit altem Blut verkrustet und an seinem Ende war ein Schraubstock befestigt. Eine Kettensäge lag in einer anderen Ecke, ihr Blatt blutgetränkt. Einige der Knochen, die auf dem Boden lagen, waren zu groß, um von Ratten zu stammen, dachte Bald.

»Was ist das für ein Ort?«, flüsterte er.

»Klichs persönliche Folterkammer«, antwortete Odessa. »Er liebt Blut …«

»Und Joe? Hat Klich ihm das angetan?«

Odessa nickte unter Schmerzen. »Klich sagte, du wärest ihm in die Quere gekommen und hättest seine Pläne vereitelt, und deshalb würde er seine Wut darüber nun an dem einzigen Freund auslassen, den du je hattest. Aber ich hatte ja keine Ahnung, dass er damit … das meinte.« Sie erhob sich mühsam und funkelte Bald boshaft an. »Das ist alles deine Schuld.«

»Blödsinn«, krächzte Bald sie an. »Ich hab Joe nicht aufgeschlitzt. Das war dein Kumpel Klich.«

»Aber nur, weil er wusste, dass du ihn jagst. Wir hatten die Situation unter Kontrolle. Wir wollten Klich unauffällig fassen und keine Schießereien in den Alpen anzetteln.« Odessa schluchzte. »Und Joe von einem Seil baumeln lassen.«

Bald ließ seinen Blick zu Joe wandern. Sah ihn ein letztes Mal an. Er fühlte keine Trauer. Er fühlte überhaupt nichts, außer einem leisen Bedauern, dass er nicht hier gewesen war, um ihn leiden zu sehen. Bei all der Scheiße, die Joe ihm angetan hatte, waren sie jetzt wohl quitt. Genieß das Jenseits, du Mistkerl, rief Bald schweigend dem Leichnam zu.

Dann schritt er durch den Flur, während Odessa hinter ihm rief: »Warte! Wo willst du hin?«

Bald griff seine Beretta M9. »Ich werde Klich finden und ihn töten.«

»Nein! Das darfst du nicht!«

Bald verzog das Gesicht. »Blödsinn. Ich werde ein Held sein.«

»Indem du Klich tötest?«

»Wieso nicht?.«

»Dieser Mann ist ein Informant des MI6. Er muss um jeden Preis beschützt werden.«

»Genau da liegst du falsch, Liebes. Meine Befehle stammen von ganz oben. Klich muss sterben.«

»Deine Befehle sind falsch.«

Bald hatte keine Zeit, sich mit Odessa wegen dieser Scheiße zu streiten. Er hatte eine Mission zu erfüllen. Ein Leben zu nehmen. Der Flur war feucht und kalt. Über ihm befand sich die Stelle, wo das Dach eingestürzt war, und Dachziegel waren von dort heruntergefallen und lagen zersplittert auf dem Boden. Die Tür am hinteren Ende des Flurs stand offen. Als Bald auf sie zueilte, bestürmte ihn plötzlich das unablässige *Wump-Wump* eines Helikopters von irgendwo hinter dem Bauernhaus.

Klich entkam.

Als das langsame *Wump* sich in einen Stakkato-Rhythmus steigerte, beschloss Bald, nicht in die Küche zurückzukehren. Kurz vor der Tür fand er sich in einem großen Raum wieder, übersät mit Müll, menschlichen Schädeln und herumhuschenden Ratten. An der hinteren Wand, etwa fünf Meter entfernt, befand sich eine stabile Tür, die wohl zur Rückseite des Gebäudes führen musste. Das *Wump-Wump* wurde lauter und schneller und verriet Bald, dass der Hubschrauber kurz davor war, abzuheben, und er Klich in den nächsten Sekunden ins Schussfeld bekommen musste.

Er stürmte durch die Tür und tauchte auf dem Hinterhof des Bauernhauses auf, wo er einen alten Brunnen mit ein paar schneebedeckten Birken dahinter erblickte. Eine Reihe von Fußspuren im Schnee führte an dem Brunnen vorbei und weg von dem Haus. Sie verliefen weiter durch den violett schimmernden Schnee, bis dieser nach zweihundert Metern scheinbar von einem rabenschwarzen Loch verschluckt wurde.

Mit Angst im Bauch hielt er auf das schwarze Loch zu. Klich musste dort sein. Außer Sichtweite. Bald ließ die Beretta sinken und stolperte weiter. Ich werde ihn nicht entkommen lassen. Auf keinen Fall. Es muss jetzt und hier enden.

Neunzig Meter von dem schwarzen Loch entfernt konnte Bald erkennen, dass es sich um eine Gletscherspalte handelte. Dann wehte ihm ein plötzlicher Wind entgegen und ließ ihn stehenbleiben. Er senkte den Kopf und hob schützend die Hände. Hinter der Gletscherspalte hoben mächtige Rotorblätter den Eurocopter in den Himmel, das gleiche Modell, welches Bald zuvor schon gesehen hatte. Die Rotoren peitschten gegen die umstehenden Bäume und reduzierten Balds Welt auf einen Schneesturm.

Dann ließ der Wind nach und Bald sah zu dem Hubschrauber auf. Durch das Fenster der Kabine konnte jeweils eine Gestalt auf den beiden Pilotensitzen sehen, angeleuchtet von den Kontrollinstrumenten.

Links saß Viktor Klich.

Der Oligarch wirkte äußerst selbstzufrieden. Er schien irgendwo in die Ferne zu starren. Dann bemerkte er Bald und sah zu ihm hinunter. Bald kochte vor Wut, aber er war machtlos, Klich aufzuhalten. Der Pilot steuerte den Eurocopter nach vorn. Die Nase neigte sich nach unten und die Heckflosse hob sich, als der Hubschrauber in den Schwebeflug wechselte und sich darauf vorbereitete, nach vorn zu fliegen. Das Letzte, was Bald noch sah, war, wie Klich ihm den Mittelfinger zeigte.

KAPITEL 38

COURCHEVEL, FRANKREICH, 22:11 UHR

Seine Augen klebten noch an dem Eurocopter, als dieser sich dröhnend von dem Bauernhaus entfernte. Seine Lichter blinkten hoch über dem Berghang. John Bald spürte, wie die arktische Kälte ihm das Blut aus dem Gesicht und den Händen saugte. Die Lichter schrumpften rasch zu Stecknadelköpfen zusammen. Dann waren sie in dem Maul der Dunkelheit verschwunden, welches die zerklüftete Bergkette umhüllte.

Viktor Klich war entkommen.

Bald starrte in die Finsternis, und seine Fingernägel bohrten sich beinahe bis aufs Blut in die Handfläche seiner linken Hand. Er sah das Wort ›Fehlschlag‹ in den Himmel geschrieben. Bald war nach Courchevel geschickt worden, um einen Oligarchen zu töten, und hatte versagt. Eigentlich hätte Klich jetzt in einem Sarg liegen sollen. Stattdessen war er in einem Hubschrauber entkommen, und hatte Bald mit nichts weiter als verschossener Munition und toten Muskeln als Gesellschaft auf einem Plateau hoch über dem Dorf zurückgelassen.

Und Schnee, ermahnte er sich. Jede Menge verfickten Schnees.

Seine Überlebensinstinkte schalteten sich ein. Erklärten ihm, dass er schleunigst von hier verschwinden musste.

Er löste seine Faust und trottete durch den Schnee auf das hintere Ende des Bauernhauses zu. Der Himmel hatte sich ein wenig aufgeklart, und der Schnee am Boden schimmerte wie kleine Glaskörnchen. Irgendwie kam es ihm in dem heruntergekommenen Haus kälter vor als draußen. Seine Gesichtsmuskeln wurden hart wie Stein, als er wieder durch den Flur schritt und in die mit Trümmern übersäte Küche zurückkehrte. Er passierte die Tische mit den Folterinstrumenten, die Fleischhaken, die von den Holzbohlen hingen, und Joe Gardner, der kraftlos und tot von einem der Balken baumelte. Bald sah noch einmal auf den Haufen aus Eingeweiden, der vor seinem alten Kameraden auf dem Boden lag, dann blickte er zu ihm auf und lächelte.

»Fick dich«, sagte er.

Dann wandte er sich Odessa Stone zu.

Die MI6-Agentin hatte sich aufgerappelt und ihre Augen klebten an der Beretta-M9-Halbautomatik, die Bald mit der rechten Hand umklammert hielt. Sie sagte kein Wort. Stand einfach nur da und sah so gut aus, wie es einer Frau eben möglich war, die kurz zuvor zusammengetreten worden war. *Immer noch verdammt gut*, dachte Bald. Sie besaß einen Körper, der direkt von einem Hedkandi-Cover zu stammen schien, und unter normalen Umständen hätte ihr Arsch längst dafür gesorgt, dass Bald Schaum vor dem Mund bekam. Seit er in den französischen Alpen angekommen war, hatten sich die Dinge für Bald von schlecht zu richtig scheiße verwandelt. Er war von russischen Schlägern in einen Hinterhalt gelockt und von Odessa verarscht worden, und selbst sein Kontaktmann bei der Firma, Leo Land, hatte versucht, ihn aus tausend Meilen Entfernung mithilfe eines mit Sprengstoff versehenen Handys umzubringen. Der Schläger, der ihm das Handy abgenommen hatte, hatte sich mit einem Loch in der Seite seines Kopfes wiedergefunden. Bald brauchte jetzt eine Exitstrategie, und Odessa Stone war seine einzige Option. Er richtete die Beretta auf ihren Kopf. Ihre Augen wölbten sich doppelt so groß wie sonst aus ihren Höhlen.

»Was zum Teufel soll das?«, fragte sie.

»Du wirst mich hier rausschaffen«, sagte Bald. »Und mit deinem Kontaktmann zusammenbringen.«

Odessa warf ihm einen Blick zu, der einer Ratte das Fell hätte abziehen können.

»Oder was? Du tötest eine unbewaffnete MI6-Agentin? Das glaube ich nicht.«

»Stell mich nicht auf die Probe«, sagte Bald mit einer Stimme, die ihr verriet, dass er es ernst meinte. »Wo ist der Treffpunkt?«

»Mit meinem Kontaktmann?«

»Nein, mit Justin Bieber, verdammt noch mal. Natürlich mit deinem Kontaktmann.«

Odessa schürzte die Lippen. »In Genf«, sagte sie nach einer Pause. »Meine Befehle lauten, mich im Zimmer 219 des Metropolitan Hotels zu melden. Aber erst, nachdem Klich erfolgreich dem Extraktionsteam überstellt wurde.«

»Dann werden wir beide einen kleinen Ausflug machen«, sagte Bald.

Odessa verzog verwundert ihr Gesicht. »Wieso willst du dich mit meinem Kontaktmann treffen?«

»Land ist nicht zu erreichen. Ich habe keine Möglichkeit, ihn zu kontaktieren.«

»Na und?«

»Ich will mein Geld.«

Odessa lachte ungläubig. »Du bist doch verrückt. Die Firma wird dir keinen Penny bezahlen.«

»Land hat mir ein Schreiben von deinem Obermotz gezeigt«, sagte Bald. »Unterschrieben und mit allem Drum und Dran. Was ich bekomme. Eine halbe Million und ein Haus auf einer schönen Insel genannt Madeira. Sie werden bezahlen, oder ich sorge dafür, dass es ihnen leidtut.«

Odessas Augenbrauen schossen so weit nach oben, dass sie beinahe das Dach gestreift hätten. »Du hast eine streng geheime Mission des MI6 in eine absolute Katastrophe verwandelt. Ich denke, damit erlischt so ziemlich jede Abmachung, die du vielleicht hattest, Sportsfreund.«

Bald schwieg. Odessa rollte mit den Augen, als ihr Selbstvertrauen wuchs. »Wie genau lautete denn *deine* Mission, John? Viktor Klich gefangen nehmen?« Sie trat einen Schritt auf ihn zu. »Ihn *töten?*«

»So in etwa.«

»Und wie soll das laufen?« Sie nickte zur Rückseite des Bauernhauses. »Du hast ihn dir durch die Finger gehen lassen, aber erst, nachdem du halb Courchevel zusammengeschossen hast. Glaubst du ernsthaft, dass die Jungs vom MI6 dich für einen vermasselten Job belohnen werden?«

Bald kochte innerlich. Er ballte seine linke Hand zu einer steinernen Faust.

»Du hast es verkackt«, fuhr er sie an. »Das war nicht mein Fehler. Wenn du nicht dazwischengefunkt hättest, hätte ich den Oligarchen schon längst an der Himmelspforte abgeliefert. Ich kam hierher, befolgte meine Befehle, tat meinen Teil der Abmachung. Der Rest ist nicht mein verdammtes Problem.«

Odessa verschränkte ihre Arme vor ihrer verdammt hübschen Brust. »Was für ein praktisches Lebensmotto.«

Bald deutete mit der M9 auf die Eingangstür. »Wir können meinen Wagen nehmen.« Ihm war der Mégane wieder eingefallen, den er am Straßenrand kurz vor Courchevel abgestellt hatte. Vor zehn Stunden. Auch wenn es ihm wie zehn Jahre vorkam.

Sein Herz pochte wie wild. Echos davon waren sogar noch in seiner Kehle zu spüren. Jede Sekunde, die er länger in diesem Bauernhaus verblieb, erhöhte das Risiko, gefangen zu werden. Am Morgen hatte es in dem Dorf von GIGN-Einsatzkräften nur so gewimmelt. Bald musste davon ausgehen, dass die französischen Spezialkräfte die Schüsse vor dem Bauernhaus gehört hatten. In klaren Nächten trug der Schall besonders weit. Jede Minute konnten die Wichser von der GIGN über das Bauernhaus herfallen wie rumänische Stripperinnen über einen Junggesellenabschied.

»Das mit Joe tut mir leid«, sagte Odessa.

»Sollte es nicht. Er war ein rückgratloser Mistkerl. Keiner der Kameraden beim Regiment hat ihn je respektiert. Er ging immer nur auf Nummer sicher. Stellte seine Befehle nie infrage. Er hat seine Wahl getroffen, also Scheiß drauf.«

Odessa zuckte mit den Schultern. »Schätze, du wirst dich ihm schon bald anschließen.«

Bald runzelte die Stirn. »Wovon zum Teufel redest du da?«

»Klich hat dein Gesicht gesehen«, erwiderte Odessa und ließ den Blick auf den Boden sinken. »Du weißt, wieso sie ihn den Elephant Man nennen?«

»Weil er so verdammt gut aussieht?«

Odessa schüttelte den Kopf. »Weil er nie etwas vergisst. Früher oder später wird Klich dich finden, John. Und dann wird er mit dir das Gleiche anstellen.«

Sie folgten mit dem Mégane der kurvenreichen Straße. Aus Courchevel herauszukommen war sehr viel leichter gewesen, als Bald es angenommen hatte. Das GIGN-Team war einfach aus dem Dorf verschwunden. Bald fragte sich laut, wieso sie sich so plötzlich verpisst hatten.

»Du meinst, du weißt es nicht?«, fragte Odessa.

»Ich weiß was nicht?«

»Die GIGN-Jungs waren hier, um den Präsidenten zu bewachen.«

»Den Amerikanischen?«

Odessa schüttelte den Kopf. »Den Russischen. Er verbringt seinen Neujahrsurlaub immer in Courchevel. Das weiß jeder.«

»Ich nicht«, sagte Bald. Er verfolgte die aktuellen politischen Ereignisse nicht, genauso wenig, wie er die Zeitung las oder Chai Latte trank. Er konnte sich vorstellen, dass es nette Menschen gab, die in netten Städten mit netten Wagen und netten Gärten lebten und so etwas taten. Aber diese Art von Leben war nichts für Bald. Das war nie eine Option gewesen.

»Der Präsident ist verfrüht aus Courchevel abgereist«, fuhr Odessa fort. »Es gab wohl irgendeine Drohung ihm gegenüber. Zumindest ist es das, was ich hörte.«

Sie hielt den Mégane bei stabilen 110 Kilometern pro Stunde. Bald war in dem Sitz neben ihr zusammengesunken, die Beretta M9 in seinem Schoß. Zwanzig Meter vor der Schweizer Grenze befahl er ihr, an einer Raststätte abzubiegen und an den Zapfsäulen und dem Restaurant vorbei bis zu den Parkplätzen zu fahren. Der Parkplatz war leer, bis auf zwei Lastwagen, und Bald befahl Odessa, mit etwas Abstand von ihnen zu parken. Er nahm seinen Gürtel ab, und noch bevor sie die Chance bekam zu fliehen, band er damit ihre Hände an dem Lenkrad fest.

»Du willst mich hier einfach zurücklassen, während du dich vollstopfst?«, fragte Odessa.

»Ich bring dir ein paar Reste mit.«

»Aber ich muss pinkeln.«

»Tja, Pech«, sagte Bald und strich mit seinem Daumen über ihre Wange. Dann steckte er die Schlüssel ein, stieg aus dem Mégane und stopfte sich die M9 vorn in seinen Hosenbund, den Griff unter seinem Hemd verborgen. Mit schnellen Schritten überquerte er den Parkplatz. Der Asphalt war rutschig und die Luft getränkt von dem Geruch kürzlichen starken Regens. Er ging an den Lastwagen vorbei und huschte durch die Tür des Restaurants. Es war genauso trist und langweilig, wie es von außen den Anschein hatte. *So wie ganz Frankreich*, dachte er bei sich. Eine mitleiderregende osteuropäische Kellnerin mit einer Nase wie ein Knöchel wies ihm den Weg zu den Toiletten im hinteren Bereich. Die billige Uhr an der Wand war kaputt und die Zeiger bei 2 Uhr 18 stehen geblieben. Bald lief an einem Tisch voller grimmig dreinschauenden Lastwagenfahrern vorbei, und dann bohrte sich ein Gedanke wie ein Schraubendreher in seinen Hinterkopf.

Wieso hatte Land ihm nichts von dem russischen Präsidenten erzählt?

Bald schob den Gedanken beiseite und schloss sich in einer der Kabinen ein. Er klappte den Toilettensitz herunter, setzte sich und widmete sich dem Verband, der die rechte untere Seite seiner Brust bedeckte. Er pulte eine Ecke davon ab und der Geruch von gammeligem Käse stieg aus der Wunde empor. Nachdem er den Verband abgenommen hatte, zählte Bald vier Nähte über seinem aufgeworfenen Fleisch. Sie waren schwarz und wund. Eiter sickerte zwischen den Stichen hervor. Die Wunde war in einem bedauernswerten Zustand und er lief Gefahr, eine Sepsis zu erleiden, wenn er nicht bald medizinische Hilfe bekam. Das würde er zu einer Priorität machen, sobald er den Kontaktmann getroffen hatte. Zuerst das Geld, dann die Gesundheit. Ein weiteres

Motto, nach dem Bald lebte. Er spritzte Seifenwasser über die Wunde und wischte es mit einem Knäuel aus Papiertüchern ab. Dann klebte er den Verband wieder an seine Stelle und kehrte zu dem Mégane zurück. Er befreite Odessa und ignorierte den bösen Blick, den sie ihm zuwarf.

Dann fuhren sie weiter. Bald hielt die Beretta versteckt, als sie die Grenze überquerten. Odessa konzentrierte sich auf die Nebenstraßen und hielt sich von den Autobahnen fern, auf denen Schweizer Grenzpatrouillen bekanntermaßen verkehrten. Um zwei Uhr morgens schafften sie es über die Grenze. Niemand machte ihnen Schwierigkeiten. Als sie Genf erreichten, war der Morgen noch nicht viel mehr als ein Gerücht. Ein Wirbel aus Farben braute sich am Horizont zusammen, unterhalb der tiefschwarzen Nacht und den ausgeblichenen Sternen.

Die Straßen waren kalt und leer. Odessa fuhr an Luxusuhrenhändlern und Boutiquen für Modemarken vorbei, von denen Bald noch nie etwas gehört hatte. Sie schlängelten sich an einem heruntergekommenen, mit Graffiti überzogenen Bahnhof vorbei, vor dem zusammengedrängt zwei Dutzend Osteuropäer kauerten. Sie sahen wie illegale Einwanderer aus, die Hände in die Taschen gestopft und die Kragen gegen die Kälte hochgeschlagen, mit grauen, hungrigen Augen, während sie darauf warteten, dass die Transporter der Baufirmen anrollten. Verzweifelte Männer auf der Suche nach schmutziger, steuerfreier Arbeit. Europas dunkle Seite der Wirtschaft, die schon Stunden zuvor in vollem Gange war, bevor die gutgekleideten Bankiers aus ihren auf Entenfedern gebetteten Schlummer erwachten und sich in ihre großräumigen Büros begaben.

Es war zwanzig nach drei, als sie die Mont-Blanc-Brücke über den Genfersee überquerten. In der Ferne brüteten die Berge. Bald erspähte den Jet d'Eau, in der Nähe der Stelle, wo die Rhone in den See mündete. Der Springbrunnen war in der Dämmerung in ein künstliches rotes Licht getaucht und ließ Wasser einhundertvierzig Meter in die Höhe steigen, wie eine Blutfontäne, die aus einer aufgeschlitzten Kehle schoss.

Dann sah er das Metropolitan Hotel auf der anderen Seite des Flusses. Es sah aus wie die Art von Zuflucht, die afrikanische Despoten im Exil und koksende saudische Prinzen ihr Zuhause nannten, mit seinem Namen in goldenen Lettern und der Flotte aus Bugattis und Ferraris wie in einer Parade auf dem Parkplatz davor. Die Fassade besaß die Farbe von Vanilleeis und war mit aufwendigen Details versehen, und die Fenster jedes Raumes führten auf einen eigenen Balkon hinaus. Odessa lenkte den Wagen zu einem Parkplatz gleich südlich des Metropolitans. Sie und Bald verließen den Wagen und näherten sich den vergoldeten Drehtüren.

In der Lobby säumten Ölgemälde des Genfersees und des Mont Blanc die pastellfarbenen Wände. Kronleuchter badeten den Marmorboden in diamantenem Licht. Ein blasser Rezeptionist hatte die Nachtschicht abbekommen. Odessa checkte mithilfe ihres gefälschten Passes und dem Führerschein ein. Sie bezahlte mit einer schwarzen AmEx. Dann fuhren sie und Bald mit dem Otis-Aufzug in die Royal Suite in den zweiten Stock hinauf. Bald musterte ihren Hintern in dem Spiegel. Odessa erwischte ihn dabei und schenkte ihm ein freches Lächeln.

Jedes Möbelstück in der Suite sah aus, als hätte es mehr gekostet, als Bald in zehn Jahren im Regiment verdient hatte. Das Schlafzimmer verfügte über ein Himmelbett, dessen Rahmen mit Swarovski-Diamanten besetzt war, und in einem Eiskübel auf einem Beistelltisch kühlte eine Flasche Bollinger. Französische Fenster blickten auf den See hinaus. Der Raum roch nach Parfüm und die Luft schmeckte wie die Seiten antiker, ledergebundener Bücher. *Egal, welche Kürzungen das Verteidigungsministerium auch vornehmen musste – die teuren Ausgaben der Firma schienen davon nicht betroffen zu sein*, dachte Bald bei sich. Wäre er nicht gerade ein Mann auf der Flucht gewesen, hätte er sich vielleicht hingesetzt und ein Glas Blubberwasser genossen. Aber er musste eine Mission beenden und einen Scheck kassieren. Ein neues Leben beginnen. Seine blutunterlaufenen Augen blickten über den See. Er war dunkel und glatt, wie schwarzes Eis. Er verstaute seine Beretta in der Schublade des Nachttischschrankes, während Odessa in der Lounge stand, von einer Nachricht auf ihrem iPhone abgelenkt.

»Wo bleibt der Kontaktmann?«, fragte Bald und drehte sich zu ihr um.

Odessa blickte das Display noch ein oder zwei Sekunden stirnrunzelnd an, dann hob sie den Kopf. »Wir sind früh dran«, sagte sie. »Das Treffen findet nicht vor 15:00 Uhr statt.«

Bald wollte sie schon fragen, mit wem sie sich da Nachrichten schrieb, als sie ihr Handy in ihre Gesäßtasche gleiten ließ und ihm wieder dieses süße Lächeln zuwarf, während sie wie ein Modell zu ihm lief. Er war völlig hypnotisiert von dem eleganten Wackeln ihrer Hüften. Er vergaß alle Zweifel, die sich wie Metallhaken in die hintersten Winkel seines Verstandes gebohrt hatten. Er vergaß die Schmerzen seiner Wunde. Odessa lief weiter hüftschwingend auf ihn zu. Sie blieb direkt vor seinem Gesicht stehen, ihre Titten nur zehn Zentimeter von seiner Brust entfernt. Ihr warmer, leichter Atem streichelte über seine Lippen. So nah konnte Bald sie riechen. Erdbeere und billiges Parfüm. Ein schmutziger Geruch. Ein guter Geruch. Ihre Augen waren schwarz, aber sie leuchteten auf irgendeine Weise. Sie sahen ihn an, sahen in ihn hinein.

»Ich frage mich, was wir tun könnten … um uns die Zeit zu vertreiben?«, wisperte Odessa.

Sie ließ ihre Hand an seiner Seite hinabgleiten und ließ sie locker auf seiner Hüfte ruhen. Bald verspannte sich ein wenig. Sie zog ihn näher zu sich heran. Sie berührten sich an den Hüften. Bald bekam einen Ständer, mit dem man einen Safe hätte knacken können.

»Irgendwelche Ideen, Mister?«

Bald grinste. »Die eine oder andere.«

»Mir fallen Hunderte ein«, erwiderte Odessa süßlich und griff ihm zwischen die Beine.

Leck mich am Arsch, dachte Bald. Das hatte ja nicht lange gedauert, bis Odessa einen anderen Ton anschlug. Er hatte gehofft, etwas von der John-Bald-Magie bei ihr spielen lassen zu können, bevor er sich nach Madeira absetzen würde. Seit er Odessa in Venezuela das erste Mal gesehen hatte, war er scharf darauf gewesen, es ihr zu besorgen. Aber er konnte seinen geschwollenen Kiefer spüren, als hätte er auf einem Beutel aus Steinen herumgekaut, und er wusste von seinem Blick in den Spiegel, dass seine Stirn voller blauer Flecken war und sein linkes Augenlid angeschwollen war. Außerdem konnte er bereits selbst seinen übermächtigen Gestank aus Schweiß und Schießpulver riechen. *Aber vielleicht mag sie es ja etwas härter*, dachte er sich.

Sie nahm seine Hände und presste sie auf ihre Brüste. Bald dachte an gar nichts mehr.

»Ich will, dass Sie die Klamotten loswerden, Mister« sagte Odessa.

Ihre Finger spielten mit seinen Eiern, während sie sich gegen ihn lehnte, auf ihren zierlichen Zehenspitzen stehend, und ihre Lippen gegen seine presste. Für eine Sekunde dachte Bald, dass sie ihn küssen würde. Stattdessen aber begann sie, über die Schnitte in seinen Lippen zu lecken.

Odessa vollführte eine kleine Pirouette. Gab ihm einen Vorgeschmack auf ihr Fahrgestell. Sie schlüpfte aus ihren Kleidern und präsentierte sich in einem weißen BH und passendem Slip. Nur ein dünner Streifen Satin trennte Bald von einem legendären Fick.

Er zog sie nah zu sich heran.

Bald erwachte im Licht der Sonne, das wie träger Zigarrenrauch über seine Augen strich, und mit Schmerzen in seiner Wunde, die zu einem dumpfen Pochen abgeklungen waren. Sein Blick fiel auf seinen Verband. Odessa hatte ihn im Schlaf neu verbunden. Einige Verpackungen steriler Pflaster lagen auf dem Nachttisch. Er tastete den Verband ab und sah auf seine Aquaracer: 14:14 Uhr. Noch sechsundvierzig Minuten bis zum Treffen. Zeit für Runde zwei. Er streckte seine nachgeladenen Muskeln und rollte sich zu Odessa hinüber. Aber sie war nicht da. Ihr Kopf hatte einen Abdruck in dem weichen Kissen hinterlassen. Dann hörte er das Zischen einer Dusche und sah die Spur aus Kleidungsstücken, die von dem Bett zu der geschlossenen Badtür führte. Er lächelte. *Dann also Sex in der Dusche*, dachte er.

Er wollte gerade aus dem Bett springen, als Odessas iPhone klingelte.

Bald zögerte. Odessa hatte das Handy auf dem Boden neben ihrem Höschen zurückgelassen. Verwirrt rollte sich Bald aus dem Bett, kniete sich neben das Telefon und reckte den Kopf nach dem Display. Es war kein Name auf dem Display zu sehen, nur eine Nummer. Bald sah die +44 am Anfang und spürte, wie sich ein Gefühl der Kälte in seinem Bauch ausbreitete, als er auch die nachfolgende Sequenz von Ziffern wiedererkannte. Lautlos formte er mit dem Mund den Namen des Anrufers.

Leo Land. Seine Direktverbindung.

Die Wärme wich aus Bald, vom Kopf bis zu den Zehen. Er griff nach dem Handy und lief durch das Schlafzimmer, sodass Odessa ihn nicht hören würde. Mit einem Auge behielt er die Badtür im Blick, als er auf »Annehmen« tippte. Ein stotterndes Rauschen drang aus der Leitung, dann Stille, gefolgt von einer zögerlichen Stimme.

»Ja?«, fragte Bald.

Land seufzte wie ein Druckventil, das abgelassen wurde. »Gott sei Dank«, sagte er in seiner silberhellen Stimme. »Ich habe die Nummer als letzte Möglichkeit probiert. Ich versuche, Sie seit sechs Stunden zu erreichen. Wo zur Hölle haben Sie nur gesteckt, Mann? Was ist mit ihrem Handy passiert?«

Zorn stieg in Bald auf. »Es ist explodiert.«

Land machte eine Pause. »Wovon um Himmels willen reden Sie da?«, fragte er dann.

»Sie haben verdammt noch mal versucht, mich umzubringen.«

Land lachte. »Unsinn.«

»Das Handy, das Sie mir gegeben haben, war präpariert. Sie warteten nur darauf, dass ich die Operation beende. Sobald ich danach die Firma angerufen hätte, wäre das Handy an meinem Ohr explodiert und hätte meinen Schädel zu Mus verarbeitet.«

Land machte ein Geräusch, als würde er sich einem breiten Streifen Koks durch die Nase ziehen. »Das ist lächerlich. Wieso sollte ich so etwas tun? Nein, John, da liegen Sie falsch.«

»Sie haben mir das Handy gegeben. Also müssen Sie gewusst haben, dass es mit einem verdammten Sprengsatz versehen war.«

»Denken Sie doch mal drüber nach, John«, sagte Land ungeduldig. »Wer sonst hatte noch Zugang zu dem Handy, hmm? Odessa vielleicht?

Sie könnte es präpariert haben, während Sie ihr den Rücken zudrehten. Die Batterie ausgetauscht haben. Schon mal daran gedacht?«

»Odessa? Wovon reden Sie da?«

Bald wippte auf und ab. Odessa ließ sich in der Dusche Zeit. Dampf quoll aus dem Spalt zwischen der Tür und dem feinen Teppich hervor.

»Hören Sie«, sagte Land, »ich fürchte, wie haben keine Zeit für diese Art von Vergangenheitsbewältigung. Sie müssen mir vertrauen. Ich rufe Sie an, weil ich Ihnen helfen will, Ihr Leben zu retten. Ich nehme an, Miss Stone ist in der Nähe, da Sie an ihr Handy gegangen sind?«

Bald schürzte die Lippen.

»Sie ist hier«, sagte er vage und sah mit zusammengekniffenen Augen zu der Badtür.

»Gut. Dann dürfen Sie keine Zeit verlieren. Sie müssen es jetzt tun.«

»Ich muss was tun?«

Es folgte eine Pause, und ein Knistern drang durch die Leitung, wie Metall, dass zusammengedrückt wird. Einen Moment lang dachte Bald, das Signal wäre unterbrochen worden. Dann war Land zurück und sagte: »Sie müssen Sie umbringen, alter Freund. Sie müssen Odessa töten.«

KAPITEL 39

14:19 UHR

Die Dusche rauschte, die Verbindung rauschte. Das Rauschen vermischte sich in der Luft und baute einen gnadenlosen Druck in Balds Schläfen auf. Seit der Katastrophe in Caracas hatte er keine Migräne mehr gehabt. Aber nun kehrte sie zurück, schwache Schritte in seinem Schädel, die näher und näher kamen.

»John? Sind Sie noch da?«, fragte Land.

Bald knirschte mit den Zähnen. »Ich bin hier.«

»Hören Sie mir zu. Odessa arbeitet für den russischen Geheimdienst. Die haben sie geschickt, um Klich in eine Falle zu locken. Sie wollen ihn unbedingt wieder zurück in Russland haben.«

Das Rauschen verebbte. Bald zwinkerte.

»Odessa sagte mir, dass sie für die Firma arbeitet«, sagte er. »Ich bin hier, um mich mit ihrem Kontaktmann zu treffen.«

»Sie lügt Sie an, Sie verdammter Narr. Odessa hatte nie einen Job beim MI6, weder in der Organisation, noch im Einsatz. Nicht einmal als verfluchte Aushilfskraft. Sie hat ihnen Sand in die Augen gestreut.«

Bald antwortete nichts darauf. Flecken tauchten an den Rändern seines Sichtfeldes auf. Die Lichter kamen ihm plötzlich unglaublich grell und scharf vor, wie Messerspitzen. Odessa würde jeden Moment aus der Dusche kommen. Er musste das Handy loswerden.

»Odessa hat mich zu Klich in dem Chalet geführt«, sagte Bald. »Wieso hätte sie mir helfen sollen, wenn sie doch für die Russen arbeitet?«

»Sie wusste, dass Sie Klich töten würden. Erinnern Sie sich an das alte Sprichwort, John? Dass man sich seine Feinde näher halten sollte als seine Freunde? Sie wird Sie eliminieren, sobald Sie unaufmerksam sind.«

»Was ist mit ihrem Kontaktmann? Sie sagte, er würde in etwa einer halben Stunde eintreffen.«

»Hat Sie Ihnen einen Namen genannt?«

Bald schwieg.

»Der Mann, der Sie besuchen wird, ist ein Cleaner«, schäumte Land. »Die Sorte, wie sie für die Russen arbeitet. Tötet jeden, der eine Bedrohung darstellt. Sie müssen Odessa sofort ausschalten, oder Sie werden auf die gleiche Weise wie Joe enden.«

Der Knauf der Badtür wurde herumgedreht.

»Töten Sie sie«, blaffte Land. »Sofort.«

Bald tippte auf »Anruf beenden« und versteckte das Handy eilig hinter seinem Rücken, als auch schon die Badtür aufflog. Ein Schwall Dampf zog ins Schlafzimmer. Bald sah, wie sich Odessa aus dem Dampf schälte, nackt und braun und an genau den richtigen Stellen kurvig. Sie lehnte sich gegen den Türrahmen, ihren rechten Arm vor ihren Brüsten, eine zarte Hand zwischen ihren Beinen.

Lands Befehl kratzte von innen an Balds Schädel. »Töten Sie sie.«

»Du solltest wirklich die Dusche probieren«, sagte Odessa. »Sie ist so erfrischend.«

Venen aus Wasser rannen an ihren Brüsten hinab und tropften auf den Steinboden.

»Du siehst nackt gut aus, John. Komm her, leiste mir Gesellschaft.«

Bald wollte zu ihr, tat es aber nicht. »Dein Kontakt«, sagte er stattdessen. »Wie heißt er?«

Odessa musterte ihn mit geneigtem Kopf, entspannt, ohne zu blinzeln. »Wieso fragst du?«

Bald zuckte mit den Schultern. »Nur so.«

»Das wirst du schon noch herausfinden«, sagte sie spielerisch. Dann warf sie ihr schwarzes Haar zurück und zwinkerte ihm zu. »Willst du jetzt die ganze Zeit dort stehen bleiben oder endlich mit mir in die Dusche kommen?«

Bald gefiel nicht, wie Odessa der Frage nach dem Kontaktmann ausgewichen war. *Es gibt nur einen Grund, wieso sie es mir nicht gesagt hat,* dachte er. Es gab überhaupt keinen Kontaktmann. Land hatte recht. Jetzt verstand Bald auch, wieso sie plötzlich derart aggressiv auf ihn zugegangen war. Nicht etwa wegen seines schroffen Gesichts oder seinem schottischen Akzent, sondern weil sie sich etwas Zeit erkaufen musste, bevor der Cleaner durch die Tür stürmen und ihn über den Haufen schießen würde.

»Gib mir eine Minute«, sagte er. Ich sollte wirklich meinen Geschmack in puncto Frauen überdenken, schoss es ihm durch den Kopf.

Odessa warf ihm einen Luftkuss zu und verschwand wieder hinter dem Vorhang aus Dampf. Die Dusche erwachte erneut zum Leben. Bald legte das Handy wieder vorsichtig neben ihrem Höschen ab. Er sah auf die Uhr: 14:30 Uhr. Dreißig Minuten, bis der Cleaner eintreffen würde. Das konnte unschön werden. Er durfte keinen Moment mehr vergeuden. Er kramte die Beretta aus der Schublade, auf deren Lauf noch immer der Trinity-9-mm-Schalldämpfer geschraubt war. Dann fischte er zwei dicke Badehandtücher aus einem Stapel, wickelte sich einen davon um die Hüfte und ließ die Waffe sanft zwischen die Falten des anderen Handtuchs gleiten. Er war nicht sicher, wieso er sie versteckte. Als Vorkehrung gegen den Cleaner? Oder weil man ihm befohlen hatte, Odessa umzulegen? Er mochte sie irgendwie. Sie hatte so etwas an sich. Nicht elegant. Nicht klassisch Englisch. Aber tough. Kämpferisch. Ließ sich von niemandem etwas erzählen. Das gefiel Bald. Er hatte immer noch nicht entschieden, ob er sie nun erschießen sollte oder nicht, als er sich das Handtuch mit der versteckten Waffe unter den Arm klemmte und ins Badezimmer lief.

»Beeil dich«, säuselte Odessa. »Es ist schön heiß.«

Bald trat durch den Dampf. Er fand Odessa, die sich in die Dusche beugte, mit der linken Hand an dem Wasserhahn drehte und mit der

Rechten die Temperatur prüfte. Aus dieser Perspektive hatte er einen herrlichen Blick auf ihren Hintern. Odessa blickte sich zu ihm um und lächelte vielsagend. Er erwiderte interessiert das Lächeln und legte das Handtuch mit der Kanone auf dem Waschbecken vor der Duschkabine ab. Mit einem kurzen Blick vergewisserte er sich, dass der Griff der Waffe nicht daraus hervorlugte.

»Was dauert da so lange?«, fragte Odessa. »Es ist ganz schön gemein, eine Frau so lange warten zu lassen.«

»Du weißt ja, wie es heißt – Gut Ding will Weile haben.«

»Fiesling«, neckte sie ihn. »Geduld war noch nie meine Stärke.«

Odessa schlang sanft ihre Arme um seinen Hals und zog Bald zu sich heran. Sie schob ihre Zunge in seinen Mund und küsste ihn heftig. Sie schmeckte nach Vanille. Sie hörte nicht auf, küsste ihn weiter, während ihre Schenkel über seine streiften. Sie zog ihn rückwärts in die Dusche, dann stieß ihn dann gegen die Wand. Sank in die Knie. Heißes Wasser plätscherte wild auf ihren Kopf, während sie mit seinen Eiern spielte. Bald schloss die Augen, ließ die Anspannung aus seinem Körper weichen und den Abfluss hinuntergurgeln. Für einen kurzen Moment gelang es ihm, Land und Klich und die gesamte Mission zu vergessen und den Blowjob zu genießen, der so gut war, dass er am liebsten ein Loch in die Wand gehauen hätte.

Dann glitt Odessa von ihm fort und sprang aus der Dusche. Verzog die Lippen zu einem Schmollmund, während ihr Haar an ihr herabfiel und zärtlich über ihre Schultern strich. Bald stürmte aus der Dusche und wirbelte sie energisch herum. Sie grinste, hielt das für ein neues Sexspielchen, von dem er vielleicht einmal gelesen hatte. Sie spielte mit und schnurrte erregt, als er ihre Arme über das Waschbecken ausbreitete und ihr eine Hand auf den Rücken legte. Dann spreizte er ihre Beine und warf einen hungrigen Blick auf ihre Möse. Er spürte einen Anflug von Bedauern. Dann verlor sich das Gefühl und er griff nach dem Handtuch, welches er neben ihrem linken Ellenbogen abgelegt hatte. Er sah ihre Augen in der Reflexion des angelaufenen Spiegels, die seiner Hand folgten, als er sie in die Falten des Handtuchs schob. Er sah, wie die zarten Fältchen in ihrem Gesicht sich verwirrt zusammenzogen, als er mit einem Ruck die Beretta herauszog und die Spitze des Schalldämpfers an ihren Hinterkopf presste.

Sah, wie die Verwirrung sich in Angst wandelte.

»Nein, warte …«

Die Halbautomatik schnellte zurück, als Bald den Abzug drückte und eine Kugel aus der Mündung flammte. Ein scharfes Knacken war zu hören, als die Kugel in ihren Schädel schlug und sich ihren Weg durch ihr Gehirn bahnte, bevor sie zwischen ihren Augen wieder austrat und einen Konfettiregen aus Gehirnmasse und Knochensplittern über den Spiegel verteilte. Ihre Beine gaben nach. Ihr Kopf sank nach unten und landete mit einem dumpfen Knall in dem Porzellanbecken. Blut pulsierte aus der Austrittswunde und in das Becken. Das Gewicht ihrer Beine zog ihren Oberkörper nach unten. Leblos sackte sie auf den Steinboden.

Bald trat einen Schritt von ihr zurück. Trat ihr gegen die Rippen, um zu prüfen, ob sie auch wirklich tot war. Der Knall des Schusses war von dem Schalldämpfer und dem lauten Prasseln der Dusche unterdrückt worden. Er drehte die Dusche ab und wischte mit einem Handtuch über das blutige Ende des Schalldämpfers. Dann legte er die Waffe beiseite und beide Handtücher auf den Boden, um das Blut aufzufangen, das aus ihrem Kopf sickerte. Er wollte vermeiden, dass es aus der Badezimmertür lief und den Teppich verfärbte. Er musste an das Zimmermädchen denken, das irgendwann hereinkommen würde, um die Suite zu säubern. Es würde eine Minute, vielleicht sogar noch weniger, zwischen dem Moment vergehen, an dem sie das Zimmer betrat, dann die Blutflecken im Teppich bemerkte und danach die Badezimmertür öffnen und Odessas Leiche finden würde. Diese Minute könnte sich für Bald als wertvoll erweisen, wenn er fliehen musste. Seine Hände waren mit Blut verklebt. Er wusch sie und seine Finger mit Flüssigseife in dem Waschbecken ab. Dann schnappte er sich die Beretta, kehrte ins Schlafzimmer zurück und schob Odessas Kleidungsstücke unter das Bett. Es war, als hätte sie den Raum nie betreten. Er schlüpfte in sein Hemd und seine Jeans, dann schob er sich die Beretta hinten in den Hosenbund. Bereit, um abzuhauen.

Er war halb zur Tür hinaus, als das iPhone ein zweites Mal klingelte. Land schon wieder? Bald hob das Handy auf. Er hatte es auf dem Boden liegen lassen, während er damit beschäftigt gewesen war, den Rest von Odessas Sachen zu verstecken. Jetzt lief er zu ihm und kniete sich daneben.

DANIEL CAVE war auf dem Display zu lesen.

Der Name kam Bald von einem früheren Auftrag der Firma bekannt vor. Danny Cave war ein Untergebener Lands, einer seiner Lakaien, mit einer Einstellung und einem Haarschnitt wie aus der Fernsehshow *The Apprentice*. Was zum Teufel will der denn?, bohrte eine Stimme ihren Zeigefinger in Balds Brust. Er wusste es nicht, und er wollte es auch nicht wissen. Er ließ das Telefon einfach klingeln. Er wusste nur, dass er aus dem Hotel verschwinden musste, bevor der Cleaner eintraf. Er sprang auf und warf einen letzten prüfenden Blick durch den Raum. Dann steckte er sich das iPhone in die Tasche und hastete auf die Tür zu, die in den Korridor führte. Er hielt es für das Beste, zuerst zu verschwinden und erst dann Land zu melden, dass der Job erledigt war. Und sein Geld einzusammeln.

Bald war beinahe an der Tür der Suite angekommen, als diese aufflog und eine Gestalt in den Raum preschte. *Der Cleaner*, dachte Bald, während er gleichzeitig nach der Pistole griff. Dann erstarrte er, denn er erkannte die Person, die dort im Türrahmen stand.

»John Boy!«, rief Danny Cave mit seinem kehligen Essex-Akzent. Er sah nicht sonderlich überrascht aus, Bald hier zu sehen. »Die Welt ist klein, oder?«

»Zu klein«, antwortete Bald, der innerlich loderte und sich fragte, was Cave um alles in der Welt hier zu suchen hatte. Der MI6-Mann grinste und trat weiter in die Suite ein. Und er hatte Gesellschaft: zwei Typen in schlecht sitzenden Anzügen, die versuchten, hart auszusehen. Aber es stand keinem von ihnen. Bald war in seiner Heimatstadt Dundee schon neben angsteinflößender aussehenden Frauen aufgewacht. Die beiden Spießer huschten hinter Cave in den Raum und gingen zu beiden Seiten von ihm in Position. Sie waren mit Glock-17-Pistolen bewaffnet, wie Bald bemerkte.

Es war jetzt schon ein Jahr her, seit er Cave zum letzten Mal gesehen hatte. Der Agent trug einen eng sitzenden blauen Anzug mit Fischgrätmuster, ein pastellblaues Hemd und ein Paar Oxfords. Sein Kragen verschwand unter den Hautfalten an seinem Hals. Die Saufkultur in Vauxhall forderte wohl so langsam ihren Tribut, dachte Bald. Cave besaß eine Haut, die wie Zinn aussah. Das Feuer, das früher einmal in seinen blauen Augen gelodert war, war längst verloschen. Jetzt waren sie nur noch rauchig und schwach. Sein Haar hatte sich an der Stirn in ein paar drahtige Strähnen gelichtet. Das Einzige, was an ihm gleich geblieben war, war das giftige Rasierwasser, das in Wellen von ihm ausging. Er sah aus und roch wie einer von diesen Typen, die einem eine Autoversicherung aufschwatzen wollten. Cave ließ seinen Blick durch die Suite wandern, während seine beiden Gehilfen die Tür hinter sich schlossen. Der Mann auf der rechten Seite trug eine Akte bei sich.

»Wo ist sie?«, fragte Cave, reckte seinen Kopf an Bald vorbei und sah sich um.

»Wo ist wer?«

Cave schwang seine Augen wieder auf den Ex-Blade zurück. »Du weißt schon, wer. Odessa Stone. Meine Agentin. Sie hat mir vor einer Stunde eine Nachricht geschrieben und mich informiert, dass sie hier mit dir abgestiegen ist. Seither versuche ich vergeblich, sie zu erreichen.«

Oh scheiße, schoss es Bald durch den Kopf. *Odessa arbeitete wirklich für die Firma. Cave war ihr verdammter Kontaktmann. Ich habe gerade eine MI6-Agentin umgelegt.*

»Sie musste weg«, log er mit einem verstohlenen Blick auf die Badezimmertür. »Wieso trinken wir nicht irgendwo einen Kaffee zusammen?«

»Kaffee? Du? Du willst mich wohl auf den Arm nehmen, Sonnenschein?« Ein Stirnrunzeln schob Caves Augenbrauen über dem Nasenrücken zu einem Knäuel zusammen. »Sie hatte den Befehl, so lange ein Auge auf dich zu werfen, bis die Kavallerie eintrifft.«

Bald zuckte mit den Schultern. »Sie ist weg, mehr weiß ich nicht.«

»Hat sie nicht gesagt, wohin sie will, oder wieso?«

»Ich hab sie nicht gefragt. Ich bin nicht ihr verdammter Kontaktmann.«

»Verdammt noch …« Cave unterbrach sich mitten in seiner Tirade und seufzte. Blickte gequält drein. Bald genoss es, ihm den schmierigen Ausdruck aus dem Gesicht getrieben zu haben. Aber er wusste, dass er vortrefflich in der Tinte sitzen würde, wenn Cave oder einer seiner Leute die Badezimmertür öffneten.

»Du«, blaffte Cave den Lakai zu seiner Linken an. »Finde Stone. Ich will wissen, wieso sie abgehauen ist.«

Der Mann knallte im Gehen die Tür hinter sich zu. Die Erschütterung verebbte in kaltes Schweigen. Cave schwenkte seinen Blick wieder auf Bald. Sein berühmtes Zahnpastalächeln war zurückgekehrt.

»Du steckst in großen Schwierigkeiten, John Boy. Du hast die letzte Woche damit verbracht, eine äußerst sensible und verdeckte Operation zu torpedieren. Meine Vorgesetzten werden deinen Kopf auf einem Spieß und deine Eier in einem Schraubstock sehen wollen.«

Bald schwieg. Sein Mund fühlte sich plötzlich ganz trocken an, und er konnte die Todesangst schmecken, die langsam wieder in seiner Kehle aufstieg. Ihm die Luft abschnürte. Schweißperlen rannen ihm wie kalte Fingerspitzen am Rücken hinunter, als Cave sich vor ihm aufbaute.

»Jetzt hör mir mal zu, du inzüchtiger schottischer Mistkerl«, krächzte der Agent. »Ich werde dir genau eine Chance geben, Klartext zu reden. Du wirst mir alles sagen, was ich wissen will. Hauptsächlich, was du mit Viktor Klich zu tun hattest, und für wen du arbeitest.«

»Ich habe Befehle befolgt«, protestierte Bald. »Wenn du damit ein verdammtes Problem hast, dann sprich mit deinem Wichser von Boss. Er ist derjenige, der mich angeheuert hat.«

Cave starrte Bald an.

»Welcher Boss?«, fragte er leise.

»Land«, erwiderte Bald. »Wer denn sonst?«

Cave sah ihn ausdruckslos an, während er sagte: »Land arbeitet seit beinahe einem Jahr nicht mehr für den MI6.«

KAPITEL 40

14:56 UHR

Die Migräne explodierte in Balds Schädel, eine Flutwelle aus Lärm und Raserei. Er schüttelte ungläubig den Kopf, immer und immer wieder und wich dabei von Cave zurück, als könne er die Worte aus seinem Kopf schütteln. Den Albtraum vergessen, der sich gerade vor ihm entblätterte.

»Land hat letztes Weihnachten seinen Schreibtisch geräumt«, erklärte Cave mit immer noch scheinbar unbeteiligtem Blick. »Ich übernahm seinen alten Job. Ich bin jetzt der Direktor. Weißt du, was das bedeutet, John Boy? Genaugenommen bin ich jetzt dein Boss.«

Bald explodierte. Irgendwer hatte ihn mit Benzin übergossen und ein Streichholz angezündet. »Wieso hat Land bei der Firma aufgehört?«

»Hat er nicht. Der Chief hat ihn rausgeschmissen.«

Bald wich zur Wand zurück. Nadelstiche ratterten von seinem Ellenbogen in seine Handgelenke und durchlöcherten seinen Kiefer.

»Seit dem ›Intelligent-Dust‹-Skandal war Land geliefert«, fuhr Cave fort. »Es war das am schlechtesten gehütete Geheimnis in Whitehall. Die Führungsriege versuchte beinahe ewig, den alten Bastard loszuwerden. Aber einen alten Fleck wie Land kriegt man nicht so schnell entfernt. Er hatte Freunde in hohen Positionen. Alte Kumpel aus Eton.«

Bald schloss die Augen und suchte in der Dunkelheit Schutz. *Intelligent Dust.* Erinnerungen an seine letzte Mission für Land kehrten zurück. Damals war Bald beauftragt worden, eine Schläferzelle zu finden und zu eliminieren, die versuchte, eine streng geheime US-Technologie, den *Intelligent Dust*, an die Chinesen zu verkaufen. Die Mission hatte damit geendet, dass Bald und Gardner ungefähr das halbe chinesische Militär in einer unterirdischen Bunkeranlage an der Grenze zu Kasachstan dezimierten. Gardner hatte Bald halbtot zurückgelassen. Aber Bald hatte überlebt und war in einer Hippiekommune in der kasachischen Ödnis gesundgepflegt worden.

»Land war verantwortlich dafür, dass die Mission den Bach runter ging«, erklärte Cave. »Um sich zu rächen, beschloss er, mit dem *Intelligent Dust* Kasse zu machen und ihn auf dem Schwarzmarkt zu verscherbeln. An unsere alten Freunde, die Iraner.«

Bald fielen beinahe die Augen heraus. »Unmöglich«, sagte er. »Unmöglich mit verdammten Sternchen. Joe und ich haben das Zeug in dem Bunker zerstört. Ich hab die Sprengsätze selbst gelegt. Nichts hätte diese Explosion überleben können, nicht mal eine Kakerlake.«

Cave sah so selbstgefällig und selbstsicher aus, dass er wahrscheinlich aus dem Stand einen Job bei Hollister bekommen hätte. »Du hättest den Bunker auch in ein zweites Hiroshima verwandeln können und es hätte keinen Unterschied gemacht. Der *Intelligent Dust* war nicht in dem Bunker, als du auf den roten Knopf gedrückt hast. Er wurde bereits an einen sicheren Ort verbracht. Land gab den entsprechenden Befehl.«

Balds Augen weiteten sich, als er sagte: »Du glaubst, *ich* hätte ihn an mich genommen?«

Cave schwieg, aber seine Augen verrieten alles.

»Joe«, flüsterte Bald düster.

Cave nickte mit seinem Blick.

»Joe befolgte nur seine Befehle«, sagte er und räusperte sich. »Land war derjenige, der die Strippen zog. Als die Führungsebene Wind davon bekam, dass Joe den *Intelligent Dust* an Land übergeben hatte, ließ der Chief ihn unbemerkt austauschen. Wir hatten jemanden, der sich als Agent mit zu viel Geld ausgab, und erwischten Land praktisch mit runtergelassener Hose.« Cave kicherte in sich hinein. »Du hättest den Ausdruck in seinem Gesicht sehen sollen. Er sah aus, als würde er sich jeden Moment einpissen.«

»Wieso zum Teufel sollte Land aber das Zeug an die dunkle Seite verhökern?«, fragte Bald.

»Geld«, erwiderte dieser. »Du musst verstehen, dass die moderne Welt für einen Oldtimer wie Land keinen Sinn mehr ergibt. Er ist ein Dinosaurier. Er gehört in eine Welt aus Telegrammen und Kolonien und typisch britischer Steifheit. Er kann nicht mal eine E-Mail schreiben. Er ist nicht bei Facebook. Er hat es kommen sehen. Leute wie ich sind die Zukunft. Alte Mistkerle wie Land können sich allerhöchsten auf eine beschissene Pension und einen Bungalow in Eastbourne freuen. Land war der Ansicht, dass die Firma ihm mehr schuldete als das, also beschloss er, den *Intelligent Dust* zu erkaufen. Er hatte vor, sich von dem Geld ein hübsches Stück Land in Südafrika zu kaufen.«

Cave musterte seine Fingernägel. Dann fuhr er fort. »Nachdem der Chief Land seine Entlassungspapiere überreichte, verschwand der eingebildete Wichser von der Bildfläche. Wir dachten, dass er vielleicht einen Job im Privatsektor angenommen hatte. Oder eine angenehme Position in den Emiraten. Irgendwo, wo er noch Freunde besaß. Aber dann kriege ich letzte Woche einen Anruf von meinem guten Freund im venezolanischen Justizministerium, und er erzählt mir, dass sie eine ehemalige SAS-Legende namens Joe Gardner in silbernen Armbändern bei sich haben, dem vorgeworfen wird, einen ihrer Cops umgebracht zu haben. Er sagte, er wäre von einem MI6-Agenten namens Leo Land geschickt worden. Ich sage dir, John Boy, als ich das hörte, wäre ich beinahe an meinem Krabbensandwich erstickt.«

Mit einem Blick in Richtung Badezimmertür fuhr Cave fort: »Wir machten mit Gardner in Venezuela einen Deal. Im Austausch dafür, die Anklage wegen Mordes verschwinden zu lassen, erklärte Joe sich bereit, beim MI6 anzuheuern und uns zu helfen, Land zu finden. Herauszufinden, welches Spiel er da treibt und ihn aufzuhalten.«

Bald schnaubte. »Joe ist also zum Verräter geworden.«

»Nicht zu einem Verräter. Einem Informanten. Joe ist ein guter Mann.«

»War«, korrigierte ihn Bald. »Klich hat ihn in Courchevel ausgeweidet.«

»Wirklich?« Cave heuchelte Betroffenheit. Ein gut einstudierter Blick, dachte Bald. Der Kerl war wahrscheinlich Profi darin, eine ganze Menge Dinge vorzuspielen. »Die Opfer eines jeden Krieges. Letztendlich aber, Kumpel, hat Land dich hereingelegt.« Cave kicherte. »Gott sei Dank bist du richtig schlecht in deinem Job, sonst läge Klich bereits unter der Erde und wir würden diese Unterhaltung durch das Fenster einer Gefängniszelle hindurch führen.«

»Wieso sollte Land den Tod eines Oligarchen wollen?«

Cave kratzte sich im Genick. »Er will immer noch Kohle sehen, nachdem sein Deal mit dem *Intelligent Dust* geplatzt war.«

In Balds Ohren schwoll das schwache Brummen des Ventilators im Badezimmer zum Dröhnen einer Flugzeugturbine an. Er brauchte einen Drink. In all den Jahren hatte er einen Drink nicht mehr so nötig gehabt wie in diesem Augenblick. Ihm fiel der Bollinger neben dem Bett ein. Er schob sich an Cave vorbei, taumelte in das Schlafzimmer und zu dem Nachttisch. Er ließ den Korken herausploppen, trank direkt aus der Flasche – und bereute es sofort. Trocken und wie Essig. Ein Getränk für Schwuchteln.

»Land sagte mir, dass Klich das Mädchen nicht getötet hat«, sagte er langsam, als er sich wieder umdrehte, als würde er ungeschickt versuchen, seine Gedanken zu ordnen, wie Teile eines Puzzles.

»Land labert nur Scheiße«, sagte Cave, der ein paar Schritte hinter Bald stand, und verschränkte die Arme. »Die Sache ist die – Klich liebt es, andere zu foltern. Das verschafft ihm einen Kick, so wie es andere Leute antörnt, sich Pornos anzuschauen. Normalerweise treibt er es nicht zu weit. Aber bei der Dame aus dem Parlament … heilige Scheiße. Die hat er echt zugerichtet.«

Bald dachte an das Bauernhaus und die Folterinstrumente, die Fleischhaken und die menschlichen Knochen auf dem Boden zurück. »Du hast Beweise, dass Klich zum Spaß Frauen abschlachtet, willst ihn aber trotzdem beschützen?«

»Jeder hat ein Laster. Je reicher man ist, umso irrer werden deine Ideen. Bei einer Million willst du Kaviar zum Frühstück. Bei zehn Millionen willst du dir vielleicht den Arsch mit Hasen abwischen. Und wenn du hundert Millionen schwer bist – wer weiß? Dich macht ein gutes Bier glücklich, John. Bei Klich ist es eben Folter.«

Cave schnippte mit den Fingern. Bald verfolgte aus den Augenwinkeln, wie der Lakai an der Tür ihm die Akte reichte. Cave öffnete sich und fischte ein paar zusammengeheftete Fotos heraus. Er legte sie mit dem Bild nach oben vor Bald ab und tippte mit dem Zeigefinger auf das oberste. Auf das Gesicht von Leo Land.

»Falls du mir nicht glaubst«, sagte Cave. »Sieh es dir an.«

Die Schnappschüsse zeigten Land in seinem besten Leinenanzug, wie er einem korpulenten Geschäftsmann mit schwarzem Anzug, schwarzer Krawatte, weißem Hemd und einem herunterhängenden Kinn, das wie die Zunge eines durstigen Hundes aussah, die Hand schüttelte. Das Treffen schien auf einem Boot stattzufinden.

»Weißt du, wer das ist?«, fragte Cave.

»Valeri Favorsky«, antwortete Bald. »Der Oligarch, der sich an Klich vorbeidrängte, um mit dem Präsidenten zu kuscheln.«

Cave wirkte überrascht. »Du hast deine Hausaufgaben gemacht, mein Sohn.«

Bald leerte einen Großteil des Bollingers. »Wieso zum Teufel trifft sich Land mit Favorsky?«

»Er ist der Mittelsmann. Wir glauben, dass Favorsky Land benutzte, um mit dem russischen Geheimdienst verhandeln zu können. Dem Präsidenten einen Gefallen zu tun, indem er Klich aus der Gleichung entfernen ließ. Zuerst wollten sie, dass Land Klich entführt. Ihn nach Moskau bringt, wo man ihn auf die einzigartige Weise verhören würde, wie es nur die Russen verstehen. Aber nach dem Shitstorm in Venezuela und Dubai beschlossen sie, dass es besser wäre, Klich würde sterben. Der Befehl wurde an Land weitergegeben, und dann an dich.«

Ein Schmerz durchfuhr Balds Wunde. Der Schmerz war elastisch, aber dann riss er, und er fegte die Fotos mit seiner Hand vom Tisch, sodass sie quer durch Raum flogen, und stürmte zur Tür.

»Verschwinde, und du wirst es bereuen, John.«

Bald blieb stehen. Er starrte den Lakai an und erntete ein *Fick-dich-*Grinsen dafür. Dann wirbelte er herum und sah, dass Cave sich auf den Boden gehockt hatte, um die dort verstreuten Fotos aufzuheben. Die Angst packte ihn. Cave würde Odessas Kleidung unter dem Bett entdecken. Bald wollte schon auf ihn zustürmen, als die Tür der Suite erneut aufflog. Der zweite steife Lakai war mit einem Stirnrunzeln im Gesicht zurückgekehrt. Cave richtete sich auf. Vergaß die Fotos. Bald schoss an ihm vorbei und sammelte sie auf.

»Und?«, fragte Cave.

»Nichts«, antwortete der Agent. »Niemand hat sie kommen oder gehen sehen.«

»Scheiße! Und sie geht immer noch nicht an ihr Telefon?«

»Ich kann sie auffordern, uns die Überwachungsaufnahmen zu zeigen?«

»Dafür ist keine Zeit.«

Cave drehte sich zu Bald. »Und du bist sicher, dass Odessa dir nicht sagte, wohin sie will?«

»Nicht einmal der kleinste Hinweis«, sagte Bald kühl und reichte Cave die Fotos.

Der Agent starrte Bald noch einen langen Augenblick lang an, und seine Lippen und Augen zuckten in ihren Winkeln. Er riss ihm die Fotos aus der Hand, knurrte und sagte: »Pack deine Sachen. Wir verschwinden. Sofort.«

»Blödsinn. Ich werde nirgendwohin gehen.«

»Klich ist immer noch auf freiem Fuß«, sagte Cave. »Er stellt eine unmittelbare Gefahr für unsere nationalen Sicherheitsinteressen dar. Sein Verstand ist eine Schatztruhe voller Geheimnisse, die weiterhin geheim bleiben müssen. Wir müssen ihn zurück zum MI6 bringen, bevor die Russen ihn schnappen können. Und du wirst uns dabei helfen.«

»Du hast deine eigenen Leute«, antwortete Bald. »Kümmert euch doch selbst um ihn.«

Cave zog die Schultern hoch. Er presste die Lippen aufeinander und kniff die Augen auf boshafte Weise zusammen. »Ich denke, du unterschätzt deine Lage, John Boy. Also lass es mich dir noch einmal erklären. Du schuldest der Firma etwas. Wenn du durch diese Tür gehst, werde ich meinen Boss anrufen, und eine Stunde später wird Interpol einen internationalen Haftbefehl herausgeben und du wirst der meistgesuchte Mann in Europa sein.«

»Aber wieso ich?«

»Meine beste Agentin ist verschwunden. Es wird Zeit brauchen, jemand anderen einzuweisen und auszusenden. Zeit, die wir nicht haben. Aber du, Kumpel, du bist gerade hier. Du hast keine Chance, wirklich, und das weißt du auch.«

Bald starrte auf den Genfersee hinaus. Seine Oberfläche schimmerte wie Alufolie. Er verzog das Gesicht, als er den Bollinger lehrte, und begrub seine Migräne unter einer Decke aus Alkohol. Hinter ihm entfernten sich Schritte.

»Wie auch immer«, sagte Cave. »Ich muss mal pissen.«

Bald wirbelte herum. Sah Cave, der geradewegs auf die Badtür zulief. Er war nur noch vier oder fünf Schritte von Odessas Leiche entfernt.

»Na schön!«, schrie Bald. »Abgemacht. Ich bin dabei.«

»Guter Mann«, sagte Cave, kehrte zu Bald zurück und klopfte ihm auf die Schulter. Sein Telefon in seiner Tasche vibrierte. Er wischte über das Display und studierte die Nachricht. Pulte sich dabei mit dem Fingernagel einen Rest Essen aus den Zähnen. »Das kam von ganz oben. Die Dinge entwickeln sich rasch weiter. Verschwinden wir endlich.«

»Wieso?«, fragte Bald. »Was ist los?«

»Klich ist in Antibes. Er hofft, dort mit einem Freund verhandeln zu können.«

»Ich dachte, dem wären die Freunde ausgegangen?«

»Einer ist ihm noch geblieben«, sagte Cave, und seine Augen funkelten wie polierter Stahl. »Favorsky.«

KAPITEL 41

15:20 UHR

Als sie mit dem Fahrstuhl ins Erdgeschoss fuhren, schien er mit vier Personen sehr viel voller als mit zweien zu sein. Bald wagte es nicht, Cave anzusehen. Er hatte eine Scheißangst wegen der Sache mit Odessa. Sein Verstand bestand darauf, immer wieder das Bild abzuspulen, wie sie mit dem Gesicht nach unten in einer Lache aus Blut und Pisse lag.

Die beiden stocksteifen Agenten führten den Weg durch die Lobby und zu den Drehtüren an. Cave sah auf die Uhr. Eine gute Uhr, wie Bald bemerkte. Eine schwarze Guccy Timeless aus rostfreiem Stahl. »Hat Land dich über die Beziehung zwischen Klich und Favorsky informiert?«, fragte er.

»Was gibts da zu wissen?«, antwortete Bald. »Sie hassen sich. Das ist alles.«

Cave schüttelte den Kopf. »Wir reden hier über Klich. Der Mann war einmal der mächtigste Oligarch in Russland, der mit den ganz Großen am Tisch saß. Oligarchen hassen nicht, sie schmieden Pläne. Deshalb sind sie reich und du kriegst keine zwei Pennies zusammen.«

»Du willst doch nur meine Gefühle verletzen.«

»Ich versuche nur, dir zu helfen, das Licht zu sehen«, sagte Cave, während die vier Männer durch die Rezeption fegten. Winterliches Sonnenlicht fiel durch die Lobbyfenster herein und ergoss sich über den Marmorboden. Die beiden Aushilfsagenten marschierten vor Cave und Bald.

»Was meinst du, was wollte Klich wohl in Courchevel?«, fragte Cave.

Bald dachte an das zurück, was Land ihm in Dubai erzählt hatte. »Den Russen entgehen.«

»Wieder falsch. Klich wollte Geschäfte mit den russischen Sicherheitschefs machen. Und nicht von ihnen weglaufen.«

»Wieso zum Teufel sollte er das tun? Sie wollten ihn umbringen!«

»Ah, aber die Wahrheit ist etwas komplizierter. Die Informationen, die er über den MI6 besitzt, sind ein wertvolles Faustpfand – wenn er seine Karten richtig ausspielt. Klich ist kein Feigling. Er rennt nicht einfach davon. Er erkannte, dass er, wenn er die Informationen an Favorsky verkauft, womöglich den Geheimdienst loswird, der ihm im Nacken sitzt. Du weißt schon, dem Pudel des Präsidenten einen Gefallen tun und sich Schritt für Schritt wieder bei ihm einschmeicheln. Unglücklicherweise traf Klich zu spät in Courchevel ein. Als er anrückte, war Favorsky schon wieder auf und davon.«

Bald erinnerte sich an die zweimotorige Beechcraft Baron, die er beim Start beobachtet hatte, als er und Odessa sich dem Chalet in den Bergen näherten. Kurz nach seinem Abflug hatte sich das hohe Sicherheitsaufgebot in dem Dorf ebenfalls in Luft aufgelöst.

»Als Klich herausfand, dass Favorsky ihm die kalte Schulter gezeigt hat, war er natürlich entsprechend angepisst und ließ es an deinem Kumpel Joe aus.«

Die Drehtüren spien Bald und Cave auf die Eingangstreppe aus. Die Luft in Genf roch verdächtig sauber. Die beiden Agenten waren bereits die Stufen hinuntergeeilt, acht Schritte vor Bald.

Cave blieb stehen, hob den Kopf und blinzelte in die Sonne. »Vor drei Stunden erhielten wir die Information, dass Klich mit seinem Hubschrauber auf einem Helipad in Antibes landete. Weißt du, was es in Antibes gibt, John?«

»Falsche Titten und Sonnenbräune?«

»Den Billionaires Quay, die Anlegestelle für Milliardäre«, erklärte Cave. Die beiden Agenten hielten auf einen Audi A5 zu, der hinter einer Reihe aus Nobelkarossen wartete. »Dort parken die Superreichen ihre Yachten und halten nächtelange Partys ab.«

»Und?«

»Favorsky hat dort einen Liegeplatz für seine Jacht. Ich sage Jacht, aber es ist eigentlich ein verdammtes Kreuzfahrtschiff. Es heißt *Seraja Sowa*. Das bedeutet ›Graue Eule‹. Wir glauben, dass Klich Favorsky bis nach Antibes verfolgt hat, um mit ihm auf dessen Schiff eine kleine Unterhaltung zu führen.«

Bald sah zu, wie der MI6-Mann auf den Hacken kehrtmachte und dem Audi entgegenlief. Der Agent mit der Akte saß bereits hinter dem Lenkrad, und auch sein Partner hatte es sich in dem Auto bequem gemacht. Bald schlurfte langsam hinter Cave her. Der Champagner hatte einen leichten Nebel hinter seinen Augen gebildet. Betrunken denken – selten eine gute Idee, ermahnte er sich. Er versuchte, seine Gedanken zu mobilisieren. Sie waren trübe und abgelenkt. Trotz der Bemühungen Lands und Favorskys, dicke Freunde zu werden, traute Bald Cave immer noch nicht über den Weg. Land hatte zumindest nie einen Hehl daraus gemacht, ein Wichser zu sein, dachte Bald. Cave hingegen versuchte stets, einen auf bester Kumpel zu machen. Jetzt hielt ihm der Agent die hintere Beifahrertür des Audi auf und winkte Bald hinein. Im grellen Licht schienen seine Gesichtszüge fleckig und wächsern zu sein. Seine Augen waren mit Blutflecken tätowiert.

»Wir eskortieren dich zum Flughafen«, sagte Cave. »Dort wartet ein Privatjet auf dich, der dich über die Grenze bringen wird. Gegen halb vier wirst du in Nizza landen. Dort wartet am Flughafen wiederum ein Wagen auf dich, zusammen mit deinem Handy, deiner Waffe, etwas Geld, Reisedokumenten, das Übliche eben. Die Fahrt nach Antibes wird etwa eine Dreiviertelstunde dauern. Wenn du erst einmal dort angekommen bist, lautet deine Mission, Klich aufzuspüren und ihn in einem Stück nach Hause zu bringen.«

»Was ist mit meinem Geld?«

Cave blinzelte. Spielte den Unwissenden.

»Ich hatte einen Deal mit Land«, fuhr Bald, der vor Wut brodelte. »Fünfhunderttausend. Eine neue Identität. Ein Haus auf Madeira.«

Cave sah ihn ungläubig an.

»Du machst Witze! Was will ein Soldat wie du denn in Madeira? Sangria trinken und Golf spielen? Jetzt mach mal halblang, Kumpel.«

Bald ließ seinen Blick über den See schweifen. Grelle Lichtstrahlen wurden von der Wasseroberfläche reflektiert. »Von meinem Standpunkt aus hört sich das Leben auf der zivilen Seite nach dem Paradies an.«

Cave schwieg einen Moment lang. Spielte mit dem losen Wechselgeld in seiner Hosentasche, als hätte er Gedanken anstelle von Münzen darin. Dann nickte er Bald mehrmals zu. »Scheiß drauf«, sagte er. »Ein Deal ist ein Deal. Du hast Land in gutem Glauben die Hand geschüttelt, weil er vorgab, im Dienst des MI6 zu stehen. Hör zu … ich werde seinen Teil des Deals erfüllen, solange du deinen Teil erfüllst. Bring mir Klich, und du kannst das Haus, die Kohle und die brandneue Identität haben. Aber ein Wort der Warnung: Du bist nicht für ein Leben als Privatmann geschaffen. So wie die wenigsten von deiner Sorte.«

»Ich lass es drauf ankommen.«

Der MI6-Agent wirbelte herum und kletterte auf die Rückbank des Audi. Bald ebenfalls. Der Fahrer fuhr den Wagen aus der Parklücke und schloss sich einer Art Prozession aus Limousinen an.

»Was soll ich tun, wenn ich Klich in die Finger bekommen habe?«, fragte Bald.

»Benachrichtige uns über dein verschlüsseltes iPhone. Wir nennen dir dann einen Treffpunkt außerhalb von Antibes, zu dem du Klich bringen wirst. Eskortiere ihn dorthin, und wir kümmern uns um den Rest. Keine Probleme, keine Komplikationen.« Caves Augen zogen sich zu zwei schmalen Schlitzen zusammen. »Und vermassle es diesmal nicht, John. Wir brauchen Klich lebend, um herauszufinden, was er über die russischen Geheimdienste weiß. Er kennt die Antworten auf ein paar Fragen, die wir uns schon seit Langem stellen. Er weiß, wer Litwinenko vergiftete. Er weiß, wer Bystrow hinrichten ließ, die Journalistin, die man auf ihrer Türschwelle in Islington erschoss. Er kennt die Verbindungen zwischen den Oligarchen, die sich in Mayfair einkaufen, und dem russischen Geheimdienst. Wenn Klich stirbt, ist unser Deal vom Tisch.«

Genfs Straßen wichen einer Landschaft aus primärfarbenen Weiden voller grasender Kühe, zwischen denen holprige Landstraßen verliefen. Die Schweiz, dachte Bald. Kein Wunder, dass die Leute zum Sterben hierherkamen. Das Land war ohnehin schon halb tot.

»Wie finde ich heraus, wo Klich steckt?«, fragte er.

»Das ist der wirklich wunderschöne Teil, Kumpel. Das haben wir Odessa zu verdanken. Hast du den Metallkoffer gesehen, den Klich mit sich herumschleppte?«

»Der mit den geheimen Daten?«

Cave nickte. »Odessa hat ihn mit mikroskopischen GPS-Transmittern eingesprüht, als Klich gerade nicht hinsah. Diese Transmitter sind wirklich winzig. Eine kleine Aufmerksamkeit unserer Freunde aus den Staaten, zum Dank dafür, dass wir den *Intelligent Dust* wiederbeschafften. Ausgehend von dem Signal, das wir empfangen, hat sich Klich in einem Hotel im Süden von Antibes verkrochen.«

»Wieso ist er nicht direkt zu der Jacht gefahren, um mit Favorsky zu verhandeln?«

Cave lächelte wieder, und Bald kam zu der Überzeugung, dass sich der Kerl das gesamte Gebiss hatte generalüberholen lassen. Die Zähne waren weißer als ein Gartenzaun. »Die *Seraja Sowa* wird erst um acht Uhr heute Abend anlegen, wenn Favorsky aus St. Tropez eintrifft. Einmal im Monat veranstaltet er seine legendäre Party auf dem Boot.« Ein beinahe wehmütiger Blick schlich sich in die Augen des Agenten, als er die Partyliste aufzählte. »Designerdrogen, europäische Popstars, TV-Moderatoren …«

»Und bis dahin wird sich Klich verstecken?«, überlegte Bald laut.

»Normalerweise würde er sich weniger unauffällig verhalten und in irgendeinem Fünf-Sterne-Bunker direkt am Kai absteigen. Aber Klich ist so gut wie pleite. Wir haben seine Konten eingefroren. Er hat keine Leibwächter mehr. Er hat Angst und sich in einem billigen Hotelzimmer verbarrikadiert. Er wird sich nicht rühren, bis Favorsky in der Stadt ist.«

Cave sah auf sein Telefon. Bald empfand den beinahe überwältigenden Drang, es ihm aus der Hand zu reißen und in sein verdammt schmieriges Maul zu stopfen.

Der Agent fuhr fort. »Deine Mission ist es, dich in das Hotel zu begeben und ihn zu schnappen, bevor Favorskys Jacht in Antibes anlegt. Klich hat keine Leibwächter mehr um sich, also kannst selbst du das nicht mehr vermasseln. Und sei unauffällig. Ich will nicht, dass du dort wild herumballernd einfällst und jede Menge Leichen in den Straßen zurücklässt.«

»Was ist mit Land?«

Die Frage verärgerte Cave. »Was soll mit ihm sein?«

»Ist er in Gewahrsam? Ich hätte gern ein paar Minuten allein mit dem Wichser.«

»Keine Spur von ihm«, sagte Cave leise, steckte sein Handy ein und rutschte auf seinem Sitz herum.

»Was ist, wenn ich ihm in Frankreich über den Weg laufe? Vielleicht ist er ebenfalls hinter Klich her.«

Cave antwortete nicht sofort. Er starrte aus dem Fenster, wo die blasse Landschaft vorbeiflog. Dann sagte er: »Mach mit ihm, was du willst. Für die Firma ist er bereits tot.«

KAPITEL 42

ANTIBES, FRANKREICH, 17:31 UHR

Bald rollte in der Dämmerung in Antibes ein, mit einer grellen und nackten Sonne auf zehn Uhr. Er hatte den Weg vom Flughafen Côte d'Azur in Nizza in einer guten Zeit zurückgelegt. Ein Opel Vectra der Firma hatte auf dem Kurzzeitparkplatz auf ihn gewartet, zusammen mit einer Ruger-SR-Halbautomatik und zwei Magazinen im Handschuhfach, einem tragbaren GPS-Gerät unter dem Fahrersitz, einem gefälschten und auf den Namen Adam Broady ausgestellten britischen Pass und einem Clip mit eintausend Euro in Scheinen. Es herrschte wenig Verkehr, als Bald über die Promenade des Anglais Nizza verließ. Die Wochenend-Partygänger versuchten noch, von der Nacht zuvor nüchtern zu werden, bevor sie später wieder um die Häuser ziehen würden. Er war der Route du Bord de Mer gefolgt, entlang der östlichen Küste der Riviera, die sich nach Süden und nach Antibes wand.

Fünfunddreißig Minuten später hatte er seinen Wagen bereits durch das Labyrinth aus engen Straßen in Antibes gesteuert und näherte sich Viktor Klich. Als er irgendwo an der Avenue du 11 Novembre anhielt, um den GPS-Navigator zu überprüfen, zeigte dieser an, dass sich Klich noch immer in dem Hotel an der Rue Joseph Jourdain befand. Der Kerl hatte sich in den letzten drei Stunden, seit Bald Genf verlassen hatte, nicht mehr bewegt.

Dieses Mal würde Klich nicht entkommen, schwor er sich. Keine Leibwächter, hatte Cave gesagt. Er war verängstigt und genau da, wo Bald ihn haben wollte.

Er spürte seinen Puls im Hals schlagen, als er rechts auf die Avenue Robert Soleau abbog und dann nach Süden in Richtung Altstadt fuhr. Er widerstand dem Drang, mit durchgetretenem Gaspedal die Straßen entlangzurasen. Stattdessen ließ er sich Zeit. Durch eine verschlafene Küstenstadt zu rasen, hätte die Cops und die Anwohner aufgescheucht, und das Letzte, was er gebrauchen konnte, war, dass irgendein alter Sack einen zu schnell fahrenden Opel mitbekam und sich das Nummernschild aufschrieb. Mit der vorgeschriebenen Geschwindigkeit zu fahren, erlaubte ihm zudem, die Lage der Stadt auszukundschaften, in Vorbereitung auf die Extraktion Klichs zu dem Treffpunkt.

Bald fuhr auf den Boulevard du Président Wilson und schlängelte sich dann südwestlich durch ein Labyrinth aus Betonwohnhäusern mit Fassaden in der Farbe von Marzipan, von deren bröckelnden Balkonen schmutzige Wäsche hing. Die Fahrzeuge am Straßenrand waren heruntergekommen, die Straßen selbst komatös. Antibes sah wie eine dieser Städte aus, in der niemand einen Job, aber trotzdem irgendwie jeder Geld hatte. Am Ende der Wilson schlängelte sich Bald auf den Boulevard Edouard Baudoin, der an der Küste bis ganz nach Süden führte, vorbei an hunderten von Schnellbooten in allen Farben, die am Hafen festgemacht waren, und dann auf die Rue Joseph Jourdain.

Zu Klich.

Die Sonne versank schmelzend im Mittelmeer. Bald erreichte die südlichste Spitze von Antibes, folgte dem Boulevard John Fitzgerald Kennedy. Die nächste Straße, die davon abging, war die Jourdain. Instinktiv umklammerte er das Lenkrad fester, als er seinen Plan zum fünfzigsten Mal durchging. Gehe in das Hotel. Schnapp dir Klich, bevor er abhauen kann. Drücke ihm die Pistole an die Brust, falls er um Hilfe schreien will. Dann eskortiere ihn zu dem Vectra.

Und dann verschwinde aus Antibes und aus diesem Leben.

Nach dreihundert Metern auf der JFK bog Bald nach rechts auf die Jourdain ab.

Er fand sich auf einer einsamen Straße wieder, die zu ein paar Felsen an der Küste abbog, etwa vierhundert Meter entfernt. Er bremste auf fünfundsechzig Kilometer pro Stunde herunter. Die Felsen verjüngten die Straße und bildeten eine Barriere zwischen sich und dem Meer. Etwa dreihundert Meter weiter ragte eine Reihe von kreisrunden Steinruinen aus dem Meer, die wie halb demolierte Geschütztürme sanft von den Wellen umspült wurden. Pinien säumten die Küste aus Kalkstein. Auf der Inlandseite der Straße befand sich ein dichter Olivenhain, von einer zerfallenen Steinterrasse eingerahmt. Ein schriller Laut drang ihm ans Ohr. Wie eine kaputte Polizeisirene, die nur noch einen Ton abgeben konnte.

Dann, einhundert Meter voraus, erspähte Bald eine steinerne Kirche mit Fensterschlitzen. Am Rand der Straße und etwa zehn Meter vor der Kirche stand ein grauer Mercedes CLK Coupé. Bald hielt zwanzig Meter hinter dem Mercedes am Straßenrand an, dessen plärrende Hupe sich bis durch seine Schädeldecke bohrte.

Er sah auf sein GPS-Gerät. Die Transmitter an Klichs Koffer waren als pulsierender roter Punkt dargestellt. Aber der Punkt verwies nicht mehr auf das Hotel. Nicht einmal annähernd.

Das Signal kam von dem Mercedes vor ihm. Bald stieg aus dem Vectra und hielt vorsichtig auf ihn zu, das GPS-Gerät in der rechten Hand, die Ruger vorn im Bund seiner Jeans. Schweißtropfen rannen ihm den Rücken hinunter.

Als er noch zehn Meter von dem Mercedes entfernt war, konnte er die Silhouette eines über dem Lenkrad zusammengesunkenen Kopfes und einen spinnwebenartigen Riss im Heckfenster erkennen. Die Fahrertür war aufgesprungen. Ein Schuh berührte den sengend heißen Asphalt, als hatte der Mann gerade aus dem Auto steigen wollen, als genau in diesem Moment jemand vorbeikam und ihn ausknipste.

Die Hupe plärrte immer unerträglicher in Balds Kopf. Jetzt, wo er nur noch ein paar Meter von dem Mercedes entfernt war, konnte er Blut und Gehirnmasse sehen, die über die Innenseite der Windschutzscheibe gespritzt waren. Der Gestank von Pisse und Scheiße stieg ihm in die Nase. Der Fahrer hatte offenbar auf seinem Weg auf die dunkle

Seite seinen Darm entleert. Bald spürte einen brennenden Stich aus Wut im Bauch. *Der ganze Weg*, dachte er, *der ganze Scheiß, den ich durchmachen musste, und dann muss es so enden.*

Er blieb neben dem Mercedes stehen und spähte hinein. Musterte die Gesichtszüge des Kopfes, der mit der Wange auf dem Lenkrad lehnte. Eine heiße Welle der Erleichterung schwappte über ihn hinweg.

Der Mann mit dem Loch im Kopf war nicht Viktor Klich.

Er trug die Uniform eines Chauffeurs. Sein Anzug war billig und schwarz und sein ehemals weißes Hemd nun blutgetränkt. Er trug einen schmalen Schnäuzer, hatte dünner werdendes Haar, knorrige Hände und einen Kopf mit einer klaffenden Austrittswunde in der linken Wange, etwa zweieinhalb Zentimeter unter dem Auge. Seine Augen waren leblos und sein Mund in sanftem Schrecken geöffnet.

Balds Erleichterung verwandelte sich rasch in Wut darüber, den Oligarchen verloren zu haben. Und das konstante Hupen machte ihn verrückt. Er hob den Kopf des toten Mannes von dem Lenkrad. Sein Körper sackte nach rechts und gab ein schmatzendes Geräusch von sich, als er gegen den Ganghebel sackte. Endlich Stille. Bald hielt sich die Nase zu und durchsuchte das Innere des Wagens. Auf dem Rücksitz entdeckte er Klichs Metallkoffer. Die Handschellen lagen darauf. Er lief zur hinteren Tür, öffnete sie und klappte den Koffer auf.

Leer.

Wo zum Teufel steckte Klich? Im selben Moment, als ihm dieser Gedanke durch den Kopf schoss, wehte eine Windböe von der Meeresseite heran und Bald hörte, wie auf ein Uhr eine schwere Tür zugeschlagen wurde. Er sah auf und sah, wie eine der Doppeltüren der Kirche auf und zu schwang.

Klich muss dort drin sein. Es gab keinen Ort, an den er sonst hätte fliehen können.

Bald schlich auf die Kirche zu. Sie war aus massiven Bruchsteinen errichtet, mit einem halbkreisförmig gebogenen Eingang und einem verwitterten Holzdach. Dekorative Statuen mit Schwertern und Schilden bewaffneter Engel waren zum Teil von der salzigen Luft erodiert.

Ein Schild an der Wand neben den Türen wies die Kirche als Weltkulturerbe aus. Ihr Name lautete St. Jérome. Bald hatte noch nie davon gehört.

Er schlich bis zum Eingang hinauf. Spitzte die Ohren, ob sich im Inneren etwas regte. Nachdem er nichts hörte, zog Bald die Tür auf und huschte hinein.

KAPITEL 43

18:01 UHR

Die Luft anhaltend, warf Bald einen Blick den Mittelgang hinunter. Die Kirche war in Form eines Kruzifixes angelegt, mit einer Kanzel am hinteren Ende und reich verzierten Säulen zu beiden Seiten des Ganges, jeweils acht zu beiden Seiten und jede dreizehn Meter hoch. Freiliegende Holzbalken erstreckten sich entlang der hohen Decke. Basreliefs schmückten die Wände. Der Hauptgang war vom Eingang bis zur hinteren Wand hinter der Kanzel zwanzig Meter lang. Buntglasfenster zeigten Heilige und Engel und erinnerten Bald an die protestantischen Kirchen in den Nebenstraßen Glasgows. Die Luft war kühl und feucht, das Licht dämmrig.

Atemgeräusche, flach und hektisch, drangen an Balds Ohr. Er tastete unter sein schwarzes T-Shirt nach seiner Ruger. Die Halbautomatik war das SR9-Kompaktmodell, geladen mit 9x19-Parabellum-Munition. Wenigstens hatte die Firma mal etwas Gutes abgestellt, dachte Bald. Die Ruger war für seine Zwecke ideal, eine Waffe wie geschaffen für den unauffälligen Einsatz. Sie wog nur sechshundert Gramm und besaß ein Dreipunktvisier, und anders als bei anderen verdeckt getragenen Waffen fasste die Ruger siebzehn Schuss pro Magazin. Ein Griffadapter an der Unterseite des Magazins glich die fehlende Länge des Griffs aus. Bald besaß zwei Magazine. Eines schob er in die Waffe, das andere stopfte er sich in seine Gesäßtasche. Insgesamt vierunddreißig

Schuss – mehr als genug für den Job, Klich zu extrahieren, dachte er, während er dem Atmen lauschte, das von der Decke widerhallte.

Er unterdrückte seine eigene Atmung und blieb stehen, unsicher, ob er weiterlaufen und sich damit einem potenziellen Schützen zeigen sollte. Langsam zog er die Ruger aus dem Hosenbund und wickelte die Finger der rechten Hand um den genoppten Griff. Das Atmen, so wurde ihm jetzt bewusst, kam aus dem Gang, der nach links von dem Hauptgang abzweigte. Er umklammerte die Ruger fest, duckte sich und schlich auf das Geräusch zu. Seine Augen huschten über die Schatten und sein Finger spannte sich um den Abzug. Blut rauschte in seinen Ohren. Weniger als zehn Meter vor sich, links von ihm, sah er einen Beichtstuhl, halb in den Schatten verborgen.

Das Atmen kam aus der Kabine.

Bald erstarrte. Lautlos hob er die Ruger mit beidhändigem Griff an und folgte dem linken Gang, so rasch es ihm möglich war, ohne dabei ein Geräusch zu verursachen. Er hielt die Waffe auf den Beichtstuhl gerichtet und achtete auf die kleinste Bewegung. Dann blieb er vor dem Beichtstuhl stehen. Die Atemgeräusche drangen schwach aus dem Holzgitter. Dann setzten sie für eine Sekunde aus.

Bald legte den Finger fester um den Abzug und riss die Tür der Kabine auf.

»Nicht schießen!«

Zwei glasige, spektralblaue Augen starrten Bald aus dem Halbdunkel an. Sie gehörten einem leicht in die Länge gezogenen Gesicht, was auf eine kürzliche Schönheitsoperation hindeutete. Viktor Klich trug ein traditionelles russisches, schwarzes Hemd, Stonewash-Jeans und heruntergetretene Sneaker. Sein Gesicht und sein Hals waren voller Blutspritzer. Eine Makarov-Halbautomatik hing ihm schlaff aus der rechten Hand.

»Lass die Waffe fallen«, sagte Bald und lenkte mit einem Ruck seines Handgelenks die Aufmerksamkeit des Oligarchen auf die Ruger.

Klich sah die Makarov an, als wäre ihm erst jetzt aufgefallen, dass er sie überhaupt in der Hand hielt. Dann warf er sie beiseite, und sie fiel klappernd zu Boden. Das Geräusch hallte durch die Leere. Er sah zu

Bald auf, und seine Augen flackerten, als hätte sie jemand auf einhundert Watt aufgedreht.

»Ich kenne dein Gesicht!«, sagte er, nun ermutigt, und trat aus dem Beichtstuhl. »Du bist der Engländer!« Seine Stimme hatte Biss. Hatte Zähne. »Wie ich sehe, hast du meine Warnung ignoriert, die ich dir in Courchevel hinterlassen habe.«

Bald erinnerte sich an die Notiz, die an Gardner Leiche in dem Bauernhaus gehangen war. »Folge mir nicht«, hatte sie gelautet. »Oder folge mir und ende wie dein Freund. Deine Entscheidung.«

»Ich bin Schotte, kein Engländer«, sagte Bald, während die Migräne nach seinen Schläfen krallte. Sein Blick verschwamm. Seltsame Lichter krochen und ringelten sich aus den Augenwinkeln. Die Buntglasfenster wirkten nun unglaublich laut und furchtbar grell. Er schloss die Augen.

»Einen Drink?«, fragte Klich.

Bald öffnete die Augen und sah, dass der Russe ihm einen Flachmann anbot. Er nahm ihn dankbar entgegen und nahm einen tiefen Schluck. Seine Lippen schrumpften bei dem Geschmack zusammen. Wodka. Sauer und scharf. Nicht besonders rein. Man konnte den Dreck darin schmecken. Selbstgebrannter, dachte Bald. Die Russen hatten eine Schwäche für so etwas. Für ihn schmeckte das Zeug nach Nagellackentferner. Die Werbeanzeigen für Alkohol warnten einen davor, gute Zeiten nicht aus dem Ruder laufen zu lassen. Aber für Bald liefen die Dinge schon eine ganze Weile nicht mehr gut. Er nahm einen weiteren Schluck. Seufzte. Spürte, wie der Alkohol ein Loch in seine Eingeweide brannte.

»Was hat es mit dem toten Kerl in dem Mercedes auf sich?«, fragte er und gab ihm den Flachmann zurück.

»Mein Chauffeur.« Klich kippte sich etwas von dem Wodka die Kehle hinunter und sah finster zum Eingang der Kirche. »Dieser verlogene Mistkerl hat mich reingelegt. Hat ihnen verraten, wo ich war.«

»Wem?«

»Dem russischen Geheimdienst. Ihnen gefällt nicht sonderlich, dass ich Favorsky einen Besuch auf seiner Jacht abstatten will.«

»Freu dich«, antwortete Bald. »Ich habe gute Neuigkeiten für dich. Die Firma will dich lebend haben. Du kommst mit mir.«

Jetzt wo Klich aus dem Beichtstuhl getreten war, konnte Bald sehen, dass er etwa einen Meter neunzig groß war, gute zehn Zentimeter größer als er selbst. Der Oligarch besaß diese Ausstrahlung, die allen Megareichen zu eigen war. Als wäre er mit Goldstaub besprenkelt. Er besaß die schlanke Gestalt eines Mannes, der morgens gleich als Erstes auf den Cross Trainer sprang. Und er trug eine Blancpain 50 Fathoms, Edelstahl mit schwarzem Ziffernblatt. Mit teuren Uhren kannte Bald sich aus: Die Blancpain kostete an die Siebentausend, genug, um sich damit für das nächste Jahrhundert mit Bier einzudecken.

»Sie werden jede Minute hier sein«, sagte Klich und sah Bald unverwandt an. Seine Stimme war noch stählerner als seine Uhr.

»Wo sind die Daten?«, fragte Bald.

Klich tat etwas, das wie eine Mischung aus einem Schulterzucken und einem nervösen Tick wirkte. »Wovon redest du?«

»Der Koffer. Du hast ihn ausgeräumt und in dem Mercedes gelassen, zusammen mit deinem verdammt toten Chauffeur. Also, wo hast du die Daten jetzt versteckt?«

Klich lächelte. »An einem sicheren Ort.«

Bald packte die Ruger fester, richtete sie genau auf die Mitte der Stirn des Oligarchen und stellte sich dabei vor, wie er den Abzug drückte. Aber Klich starrte mit einem unnatürlichen Fehlen von Angst auf die auf seinen Kopf gerichtete Waffe.

»Bist du ein Geschäftsmann, John?«

»Woher kennst du meinen Namen?«

»Ich weiß eine Menge über dich. Ich weiß zum Beispiel, dass du ein Mann bist, den man kaufen kann. Für die richtige Summe.«

Bald wollte etwas erwidern, als ihn das eindringliche dumpfe Knallen einer zugeschlagenen Autotür unterbrach. Er rannte zum Eingang der Kirche und spähte aus der linken Tür. Da war der Mercedes, der Vectra zwanzig Meter dahinter, und nun, ein paar Meter hinter diesem, ein BMW X5.

Vier Männer stiegen gerade aus dem Wagen aus. Sie trugen schwarze Jeans, blaue T-Shirts und Kampfstiefel und waren mit 9A-91-Sturmgewehren und kugelsicheren Westen ausgestattet. Einer der Schützen hatte an jedem Finger goldene Ringe. Er hatte Arschlöcher als Augen, einen kahlrasierten Kopf und sah aus, als würde er es verdammt ernst meinen. Er gab den anderen dreien lautlos ein Zeichen, und dann rücken sie gemeinsam zu dem Vectra vor. Danach schritten sie vorsichtig weiter und untersuchten den Mercedes.

Bald wich von der Tür zurück und drehte sich zu Klich um. »Was zur Hölle ist hier los?«

»Der Geheimdienst. Sie sind hier, um mich umzubringen. Und dich auch … es sei denn, du hörst dir meinen Vorschlag an.«

»Du kannst mich mal.«

»Aber du hast mein Angebot doch noch nicht einmal gehört!«

»Welches Angebot?«

»Fünf Millionen US-Dollar.«

Bald wäre beinahe aus den Latschen gekippt.

»Fünf Millionen Dollar«, wiederholte Klich, als wäre es ein Choral. »Noch heute.«

»Wofür?«, hörte Bald sich fragen.

»Dafür, mich zu der Jacht zu eskortieren.«

KAPITEL 44

18:19 UHR

»Du bist völlig durchgeknallt«, sagte Bald.

»Ich mag eine Menge Dinge sein«, antwortete Klich, »aber ganz sicher nicht durchgeknallt.«

Bald kräuselte die Stirn und lachte verlegen. »Du hast mir gerade erzählt, dass die harten Kerle da draußen hier sind, um dich davon abzuhalten, zu der Jacht zu kommen. Mein Kontaktmann sagt, dass Favorsky dich hasst. Wieso zum Teufel solltest du also unbedingt an der Tür des Mannes anklopfen wollen, der dich unbedingt unter die Erde bringen will?«

Klich wollte etwas erwidern, wurde jedoch von dem Lärm mehrerer Schritte auf der Straße unterbrochen, zusammen mit dem entschiedenen Klackern von Magazinen, die in Waffen geschoben, und Ladehebeln, die zurückgezogen wurden. Patronen wurden geladen. Das mechanische Vorspiel koordinierter Gewalt. Bald warf noch einmal einen Blick hinaus. Die russischen Agenten hatten den toten Chauffeur in dem Mercedes entdeckt. Nun hielten sie die letzten zehn Meter auf die Kirche zu. In zehn Sekunden würden vier schwer bewaffnete Männer durch die Türen gestürmt kommen.

»Ich warte immer noch auf deine Antwort«, sagte Klich.

Fünf Millionen. Bald ließ sich die Worte auf der Zunge zergehen. Sie schmeckten gut, wie es das mit Geld immer tat. Bald hatte schon auf beiden Seiten des Lebens gestanden. Er kannte die universelle Wahrheit über Geld besser als kaum ein anderer: Geld machte einen nicht glücklich, aber man bekam so gut wie alles andere dafür.

»Und?«, fragte Klich.

Ihnen blieb keine Zeit mehr. Bald zog den Oligarchen den Gang hinunter, auf die Kanzel zu. Der Ex-Blade warf sich einen Blick über die Schulter, als die Kirchentüren aufflogen und vier Umrisse durch die Öffnung drängten. Zwei von ihnen schwärmten nach links aus, einer nach rechts, und der vierte russische Schütze stürmte den Mittelgang entlang und hob die 9A-91. Ein Ziellaser an der Unterseite des Laufs durchschnitt mit einem grellroten Lichtschein das Halbdunkel. Bald schob Klich hinter einer dicken verzierten Säule in Deckung, als der Schütze das Feuer eröffnete und ein Lärm durch die Kirche hallte, als hätte jemand eine Tüte voller Zangen in ein 150-Liter-Fass geworfen. Bald duckte sich hinter die nächste Säule. Drei Kugeln schlugen in die Wand links hinter ihm ein und rissen Stücke aus der uralten und wahrscheinlich unbezahlbaren Säule. Er überzeugte sich davon, dass Klich hinter der ersten Säule vor ihm in Deckung blieb. Der Schütze gab eine zweite Dreischusssalve in ihre Richtung ab. Die Kugeln rissen ein Loch in der Größe eines offenstehenden Munds in Balds Säule. Steinsplitter stoben in den Gang. Das Geräusch der Entladungen – ohrenbetäubend, aber nicht scharf – verriet Bald, dass der Mann Unterschallmunition benutzte. Wahrscheinlich 9x39-mm-Patronen. Überschallmunition gab ein explosives *Ka-Rack* von sich, wenn sie abgefeuert wurde, aber Unterschall-Schüsse hörten sich dumpfer an und flogen bei großen Entfernungen langsamer, was sie ab zweihundert Metern etwa so tödlich wie Luftgewehrkugeln machte. Aber in einem engen Raum wie der Kirche konnten 9x39-mm-Kugeln verheerend sein.

Sie waren in der Unterzahl und waffentechnisch unterlegen. Bald dämmerte, dass er und Klich draufgehen würden, es sei denn, sie schafften es aus der Kirche heraus.

»Bleib unten«, bellte er den Oligarchen an, als er eine Schusspause nutzte, um hinter der Säule hervorzuspringen, mit dem Zeigefinger am Abzug seiner Ruger. Sein Daumen legte den Sicherungshebel auf ›Off‹, dann ruhte er neben dem Logo des flammenden Vogels der Ruger auf dem Griff. Bald richtete die Pistole auf den nächstbesten Schützen, der gerade aus seiner Deckung hinter einer Säule am gegenüberliegenden Ende des Ganges rannte. Der Mann war elf Meter entfernt. Bald blieb keine Zeit, um genau zu zielen. Er richtete die Ruger ungefähr in die Richtung seines Zielobjekts und drückte ab.

Die Halbautomatik schnellte mit einiger Kraft in seiner Hand zurück. Eine heiße 9x19-Parabellum-Kugel zischte in einem Schwall aus Flammen und Rauch aus der Mündung. Sie prallte von einer Art metallener Kontrolltafel ab, die an der Wand befestigt war. Lautsprecher hoch oben an mehreren der Säulen erwachten zum Leben.

»Bonjour«, meldete sich eine monotone Stimme, die inmitten des Schusswechsels surreal anmutete. »Guten Tag. Cia. Hola. Hello.« Dann fuhr sie auf Englisch fort. »Willkommen im Weltkulturerbe der Kirche St. Jérome.«

Bald gab zwei weitere Schüsse in rascher Reihenfolge ab. Die Ruger zuckte, als der erste Schuss in einen Beichtstuhl auf der Seite des Russen in dem Gang fuhr, ein Loch in das Holz schlug und ihm einen Wirbelwind aus Holzsplitter entgegenschleuderte. Der Schütze kniff die Augen zusammen, als ihm die Splitter das Gesicht und die Arme zerkratzten. Balds zweiter Schuss war der Hauptgewinn. Er traf den Agenten ins Bein, bohrte sich tief in Fleisch seines Oberschenkels. Der Schütze griff mit einer Hand nach der Wunde, aus der Blut hervorspritzte. Dann stolperte er ein paar Schritte zurück. Verlor den Halt. Stürzte. Die 9A-19 fiel klappernd zu Boden.

»Die Kirche von St. Jérome wurde 1999 zum Weltkulturerbe ernannt und ist …«

Mit der linken Hand an sein blutendes Bein gepresst beging der Schütze einen tödlichen Fehler und griff mit der rechten Hand nach seiner Waffe. Bald bestrafte ihn dafür, zielte etwas tiefer und legte durch eine Lücke zwischen den Bänken auf ihn an. Brachte den Kopf des Russen mit seinem Visier auf eine Linie.

Feuerte.

Der Schuss fühlte sich gut an.

Richtig gut.

Und sah noch besser aus, als die Kugel ein Loch in den Hals des Agenten bohrte und aus seiner Schläfe wieder austrat, bevor sie in einer Bank stecken blieb. Blut sprudelte aus der schartigen Wunde in seinem Hals.

»1153 errichtet, stellt die Kirche ein wertvolles Denkmal der romanischen Epoche dar …«

Gewehrschüsse donnerten über die Tonbandaufnahme hinweg und peitschten hinter Bald in die Wand, sechs Schüsse in drei gleichmäßig verteilten Zwei-Schuss-Salven. Die anderen drei Schützen hatten in der Nähe des Eingangs gewartet und zugesehen, wie ihr Kamerad niedergemäht worden war. Jetzt waren sie auf Rache aus. Die Kugeln gruben sich in eine Gipsfigur an der Wand. Irgendeine Art von Schlange, die ihren eigenen Schwanz verschluckte, die Bald zuvor schon erspäht hatte. Die sechs Schüsse enthaupteten die Schlange und ließen kieselsteingroße Gipsklumpen auf den Boden regnen. Ein Nebel aus verbranntem Staub hing über der Einrichtung der Kirche. Klich hustete einen Klumpen Schleim nach oben. Bald zerrte ihn in Deckung zurück und starrte ihn finster an.

»Die Firma ist der Ansicht, dass du pleite bist«, sagte er mit leiser Stimme. »Sagte, sie hätten deine Konten eingefroren. Woher weiß ich, dass du überhaupt noch fünf Millionen besitzt, um mich damit zu kaufen?«

»Mein Freund …« Klich hustete. »Deine MI6-Kollegen können nur das einfrieren, was ich schon habe. Was derzeit nicht besonders viel ist.« Ein Hauch von Bitterkeit schlich sich in seine Stimme. »Aber sie können nicht beschlagnahmen, was ich heute Abend verdienen werde. Wenn ich erst einmal auf der Jacht ankomme und meine Daten überreiche, werde ich der reichste Mann Russlands sein.«

Bald sah den Oligarchen stirnrunzelnd an. Irgendetwas an ihm erinnerte ihn an Del Boy, diesem Typen aus dieser Sitcom. »Wegen ein paar Informationen über britische Staatsgeheimnisse?«

»Wie blöd bist du eigentlich?«, spie Klich aus. »Ich habe etwas anderes, mit dem ich handeln kann. Etwas, das von viel größerem Interesse sein dürfte. Etwas, das du dir in deinem Urmenschengehirn nicht mal ansatzweise ausmalen könntest.«

Aus den Schatten nahe den Kirchentüren konnte Bald hören, wie die Russen sich gegenseitig etwas zuriefen. Sie gingen ihren Plan durch, dachte er. Klich fuhr fort. »Wie gesagt, der Geheimdienst ist hier, um mich davon abzuhalten, die Jacht zu erreichen. Bring mich dorthin, und ich werde dich reich belohnen.«

Bald nahm Bewegungen aus dem Augenwinkel wahr, auf zwei Uhr. Ein zweiter Schütze schlich den Gang entlang. Bald feuerte blind nach ihm. Die Kugel schlug lächerlich weit von ihm entfernt in dem Buntglasfenster über den Türen ein, riss ein Loch in Jesus' Heiligenschein und ließ bunte Scherben über dem Hauptgang niedergehen. Aber zumindest brachte der Schuss den Schützen dazu, sich in die Schatten in der Nähe des Eingangs zurückzuziehen.

»Die Jacht ist eine halbe Stunde mit dem Auto entfernt«, sagte Klich. »Denk darüber nach. Dreißig Minuten Arbeit, und dann fünf Millionen in der Tasche. Das ist ein guter Deal, mein Freund.«

Die Tonbandaufnahme plapperte weiter. »Im Jahre 1858 aufwendig restauriert …«

Bald grübelte. Er hasste die Vorstellung, Klich zu beschützen. Man hatte auf Bald auf seiner Jagd nach Klich geschossen, ihn besinnungslos geprügelt und verwundet. Aber viel schlimmer war, dass Klich an Joe in Courchevel herumgeschnippelt hatte. Denn abgesehen von dem bösen Blut, das zwischen Bald und seinem alten Kameraden herrschte, waren sie immer noch Ex-Blades. Das bedeutete etwas.

»Ich habe bereits einen Deal«, antwortete er. »Mit meinem Kontaktmann.«

Klich schnaubte. »Glaubst du, ich wüsste nichts von deinem kleinen Abenteuer mit Leo Land? Er steckt mit den russischen Geheimdiensten unter einer Decke. Und du genauso. Deine Bosse werden dich so lange benutzen, wie es ihnen etwas nützt. Glaub mir – sobald du mich auslieferst, werden sie dich an die Hunde verfüttern.«

Bald wog seine Optionen ab. Die Befehle befolgen und Klich zu dem Treffpunkt bringen? Oder sein Glück dabei versuchen, Klich zu beschützen, und am Ende einen großen Haufen Schotter zu bekommen? Je länger er darüber nachdachte, umso mehr schien die zweite Möglichkeit der bessere Deal zu sein.

»*Zehn* Millionen«, sagte er. »Sterling.«

»Deal«, antwortete Klich wie aus der Pistole geschossen. Bald ärgerte sich, nicht noch mehr aus dem Typen herausgeholt zu haben. »Und jetzt schaff mich verdammt noch mal hier raus.«

Bald erspähte eine Tür im rechten hinteren Winkel der Kirche. Solide wirkendes Holz, dunkelrot angemalt. Bald realisierte, dass die Tür zur Seite des Gebäudes nahe dem Vectra hinausführte. Seiner Einschätzung nach bestand ihre größte Chance darin, die Schützen mit Schüssen festzunageln und Klich in der Zwischenzeit zu gestatten, nach draußen und zu dem Wagen rennen zu lassen. Danach würde sich Bald im Zickzack aus der Kirche zurückziehen und ihm folgen. Der Plan war lückenhaft, aber besser, als gar keinen Plan zu haben.

Klich am Arm packend stieß Bald ihn in Richtung Tür. In dem Moment hörte er hastige Schritte. Die drei übrig gebliebenen Schützen, darunter der Verwundete, stürmten aus dem Dämmerlicht. Zwei von ihnen brachen zu den Säulen rechts des Gangs aus. Der Dritte hastete geduckt auf die gegenüberliegenden Säulen zu.

»Na los, verdammt!«, schrie Bald Klich an, während er den Oligarchen auf die Seitentür zuschob. »Lauf weiter und dreh dich nicht um, bis du den Wagen erreicht hast.«

Klich huschte hinaus. Bald wirbelte herum und gab einen Schuss in den Gang ab. Daneben. Er warf sich auf den Boden, als auch schon sechs Kugeln über ihn hinwegpfiffen und mit einem dumpfen Knall in die Wand hinter ihm einschlugen. Eine alte Statue zersplitterte und überschüttete ihn mit Gipsbrocken. Die drei Schützen konzentrierten einen heftigen Kugelhagel auf ihn. Sieben … acht … neun … zehn Kugeln. Bald hoffte, dass sie Klichs Abgang nicht bemerkt hatten. Anderenfalls würden sie sich sicher aufteilen – zwei würden sich um Bald kümmern, während der dritte hinter ihrem unbewaffneten Landsmann hinterherjagen würde. Die Schüsse donnerten nun durch die Kirche wie ein Hochgeschwindigkeitszug, zerstörten Statuten und

Basreliefs. Rissen Stücke aus den kunstvoll verzierten Säulen und verwandelten das Weltkulturerbe in ein verdammtes Kriegsgebiet.

Vier Kugeln bohrten sich in das Taufbecken am Fuße der Kanzel. Das Becken besaß die Größe eines großen Waschbeckens und bestand aus einer festen Art von poliertem Stein. Die Kugeln prallten davon ab, surrten als Querschläger durch die Kirche und ließen Engelsstatuen zerplatzen. Die Luft schwoll zusehends mit verbranntem Putz, Staub und Rauch an. Während Bald auf dem Bauch lag, seine Augen tränten und ihm der mächtige Geschmack von Schießpulver auf der Zunge lag, lauschte er den Russen, die unablässig Kugelsalven abfeuerten. Sie machten sich nicht die Mühe zu zielen, sondern durchlöcherten das gesamte Areal um ihn herum mit ihren Kugeln. Eine weitere Zweischusssalve zertrümmerte das Taufbecken. Bald blickte sich über die Schulter, während das Wasser aus dem Riss ran und auf den Steinboden klatschte.

Dann trat eine kurze Feuerpause ein. Bald schwang sich nach rechts. Auf Kopfhöhe war der Nebel undurchdringlich, aber an seiner Position am Boden war er lichter und gab den Blick auf den goldberingten Schützen frei, der aus zwölf Metern Entfernung durch den Hauptgang auf ihn zurannte. Der Ex-Blade hob die Ruger und zog den Abzug zurück. Der Schlitten fuhr etwas zurück, bevor er nach vorn krachte, und dann löste sich brüllend eine Kugel aus der Mündung und schlug in den Knöchel des Mannes. Er schrie, als die Wunde in einem Schwall aus Knochen und Sehnen explodierte, taumelte aber noch einige Schritte weiter. Bald feuerte zwei weitere Schüsse auf ihn ab. Pumpte seine Eier voller Blei. Der Mann umklammerte seinen zerfetzten Hoden und fiel nach hinten.

Aus dem rechten Augenwinkel bemerkte Bald die anderen beiden Agenten, die sich ihm über den Gang näherten. Sie richteten ihre Gewehre auf ihn. Er drehte seinen Oberkörper in ihre Richtung und begrüßte sie mit drei Parabellum-Geschossen. Die Kugeln aber schlugen nutzlos zwanzig Zentimeter neben dem nächsten Schützen in die Wand. Putz flog in den Gang. Der Schütze warf sich zu Boden, suchte nach Deckung. Sein Kumpel folgte seinem Beispiel.

Bald nutzte die Feuerpause, stürmte im Laufschritt auf die Seitentür zu und trat dabei verschossene Patronenhülsen aus dem Weg. Die Kirche war völlig zerstört worden. Die Gipsornamente waren mit Löchern übersät. Aus den meisten Säulen hatten die Kugeln faustgroße Stücke gerissen. Einer der Deckenbalken war so stark zersplittert, dass er bereits knarzte. Das Taufbecken war zerfetzt worden, und der letzte Rest Wasser rann in Rinnsalen daraus hinab. Bald taumelte blind weiter. Sein verschwitztes Gesicht verschmiert von dem Putzstaub. Flocken davon fielen von seinen Schultern und seinem Rücken. Er spie staubigen Schleim aus und schätzte, dass er zwölf Schuss verbraucht hatte. Also noch fünf im Magazin, plus dem siebzehnschüssigen Reservemagazin in seiner Tasche. Zweiundzwanzig Schuss insgesamt. Zwei Schützen.

Beschissene Chancen.

Bald beschleunigte seinen Schritt, als er durch die Tür brach. Er wusste, dass er Klich vor den Schützen erreichen musste. Er fand sich in einer Art Garten wieder. Zwischen hohem, wildwachsendem Gras und Unkraut stand ein verfallendes Wasserspiel. Ein zusammengebrochener, kniehoher Zaun umgab den Garten, der an seinem Ausläufer zu einem Olivenhain wurde.

Die Dämmerung war angebrochen, und die blaue Leinwand des Himmels mit blutigen orange- und violettfarbenen Strichen durchzogen. Bald warf seinen Blick auf drei Uhr. Zwanzig Meter entfernt die Straße hinunter konnte er den Vectra sehen.

Aber wo zum Teufel ist Klich?

Dann hörte er ein scharfes Keuchen hinter sich und fuhr herum.

Klich lehnte an der Wand neben der Seitentür der Kirche. Versuchte, seine hektische Atmung unter Kontrolle zu bringen. Schweiß ließ sein Gesicht glänzen. Wieso hatte der Kerl aufgehört zu rennen? Dann sah er das Gesicht des Russen. Es hatte eine Form von Weiß angenommen, die man nur von Farbkarten kannte. Er war vor Angst wie erstarrt. Das verwirrte Bald. Er hatte Klich für einen harten Kerl gehalten, nicht für die Art von Mann, die sofort einknickte, wenn sie Blut sah. Immerhin war er ein Oligarch. Und ausgehend von dem Wenigen, das Bald über diese Leute wusste, gehörten Mord und Gewalt zu ihrem täglich Brot.

»Gehen wir«, sagte Bald und zerrte Klich von der Wand.

Der Oligarch rannte ihm in einem schwankenden Sprint nach. Sie waren noch zwölf Meter von der Straße entfernt, als Bald hörte, wie die schwere Seitentür der Kirche aufschwang. Er blieb stehen, wirbelte herum. Sah einen der Schützen auf sie zustürmen. Verdammt, diese Mistkerle gingen ihm langsam auf den Wecker. Der Schütze hatte sich bereits seine 9A-91 an die Schulter gelegt und zielte auf ihn.

Bald stieß Klich neben dem Springbrunnen zu Boden. Er ließ sich auf eines seiner Knie sinken, als der Schütze das Feuer eröffnete. Flammen leckten aus der Mündung des Gewehrs und erhellten für einen kurzen Moment die Dunkelheit, die sich wie schwarzer Schnee über die Kirche und den Garten herabsenkte. Drei Kugeln schlugen fünfundzwanzig Zentimeter rechts von Bald in den Boden. Heißer Dreck schoss ihm ins Gesicht. Die Kugeln waren ihm verdammt nahegekommen. Eine Pause entstand, als der Schütze ihn genauer ins Visier nahm. Der nächste Schuss, so viel war Bald klar, würde ihn treffen.

Er hatte nur eine Chance, den Schützen auszuschalten.

Bald hatte Mühe, den Schützen im schwindenden Licht vor seine Pistole zu bekommen. Und er hatte keine Zeit, seine Schüsse auf den Oberkörper zu zielen. Er zog den Zeigefinger zurück und gab kurz hintereinander drei Schüsse ab. Die Entladungen schepperten in seinen Ohren: *Ka-Rack, Ka-Rack, Ka-Rack.*

Der Kerl aber fiel nicht um. Die Kugeln verschwanden im hohen Gras.

Noch zwei Schüsse im Magazin.

Wieder eröffnete der Schütze das Feuer. Bald warf sich hinter dem Springbrunnen auf dem Boden, als auch schon drei Schüsse dicht über seinem Kopf hinweg surrten. Bald stieß Klich an, der mit schmutzverschmiertem Gesicht nach unten auf der Erde lag.

»Siehst du meinen Wagen da?«, fragte er und deutete mit dem Kopf auf den Vectra, der etwa dreißig Meter von ihnen entfernt stand. »Wenn ich das Zeichen gebe, rennst du los. Versteck dich hinter dem Hinterrad und rühr dich nicht vom Fleck, bis ich dort bin. Verstanden?«

Klich nickte hektisch.

Drei weitere Kugeln schlugen in den Springbrunnen ein.

»Los!«, brüllte Bald Klich an. Der Oligarch rannte in Richtung Straße davon, und in der gleichen verschwommenen Bewegung sprang Bald hinter dem Wasserspiel hervor. Erstarrte. Der Schütze war verschwunden. Aber wohin? Dann registrierte Bald aus den Augenwinkeln etwas. Eine Bewegung hinter seiner rechten Schulter. Bald wirbelte herum. Der Schütze hatte ihn in südlicher Richtung durch den Garten umkreist und versucht, Bald zu flankieren. Er war noch zehn Meter entfernt und zielte auf Klich. Der Ziellaser seines Gewehrs fiel drohend auf den Oligarchen, als dieser auf den Vectra zu stolperte.

Ein Schuss, dachte Bald, *mehr habe ich nicht.*

Wenn du ihn verfehlst, ist Klich tot.

Er entspannte seine Schultermuskeln und spannte dafür seine Handgelenke an.

Atmete aus.

Zog den Abzug.

Für den Bruchteil einer Sekunde glaubte Bald, er hätte danebengeschossen. Der Schütze blieb einfach stehen. Dann ließ er das Gewehr fallen und fuhr sich mit der Hand an seinem Hals, tastete nach ihm, als würde er dort nach einer Fliege schlagen. Bald sah Blut aus einem kleinen Loch in seinem Adamsapfel sickern. Der Schütze blinzelte in seinem Schockzustand und versuchte, die Wunde zuzuhalten. Dann gaben seine Beine abrupt unter ihm nach und er sank in die Knie. Ein weiterer Kreidestrich auf der geistigen Tafel seiner Abschüsse. Bald konnte schon eine Menge Striche vorweisen.

Er wirbelte wieder herum, um Klich nachzujagen. Da erspähte er den vierten Schützen. Scheiße! Den hatte er beinahe vergessen. Der russische Agent hatte die Kirche durch den Vordereingang verlassen und stand nun dort, mit seinem Gewehr an der Schulter.

Zielte auf Klich.

KAPITEL 45

18:29 UHR

Die nächsten drei Sekunden verstrichen nur sehr langsam. Bald rappelte sich vom Boden auf, während Klich schwankend die letzten sieben Meter zu dem Vectra zurücklegte, erschöpft von dem kurzen Spurt und völlig ahnungslos, dass der Schütze aus zehn Metern Entfernung auf ihn zielte. Der Schütze verfolgte Klich mit den Augen. Seine linke Hand umschloss das Magazin an der Unterseite seiner 9A-91, seine rechte Hand umklammerte den hinteren Griff. Bald schwang die Ruger an der Seite nach oben, auf Höhe des Agenten. Er schätzte, dass er noch einen oder zwei Schüsse in dem Magazin haben musste, aber genau konnte er sich nicht erinnern, nicht bei all dem, was sich in der Hitze des Feuergefechts ereignet hatte. Er hoffte, dass es noch zwei Patrone waren. Aber aus seiner Erfahrung, was sein Glück anbelangte, rechnete eher mit nur einer.

Ihm blieb keine Zeit, um zu zielen. Er musste den Schützen unter Beschuss nehmen, bevor dieser das Feuer eröffnen konnte. Als er den Abzug drückte, war die Bewegung so hypnotisch wie geschmeidig und die Ruger ihm so vertraut wie eine alte Geliebte. Die beweglichen Teile der Waffe erzitterten unter seinem Griff, als der Schlitten zurück und wieder nach vorn schoss, Flammen und Blei aus der Mündung schossen und die Patronenhülse seitlich aus der Waffe sprang wie bei jemandem, der ein Stück Erdnussschale aus dem Mundwinkel spuckte.

Die Kugel funkelte, während sie sich ihren Weg durch den von Mondlicht beschienenen Himmel bahnte und an dem Schützen vorbei pfiff. Von dem Schuss abgelenkt drehte sich der Schütze von Klich weg und richtete seine Waffe auf Bald. Der Ex-Blade versuchte, die Szenerie, die sich ihm bot, zu verarbeiten: Klich warf sich hinter dem Vectra in Deckung. Bald zielte auf den Schützen. Der Schütze zielte auf Bald. Nun hing alles davon ab, wer den schnelleren Abzugsfinger besaß.

Dann sog Bald scharf die bleierne Luft ein, die herb auf seiner Zunge lag und seine Zähne pelzig werden ließ. Der Geruch von Schießpulver umspielte seine Nase. Die Punkte auf der Kimme der Ruger leuchteten grün. Sie fingen den Schützen ein. Bald sah das schattenhafte Ziel leicht unscharf, die Kimme hingegen war im Fokus.

Er drückte den Abzug.

Klick-klick.

Scheiße! Es *war* die letzte Kugel gewesen.

Der Schütze feuerte.

Bald warf sich nach links. Er spürte die Kugel, bevor er sie hörte, ein rasiermesserscharfer Schmerz, der über seine rechte Wange fuhr, gefolgt von einem dumpfen Knirschen, als sie sich hinter ihm ins Gras bohrte. Der Schütze musste Bald neu ins Visier nehmen. Er war kaum mehr als ein kohlrabenschwarzer Fleck, der sich zu dem Ex-Blade herumdrehte. Bald drückte auf den Auswurfknopf des Magazins an der Seite der Ruger und fischte sich das Reservemagazin aus der Tasche. Er schob es vorsichtig in den Griff hinein. Der Schütze zielte noch immer mit seinem Gewehr auf Bald, als dieser entschlossen und blitzschnell den Hammer zurückzog und wieder losließ, sodass dieser nach vorn schnellte und die erste Kugel aus dem Magazin in die Kammer beförderte.

Er hatte geschossen, bevor der Schütze auch nur die Chance bekam, einen zweiten Schuss auf ihn abzugeben. Eine Flammenzunge schoss aus der Ruger. Der Russe zuckte, als hätte jemand zwanzigtausend Volt durch ihn gejagt. Er fiel lautlos nach hinten um und war dann damit beschäftigt zu sterben, während Bald sich für den guten Job gratulierte. Klich wartete noch etwas, bevor er hinter dem Wagen hervorkroch. Er klopfte sich den Staub ab, bemerkte den tödlich verwundeten Schützen und marschierte triumphierend zu ihm. Dabei ballte er in der Luft die Fäuste.

»Fick dich!«, schrie er und trat dem Mann in die Rippen. »Wer ist jetzt der Chef, hä? Wer?« Er kniete sich neben den Agenten und flüsterte: »Wie war das, mein Freund? Ich kann dich nicht hören.«

Dann stand er auf und trat dem Schützen noch einmal in den Brustkorb. »Ich, Motherfucker. *Ich bin hier der Chef. Und du am Arsch!«*

Ein leises, ploppendes Geräusch drang aus der Brust des sterbenden Mannes, als sich seine Lungen mit Blut füllten und aus dem frischen Loch in seiner Kehle blubberte.

»Jetzt kannst du mal sehen, wie sich das anfühlt, Wichser!«, krächzte Klich und platzierte seine Füße zu beiden Seiten des Mannes. Dann öffnete er seinen Reißverschluss und entließ einen heißen Strom aus Urin auf das Gesicht des Mannes. Der Mann wimmerte irgendwo tief in seinem Inneren.

»Wir müssen hier weg«, sagte Bald.

»Eine Minute noch«, sagte Klich und schwang die Hüfte, um ein ›K‹ über das Gesicht des Schützen zu pissen. Als er fertig war, schüttelte er die letzten Tropfen aus seinem Schwanz und zog den Reißverschluss wieder zu.

»Ich bin hier fertig«, sagte er dann zu Bald. »Und jetzt bring mich zu meinem alten Freund Favorsky.«

Klich kletterte auf den Beifahrersitz, während Bald sich hinter das Lenkrad klemmte und den Zündschlüssel herumdrehte. Er wendete auf der Straße. Dann trat er das Gaspedal durch und schoss auf der Rue Alan Grillet nach Norden, wo er mit einhundertfünfundvierzig Sachen den JFK-Boulevard erreichte. Er folgte der Straße in östlicher Richtung. Auf seinem iPhone hatte er Google Maps geöffnet und das Handy am Armaturenbrett befestigt. Der Billionaires Quay befand sich nordöstlich ihrer Position. Nach einem halben Kilometer auf dem JFK bog Bald scharf links auf den Boulevard Christian Lacombe. Alle zehn oder fünfzehn Sekunden sah er in den Rückspiegel, um sicherzugehen, dass sie nicht verfolgt wurden. Nach weiteren vierhundert Metern mündete die Christian Lacombe in eine Parade aus weitläufigen weißgetünchten Villen, die von zwei Meter hohen Steinmauern, elektronischen Toren und kunstvollen Hecken durchsetzt mit Palmen von der Außenwelt abgeschottet waren.

Bald behielt den rechten Fuß auf dem Gas, während er gen Norden raste. Er fuhr deshalb so schnell, weil er annahm, dass die Russen, wenn sie schon so erpicht auf Klich waren, sicher mehr als nur vier Typen geschickt hatten, um den Job zu erledigen. Und je eher er Klich bei Favorsky ablieferte, umso eher würde er sein Geld bekommen und seine Hände von diesem ganzen beschissenen Geschäft reinwaschen können.

Die Straßen waren so gut wie verlassen. Bald bog bei der ersten sich bietenden Gelegenheit nach rechts auf die Chemin de Revault ab. Dieser folgte er einen knappen Kilometer, bevor er sich auf einer zweispurigen Straße entlang der östlichen Küste wiederfand. Google Maps informierte Bald höflich, dass er sich nun nur noch einen Kilometer vom Billionaires Quay entfernt befand. Der Tummelplatz der Superreichen, die dreihunderttausend für Champagner ausgeben konnten und das in ihrer Brieftasche nicht einmal merkten. Diejenigen, denen Formel-Eins-Teams gehörten und Inseln am anderen Ende der Welt.

Zumindest nahm Bald aber den Fuß vom Gas.

»Wir haben sie abgeschüttelt«, sagte er.

»Was wir aber ganz sicher nicht dir zu verdanken haben«, antwortete Klich. »Du hättest mich da drin beinahe umgebracht, du Blödmann. Dabei solltest du mich beschützen!« Er deutete auf sein chirurgisch bearbeitetes Kinn. »Wenn dieses Baby auch nur einen Kratzer abbekommt, ist unser Deal geplatzt.«

»Blödsinn«, sagte Bald. »Du bist hier derjenige, der einem Mistkerl einen Besuch abstatten will, der ihn umbringen will. Was willst du eigentlich von Favorsky?«

Klich lächelte schwach. »Ich habe meine Gründe.«

»Glaubst du wirklich, dass dein sogenannter Kumpel den roten Teppich ausrollen wird, wenn du an seiner Jacht aufkreuzt?«

»Mach dir über das Begrüßungskomitee mal keine Gedanken. Konzentriere dich nur darauf, mich dorthin zu bringen.«

Sie schossen an einer Reihe von Wohnblöcken vorbei, die wie Zähne eines Rottweilers in Richtung Meer blickten. Eine Brise wehte von der Küste heran. Die Palmen wogten. Auf neun Uhr konnte Bald eine Art mittelalterlicher Befestigung sehen, eine weitläufige Steinstruktur etwa so lang wie die Bucht, mit drei Meter hohen Bögen, die deren Basis in regelmäßigen Abständen unterbrachen und einem Laufgang, der darüber hinweg führte.

Fast geschafft, sagte Bald zu sich selbst. Lange würde er nicht mehr durchhalten. Seine Migräne murmelte unentwegt an dem Punkt zwischen seinem linken Ohr und der Schläfe, seit er das Metropolitan in Genf verlassen hatte. Das Adrenalin während des Schusswechsels in der Kirche hatte den Deckel draufgehalten. Aber nun waren sie wieder da und drängten sich mit bohrenden Schmerzen in den Vordergrund. Halte nur noch eine Stunde durch, munterte sich Bald auf. Morgen schon würde er das alles hinter sich lassen können. Antibes. Europa. Die Firma. Mit zehn Millionen zum Verjubeln und einer neuen Identität war die Welt voller Möglichkeiten. Er dachte daran, sein Glück vielleicht in Costa Rica zu versuchen. Oder vielleicht in Thailand. Er hatte schon viel Gutes über die Thai-Frauen gehört. Alles, was er jetzt noch tun musste, war, seine Migräne auf Eis legen, bis er die Jacht erreicht hatte, dachte er. Er hoffte inständig, dass Favorsky genug Alkohol vorrätig haben würde. Mit etwas Glück würde er sich etwas Jim Bean in die Blutbahnen einverleiben können und damit die Migräne aufschieben.

Jetzt bog Bald nach rechts auf die Avenue Maréchal Robert ein. Die Straße verengte sich wie zusammengezogene Schultern. Er hielt den Wagen bei neunzig Kilometern in der Stunde, während sie einer einspurigen Straße folgten, die von schlafenden Renaults und heruntergekommenen Peugeots gesäumt war. Der Straßenbelag war aufgerissen. Eine Reihe schlichter Hotels mit fantasievollen Namen erstreckte sich entlang der linken Straßenseite, auf der rechten Seite erhob sich ein fünfstöckiger Wohnblock, dessen Fassade an Pappmaché erinnerte.

Direkt voraus befand sich ein Wirrwarr aus einander überkreuzenden Gassen. Etwas früher an diesem Tag hatte Bald einige dieser Gassen passiert. Zu der Zeit waren sie brechend voll mit Imbissständen und Esstischen, Schmuckläden und Touristen mit schicker Pension gewesen. Jetzt waren sie leblos und mit Abfällen übersät, über die sich streunende wilde Hunde hermachten. Hinter dem Markt, das wusste Bald, begann der Quay. Noch fünfhundert Meter entfernt.

Etwa vierhundert Meter von seinem neuen Leben entfernt spaltete ihm die Migräne den Schädel.

Sie traf ihn schnell und präzise, wie ein Aufwärtshaken. An den Augenrändern verschwamm ihm die Sicht. Dann blitzte ein sengend heißer Blitz in der Mitte seines Sichtfeldes auf, bohrte sich durch seinen Frontallappen und trug den Blitz aus Schmerz den ganzen Weg durch sein Gehirn hindurch bis in den hinteren Teil seines Schädels. Der Schmerz war unmittelbar und brutal. Die Straßenlampen schrien Bald entgegen. Er presste die Augenlider aufeinander, um die grellen Lichter und den Lärm auszublenden. Er hörte ein metallenes Knirschen, spürte eine Schockwelle durch seine Knochen wogen.

Er öffnete die Augen und rutschte auf seinem Sitz nach vorn. Sein Kopf schlug gegen das Lenkrad. Dann war ein Knall zu hören. Ein Schmerz brach durch seinen Kopf wie ein Beutel voller Murmeln, der mit einem Ruck aufgerissen wurde. Die Lichter verdunkelten sich.

Und dann gingen sie aus.

KAPITEL 46

19:17 UHR

Bei dem Geräusch einer nasalen Stimme, die hinter ihm schrie, öffnete Bald die Augen. Er schüttelte seinen Kopf frei. Hatte keine Ahnung, wie lange er bewusstlos gewesen war. Sein Rücken schmerzte qualvoll und ein dumpfer Schmerz arbeitete sich von dort bis in seinen Kiefer vor. Die Windschutzscheibe war an mehreren Stellen gesplittert. Der Vectra war gegen einen parkenden Peugeot 206 gerammt. Bald brauchte ein paar benebelte Sekunden, um zu verstehen, dass er während seiner Migräneattacke von der Straße abgekommen und in das andere Auto gerast war. Unzählige Schmerzen schossen von seinen Handgelenken zu seinen Schultern hinauf, wo sie noch einmal für eine Weile aufflammten, bevor sie in seinem Genick verebbten. Er war schwach bei Bewusstsein, als zwei Hände ihn an den Schultern packten und schüttelten. Dann sah er in den Rückspiegel auf und sah, dass die Hände zu Klich gehörten.

»Wach auf, du verdammter Idiot«, murrte der Oligarch. Seine Nase war violett angelaufen und am Nasenrücken geschwollen. Höchstwahrscheinlich war er bei dem Aufprall gegen die Nackenstütze geprallt. »Wach auf!«

»Gaaahh …«

Bald versuchte, richtige Worte zu formulieren. Keine Chance. Sein Kiefer fühlte sich ab, als würden ihn Drähte zusammenhalten. Der

Motor tuckerte. Rauch drang aus dem Kühlergrill. Er lenkte seinen Blick auf die Uhr im Armaturenbrett: 19:18 Uhr. Er war für ziemlich genau eine Minute lang bewusstlos gewesen. Er massierte sich den steifen Nacken und war etwa auf halbem Wege, seinen Kopf wieder zurechtgerückt zu bekommen, als er ein donnerndes Dröhnen aus dem Süden hörte. Er reckte den Hals über seine Schulter. Sah an Klich vorbei und erspähte einen BMW X5, der in Schlängellinien in Sichtweite kam. Zehn Meter vor dem Heck des Vectras kam er schlitternd und mit quietschenden Reifen seitwärts zum Stehen. Schwarze Karosse, schwarze Fenster, alles in Schwarz.

Oh Scheiße, dachte Bald. Das war der gleiche X5, den die Schützen fuhren, die die Kirche gestürmt hatten. Er erstarrte, als das vordere Beifahrerfenster herunterfuhr und ein Gewehrlauf in seine Richtung hinausgeschoben wurde.

»Runter!«, schrie Bald Klich an.

Die Mündung blitzte auf. Ein deutliches *Fftt* war zu hören, gefolgt von einem Knall wie von einem Beutel Münzen, der auf einen Tisch geworfen wird. Eine einzelne Kugel ließ das Heckfenster des Vectras zersplittern. Bald warf sich über den Beifahrersitz, als zwei weitere *Fftts* aus dem X5 ertönten. Wie brechendes Eis. Die Kugeln bohrten sich neben dem ersten Loch in das Glas. Drei Kugeln, wie in einer Art von Planetenkonstellation. Klich lag auf der Rückbank, die Beine an den Körper gezogen, und schlotterte vor Angst. Ein weiterer Sturm aus schallgedämpften Kugeln brach aus dem X5, bohrte sich erneut in das Heckfenster und schlug hämmernd in die Karosse und das Chassis ein. Die Feuerrate war überwältigend. Bald schaffte es nicht, sich zusammenzureißen. Eine dritte Gewehrsalve ließ das Heckfenster in sich zusammenfallen. Scherben regneten über Klich und seine Kleidung. Er schrie irgendeine Art von Verwünschung in seiner Muttersprache. Eine Kugel schoss irgendwo aus dem Getriebe unter ihm nach oben und zischte zwischen Balds Beinen hindurch. Sie verfehlte seine Eier um etwa zehn Zentimeter und bohrte sich in das Wagendach. Vier weitere Kugeln pfiffen wie in einem Flipperautomaten um die Unterseite des Wagens herum.

Verdammt, dachte Bald. Er war nicht so weit gekommen, um sich von diesen Arschlöchern seinen Zahltag vermiesen zu lassen. Er rollte sich auf den Rücken, hob den Kopf ein paar Zentimeter an und spähte über das Armaturenbrett. Neunzig Meter freiliegender Straße trennten Bald von dem Markt. Er war sich sicher, dass er und Klich es schaffen konnten, die Schützen abzuschütteln, wenn es ihnen gelänge, es bis in die Gassen zu schaffen, ohne vorher durchlöchert zu werden. Er griff über den vorderen Beifahrersitz und schnappte sich die Ruger. Sechzehn Kugeln im Magazin, erinnerte er sich müde. Er verlagerte seine Position so, dass er sich leicht nach vorn beugte, schob die Pistole zwischen den beiden Vordersitzen hindurch, und durch das zersplitterte Heckfenster konnte er die Seite des X5 klar und deutlich erkennen. Klich, der nun auf dem Bauch lag, sah ziemlich mitgenommen aus, als hätte ihn jemand auf der Suche nach Kleingeld durchgeschüttelt. Bald feuerte drei heiße Kugeln aus dem frisch gewechselten Magazin ab. Sie verfehlten ihr Ziel nur knapp. Die Kugeln zauberten Risse in das heruntergefahrene Fenster der vorderen Beifahrertür des X5. Die Patronenhülse sprang aus dem Auswurf und landete wie heiße Kohlen in Balds Schoß.

Dreizehn Schuss übrig, sagte er zu sich selbst.

Eine weitere mörderische Salve explodierte aus dem X5 und nahm das hintere Ende des Vectras in die Mangel. Bald aber geriet nicht in Panik. Er gab vier zielgenaue Schüsse ab, welche das Beifahrerfenster zersplittern ließen. Die Gewehrmündung verschwand wieder in der Dunkelheit des Wagens. Eine kurze Feuerpause folgte.

Neun Kugeln. Verschwende sie nicht.

Bald sprang in Aktion. Er trat die vordere Beifahrertür des Vectras auf und gab drei weitere Schüsse auf das beschädigte Fenster des X5 ab. Das Glas zerfiel schließlich und regnete auf die Straße hinunter. Der Schütze musste sich unentdeckt in Deckung begeben haben, schätzte Bald. Noch sechs Schuss.

»Raus aus dem Wagen, sofort!«, brüllte er.

Klich sprang aus dem hinteren Ende des Wagens, während Bald zwei weitere Kugeln abfeuerte, nun etwas tiefer, auf die Karosse unterhalb des herausgeschossenen Fensters. Ein metallisches Scheppern war zu hören, als die Kugeln das Metall zerfetzten. Ein Heulen ertönte aus dem Inneren des Wagens. Dieses Mal war sich Bald sicher, den Schützen festgenagelt zu haben. Mit nur noch vier Schüssen übrig konnte er es sich nicht leisten, noch weitere mit Deckungsfeuer zu vergeuden. Auf jeder Kugel stand jetzt ein Name. Klich schleppte sich an Bald vorbei und rannte auf das Labyrinth aus Gassen zu, als die gleiche Tür des X5 aufflog und ein Kopf zum Vorschein kam. Dieses Mal musste es sich um den Fahrer handeln, schlussfolgerte Bald und entfesselte danach zwei Schüsse auf den Mann, bevor dieser abdrücken konnte. Der Kopf des Fahrers explodierte wie eine Apfelsine. Sein Körper rollte zu einem leblosen Haufen in der Mitte der Straße zusammen.

Zufrieden, genug Schaden angerichtet zu haben, um die Schützen aufzuhalten, und mit noch zwei Schuss im Magazin schwang Bald herum und rannte auf den Markt zu. Er musste beinahe zweimal hinsehen, als ihm klar wurde, wie weit voraus Klich bereits gerannt war. Er befand sich vierzig Meter vor Bald und fünfzig Meter vor den Gassen. Bald hastete ihm nach.

Nachdem er zwanzig Meter zwischen sich und den Vectra gebracht hatte, warf Bald einen Blick über seine rechte Schulter. Er sah, wie ein weiterer Schütze aus dem von Kugeln durchsiebten X5 stieg. Ein Mann mit einem Ziegenbart und in schwarzen Hosen, der ein Sturmgewehr in der rechten Hand hielt. Blut quoll aus einer Wunde in seiner linken Schulter. Er stolperte in einem humpelnden Schritt ein paar Meter hinter Bald her. Dann blieb er taumelnd stehen, um seine Waffe in einem schwachen einhändigen Griff zu heben. Er feuerte zwei Mal auf Bald. Die Kugeln schlugen in einen alten Citroën Xantia vier Meter neben Bald auf der anderen Straßenseite ein. Ein Alarm heulte auf.

Jetzt beschleunigte Bald seinen Schritt, brachte einen größeren Abstand zwischen sich und den Schützen und holte langsam zu Klich auf. Zwanzig Meter von der ersten Gasse entfernt und siebzig Meter hinter dem X5 erreichte er ihn. Er hörte ein Klappern hinter sich und warf einen letzten Blick zurück. Der Schütze hatte die Verfolgung aufgegeben. Er war gegen die Seite des Vectra gesunken. Seine Augen starrten in den Himmel hinauf und sein Mund stand offen, als würde er um Atem ringen. Sein Sturmgewehr lag neben ihm auf der Straße.

Bald schob Klich in die Gasse. Hier waren sie vor dem X5 und den Schützen in Sicherheit. Der Markt war verlassen. Die streunenden Hunde hatten sich beim ersten Schuss bereits verzogen. Die Luft war nun angefüllt mit dem schweren Keuchen Balds und des Oligarchen, während sie eine mit Kopfsteinen gepflasterte Straße nach der anderen entlangrannten. Bald lief voran, an abblätternden Ladenfassaden und geparkten Motorrollern vorbei, während er sich die Anlage des Marktes aus Google Maps ins Gedächtnis rief.

»Wie weit ist es noch?«, fragte Klich. Seine Atmung war von der verletzten Nase zusätzlich erschwert. Damit hörte er sich an, als würde Luft durch einen Strohhalm einsaugen. Er war ziemlich fertig. Das waren sie beide. Sie hatten einen langen Weg hinter sich.

»Fast da«, antwortete Bald zuversichtlich.

Er verdrängte die Schmerzen in seinem Knie und die Müdigkeit in seinen Muskeln. Alles, worauf er sich jetzt noch konzentrierte, war, zum Hafen zu gelangen. Er wusste, dass er es sich nicht leisten konnte, in weitere Schützen zu laufen. Er war bis auf zwei Schuss abgebrannt, und ohne Reservemagazin hieß es Jacht oder Gute Nacht.

Eine Minute später stürmten sie in eine kurze, tiefschwarze Gasse. Bald wusste von der Karte, dass diese an das hintere Ende der Strandpromenade führte, und ihr Anblick gab ihm neuen Schwung. Fast da. Er eilte weiter. Er konnte Reihen von Sportbooten am Port Vauban erkennen, jenseits der schillernden Promenade. Jetzt konnte er auch die salzige Meeresluft riechen und das Klatschen der Wellen gegen die Mole hören. Er seufzte erleichtert.

Klich gab ihm einen beherzten Klaps auf den Rücken. »Wir werden es schaffen«, japste er.

Als sie sich dem Ende der Gasse näherten, spürte Bald, wie sein iPhone in seiner Tasche vibrierte. Er sah auf das Display.

Cave.

Er ließ den Anruf ins Leere gehen. Fünf Sekunden später informierte ihn sein Telefon, dass er eine Sprachnachricht erhalten hatte.

Bald lauschte der Nachricht, während sie die Gasse verließen und auf den Hafen zuhielten. Er presste sich das iPhone fest an sein Ohr und hörte die Stimme eines verzweifelt klingenden Mannes.

»Nimm ab, verdammt noch mal«, sagte Cave mit einer Stimme am Rand der Verzweiflung. »Großer Gott, John. Ich sagte dir, dass du unauffällig vorgehen sollst. Das GCHQ ist auf hundertachtzig wegen des Chaos, dass du verursachst. Bring Klich zu dem Treffpunkt, und zwar so schnell wie möglich, verdammt. Und bevor ich meine Meinung ändere und bei Interpol anrufe …«

Bald tippte auf ›Löschen‹.

›Sie haben keine neuen Nachrichten‹, versicherte ihm das Display.

Er warf das Handy ins Meer. Sagte der Firma auf Wiedersehen.

Dann drehte er sich zu Klich um. Der Oligarch war stehen geblieben. Bald sah ihn verwundert an. Sie konnten jetzt nicht Däumchen drehen, nicht so kurz vor dem Hauptgewinn. Aber Klich stand einfach wie in Trance am Rand des Hafens. Bald folgte seinem Blick. Er zählte wenigstens hundert Boote, die wie weiße Särge an den Anlegeplätzen vertäut waren. Neonblaue Scheinwerfer beleuchteten die Stege, und einer von ihnen, vielleicht achthundert Meter entfernt, ragte weiter ins Meer hinaus. Je weiter sein Blick dem Kai folgte, umso größer wurden die Schiffe. Die Hackordnung bestand aus Schnellbooten, dann Segeljachten, dann Vergnügungsboote. Ein paar davon besaßen zwei Oberdecks und einen Rumpf von über vierzig Metern Länge. Ihre Lichter funkelten wie weit entfernte Lagerfeuer in der tiefschwarzen Nacht.

»Grundgütiger«, entfuhr es Bald. »Sieh sich einer diesen Ort an. Ich wette, diese Schiffe kosten ein echtes Vermögen.«

Klich gluckste. »Diese Klapperkähne?«, sagte er und wedelte mit der Hand, als würde er einen üblen Geruch vertreiben. »Die sind noch gar nichts.« Er nickte in Richtung einer Jacht, die am hinteren Ende des riesigen Kais festgemacht war, der mindestens sechshundert Meter ins Meer ragte.

»*Das* nenne ich ein verdammt großes Boot, mein Freund.«

KAPITEL 47

19:58 UHR

Die Jacht, auf die Klich deutete, nahm eine breite Anlegestelle am hintersten Ende des Kais ein. Bald hatte einen Seitenblick auf sie. Seile, die mit hellgelben Bojen verbunden waren, die wie die Hüte untergegangener Zauberer auf dem Wasser trieben, halfen, das Schiff vor Anker zu halten. *Leck mich*, dachte Bald. Cave hatte recht: Es mutete eher wie ein Kreuzfahrtschiff an. Die Jacht sah wie jene riesigen Schiffe aus, die man am Hafen von Miami finden konnte und aus denen durchmedikamentierte Rentner auf Weltumseglung quollen. Sie war etwa einhundertsiebzig Meter lang und ihr Rumpf leuchtete blendend weiß, heller als der Mond. Ein Hubschrauberlandeplatz befand sich auf dem obersten Deck, und an der Seite des Schiffsrumpfs war ein Tauchboot befestigt. Eine Flagge hing träge von einem Mast am Heck des Schiffes. Sie zeigte in der oberen linken Ecke den Union Jack, ein Wappen in der unteren rechten und in der Mitte die britische rote Flagge.

»Die *Seraja Sowa*«, erklärte Klich. »Nicht schlecht, oder?«

»So kann man es auch ausdrücken«, antwortete Bald.

»Pah! Ich hatte mal eine größere. Ist noch gar nicht so lange her.« Klich grinste Bald an. »Nächstes Jahr um diese Zeit lasse ich eine bauen, die zweimal so groß ist!«

Reihen von Lichtern funkelten wie Champagner auf den oberen Decks. Bald zählte vier Decks, die wie die verschiedenen Schichten einer Hochzeitstorte übereinandergestapelt waren. Eine weiß getünchte Laufplanke führte von dem untersten Deck zum Kai. Musik dröhnte aus den oberen Decks.

»Klingt, als würde da jemand eine Party abhalten«, sagte er.

»Ha!« Klich presste ein Lachen hervor. »Meine Partys waren besser als dieser Mist. Ich rede hier von Bergen aus Kokain. Prostituierten, die wirklich erstklassigen, weißt du? Rolexuhren für jeden Gast. Kaviar. Popsternchen, die für mich *Happy Birthday* sangen. Die Welt fraß mir aus der Hand.« Er schüttelte reuevoll den Kopf. »Aber dann beging ich einen Fehler. Nur einen. Aber dafür einen Großen.«

Bald grinste. »Du bist zu gierig geworden?«

»Ich wurde weich. Ich hörte auf, meine Feinde umzubringen.«

Ein Bild flackerte vor Bald auf. Wie ein unterschwelliges Bild in einem Film. Er sah Joe Gardner wie ein Stück Fleisch von dem Fleischerhaken in dem Bauernhaus hängen, den Bauch aufgeschlitzt und seine Eingeweide zusammengerollt und schimmernd vor seinen schwarz gewordenen Zehen liegend. Joe hatte durch Viktor Klichs Hände sein Ende gefunden. Bald fragte sich, wie viele andere Frauen und Männer Klich über die Jahre abgeschlachtet hatte. Er betrachtete den Mann und sah kein Bedauern. Keine Angst. Gar nichts, außer einer kalten, harten Überzeugung über die Welt und seinem rechtmäßigen Platz darin.

Sie waren zügig an der Promenade entlanggelaufen und hatten bereits die Hälfte des Kais bis zur *Seraja Sowa* zurückgelegt. Das dumpfe Geräusch ihrer Schritte hallte ungefähr so schnell durch die Luft wie Balds Herzschlag in seiner Brust.

»Ich verrate dir ein kleines Geheimnis«, sagte Klich. »Reich werden ist der leichte Teil.« Er hustete. »Aber reich bleiben? Dafür brauchst du Eier aus Stahl.«

Bald schwieg.

»Nehmen wir zum Beispiel den MI6-Agenten, den ich getötet habe«, sagte Klich und schnippte mit seinen Fingern in dem Versuch, seinem Gedächtnis auf die Sprünge zu helfen. »Wie hieß er noch? Jim? Jake?«

»Joe«, sagte Bald. »Joe Gardner.«

»Ah, Joe! Richtig, jetzt fällt es mir wieder ein.« Klich klatschte in die Hände. »Weißt du, woran ich mich noch erinnere? Daran, wie er geschrien hat, als ich ihm seinen Schwanz abschnitt. Ich meine, er hat regelrecht *geheult*. Wie ein kleines Mädchen.«

Bald ballte seine linke Hand zur Faust. Zehn Millionen waren eine Menge Kohle, aber wie Klich hier damit prahlte, einen Ex-Blade aufgeschlitzt zu haben, schmerzte. Er verspürte den Drang, dem Kerl ins Gesicht zu schlagen. Stattdessen versuchte er, Klich zu einem schnelleren Tempo zu bewegen, der vor Aufregung in einen Bummelschritt verfallen war. Alles, was er wollte, war, den Kerl auf dieses Boot zu bekommen, bevor er die Beherrschung verlor.

»Weißt du, dieser Joe hat versucht, mir in die Quere zu kommen«, fuhr der Oligarch fort. »Ich hatte keine andere Wahl, als mich um ihn zu kümmern. Eine Botschaft zu senden. Wer sich mit Viktor Klich anlegt, endet an einem Strick. Ja … Favorsky hätte es besser wissen sollen, als sich mit Klich anzulegen.«

»Joe war … ein Freund«, sagte Bald mit leiser Stimme. Ja, auf gewisse Weise entsprach das der Wahrheit, und er spürte, wie sich ein Druck zwischen seinen Schläfen aufbaute. Er verdrehte seine Arterien und zog an seinen Nackenmuskeln.

Klich lachte. »Dein *Freund* war ein Stück Scheiße. Er bekam, was er verdiente.«

Bald flippte aus. Er schwang seine rechte Hand gegen Klich, die aufgestaute Anspannung in seinen Muskeln entlud sich in einem plötzlichen Ausbruch von Aggression. Ein Crosspunch gegen die Mitte des Kinns. Der Russe stöhnte auf, als sein Kiefer nach oben krachte, gegen seinen Gaumen prallte und die Nervenknoten direkt hinter dem Kiefergelenk zermalmte. Dann sackte der Kiefer schlaff herunter und seine Augen rollten sich in seinem Kopf nach hinten. Er sackte zu Boden. Bald rieb sich die stechenden Knöchel. Er hatte Klich mit einem Schlag ausgeknipst.

Für einen kurzen Moment packte Bald die Panik. Klich war sein Ticket für zehn Millionen. Den Mann unvorbereitet einfach k. o. zu schlagen schien nicht gerade die beste Idee zu sein. Aber dann zuckte

Bald mit den Schultern. Du hast Klich versprochen, ihn zu seiner Verhandlung mit Favorsky auf dessen Jacht zu bringen, erinnerte ihn eine Stimme. Du hast ihm nicht versprochen, dass er bei Bewusstsein sein würde, wenn er dort ankam.

Ein dumpfes Tuckern drang von der *Seraja Sowa* herüber, dreihundert Meter entfernt. Als würde jemand unter Wasser eine Kettensäge anwerfen. Das Wasser wurde aufgewirbelt. Dann schwoll das Geräusch zum Dröhnen einer Turbine an. Vier Umrisse hasteten über das Hauptdeck und lösten die Halteseile.

Ein Gedanke vertrieb allen Zorn aus Balds Kopf. Die Jacht bereitete sich darauf vor, abzulegen.

Er musste schnell handeln. Da Klich bewusstlos war, blieb ihm nichts anderes übrig, als sich den Mann auf den Rücken zu werfen und die Laufplanke hinaufzutragen, bevor die Jacht davonsegelte. Bald hakte seine Ellenbogen unter Klichs Schultern ein und zerrte ihn auf die Knie. Dann packte er Klichs rechtes Handgelenk und schlang sich den Arm des Russen über seine rechte Schulter, bevor er in die Hocke hing und sich Klich über die Schultern warf. Den linken Arm des Oligarchen ließ er an der Seite herunterhängen. Ein Luftstoß schoss aus seiner Kehle, als Bald sich mit dem Fußballen wieder nach oben drückte, und seine Oberschenkel brannten unter dem Gewicht es Mannes. Langsam und schwerfällig richtete er sich auf, als würde er eine schwere Langhantel stemmen. Seiner Schätzung nach war er noch etwa einhundertfünfzig Meter vom Heck der *Seraja Sowa* entfernt.

Also leg verdammt noch mal einen Zahn zu.

Bald behielt die vier Männer, die an den Seilen arbeiteten, im Blick. Die schienen ihn noch nicht bemerkt zu haben. Er wollte es auch dabei belassen, für den Fall, dass sie möglicherweise Alarm schlugen und die Jacht ablegen ließen, bevor er die Laufplanke erreicht hatte.

Das Gehen fiel ihm schwer. Trotz Klichs relativ schlanker Statur schätzte Bald, dass er jenseits der achtzig Kilo wog, sehr viel mehr als ein Bergen-Rucksack des Regiments mit der Standardausrüstung. Während der ersten Schritte wäre Bald beinahe gestrauchelt. Seine Knöchel drohten, unter der Last zusammenzubrechen. Ein Kreis aus

Schmerzen loderte in seinem unteren Rückenbereich. Eine zweifelnde Stimme flüsterte ihm ins Ohr, sagte ihm, dass er es nicht schaffen würde. Er war in einem miserablen Zustand. Der Drang, stehen zu bleiben und Klich abzuwerfen, verfolgte ihn konstant. Aber Bald erinnerte sich an sein Auswahltraining in den Brecon Beacons. An die harten Tage und kalten Nächte, in denen er sich abgekämpft hatte. Er hatte es damals geschafft, also würde er es auch wieder schaffen.

Er schleppte sich weiter.

Noch einhundert Meter.

Schweiß rann Bald am Rücken hinab und ließ sein T-Shirt an seiner Haut kleben. Noch siebzig Meter von der Jacht entfernt. Die Schiffsschrauben wirbelten das Wasser auf. Bald trieb sich noch härter an. Seine Beine schmerzten. Seine Lungen brannten mit jedem Atemzug, als wäre die Luft mit Glasscherben durchsetzt. Klich auf seinen Schultern wachte mit einem benommenen Stöhnen auf. Noch fünfzig Meter. Sie würden es schaffen, dachte Bald.

Dann ertönte ein vierfaches Rattern hinter ihm, und Schockstöße aus weißem Licht schossen entlang des Kais wie Blitze in kurzer Reihenfolge, tauchten die Welt in Scherben aus Schwarz und Weiß, als vier Kugeln an Bald vorbeipeitschten und vor ihm in den Boden schlugen. Die Crewmitglieder auf dem Hauptdeck rannten in Deckung.

Bald warf einen Blick über die Schulter. Dreihundert Meter hinter ihm konnte er mehrere Schatten ausmachen, die entlang des Kais in seine Richtung rannten, beleuchtet von den kleineren Jachten, die dort vertäut waren. Das mussten die Kameraden der Schützen sein, die er in der Kirche umgelegt hatte, dachte er und schätzte, dass sie wahrscheinlich mit den gleichen Sturmgewehren bewaffnet sein würden.

Weniger als fünfzig Meter lagen noch vor ihm, aber nun rutschte ihm Klich von seinem Rücken. Bald zog die Schultern an und beugte sich nach vorn, lud sich den Oligarchen erneut auf den Rücken, bevor er grimmig weitermarschierte. Er sah keinen Grund, in Deckung zu gehen. Bei dreihundert Metern befanden sich er und Klich jenseits der maximalen effektiven Reichweite der 9A-91s. Alles, was er tun musste, war, sein derzeitiges Tempo beizubehalten.

Die 9x39-mm-Unterschallpatronen verfügten über eine in die Spitze eingebaute Luftkammer, die es der Kugel erlaubte, nach ihrem Abschuss erheblich von ihrem Kurs abzuweichen und mit einem Neunzig-Grad-Winkel ins Fleisch einzuschlagen, wo sie beim Auftreffen zersplitterte und die lebenswichtigen Organe des Ziels mit hunderten kleiner Bleifragmente durchsiebte. Ihre Mannstoppwirkung bedeutete, dass selbst bei der maximalen Reichweite von zweihundert Metern ein paar Glückstreffer ausreichen würden, um Bald und Klich ins Himmelreich zu befördern.

Es dauerte nicht lang, bis eine zweite Salve wie vier schnelle Peitschenschläge die Luft durchschnitt. Der Kai flackerte wieder auf und verkehrte einen epileptischen Herzschlag lang die Welt in ein grelles Weiß. Bald blickte sich nicht um, um nachzusehen, wo die Kugeln eingeschlagen waren. Das brauchte er nicht. Er konnte das *Ker-rang* hören, mit dem jede einzelne Kugel in den Boden einschlug, deutlich und sehr nahe, vielleicht fünf oder sechs Meter hinter ihnen.

Die Schützen hatten den Abstand auf zweihundertzehn Meter verringert. Noch ein paar Schritte, und Bald und Klich würden in Zielreichweite sein. Bald wusste, dass er den Schützen nicht davonlaufen konnte. Seine Beine hatten schon Mühe, dieses Tempo zu halten. Als sie noch fünfundzwanzig Meter von der Jacht entfernt waren, warf er seinen Blick auf ein hüfthoch zusammengerolltes Segeltau. Er stolperte darauf zu und verstaute Klich hinter der von dem Seil gebotenen Deckung. Seine Muskeln atmeten erleichtert auf. Aber Bald hatte Klich nicht abgeladen, um kurz durchzuatmen. Die Stimme des Regiments in seinem Kopf hatte ihn belehrt, dass er die Mistkerle verlangsamen musste, die auf sie schossen, bevor er Klich auf der *Seraja Sowa* abliefern konnte. Er wirbelte herum, ließ sich auf eine kniende Schussposition fallen und brachte die Ruger in Anschlag. Noch zwei Kugeln. Eine im Magazin, eine in der Kammer. Vier Schützen. Egal, wie man es auch drehte und wendete – die Chancen standen nicht besonders gut.

Die Schützen hatten sich in zwei Gruppen aufgeteilt. Zwei der Männer rannten zwanzig Meter vor den anderen und waren nun noch einhundertfünfzig Meter von Bald und Klich entfernt. Die Ruger besaß eine Maximalreichweite von einhundert Metern. Mit etwas Glück einhundertzwanzig Meter. Noch ein paar Sekunden, dann würden die ersten beiden Jungs in Balds Reichweite sein.

Er zielte auf den Schützen auf der linken Seite. Der Mann war noch einhundertfünfzehn Meter entfernt. Dann einhundertfünf. Bei einhundert Metern nahm ihn Bald mit einem schnellen Druck auf den Abzug aufs Korn. Ein einzelner Schuss. Der Mann krallte sich an den Hals. Wäre er auf Twitter gewesen, hätte sein letzter Tweet wohl #tot gelautet. Der zweite Schütze sprintete unbeeindruckt an seinem gefallenen Kameraden vorbei, feuerte im Laufen und lenkte eine Dreischusssalve auf Balds knienden Umriss. Bald sah, wie eine Flammenzunge aus der Mündung des Gewehrs zuckte. Hörte, wie das Rattern zu einem hämmernden Getöse verschmolz. Er blinzelte nicht einmal, als die ersten beiden Kugeln nur einen halben Meter von seinen Füßen entfernt einschlugen. Aber der Mistkerl hatte während der Salve seine Waffe ausgerichtet und mit dem dritten Schuss besser gezielt. Die Kugel schlug in Bald, bohrte sich seine linke Schulter und riss ein Stück seiner Rotatorenmanschette heraus, bevor sie kurz über seinem Ellenbogen wieder austrat.

Der Schmerz war heftig. Aber Bald hatte bereits den Abzug der Ruger gezogen und reflexartig seine Kugel auf den Schützen abgefeuert, bevor der Schmerz ihn überwältigte. Die Kugel schlug in das rechte Bein des Mannes ein und zerfetzte seine Kniescheibe. Er verlor das Gleichgewicht, taumelte zur Seite und fiel ins Wasser.

Die Schützen zwanzig Meter hinter ihm teilten sich nun auf. Einer brach nach links aus, der andere rechts, während beide entlang des Kais nach Deckung suchten und versuchten, sich aus dem tödlichen Schussfeld zu bringen. Bald war die Munition ausgegangen. Er musste es darauf ankommen lassen, zu versuchen, es mit Klich zu der Jacht zu schaffen, bevor die Schützen eine Gelegenheit bekamen, ihn festzunageln. Die Motoren der Jacht dröhnten eindringlich in Balds Ohren. Ihm wurde klar, dass er sich Klich nicht mehr über die Schultern werfen konnte, nicht mit seinem blutenden Arm. Stattdessen packte er den Oligarchen an seinem Hemdkragen und schleifte ihn wie einen schweren Sack in Richtung Jacht.

Zwanzig Meter.

Kugeln schlugen irgendwo hinter ihm ein. Zwei Dreischusssalben. Bald riskierte einen Blick zurück. Die letzten beiden Schützen feuerten hinter einer Deckung aus ein paar Holzkisten auf ihn. Mit ächzenden Gelenken zerrte Bald Klich auf die Jacht zu. Ihm war übel und er fühlte sich benommen. Seine Schulter fühlte sich an, als würde jemand einen Schweißbrenner dagegen halten.

Noch zehn Meter bis zu der Laufplanke.

Zehn Millionen Pfund. Streng dich an!

Sech weitere Kugeln zischten durch die Luft und schlugen in das zusammengerollte Seil. Bald schleppte sich weiter. Schließlich erreichte er die Planke. Er ließ Klich fallen und lief einen Schritt voraus. Dann schob er seine Arme unter Klichs Achseln, schlang sie um seine Brust und zog ihn über die Planke. Die teueren Schuhe des Oligarchen schabten über das Metall. Ein Nebelhorn plärrte. Mit Entsetzen blickte Bald den Kai hinunter, zu den sich nähernden Schützen.

Die Jacht hatte Gott sei Dank noch nicht abgelegt. Jetzt beeil dich. Bald konnte sehen, dass die Schützen ihren Abstand auf zweihundert Meter verringert hatten. Zielreichweite. Zwei Gedanken durchlöcherten Balds Verstand. Der Erste war, dass er keine Munition mehr besaß. Der Zweite lautete, dass er und Klich auf ihrer erhöhten Position halb die Planke hinauf völlig ausgeliefert waren.

Sie waren am Arsch.

Aber dann taten die Schützen etwas Ungewöhnliches. Sie blieben stehen und ließen ihre Waffen sinken. Ihre Schultern sanken. Sie schienen sich sogar einen Witz zu erzählen und lachten einander zu. Einer der beiden winkte Bald. Der Ex-Blade fragte sich, wieso zum Teufel die beiden ihn und Klich nicht niedergemäht hatten, als sie die Chance dazu hatten. Dann heulte der Schiffsmotor auf, die Planke wackelte und Bald vergaß die Schützen und zerrte Klich verzweifelt die letzten Meter hinauf in einem verzweifelten Wettlauf, das Deck zu erreichen, bevor die Jacht von der Hafenmauer abgelegt hatte. Seine

Muskeln ächzten. Klich stöhnte. Bald zog ihn auf das untere Deck, als sich die Jacht von dem Kai löste wie eine Eiskruste von einem Eisberg, langsam und kraftvoll. Die Planke fiel hinab und wurde kurz darauf von dem schimmernden Wasser verschluckt. Bald legte Klich flach auf das Deck. Er war erschöpft und schweißgebadet. Aber sie verschwanden in der Nacht. Er sah, wie die Schützen mit den sanften Lichtern am Kai verschwammen.

Ich hab es verdammt noch mal geschafft, dachte er.

Er stand auf und kümmerte sich um Klich. Verpasste ihm ein paar Ohrfeigen. Der Mann war völlig weggetreten. Murmelte etwas, die Augen zusammengekniffen, als hätte er einen schlechten Traum.

Hinter sich hörte Bald Schritte. Er drehte sich um. Sah auf und erblickte drei Männer, die entschlossen an Deck auf ihn zuhielten. Nicht die Schiffsmannschaft, die er zuvor gesehen hatte. Die beiden Typen links und rechts schienen direkt aus einer Werbebroschüre für harte Kerle zu stammen. Kantige Kiefer, Guckloch-Augen und Hände wie Schaufeln. Ihre schwarzen Anzüge spannten am Brustkorb, und ihre Schultern wölbten sich darunter wie Basketbälle in einem Sack. Ihre weißen Hemden saßen am Kragen zu eng und waren an Manschetten ein paar Zentimeter zu kurz. Es war wohl schwer, passende Klamotten zu finden, wenn man die Proportionen eines Gorillas besaß, mutmaßte Bald.

Der Mann in der Mitte war dreißig Zentimeter kürzer und bestimmt vierzig Kilo leichter als die anderen beiden. Neben ihnen nahm er sich wie eine der kleineren Figuren in einer Matroschka aus. Er trug einen schwarzen Anzug, der ihm perfekt passte. Maßgeschneidert, vermutete Bald. Der dicke, makellose Kragen seines weißen Hemds ließ auf Seide schließen. Er trug keine Krawatte und hatte die obersten Hemdknöpfe geöffnet, sodass darunter ein Dreieck aus Brusthaar zum Vorschein kam. Er besaß die Statur eines Mannes, der an den Wochenenden Triathlons absolvierte. Seine Haut war noch weißlicher als sein gebleichtes Haar. Der Rest seiner Gesichtszüge war schmal und unauffällig, bis auf seine Augen. Diese waren lang und schmal und grau wie zwei Nägel. Aber sie blickten Bald nicht direkt an. Vielleicht hatte er Angst, ihm in die Augen zu sehen, weil er dort vielleicht etwas erblicken würde, was er nicht sehen wollte.

Die beiden Leibwächter richteten ihre halbautomatischen Makarov-Pistolen auf Bald.

Der Mann in der Mitte verschränkte seine Arme vor der Brust. Betrachtete Bald einen Moment lang auf die gleiche Art und Weise, wie jemand auf etwas Scheiße an seinen brandneuen Schuhen hinuntersah. Dann gab er seinen Schlägern ein Zeichen. Die beiden grinsten von einem Blumenkohlohr zum anderen und wankten auf Bald zu. Der Mann auf der rechten Seite trieb ihm eine Faust in den Bauch. Bald krümmte sich vornüber, rang nach Luft und kämpfte gegen brutale Wellen der Übelkeit an. Ein Schmerz bohrte sich tief in seinen Schädel. Bald brachte alles an schwindender Stärke auf, um den Mann abzuwehren.

»Was zum Teufel soll das?«, krächzte er. »Ich bin hier, um diesen Typen zu Favorsky zu bringen. Die beiden haben ein Treffen. Wo ist er?«

»Er ist beschäftigt« sagte der Mann in der Mitte.

»Und wer zum Teufel sind Sie?«

»Nikolai Nakrasow«, antwortete der Mann. »Der Präsident Russlands.«

KAPITEL 48

20:14 UHR

Ein kalter Schauer ließ Bald erstarren. Die beiden Schläger versuchten, ihn zu einer geschlossenen Tür zu zerren. Er kämpfte gegen ihr Gewicht an. Aber dann hielten sie plötzlich inne, als Klich ein Stöhnen von sich gab. Vier Augenpaare schwenkten zu dem Oligarchen herum, als dieser wieder ins Land der Lebenden zurückkehrte. Der russische Präsident gab den Schlägern abrupt ein Zeichen. Sie nahmen ihre Hände von Bald, stiefelten zu Klich und hoben ihn auf. Klich rieb sich das Kinn und grunzte. Er funkelte Bald böse an. Dann fiel sein Blick auf den Präsidenten. Er runzelte die Stirn, als versuchte er, herauszufinden, ob er wirklich das Bewusstsein wiedererlangt hatte oder das Ganze nur ein böser Traum war.

»Sie haben Mumm, das muss ich Ihnen lassen«, sagte der Präsident und trat auf ihn zu. Musik und Stimmen drangen aus den oberen Decks zu ihnen herunter. »Aus Rücksicht auf deinen Kameraden hier werde ich Englisch sprechen«, fügte er mit einem knappen Nicken in Balds Richtung hinzu. »Du hättest dich von hier fernhalten sollen, Viktor. Du bist hier nicht willkommen.« Er breitete die Hände aus, als würde er das Schiff einem potenziellen Käufer vorstellen. »Du hättest fliehen sollen, als du noch die Gelegenheit dazu hattest.«

Klich schwieg. Nakrasow zuckte mit den Schultern, dann sah er Bald mit schiefgelegtem Kopf an, obwohl es ihm irgendwie gelang, den Oligarchen dabei nicht aus den Augen zu lassen. »Und du bist also das verdammte Arschloch, das meine Männer umbringt. Wie lautet dein Name, mein Freund?«

»Er ist nur irgendein Typ«, antwortete Klich für Bald.

Der Präsident grinste.

»Meinen Glückwunsch«, sagte er. »Du hast dich dafür entschieden, wie Viktor vorzeitig ins Gras zu beißen.« Er nickte den Leibwächtern zu und deutete auf den Mann zur Linken. »Das ist Zorin«. Dann auf den Mann rechts von ihm. »Und das ist Karpin. Sie foltern Menschen und sind sehr gut in ihrem Job. Sei nett zu ihnen, vielleicht lassen sie dich dann nicht allzu lange leiden.«

»Warte, Nikolai! Bitte!«, rief Klich.

Zorin und Karpin zögerten. Blickten gleichzeitig den Präsidenten an. Der mächtigste Mann Russlands schnalzte missbilligend mit der Zunge. »Versuchst du, dir einen Gefallen zu erkaufen, Viktor?« Er kicherte, und sein Kinn verschmolz dabei mit seinem Hals, als versuchte er, einen Schluckauf zu unterdrücken. »Du vergisst, dass du kein Geld mehr besitzt. Du bist so arm wie Grieche.«

»Ich habe etwas, dass du sicher gern sehen würdest.«

Verunsicherung huschte über das Gesicht des Präsidenten.

Klich ließ nicht locker. »Was glaubst du, weshalb ich hierher gekommen bin, Nikolai? Um dir die Befriedigung zu geben, mich sterben zu sehen? Ich habe mein Leben riskiert, um auf dieses Boot zu gelangen, weil ich etwas sehr Wichtiges besitze, das ich mit dir teilen will.«

»Dann hast du dir die Mühe umsonst gemacht«, sagte der Präsident.

»Es gibt einen Plan, dich zu ermorden, Nikolai!«

Nakrasow verlor für eine Sekunde seinen Glanz. Seine Augen weiteten sich. Dann lachte er. »Blödsinn.«

»Es ist wahr«, fuhr Klich mit brüchiger Stimme fort. »Der Plan stammt von jemandem aus deinem engsten Kreis. Jemand, der dir sehr nahe steht, hat vor, dich umzubringen. Ich schwöre, alles, was ich sage entspricht der Wahrheit. Und ich habe Beweise. Lassen sie mich dir zeigen.«

»Du hast jeglichen Bezug zur Wirklichkeit verloren, Viktor.«

»Ich habe einen langen Weg hinter mich gebracht, um mit dir zu sprechen. Wieso hätte ich das tun sollen, wenn ich mir nicht absolut sicher wäre? Ich habe mein Leben riskiert. Bitte, Nikolai, sieh dir wenigstens die Beweise an.«

Der Präsident starrte Klich für einen langen Moment mit einem seltsam abwesenden Blick an. Schließlich nickte er seinen Leibwächtern zu. Sie ließen Bald und Klich frei und wichen zurück.

»Zeige sie mir«, bellte der Präsident in einer Ausbilderstimme und streckte ihm die geöffnete Hand entgegen.

Klich nahm seine Blancpain-Armbanduhr ab und warf sie Nakrasow zu. »Darin ist eine Micro-SD-Card eingebaut«, erklärte er. »Du musst sie nur in einen Laptop stecken und dir dann die Aufnahme anhören.«

»Was für eine Aufnahme?« Der Präsident sah Klich stirnrunzelnd an.

»Eine Unterhaltung zwischen Valeri Favorsky und Leo Land, die gemeinsam den Plan schmieden, dich umzubringen.«

»Land?«, fragte der Präsident. Er und Bald warfen Klich den gleichen Was-zum-Teufel-Blick zu. »Wer ist das? Ich habe noch nie von ihm gehört.«

»Er arbeitete für den MI6. Aber dann wurde er selbst denen zu schmutzig«, sagte Klich. »Land und Favorsky schmiedeten einen Plan, dich umzubringen. Sie beabsichtigten, es islamistischen Separatisten anzuhängen. Land überzeugte Favorsky, den richtigen Mann für diesen Job zu kennen.«

Der Präsident zeigte keinerlei Regung, als er die Uhr ins Mondlicht hielt und mit zusammengekniffenen Augen musterte. Er seufzte, tief und gedankenversunken. Dann warf er Karpin die Uhr zu und schnippte mit dem Finger nach Zorin. »Wo hält sich denn gegenwärtig unser Freund Favorsky auf?«

»Am Pool, Sir. Mit zwei Prostituierten.«

»Bringen Sie ihn zu mir«, bellte der Präsident. Dann wandte er sich Klich zu, während Zorin sich auf den Weg machte. »Du solltest besser keine Spielchen mit mir spielen, Viktor.«

»Keine Spielchen«, bekräftigte Klich.

»Gut.« Der Präsident stellte ein schmales Lächeln zur Schau. Seine Lippen waren dünn wie Streichhölzer und von dem gleichen weißlichen Pink wie seine Wangen. »Denn falls doch, werde ich dafür sorgen, deinen Tod noch hundertmal schmerzhafter werden zu lassen. Das gilt für euch beide.«

Mit diesen Worten machte der Präsident auf den Hacken seiner teuren schwarzen Schnürschuhe kehrt und wies Karpin an, mit Bald und Klich vorauszugehen, zum Hauptdeck. Man führte sie einen langen Korridor mit cremefarbenen Böden und Decken entlang, gesäumt von aztekischen Skulpturen, die auf marmornen Sockeln befestigt waren. Balds Arm pulsierte von der Schusswunde. Das Fleisch um seine Schulter und den Oberarm herum war schmerzhaft angeschwollen. Am Ende des Korridors wandten sie sich nach links und betraten eine Suite, durch eine verzierte Tür, die ebenfalls von zwei Musterschlägern bewacht wurde.

Die Suite wirkte wie das Oval Office, das man im Schauraum eines Billigmöbelmarktes nachgestellt hatte. Alles war in creme- oder walnussfarben gehalten. Sofas und Lehnsessel waren um einen Couchtisch rechts von Bald angeordnet. Eine freistehende Bar mit einem Regal dahinter nahm die Mitte des Raumes ein. Eine Reihe minimalistischer Uhren war an der Wand hinter der Bar aufgehängt worden. Sie zeigten die Uhrzeit in Moskau, New York, London, Istanbul, Tokio und Rio an. Links von sich erspähte Bald einen großen Esstisch vor einem gebogenen Glasfenster, welches über die gesamte Länge des Raumes führte. An der Decke leuchteten Strahler. Bald zählte ein halbes Dutzend Männer, die an dem Esstisch saßen und sich über Kaviar und Hummer hermachten.

Nakrasov führte Klich zu dem Couchtisch und steckte dort die Uhr über einen USB-Adapter an einen geöffneten Laptop mit diamantbesetztem Gehäuse an. Klich rieb sich erwartungsvoll die Hände.

Bald hielt sich im Hintergrund. Er ging davon aus, aus dem Schneider zu sein. Klich würde dem Präsidenten die Aufnahme vorspielen, vergebendes Händeschütteln reihum, und dann würde Bald seine Pension einkassieren und verschwinden. Seine Augen weideten sich an den Flaschen, die auf dem Regal arrangiert waren, und blieben an dem Etikett eines seltenen Macallan-Whiskeys hängen. Siebenundachtzig Jahre alt. Das Beste vom Besten. Zwanzigtausend die Flasche, wie Bald wusste, was auf eintausendfünfhundert Mäuse für zwei Finger breit von dem Zeug hinauslief. Mehr als Bald in einem Monat verdiente, für ein verdammtes Schnapsglas voll Whiskey. Bald griff nach dem Macallan und hoffte, dass dieser seine Migräne zurückdrängen würde. Sie brodelte seit dem Autounfall im Hintergrund. Ein Tropfen von dem teuren Whiskey, so hoffte er, würde die Migräne ein für alle Mal einschlafen lassen.

»Hey!« Bald erstarrte. Er drehte sich zu dem Präsidenten. Der Mann starrte ihn mit einem finsteren Gesicht an. »Wenn du diese Flasche auch nur anrührst, ich werde dir die Eier abschneiden und an meine Hunde verfüttern.«

Enttäuscht zog Bald seine Hand zurück und verfolgte, wie der Präsident sich wieder Klich zuwandte. Eine kratzige Audioaufnahme quäkte aus den blechernen Laptoplautsprechern. Der Präsident hörte schweigend zu, mit verschränkten Armen, und wippte dabei ungeduldig mit dem Fuß. Land sprach auf Russisch mit Favorksy. Bald hatte keine Ahnung, dass Land Russisch sprechen konnte. Der Präsident schwieg während der zweiminütigen Aufnahme. Als sie endete, starrte er weiter auf den Bildschirm und sein verschwommenes Spiegelbild darin.

»Wieso sollte Favorsky mich umbringen wollen?«, fragte er Klich mit leiser Stimme, schüttelte ungläubig den Knopf und knetete seine Fingerknöchel. »Ich habe ihm alles gegeben. Ohne mich ist er ein Niemand.«

»Das mag stimmen«, antwortete Klich. »Aber du vergisst, dass Favorsky dir jedes Jahr gewisse Summen zahlt. Und die möchte er nicht mehr bezahlen. Aber er weiß, dass er ein Ausgestoßener sein wird, wenn er aufhört, dich zu bezahlen, und er die Kontrolle über seine Firmen verliert. Also beschloss er, dich stattdessen zu töten.«

»Und wieso sollte ihm dieser MI6-Agent dabei behilflich sein wollen?«

»Geld.« Klich deutete auf Bald. »Und Einfluss. Favorsky wusste, dass er, nachdem er dich getötet haben würde, als dein Nachfolger angesehen würde. Er verfügt bereits über ausreichend Unterstützung in den Medien und bei den Geheimdiensten. Als Gegenleistung für Lands Hilfe hätte er eine gewisse Summe aus dem Staatsvermögen an eine Scheinfirma überwiesen, die Land gehört.«

»Blödsinn!«, sagte der Präsident. »Was du da sagst, ergibt keinen Sinn. Wenn Favorsky wirklich meinen Tod wollte, hätte er dafür keine Abmachungen mit unseren Feinden in Großbritannien zu treffen brauchen. Er hätte einfach gemeinsame Sache mit den zahllosen rückgratlosen Bastarden der Duma machen können, die mich gerne loswerden würden.«

»Aber Favorsky wollte das Risiko nicht eingehen, dass dich möglicherweise ein Landsmann über diesen Plan informiert. Außerdem sollte dein Tod wie ein Anschlag auf Russland selbst aussehen. Und wer wäre dafür besser geeignet als ein britischer Spezialsoldat?«

Der Präsident fuhr sich über sein Kinn.

»Was ist mit dieser Schlampe, die du angeblich in London umgebracht hast?«

Klich sah zu Boden und schüttelte feierlich den Kopf. »Ich wurde hereingelegt«, sagte er. »Sobald ich von dem Komplott gegen dich erfuhr, wurde ich zu einem Problem. Land sah es als Priorität an, mich umzubringen, bevor ich die Chance dazu bekommen sollte, dich zu warnen. Er ließ seine Kontakte spielen und sicherte sich die Dienste eines Mannes, der früher einmal beim SAS diente.«

Der Präsident lachte. »Zum Glück fand er jemanden, der sich als völlig inkompetent darin erwiesen hat, dich umzubringen. Sonst würden wir diese Konversation gar nicht erst führen.«

»Das stimmt.« Klich stimmte in das Gelächter ein. Bald stand da, durstig und müde und verwundet und sah zu, wie ein paar Russen mit dem Finger auf ihn zeigten und sich über sein Pech lustig machten. Er kam sich plötzlich total bescheuert vor.

Aber seine Wut dauerte nicht lange an. Der Präsident schluckte sein Lachen hinunter und nickte ihm zu. Seine Lippen waren dünn und gerade und sahen aus, als ob er allenfalls seine Mundwinkel zu einem Lächeln überreden konnte. »Du erwartest sicher eine Art von, äh, Bezahlung dafür, Klich hierher gebracht zu haben, oder? Sag bloß nicht, du hättest das aus reiner Liebenswürdigkeit getan!«

»Zehn Millionen«, antwortete Bald bereitwillig. Er sah zu Klich, dann wandte er sich wieder dem Präsidenten zu. »Ich will es als Einmalzahlung, in Sterling, auf ein Konto auf den Jungferninseln. Das sind meine Bedingungen.«

»Aber woher sollen wir wissen, dass wir dir vertrauen können?«, fragte der Präsident. Er stand vor der Reihe aus Uhren, ließ seine Augen von einer Zeitzone zur nächsten huschen und strich sich dabei über sein welliges Kinn. »Denn soweit es mich anbelangt, könntest du auch undercover für den MI6 arbeiten.« Er machte eine Pause, bevor er sich zu Bald umdrehte und mit einem blassen Finger auf ihn zeigte. »Wenn du dein Geld willst, musst du uns zuerst von deiner Loyalität überzeugen. Wir müssen wissen, dass du auf unserer Seite bist. Beweise uns, dass auf dein Wort Verlass ist, und du bekommst deine Belohnung.«

Bald zuckte mit den Schultern. Der Schmerz in seiner Schulter flammte wieder auf. Das Angebot des Präsidenten hörte sich nach einem fairen Handel an, dachte er. Er war bis hierher gekommen, also würde er ganz sicher nicht noch einen Job ausschlagen und seine zehn Millionen in den Wind schlagen. Außerdem war er sicher nicht der Position, noch großartig verhandeln zu können. Er hatte seine Verbindungen zur Firma gekappt. Für ihn gab es kein Zurück mehr.

»Was schwebt Ihnen vor?«, fragte er.

»Ich will, dass du Valeri Favorsky umbringst«, sagte der Präsident.

»Kein Problem.«

KAPITEL 49

21:28 UHR

Der Außenbordmotor des Bootes gurgelte in der sternenklaren Nacht wie Blut in einer Kehle. Bald betätigte das Ruder und steuerte das Rettungsboot in den mitternächtlichen Abgrund. Sie befanden sich sechzig Kilometer vor der französischen Küste, am Rand des Ligurischen Meeres. Einhundert Kilometer vor Korsika.

»Bitte«, bettelte Favorsky. Er saß Bald gegenüber. Rotz tropfte auf seine geschwollenen Lippen. Die Gorillas hatten ihn gut zugerichtet, bevor sie ihn in das Boot geworfen hatten. »Ich kann dich reich machen.«

»Lass mal«, sagte Bald mit einem Grinsen. »Ich habe mein Geld schon bekommen.«

Favorsky wendete verzweifelt den Blick ab. Seine Augen waren auf die Jacht gerichtet, die am Horizont wie ein riesiger leuchtender Fels aufragte. Bald bereitete es ein perverses Vergnügen, zuzuhören, wie Favorsky sich die Augen ausheulte. Der Oligarch hatte riesige Ringe unter seinen roten Augen. Er weinte, seit Karpin und Zorin ihn in das Rettungsboot geworfen hatten. Seine Arme waren hinter seinem Rücken an den Handgelenken mit Plastikfesseln zusammengebunden. Das Shirt einer Fußballmannschaft, die er kürzlich in der französischen Ersten Liga gekauft hatte, war mit Tränen und Rotz verschmiert. Er murmelte auf Russisch Gebete und Bald fand es auf gewisse Weise witzig, dass ein so reicher und mächtiger Mann wie er am Ende auf die Macht des Gebetes zurückgriff.

Das drei Meter lange Rettungsboot hatte eine Höchstgeschwindigkeit von fünfundzwanzig Knoten, und sie durchquerten seit drei Minuten die See. Bald hatte zweieinhalb Kilometer zwischen sie und die *Seraja Sowa* gebracht. Weit genug. Er schaltete den Motor aus. Stille senkte sich auf sie herab, die schließlich von den Tränen des Mannes ihm gegenüber und dem sanften Auslaufen des Propellers im Wasser unterbrochen wurde.

Bald nahm das Kreislauftauchgerät neben sich in die Hand. Die Bewegungen fielen ihm leichter, nachdem ein Bordarzt sowohl die neue Wunde an seiner Schulter als auch die ältere an seinem Bauch zusammengeflickt hatte. Die Tatsache, dass die Kugel wieder ausgetreten war, hatte den Job wesentlich vereinfacht, da der Arzt keine Bleikugel aus dem Gelenk fischen musste. Beide Wunden waren säuberlich gereinigt und verbunden worden, und dann hatte man Bald einen Cocktail aus verschiedenen Antibiotika injiziert, die mögliche Infektionen bekämpfen sollten, obwohl er glaubte, dass das warme Glühen in seinem Bauch eher von dem Umstand herrührte, bald sehr reich zu werden. Er legte sich den D-Ring-Gürtel um die Brust und verband die Sauerstoffflasche über den Schlauch mit der Maske, die sein Gesicht bedeckte. Favorskys Tod musste wie ein Unfall aussehen, als hatte man Bald damit beauftragt, den Oligarchen in dem Rettungsboot aufs Meer hinauszufahren, wo er ihn über Bord werfen und so lange unter Wasser drücken sollte, bis er aufhören würde zu atmen.

»Ich gebe dir Geld«, bettelte Favorksy. »Frauen. Männer. Alles.«

Scheiß auf den Typen, dachte Bald. Zurück auf der Jacht wartete das große Geld auf ihn. Aber hier ging es nicht nur ums Geld. Bald sagte sich, dass er jetzt mit den ganz großen Jungs im Geschäft war. Ich bin jetzt ein Topspieler auf der Weltbühne. Wenn ich den Test bestehe, könnten die zehn Millionen auf dem Tisch erst der Anfang sein. Den Präsidenten zu beeindrucken, hatte noch andere Vorteile abseits des Geldes. Er würde in die höchsten Ränge der Macht vordringen. Er lächelte, während Favorsky schluchzte. Bald sah sich einer verlockenden Zukunft gegenüber. Der einzige Ort hingegen, der auf den Oligarchen wartete, befand sich einige Meter unter der Wasseroberfläche.

Bald drehte den Wasserhahn auf. Er schmeckte die kalkige Luft in seinem Mund, als der Sauerstoff durch das Rückatmungssystem strömte.

Favorsky schrie, als Bald ihn über Bord warf.

Vielleicht genehmige ich mir ja einen Schluck von dem Macallan, wenn ich zurück an Bord der Jacht bin, dachte Bald, während der Russe ins Wasser fiel. Scheiß drauf. Ein Schluck, wenn der Präsident ihm gerade den Rücken zukehrte. Er würde es nicht einmal bemerken. Er lächelte, als er sich wieder seiner Aufgabe widmete. Favorsky ruderte mit den Armen, hustete und prustete, als das Salzwasser seine Nasenlöcher flutete, seinen Mund füllte und in seinen Augen stach. Bald beugte sich nach vorn und wickelte seine Arme um den Mann, als würde er das Heimlich-Manöver bei ihm durchführen wollen.

Dann zog er Favorsky unter die raue See.

Der Russe trat um sich und schrie wie von Sinnen. Machte ein Geräusch wie jemand in einem Latexanzug, der um Hilfe rief. Bald zog ihn tiefer hinunter. Favorsky schrie gurgelnd. Luftblasen stiegen aus seinem Mund. Nach dreißig Sekunden wurden seine Tritte schwächer. Nach einer Minute zuckten nur noch seine Füße. Nach eineinhalb Minuten rührte er sich überhaupt nicht mehr. Bald hielt ihn noch weitere dreißig Sekunden unter Wasser, nur um sicherzugehen, dass der Wichser auch wirklich tot war. Dann ließ er ihn los und sah zu, wie sein lebloser Körper davontrieb.

Vier Minuten später startete Bald den Außenbordmotor und steuerte ihn zurück zu der Jacht. Er stieg aus dem Boot und legte das Tauchergerät ab. Klich, mit Zorin an seiner Seite, erwartete ihn bereits auf dem Hauptdeck. Ein kleiner Bronzeschlüssel baumelte von Klichs rechter Hand.

»Was zum Teufel ist das?«, fragte Bald.

»Deine Belohnung.«

Bald runzelte die Stirn. »Soll das ein Witz sein?«

»Mein Freund, was sich in diesem Safe befindet, ist besser als jedes Lotterielos. Es ist besser als zehn Millionen. Sieh es als Kreditkarte ohne Limit an. Du wirst in der Lage sein, zu jeder Zeit Geld locker zu machen, wann immer du willst. Und nicht nur Geld. Dank des Inhalts dieses Safes kannst du alles verlangen. Autos, Privatjets, Villen. Was immer du willst. Na los, trinken wir auf deine Belohnung.«

Balds Wut verflog, als er die Flasche erspähte, die Klich in seiner linken Hand hielt. Bald nahm einen Schluck von dem Macallan. Gott, schmeckte das gut. Genau wie ein Whiskey dieser Preisklasse schmecken musste. In ein paar Minuten würde Bald einem Leben entgegensehen, wo er das Zeug in Massen konsumieren konnte. Er wischte sich mit dem Handrücken über seine Lippen, gab Klich die Flasche zurück und schnappte sich den Schlüssel. Dann folgte er Zorin durch einen Irrgarten aus Korridoren und einer Treppe zu einem Doppelzimmer, wobei er eine nasse Spur hinter sich herzog. Aufregung brodelte in seinen Adern. Er hatte das Gefühl, als würden alle Weihnachten auf einen Tag fallen. *Nach all den Jahren*, dachte Bald, *bekomme ich endlich meine Belohnung.*

Der Präsident wartete vor dem Doppelzimmer. Er und Klich tauschten ein Grinsen aus. Die beiden kicherten wie verdammte Schulkinder. Bald fragte sich unterbewusst, was so lustig sein sollte. Aber in Wahrheit interessierte es ihn nicht. Ihn interessierte nur noch das Geld. Er fegte an dem Präsidenten und dem Oligarchen vorbei, als Zorin auf einen Safe deutete, der in der Wand neben einem Fünfzig-Zoll-3D-Fernseher eingelassen war. Bald stolzierte auf den Safe zu. Das Blut pumpte in seinen Adern. Sein Herz raste. Er drehte den Schlüssel im Schloss. Der Präsident und Klich flüsterten auf Russisch miteinander und kicherten wieder. *Scheiß auf sie*, dachte Bald. Der Safe gab ein befriedigendes ›Klonk‹ von sich, als sich das Schloss öffnete und die Tür aufschwang.

Darin sah er einen braunen A4-Umschlag. Dünn. Sein Atem blieb ihm im Hals stecken, als er den Umschlag herausnahm und an der Lasche aufriss. Ein einziges Stück Papier befand sich darin. Bald griff danach. Das Papier fühlte sich glänzend an, wie ein Foto. Er zog das

Stück Papier aus dem Umschlag. Studierte es. Zuerst wusste er nicht, was er sich da ansah. Dann verstand er, das Blut sackte ihm in die Zehen, und der Umschlag fiel ihm aus der Hand. Hinter ihm brachen Klich und der Präsident in Gelächter aus, schlugen sich auf die Oberschenkel und wurden ganz rot im Gesicht. Bald funkelte sie an. Karpin hatte sich zu Zorin an der Tür gesellt, und die Leibwächter glucksten ebenfalls, ihre Arme vor ihren fassartigen Brustkörben verschränkt, und ihre enormen Schultern hüpften auf und ab. Alle vier Männer brachen in hysterisches Gelächter aus. Tränen rannen ihnen über die Wangen. Sie sahen aus, als würden sie sich jeden Moment vor Lachen einpissen.

Bald presste die Kiefer aufeinander und widmete sich wieder dem Foto, fast so, als könne er nicht glauben, was er da sah. Es zeigte einen Mann mittleren Alters in einem verabscheuungswürdigen Geschlechtsakt mit einem Jungen, kaum älter als acht oder neun Jahre alt. Die Aufnahme war körnig und niedrig aufgelöst, als würde sie von einer Überwachungskamera stammen. Aber nur einen Augenblick später erkannte Bald das Gesicht des Mannes. Seine Knöchel brannten vor Kälte. Er spürte den unbändigen Drang, das Foto zu zerreißen. Die Russen hinter ihm lachten weiter, und Bald betrachtete weiter vor Wut kochend das Foto.

Das Foto, auf dem Leo Land einen Jungen vergewaltigte.

– ENDE –

LUZIFER
VERLAG

Printed in Poland
by Amazon Fulfillment
Poland Sp. z o.o., Wrocław

12290186R00207